Eine Wanderung
von Quedlinburg auf den Brocken
aus dem Gedächtnis aufgezeichnet
von Irenäus Moll

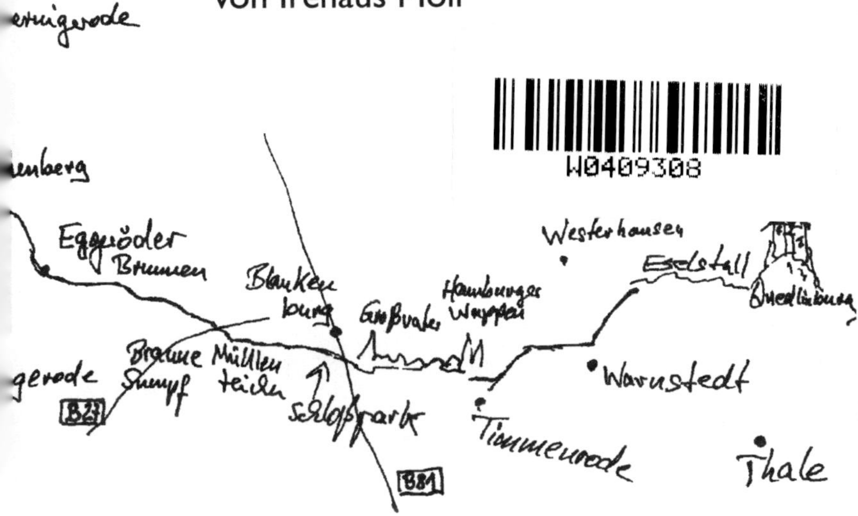

(Vorsicht! Etwas wirre Wegführung),
Abstieg zur Zillierbachtalsperre,
Richtung Drei Annen Hohne am Zillierbach,
Abzweig nach rechts zum Hotel „Drei Annen“
über Straße und Bahn (etwas alter DDR-Charme),
2. Bier.
Von dort durch den Wald zum Glashüttenweg,
diesen aufwärts bis zur Brockenstraße zwischen
Schierke und Gipfel Erreichen des Gipfels,
3. und 4. Bier. Gute Aussicht,
Erschöpfung & Frage nach dem Rückweg …

Christian Amling

Das Steinkistengrab

Kriminalroman

dr. ziethen verlag

Prolog

An jenem Frühsommertag im Jahre 2003 knisterte eine heiße Sonne am milchigen Himmel. Kein Lüftchen regte sich. In den Kiefern am Jätchenberg zwitscherte hin und wieder ein benommener Vogel. Von den nahen Klippen des Königsteins, einer Kultstätte der Altvorderen, wehten die Rufe der dort nistenden Raubvögel herüber. Zwischen den in voller Blüte stehenden Gräsern und Kräutern flatterten und summten Unmengen von Insekten in dem alltäglichen Wirbel von Nahrungssuche und Fortpflanzung.

Nach Norden hin erstreckte sich eine zeitlos anmutende Kulturlandschaft, geprägt von Getreidefeldern, Gebüschhecken und weiß geschotterten Fahrwegen mit Obstbaumbesatz, die sich sanft zum nächstliegenden Höhenzug hinüberschwangen.

Die Gesamtstimmung dieses Tages wäre der in einem impressionistischen Gemälde aus dem 19. Jahrhundert sehr nahe gekommen, und man erwartete bereits, dass ein Zweispänner mit luftig hell bekleideten, übermütigen jungen Damen aus dem nächsten Hohlweg rollen würde, hätte es in dieser Idylle nicht einen unübersehbaren Schönheitsfehler gegeben.

Mit stählernen Zähnen und gehärteten Klingen fraßen sich große Maschinen auf einer Ost-West-Linie durch die Natur. In genauestens vermessener Streckenführung entstand hier die sogenannte Mitteltrasse einer bereits 1929 komplett geplanten vierspurigen Magistrale, die ursprünglich von Bremerhafen nach Auschwitz verlaufen sollte.

Der impressionistische Zweispänner mit den heiteren, luftig bekleideten Mädchen wäre abrupt vor einer gewaltigen Erdaufschüttung, die sich, so weit das Auge reichte, von rechts nach links erstreckte, zum Stehen gekommen. Wären die jungen Frauen so taff gewesen, diesen chinesischen Wall aus totem Erdreich zu überklettern, hätte sich ihnen ein erstaunliches Bild geboten.

Die romantischen Götter der Vorzeit hatten es den kommenden und gehenden Technokraten nicht einfach gemacht, obwohl diese natürlich letztendlich obsiegten. Rebellierende Naturschützer wurden noch mit dem sinnigen Spruch abgespeist: „Meine Damen und Herren, nehmen Sie bitte zur Kenntnis: Frösche bezahlen keine Gewerbesteuern!" Wo sie Recht hatten, hatten sie schließlich Recht.

Aber es gab da ein anderes Problem, mit dem man zwar gerechnet hatte, aber nicht in diesem Ausmaß. Es kostete den Steuerzahler viele Millionen Euro und die Technokraten Jahre der Verzögerung.

Das nördliche Harzvorland im Regenschatten des Brockens ist nun mal eine auserwählte Landschaft mit viel Sonnenschein und geringen Niederschlägen. Trotzdem bringen Flüsse und Bäche das nötige Wasser aus dem Gebirge. Dieser arkadische Zustand währt schon recht lange, weshalb sich Menschen immer gern hier niederließen, sich in diesem Landstrich geradezu durch die Zeiten drängten. Im Neolithikum, während der Bronzezeit und der römischen Kaiserzeit, über die lange Dauer des Mittelalters wuchsen hier die Keime des Deutschen Reiches und in der Neuzeit präsentiert sich ein Kriegsgefangenenlager aus dem Ersten Weltkrieg bei Quedlinburg.

Insgesamt wurden auf einem etwa zwanzig Kilometer langen Teilstück der Trasse von bis zu gleichzeitig 250 Archäologen, Grabungshelfern und anderen Spezialisten in vielen Monaten etwa 330.000 Artefakte geborgen. Und das geschah, wohl bemerkt, nur auf dem schmalen Streifen der Straßentrasse, das Umland blieb unberührt. Damit gehörte diese Kampagne zu den größten archäologischen Sensationen Europas, was außerhalb von Fachkreisen relativ unbekannt blieb, weil auch ein wenig peinlich.

Nach der Grabung wurde eine dicke Grauwacke-Packung über diese Einmaligkeiten gelegt, und heute rollt hier der europäische Güter- und Personenverkehr.

An jenem fernen Tage im Sommer 2003 bot sich auf der freiplanierten Trasse, die im wahrsten Sinne des Wortes von Horizont bis Horizont verlief, ein außergewöhnliches Bild.

Auf der von Archäologen wie mit dem Handfeger geglätteten lehmigen Fläche drängten sich mehrere Dutzend Menschen in einem weiten Kreis. Alle waren sommerlich leicht bekleidet, es waren Frauen und Männer, viele von ihnen trugen Fotoapparate. Fast alle verharrten hinter einem rotweißen Absperrband, nur die wirklichen Akteure bewegten sich bedächtig durch das Zentrum der herausgehobenen Zone. Hier waren bereits einige Gruben sorgfältig hervorpräpariert worden, in denen man die weißen Gebeine großer Lebewesen erahnen konnte. Diese bildeten jedoch an diesem Tage nicht den Fokus der Aufmerksamkeit.

Nein, die Aktion fand unter einem leichten Portalkran statt, den der Halberstädter Steinmetz Ansgar Teschner dort aufgebaut hatte. Er war der Magier dieses Augenblicks. Zentimeter für Zentimeter hob die Mechanik eine an drei grünen Haltegurten befestigte Sandsteinplatte in die Höhe. Sie war ausgezeichnet bearbeitet und wog mehrere hundert Kilogramm.

Unter einem leichten Portalkran muss man sich zwei solide Stahlböcke vorstellen, die in etwa vier Metern Abstand aufgestellt waren und eine breite Edelstahlschiene trugen. Darauf bewegte sich auf zwei Rollen eine kleine Laufkatze mit einem Flaschenzug, an dem die Last hing.

Ansgar, der Magier im blauen Poloshirt und weißer Arbeitshose, schaute fasziniert auf dieses Schauspiel. Er war ein schlanker, mittelgroßer Mann. Seine blauen Augen unter einem strubbeligen Kurzhaarschopf strahlten Stolz und Freude aus. Hochrangige Archäologen waren angereist, Pressefotografen waren zugelassen. Hinter der Absperrung drängten sich Bodendenkmalpfleger, Grabungshelfer, Heimatforscher, Amtsmänner und einige Neugierige, die von dieser hochgeheimen Aktion erfahren hatten. Seit Tagen kursierte die Angst vor Grabräubern. Aus diesem Grund wurde der Fund bis zum Bergungstag geheim gehalten.

Die Spezialisten ahnten bereits, dass unter dieser Abdeckung das wesentlichste Artefakt der gesamten Kampagne zum Vorschein kommen könnte. Der Portalkran gab leise knarrende Geräusche von sich, als er die erste Platte zu lüpfen begann. Beide Deckplatten waren durch kleine keilförmige Rogensteine miteinander verklammert. Die Deckplatten waren aus dem Sandstein der Umgebung gefertigt und eindeutig auf ebene Form und gerade Kanten bearbeiten worden. Sie lagen bündig auf einem Kastenrahmen aus gleichartigen Steinplatten, der einen Innenraum von 2x1,20 m umfasste.

Jens Brauer war einer der zentralen Koordinatoren des Archäologen-Teams. Der schlanke, hochgewachsene Hamburger konnte es nicht erwarten, als erster in den anwachsenden Spalt zu schauen. Auf Knien rutschte er im Sand, um einen ersten Blick in das geheimnisvolle Dunkel dieses Grabes zu werfen. Aber er wagte nicht, seine Hand in die Öffnung zu stecken.

Einige Experten schmunzelten bei diesem Bild. Auf einer hohen Aluminiumleiter stand ein Pressefotograf und lauerte gespannt auf seinen Schnappschuss. Viel zu langsam hob sich die

Platte. Gespräche und Gelächter des Publikums verstummten. Im Menschenrund herrschte nun Stille wie in einer Kathedrale, und neugierige Andacht senkte sich über den Platz.

Mit dem seitlichen Abschwenken der Platte und unter lautem Händeklatschen kam eine gewisse Ernüchterung auf.

„Wie Sie sehen, sehen Sie nichts!", kommentierte ein Wissenschaftler vom Landesmuseum für Vorgeschichte Halle die Sachlage und grinste. Für ihn kam das nicht überraschend. Seit Wochen präparierten die Forscher zwei Gruben aus dem Erdboden, die sich unmittelbar neben dem Steinkistengrab befanden. In einer der Gruben lagen die Skelette von mehreren Stieren und einer Kuh, dicht daneben waren noch einmal zwei geopferte Rinder freigelegt worden. Für die Wissenschaftler stand fest, dass die für jene Zeit unerhört wertvollen Beigaben dem Toten im Steinkistengrab gewidmet waren. Aus der beigelegten Keramik war den Forschern eine grobe Altersbestimmung im Vorfeld möglich gewesen. Die Gefäße erwiesen sich als typisch für die sogenannte Kugelamphorenkultur und besaßen somit ein Alter von annähernd 5.000 Jahren.

Nur ungefähr vierzig Zentimeter hatte das Grab unter der Ackeroberfläche gelegen und vorher wer weiß worunter. In 5.000 Jahren floss viel Wasser den Berg hinab, Schnee und Eis kamen und schmolzen und brachten ihre feine Fracht an Sand und Löss mit sich, die durch jede auch noch so kleine Fuge drang.

So war es kein Wunder, dass sich das berühmte Steinkistengrab zuerst einmal randvoll gestopft mit feinem Lehm präsentierte. Die Besucher waren etwas enttäuscht. Jens Brauer erklärte die Sachlage in einem kurzen Statement und vertröstete auf die kommenden Wochen. Schließlich verließen die Menschen nach und nach die glühend heiße Senke und gingen zu ihren Autos, die irgendwo parkten.

Die ganze Zeit über hatte ein jüngerer Mann, vielleicht um die dreißig Jahre alt, inmitten der Menge auf einem Baumstumpf gesessen und dem Treiben versonnen zugesehen. Er mochte einssiebzig groß sein, fast dünn, mit eher kurzen blonden Haaren. Nun, da sich der Platz leerte, erhob er sich und schlenderte zum Steinkistengrab. Er trug ein gestreiftes Shirt und Bluejeans, an den Füßen Sportschuhe. Er sah, dass sich Jens Brauer mit dem Steinmetz Ansgar Teschner unterhielt. Unbemerkt erreichte er den freigelegten Steinkasten und ging daneben in die Hocke. Vorsichtig strich er mit den Fingerspitzen der rechten Hand über den Lehm. Der fühlte sich warm und samtig weich an. An der nordwestlichen Ecke stieß er den Zeigefinger in den Lehm, nachdem er sich davon überzeugt hatte, dass ihn niemand beobachtete. Hier, an der Westplatte, vermutete er das Kopfende des Grabes, denn der Tote sollte ja nach Osten blicken, der aufgehenden Sonne entgegen. Das Füllmaterial war zwar fest, ließ sich aber relativ leicht mit dem Finger durchbohren. Befriedigt verwischte er das kleine Loch und erhob sich genau im richtigen Augenblick, denn gerade verabschiedeten sich Jens Brauer und Ansgar Teschner.

Etwas genervt blickte der Archäologe auf den Unbekannten. Brauer war ungefähr einen Kopf größer, trug zu jener Zeit einen mittelblonden Kurzhaarschnitt, ein schwarzes T-Shirt und Jeans. Blaue Augen blickten in blaue Augen.

„Wann werden Sie ihn befreien?", fragte der Unbekannte und wies mit dem Kopf zum Grab,

„In den nächsten Tagen", erklärte Brauer widerwillig. „Ich warte jetzt nur noch auf die Leute, die die Überdachung aufbauen."

„Es war sicher ein herausragender Mensch?", blieb der kleine Blonde hartnäckig und kniff wegen der Sonne ein Auge zu. Sein Gesicht war herzförmig.

„Man könnte es annehmen bei dem Aufwand", erwiderte der Hamburger, jetzt ein wenig zugänglicher. „Wir haben ihn den Rinderfürst von Börnecke genannt."

„Börnecke …?", fragte der Fremde. „Ach so, verstehe! Das ist das Dorf dort drüben."

„Oh, entschuldigen Sie!", Jens Brauer wandte sich ab und begann in eine Richtung zu gehen, aus der sich ein VW-Kleinlaster näherte. „Dort kommt die Fundüberdachung."

Der Unbekannte senkte den Blick noch einmal auf das Steinkistengrab, dann drehte er sich um, bewegte sich in Richtung des südlichen Erdwalls, kraxelte behände darüber hinweg und war gleich darauf am Königstein verschwunden.

I

Etwa drei Wochen nach der Öffnung des Steinkistengrabes am Jätchenberg zwischen den Dörfern Börnecke und Westerhausen. An diesem Tage brannte die Sonne von einem azurblauen Himmel herab, die Lufttemperatur betrug fast vierzig Grad.

Eigentlich war es kompletter Blödsinn, an solch einem Tage auf Wanderschaft zu gehen. Aber die vier Männer hatten es sich nun einmal vorgenommen und waren froh, überhaupt einen gemeinsamen Termin gefunden zu haben. Bereits zu relativ früher Stunde hatten sie sich am Forsthaus Eselstall eingefunden, besser gesagt, drei von ihnen waren hierher gekommen, während der Vierte im Bunde auf sie wartete.

Inzwischen waren schon mehr als zwei Stunden vergangen. Nach einem Frühstück, dass ihnen der Förster spendiert hatte und zu dem selbstverständlich auch das erste Morgenbier gehörte, waren sie ein Stück Weges unter schattigen Kiefern und Eichen gelaufen. Sie ließen den Kuckucksfelsen, eine hochragende Sandsteinformation, links liegen und marschierten durch das Dorf Westerhausen. Dieser bäurische Ort ist sehr alt und liegt an der sogenannten „Straße der Kaiser und Könige". Die wegweisenden Schilder mit der kleinen Krone auf purpurnem Grund, die den Touristen auf ottonische Pfade lenken sollen, trifft man im Harz an praktisch jeder Weggabelung an. Die hohen Herren waren auf ihren Reisen und Jagdzügen schlichtweg überall gewesen. Westerhausen hebt sich dabei allerdings hervor, denn es liegt tatsächlich genau auf der uralten Route zwischen den Pfalzen Quedlinburg und Goslar.

Man beschloss, die erste Rast im Schatten des Königsteins einzulegen, einer nördlich des Dorfes emporragenden Felsengruppe. Diese fast senkrecht in den Himmel ragenden, dunklen Brocken aus Quarzsandstein waren aus einer besonders harten Schicht der aufgewellten Vorharzlandschaft von Wind und Wetter hervorgemeißelt worden, ein in dieser Gegend häufiger anzutreffendes Phänomen, das ihr den Fachbegriff „Schichtrippen-Landschaft" eingebracht hat. Diese Formation sah von weitem aus wie ein liegendes Wüstentier und wurde deshalb „Westerhäuser Kamel" genannt. Im Schatten des nach Sonnenuntergang blickenden Schädels hatten die Männer ihren Rastplatz aufgeschlagen.

Seit ungefähr einem Jahrzehnt lief diese locker zusammengefügte Wandergruppe kreuz und quer durch den Harz. Der Endpunkt einer jeden Tour sollte möglichst Quedlinburg sein, wobei man sich der Stadt auf unterschiedlichen und meistens ausgesprochen langen Wegstrecken nähern konnte. Der Wanderleiter hieß Irenäus Moll. Er suchte Wanderstrecken heraus, und die anderen konnten zustimmen, was sie im allgemeinen auch klaglos taten.

Irenäus Moll zog aus dem kleinen Rucksack eine noch fast kühle Flasche Hasseröder Pils hervor und öffnete sie hastig. Beim Genuss dieses Labsals schloss er genießerisch die Augen. Seine langen, dunklen Haare fielen weit nach hinten bis über die Schulterblätter, die Haut war gut gebräunt. Seine etwa 1,85 Meter große Gestalt war ausschließlich mit einem kurzärmligen braunen Hemd, kurzen Jeans und an den Füßen Teva-Sandalen bekleidet.

Alle Mitglieder der Wandergruppe trugen leichte T-Shirts, Hosen und luftiges Schuhwerk. Der Bauausschussvorsitzende des Quedlinburger Stadtrates mutete mit schwarzen Haaren im akuraten Fasson-Schnitt und der schwarzgeränderten Brille ein wenig japanisch an. Er war zu jener Zeit starker Raucher und entzündete sich als erstes eine Zigarette der Marke F6, erst dann öffnete er eine Flasche „Strong“ und ließ sich in den Trockenrasen sinken.

Der Bildhauer war gerade dabei, das Kamel zu umschreiten und die bizarren Ausformungen zu begutachten. Er wohnte unweit dieses Ortes, lehrte aber an einer entfernten Hochschule als Kunst-
professor. Sein Wesen galt durchaus als bipolar, denn einerseits begriff er sich als erdnah bäurischer Wanderbursche, andererseits steckte in ihm der ausgebildete Ästhet, der einen gesellschaftlich formulierten Bildungsauftrag für immens wichtig erachtete.

Der Jüngste im Bunde war Karl Wabenmond. Seine blonden Haare lockten sich ungestüm und wiesen ihn als nördlichen Menschentyp hin, ebenso die blauen Augen. Der geborene Mecklenburger arbeitete als Förster in der Gemarkung Quedlinburg. Zu seinen Füßen saß die Rauhhaarteckelin Lucie. Pfiffig und jagderprobt blickten ihre Äuglein auf das Stück Heidschnuckenwurst in Herrchens Hand.

Eine leichte Brise spendete nicht genug Erfrischung. Die Umrundung des riesigen Tieres aus Stein, das immerhin mindestens die Ausmaßes eines Brontosaurus-Bullen hatte, wurde nicht in Angriff genommen. So entging den Männern der wundervolle Rundumblick viele Kilometer weit in das Nördliche Harzvorland. Auch die großen, tief in den Fels geritzten Sonnenräder, die der

Formation ihren Ruf als uralte Kultstätte einbrachten, erreichten nicht ihre Aufmerksamkeit.

Das Ziel der heutigen Wanderung war das Steinkistengrab. Sie wussten, dass der eigentliche Inhalt inzwischen freigelegt worden war und hofften darauf, einige spektakuläre Fakten zu erfahren. Das Objekt ihrer Neugier lag bereits greifbar nahe vor ihnen. In geringer Entfernung verliefen die Erdaufschüttungen der Baustelle. Weil sie sich ein gutes Stück oberhalb davon befanden, konnten sie auf die planierte Fläche hinabschauen. Sie sahen die frei gegrabenen Fundgruben. Dazwischen stand ein kleines Folienzelt. Darin musste es sich befinden!

Ächzend erhoben sich die Mitglieder der Wandergruppe und legten in weniger als zwanzig Minuten die letzte Wegstrecke zurück. Nach schnaufender Überwindung des Erdwalls, auf dem sich inzwischen an dieser Stelle ein Weg ausgeprägt hatte, standen sie kurz vorm Ziel. Im Halbschatten eines Baggers schlummerten einige spärlich bekleidete Grabungshelfer in der Mittagshitze. Die einzige aktive Person in dieser Idylle war, wie die Wanderer sofort erkannten, der archäologische Koordinator Jens Brauer.

Als er die vier kommen sah, verzog sich sein Gesicht zuerst etwas angespannt, fast schmerzvoll. Kurz darauf allerdings wurde diese Mimik von einem Lächeln der Begrüßung beiseite gewischt. Er hatte die Ankömmlinge erkannt. Es handelte sich nicht um neugierige Fremde, sondern um Gesprächspartner, mit denen er an anderen Grabungsorten und in Fachausschüssen zusammengetroffen war und die er natürlich vom Tresen ihrer gemeinsamen Stammkneipe, des Irish Pubs „Nase“ in Quedlinburg kannte.

Irenäus war zwar kein Fremder, aber neugierig umso mehr. Und da ihn seine Begleiter nun schon mal liebenswürdigerweise „den Wanderleiter“ nannten, war er auch der erste, der dem Hamburger die Hand schüttelte: „Hallo, Jens! So ein Glück, dich zu treffen! Gibt's noch was zu sehen?“

Brauer grinste und begrüßte auch den Förster, den Bildhauer und den Bauausschussvorsitzenden. Dann erwiderte er: „Ihr habt wirklich Glück. Ich bereite gerade die Kiste für den Abtransport vor. Ihr wärt fast zu spät gekommen.“

„Wohin wird es gebracht?“, erkundigte sich der Bauausschussvorsitzende und entzündete eine F6.

„Ins Quedlinburger Schlossmuseum“, antwortete Jens Brauer und entzündete ebenfalls eine Zigarette. „Dort bereite ich gerade die Ausstellung 'Archäologie auf der B6n' vor.“

„Magst du ein Bier?", fragte Irenäus und stellte den Rucksack ab.

„Kann nicht schaden", lachte der Hamburger und schnipste den Kronkorken mit dem Feuerzeug auf. „Kommt ins Zelt!"

Sie betraten das abgerundete Folienzelt, das über dem Hauptfund aufgebaut war. Es gab genug Platz, so dass sich die rauchenden und trinkenden Männer um das Grab herum aufstellen konnten. Der Bauausschussvorsitzende warf einen Blick in die Steinkiste und meinte lapidar: „Ich hatte mehr erwartet."

„Nein, nein!", konterte Jens Brauer. „Das Grab ist gegen 5.000 Jahre alt. Was denkt ihr? Wir sind froh, dass sich in dieser feuchten Senke überhaupt soviel erhalten hat."

Der Kunstprofessor begutachtete wissbegierig die Fundstücke. Es handelte sich um Reste eines Schädels, einige bräunliche Knochenreste des Oberkörpers, vielleicht auch der Extremitäten. Daneben lagen mehrere Beigaben in ihren originalen Positionen. Er blinzelte: „Und? Was sehen wir?"

Jens Brauer ließ die Bierflasche sinken: „Es sind die Überreste eines Menschen, außerdem einige Beigaben. Die Keramik gehört eindeutig zur Kugelamphoren-Kultur, bauchige Gefäße mit einem aufgesetzten Hals. Sie tragen ein einfaches Ritzdekor, Dreiecke, Linien und aufgesetzte Henkelösen. Dicht neben dem Skelett lagen zwei Flintbeile, die gesondert herauspräpariert werden müssen. Es gibt allerdings noch zwei Einmaligkeiten für ein derartiges Grab."

Angefüllt mit fragender Neugier, richteten sich die Augen der vier Besucher auf den Wissenschaftler. Der wiederum sah sie prüfend an und antwortete: „Nun ja, wir fanden im Grab auch einen Geweihhammer aus der Abwurfstange eines Hirsches, in dem ein Rinderzahn mit einem weißlichen Kitt befestigt war. Außerdem fanden wir zwei Ketten, die links und rechts des Schädels lagen. Sie bestehen aus den gelochten Gehäusen der Gemeinen Kahnschnecke, die auch heute noch in Fließgewässern vorkommt. Sie sind sehr verblasst, waren aber früher strahlend bunt."

„Wann wurde der Tote bestattet?", fragte Irenäus und versuchte, sich die Fundsituation genau einzuprägen.

„Eine gute Frage", seufzte der Hamburger. „Die Kugelamphoren-Kultur datiert in diesem Gebiet zwischen 3.300 und 2.800 v.C.. Sie entstand aber bereits früher in Kujawien, das im heutigen Polen lag, und erstreckte sich von der Elbe bis zum Dnjepr. Das wirkliche Alter wird erst die Radiokarbon-Methode erbringen."

„Dann stammt der Tote ja genau aus der Schwellenzeit!", rief Irenäus und kniete neben dem Steinplattenrand nieder, um ganz dicht in das Grab zu spähen.

„Was für eine Zeit?", fragte Jens Brauer und trat aus dem Zelt ins brütendheiße Freie.

Die anderen folgten ihm, und Irenäus erklärte etwas zögernd: „Der Begriff Schwellenzeit bezeichnet die Spanne zwischen vor und nach der Sintflut. Sie wird genau auf 5.100 Jahre vor Heute eingestuft."

Jens Brauer lachte: „Wo hast du das denn her? Aus der Bibel?"

„Dort wird es besonders gut beschrieben", erwiderte Irenäus und sah, wie sich der Bauausschussvorsitzende grinsend eine F6 anzündete, „aber es ist auch im Gilgamesch-Epos, in den indischen Veden und im Popol Vuh nachzulesen."

„Er hat da gerade so ein Buch gelesen", feixte der Bauausschussvorsitzende.

„Von Martin Freksa, einem Tübinger Philologen", nahm Irenäus den Faden etwas verärgert wieder auf. „Er wirft die spannende Frage auf, warum die großen Hochkulturen der uns bekannten Welt alle zur gleichen Zeit aus dem Dunkel der Geschichte emportauchten.

Die Sumerer, Ägypter, die minoische Kultur, die Harappa-Kultur im Industal und auch die ersten Indianerkulturen wurden in

den Quellen allesamt am Ende des vierten Jahrtausends vor Christus registriert. Der erste Pharao Menes könnte zum Beispiel ein Zeitgenosse dieses Mannes gewesen sein." Irenäus wies mit der Hand auf das Folienzelt.

Wider Erwarten brach Jens Brauer nicht in schallendes Gelächter aus, sondern entzündete ebenfalls eine Zigarette. Mit gekrauster Stirn erwiderte er: „Irgendwie hast du sogar Recht, aber diese Theorie ist heutzutage nicht tragfähig. Übrigens wurde auch Stonehenge etwa zu dieser Zeit erbaut. Außer von deinem Tübinger Philologen wird diese Theorie auch von Graham Hancock bemüht. Er schreibt von einer Urkultur, die ihre Spuren auf der ganzen Welt hinterließ.

„Die Wächter des heiligen Siegels", zitierte Irenäus erfreut. „Vielleicht war dieser Tote einer der geheimnisvollen Kulturbringer und wurde deshalb so pompös beigesetzt."

„Über so etwas denke ich auch manchmal nach", gab der Hamburger zu. „Aber diese Überlegungen werden von der Fachwelt als unwissenschaftlich disqualifiziert oder in die Dänicken-

Ecke geschoben. Ganz zu schweigen von der Kirche, deren gesamtes Weltbild ins Wanken geriete. Du solltest darüber einen Fantasy-Roman schreiben, Irenäus. Habt ihr noch ein Bier für mich?" Diesmal griff der Förster in seinen Rucksack und angelte zwei Flaschen Radeberger hervor. Eine davon öffnete er für den Archäologen, der dankbar lechzte. Notgedrungen angelten auch die restlichen drei Männer in ihrem Marschgepäck und förderten etwas Flaschenbier zutage. Es war zwar sehr unvernünftig, an diesem Tage ein anderes Getränk als Wasser zu sich zu nehmen, aber sie wollten schließlich nicht unhöflich sein. Die Grabungshelfer verschoben ihre Decken im immer kürzer werdenden Schatten des Baggers, während sie dem kleinen Exzess ihres Chefs zuschauten. Sie waren bereits gebräunt wie italienische Pizzabäcker.

Karl, der praktischste Denker der Runde, setzte das leicht lauwarme Getränk ab und erkundigte sich: „Und niemand hat sich für diesen Fund interessiert? Ich meine, ihr hattet doch ursprünglich ziemliche Angst vor Grabräubern."

Jens Brauer setzte abrupt die Bierflasche ab und hustete. Dann entfernte er sich wie zufällig ein Stück von den Grabungshelfern, deren Köpfe mit geschlossenen Augen im Schatten lagen. Leise sagte er: „Wenn ihr mich so fragt … Immerhin seid ihr offizielle Personen. Es soll nichts an die Öffentlichkeit gelangen, aber es bedrückt mich schon …"

Erwartungsvoll nahmen alle fünf Männer einen Schluck warmen Bieres. Der Hamburger fuhr gedämpft fort: „Bei der Öffnung war das Grab voll Lehm. Die Oberfläche war absolut ungestört. Am nächsten Morgen gab es am Kopfende eine Veränderung. Sie war sehr gut kaschiert, aber möglicherweise hat sich irgendjemand an dem Grab zu schaffen gemacht."

„Hattet ihr keinen Wachdienst?", fragte der Bauausschussvorsitzende.

„Doch, aber der hat die Sache nicht ganz ernst genommen", erklärte Jens Brauer. „So ein olles Dreckloch … Wir haben denen Dampf gemacht, aber da war es vielleicht zu spät."

„Hast du einen Verdacht?", fragte Irenäus.

„Nach der Öffnung kam ein junger Mann zu mir", überlegte der Archäologe. „Er erkundigte sich ziemlich intensiv nach Alter und Inhalt der Steinkiste. Ich habe ihn abgewimmelt."

„Kanntest du ihn?", fragte Irenäus weiter. „War es vielleicht ein Grabungshelfer?"

„Ojeh!", stieß der Hamburger hervor. „Hier kommen und gehen Dutzende. Aber das wäre eine Idee! Es war so ein farbloser Typ. Ich werde das überprüfen. Doch selbst wenn, was sollte er entwendet haben? Viel gab es nicht zu holen, und der Rest ist noch da."

„Du meinst, der Typ hat nur so im Dreck herumgeangelt und ist dann wieder gegangen?", fragte Irenäus skeptisch.

„Nicht einfach so", knurrte der Archäologe. „Immerhin wusste er, wo mutmaßlich das Kopfende lag. Dort hat er gesucht. Allerdings konnte niemand, absolut niemand wissen, was man in diesem Grab finden würde ..."

„Das stimmt nicht ganz", unterbrach Irenäus. „Die Rinderopfer weisen darauf hin, dass es sich um jemanden Besonderen gehandelt haben muss. Dass der Grabräuber wusste, wo das Kopfende liegt, zeugt von einer gewissen Sachkenntnis. Ich könnte mir vorstellen, dass dieser Mensch das wesentlichste Artefakt dieser Fundstätte geklaut hat."

„Mensch, erzähl nicht so was, Irenäus!", rief Jens Brauer aufgeregt. „Wenn das jemandem vom Landesamt in die falsche Kehle gerät, machen die die ganze Innung verrückt. Und ich bin dann vielleicht noch Schuld, weil ich zu nachlässig war."

„Beruhige dich!", grinste Irenäus. „Es war nur so eine Idee für den Fantasy-Roman. Aber wer dieser Grabungshelfer war, hätte ich an deiner Stelle wirklich mal untersucht."

„Ich werde es tun", beruhigte sich der Archäologe und gab Karl eilig die Bierflasche zurück. Die Grabungshelfer begannen, sich zu regen. Ein Stück entfernt bewegte sich langsam ein Kleinbus mit Anhänger durchs Gelände. „Sie kommen, das Grab abzuholen", erklärte Brauer hastig und gab den Grabungshelfern ein alarmierendes Handzeichen. „Wir müssen jetzt weitermachen. Schön, dass ihr hier vorbeigekommen seid."

„Vielen Dank für die Erklärungen", antwortete der Bauausschussvorsitzende ein wenig amtlich.

Sie verabschiedeten sich vom Hamburger, der dem heranrumpelnden Gespann entgegenging. Dann machten sie kehrt und waren bald darauf über den Erdwall hinweg in der flirrenden Hitze verschwunden.

Während seine Freunde nun mit dem Resultat ihrer Wanderung zufrieden waren, hatte sich im Kopf von Irenäus Moll der fantastische Gedanke vom toten Recken im Steinkistengrab eingenistet. Möglicherweise war er tatsächlich eine Schlüsselfigur der Schwellenzeit gewesen.

II

Elf Jahre später …

… Unser Leben begann im traurigsten und schrecklichsten Zeitalter … Noch verdeckte das Dunkel der Luft den Himmel und die Gestirne, die in trübes, undurchdringliches Gemisch von Dunst und Feuer und Windestoben gehüllt waren …

'Wüst und leer war die Erde' – vom Austreten schrankenloser Ströme, und weite Landstriche lagen von Sümpfen durch tiefen Schlamm und durch unfruchtbares Gestrüpp und Gehölz verwildert, kein Mittel zur Erzeugung milder Früchte, kein Werkzeug der Kunst, keine sinnreiche Erfindung!

Der Hunger ließ uns keine Zeit, und keine Saat, wenn sie auch da war, erreichte die Tage der Reife. Was Wunder also, wenn wir, der Natur zuwider, zum Fleisch der Tiere griffen, zu einer Zeit, da man Schlamm verschluckte und Baumrinde nagte, und wo es ein Glück war, frischkeimendes Gras oder eine saftige Wurzel zu finden, wo man für den Genuss einer Eichel oder Buche vor Freude um den Baum tanzte und ihn lebensgebenden Vater und Erhalter nannte: das einzige Fest, mit dem das damalige Leben bekannt war; alles Übrige war voll Unlust und Traurigkeit. Ihr aber, die ihr jetzt lebt, denen alles Nötige in solchem Überfluss zu Gebote steht … was verleumdet ihr die Erde, als ob sie euch nicht nähren könnte? Warum versündigt ihr euch an der Gesetzgeberin Demeter und beschimpft den freundlichen lieblichen Dionysos, als bekämet ihr nicht Gaben genug von ihnen?

Dieser Kommentar stammt wider Erwarten nicht aus der Feder eines postindustriellen Fantasy-Autors und auch nicht vom gegen den Strich bürstenden Aussteiger Irenäus Moll, obwohl er zu seinen Lieblingstexten gehörte und Wasser auf seine literarische Mühle war. Nein, dieser Text war nahezu zweitausend Jahre alt und wurde niedergeschrieben von Plutarch.

Dieser Dichter, Philosoph und Biograph erzählte in seinen Schriften über das Leben von Männern wie Julius Cäsar und Alexander dem Großen. Besonders interessant sind seine Betrachtungen zum abenteuerlichen Leben des Pythagoras, in deren Zusammenhang der eingangs erwähnte Kommentar steht.

Die meisten Menschen, zumindest in unserem Kulturkreis, haben vom Satz des Pythagoras gehört oder können ihn gar anwenden, aber sehr viel mehr ist ihnen über diesen Gelehrten nicht bekannt. Pythagoras wurde für seine Zeit außerordentlich alt. Die Quellen datieren zwischen möglichen Lebensspannen von über 80 bis 98 Lebensjahren, fest steht wohl nur sein Todesjahr 496 vor Christus.

Pythagoras gehörte zu den großen Weltreisenden der Antike. Bei verschiedenen Priesterweihen in Phönizien, Ägypten und in fernen Gebieten Asiens scheint er sich intensiv mit dem Osiris-Kult und der sagenumwobenen Person des Osiris als originärem Stifter der ägyptischen Zivilisation vor der Sintflut beschäftigt zu haben. Dieses Interesse ging so weit, dass Pythagoras auf den Spuren dieses Gott-Menschen wandelte – von Griechenland nach Ägypten, nach Mesopotamien, über Persien bis Indien und noch weiter in die Tiefen asiatischer Lebensräume. Möglicherweise hatte er Kontakte zu Buddha, Laotse und Konfuzius, die alle exakt zur gleichen Zeit lebten und lehrten.

Als Pythagoras nach Griechenland zurückkehrte, zählte er bereits zu den wahren Meistern der Weltgeschichte. Er traf den hyperboräischen Weisen Abaras in Delos. Die Hyperboräer waren die Völker des Nordens, weit in den dunklen Gefilden um den Polarkreis. In Delphi wurde er zum griechischen Priester geweiht und nahm an den damals aufkommenden Dionysos-Feiern teil. Dionysos wiederum war nichts anderes als der uralte ägyptische Segens- und Kulturbringer Osiris.

Der Meister muss ein ziemlich unverwüstlicher Typ gewesen sein. Mit 60 Jahren ließ sich Pythagoras in der griechischen Kolonialstadt Kroton in Süditalien nieder. Er heiratete Theano, eine Dichterin, mit der er sieben Kinder zeugte. In diesen Jahren strömten Scharen von Schülern zum Anwesen des Meisters, um von seinem geistigen Nektar zu saugen. Es entstand eine Kommune im wahrsten Sinne des Wortes, eine Oase der Künste, Literatur, Naturwissenschaft und Philosophie.

Doch das Wissen und Treiben der Pythagoräer war manchem bornierten Zeitgenossen suspekt. Man witterte die Geburt eines Geheimbundes, eines neuen, allzu freien Kultes. Der Weise und seine Anhänger wurden zuerst aufs Land vertrieben. Pythagoras wurde ein Verfolgter. Mit 71 Jahren floh er nach Tarent und wurde über 90-jährig von dort verbannt. Quellen berichten, dass er blind und fast 100 Jahre alt, geschützt im Hause eines Freundes starb.

Die Aversionen seiner Gegner richteten sich gegen die Schar seiner Schüler und gegen das von ihnen verwaltete Wissen. Die

Gebäude, in denen sie lebten und wirkten, wurden von Kleingeistern umzingelt und angezündet, und fast alle Schüler, soweit sie nicht mit den Schriften verbrannten, wurden durch Waffen getötet.

Fast auf den Punkt genau einhundert Jahre später zwangen die Athener den Philosophen Sokrates, den Schierlingsbecher zu trinken. Auch ihn beschuldigte die ehrenwerten Bürgerschaft, die Jugend zu verderben und die Existenz der Götter zu leugnen.

Mit derartigen Fragestellungen beschäftigte sich Irenäus Moll seit vielen Jahren. Möglicherweise galt hier tatsächlich nomen est omen. Sein Vater, der alte Förster vom Müritz-Nationalpark, studierte mit Inbrunst die Werke zur Vergleichenden Verhaltensforschung. Er verehrte die großen Ethologen Konrad Lorenz, Niclaas Tinbergen und Irenäus Eibl-Eibesfeldt. Sogar seinen Sohn ließ er nach letzterem benennen, worüber dieser als Kind nicht besonders erbaut war.

Immerhin beschäftigte sich der erwachsene Irenäus dann ebenfalls mit menschlichem Verhalten. Er warf unter anderem die Frage auf, was Menschen eigentlich dazu bringt, bestimmte Artgenossen nur wegen ihrer Ideen zu verbrennen, zu vergiften oder ans Kreuz zu schlagen. Diese Tötungen besitzen eine andere Qualität als das Töten in Kriegen, das Morden aus Habgier, die Hinrichtung von Schwerverbrechern oder die schlicht perverse Freude am zu Tode quälen von Menschen.

Pythagoras, Sokrates oder Jesus – die Kette lässt sich beliebig fortsetzen – gehörten nicht einmal einer fremden Rasse an, sie bewegten sich zwischen den Menschen und galten zumeist als Weise. Warum wurden sie dennoch, oft sogar durch ein Gerichtsurteil legitimiert, getötet?

Der persische Schriftsteller Salman Rushdi, Verfasser der „Satanischen Verse", wo auch immer er sich auf diesem Planeten verborgen hält, muss stets damit rechnen, dass es an der Tür klingelt und sein Todesengel ihn gefunden hat. Jüngst wurde ein erheblicher Bereich des Ägyptischen Museums in Kairo verwüstet, denn die Moslembrüder befanden, dass das Betrachten uralter Artefakte von der Beschäftigung mit der Gottheit ablenkt.

'Was ist mit den Gehirnen der Menschen aus dem Gleichgewicht geraten?', fragte sich Irenäus und schenkte sich einen weiteren Schluck Rotwein ein. Ging es hier noch um Wettbewerb oder Evolution oder waren wir der Wurmfortsatz der Entfaltung des Lebens? Er saß in der Küche seines Häuschens und nahm aus den Augenwinkeln das Herabrieseln der Schneeflocken vor dem Fenster wahr.

Einerseits freute er sich über die länger werdenden Tage, andererseits ließ der Frühling in diesem Jahr auf sich warten. Mehr lag er in seinem Sessel als dass er saß. Die Wärme von der mit Eichenholz betriebenen Kochmaschine beheizte die gesamte untere Etage. Auf dem Tisch lag ein aufgeschlagenes Exemplar seines Erstlingswerkes „Das Steinkistengrab". Er wählte die Textstellen für die nächste Lesung aus. Übermorgen.

Es handelte sich um den im weitesten Sinne von Jens Brauer angeregten Fantasy-Roman, den er damals begonnen hatte, einige Monate nach ihrer Wanderung zu den archäologischen Grabungen. Plutarchs Kommentar zu Pythagoras bezog sich offenbar auf die ferne Zeit kurz nach der Sintflut, jene Schwellenzeit, als die Erde noch wüst und leer war und die wenigen Überlebenden des Kataklysmus um ihre blanke Existenz kämpften. Hatte es diese Große Flut wirklich gegeben? Und existierte tatsächlich eine Zeit davor?

Gegenwärtige Autoren wie der Philologe Martin Freksa oder der Autor Graham Hancock sprechen von einer vorsintflutlichen Hochkultur – der Urzivilisation. Heute müssen sie dafür gerade nicht den Schierlingsbecher leeren, aber das wissenschaftliche Establishment sorgt dafür, dass sie unter der Kategorie „Spinner" in das gesellschaftliche Bewusstsein Eingang finden.

Hätte Irenäus Moll über dieses Thema ein Fachbuch geschrieben, wäre ihm dieses Schicksal sicherlich auch zuteil geworden. Aber es handelte sich ja nur um Fantasy. Der Tote im Steinkistengrab bei Börnecke – ein Nachfahre der Sintflut-Überlebenden, ein schönes Märchen …

Irenäus war aber nicht nur ein langsam an Bekanntheit gewinnender Autor, sondern er besaß eine weitere Profession, die er sich ebenfalls erst im fortgeschrittenen Alter zugelegt hatte und über deren tieferes Wesen er sich regelmäßig in Schweigen hüllte. Er übte sich im Lösen von Kriminalfällen der etwas ungewöhnlicheren Art. Dabei bestand das Hauptproblem allerdings darin, dass er weder Jurist, noch ehemaliger Polizist oder Militär war, nicht einmal abgehalfteter Stasi-Mitarbeiter oder TraPo. Deshalb besaß er auch weder eine Waffe, noch gar eine Lizenz. Für diesen Fall war sein Leitspruch: Waffen bringen den Tod, insbesondere ihrem Träger.

Irenäus war ein wandelnder Anachronismus, so als hätte man Sherlock Holmes oder Herculé Poirot in unsere Gegenwart teleportiert. Die zu lösenden Fälle häuften sich nicht, heimliche Klienten rannten ihm nicht die Tür ein, jedoch waren die wenigen dubiosen Machenschaften, deren Auflösung die Götter ihm zuteilten, niemals von schlechten Eltern.

Die damit im Zusammenhang stehende Auseinandersetzung mit unter- und hintergründigen Antrieben, die Recherchen für seine literarischen Werke und das Studium menschlichen Verhaltens hatten seit eh und jeh, insbesondere aber in den letzten Jahren, seine Wahrnehmung merkwürdiger und obskurer Zusammenhänge geschärft.

Deshalb nahm es auch nicht Wunder, dass er in diesem Moment seine Aufmerksamkeit einem gewissen Geräusch schenkte, das von außerhalb des Hauses an sein Ohr drang. Es handelte sich dabei um das ferne Dröhnen eines Düsentriebwerks. Am Himmel über Mitteleuropa kreuzen sich inzwischen die Bahnen nahezu unendlich vieler Flugzeuge, deren Geräuschkulisse ein sogenannter moderner Mensch nur noch peripher wahrnimmt. Das genau zu diesem Zeitpunkt hörbare Dröhnen klang einfach lauter und besaß gewisse, markant pfeifende Randfrequenzen.

Irenäus kannte dieses Luftfahrzeug und trat schnell hinaus ins Freie. Am Himmel öffneten sich jetzt größere blaue Löcher zwischen den Wolken, aus denen das Rieseln des Schnees andauerte. Im frischen Weiß gründeten sich erste Spuren der deutschen Einheitsgröße 42 (Stand ca. 1975, Männer). Das Dröhnen ging in ein moderates Donnern über. Wie immer kam „Der Weiße Jet“ von Osten über die südliche Feldmark Quedlinburgs gerast. Aus der Sicht von Irenäus näherte sich das Flugzeug derart, dass links der Höhenzug des sogenannten Eselstalls, eines ausgedehnten Waldgebietes und rechts die dunstige Silhouette des Unterharzes mit den markant vorgelagerten Felszacken der Teufelsmauer lagen. „Der Weiße Jet“ kam etwa aus der Richtung des kleinen Ballenstedter Verkehrsflugplatzes und donnerte orthogonal über das Flüsschen Bode, um wenige Sekunden später in ungefähr zweihundert Metern Höhe über das Grundstück des Privardetektivs zu pfeifen.

Irenäus drehte sich um. Gerade begann die Sonne, auf dem blendenden Schnee zu reflektieren. Der Jet flog direkt in diesen Spot hinein. Er war ziemlich klein und schneeweiß. Am Rumpf saßen zwei kurze, fast senkrecht abstehende Flügel, und an den Nahtstellen befanden sich die beiden Triebwerke. Man sah sehr gut die dunklen Abgase des verbrannten Treibstoffs, die mit hohem Druck ausgestoßen wurden und zwei breiter werdende Rauchfahnen zurückließen. Der Jet begann kurz nach der Passage des einsamen Waldgrundstücks zu steigen, er nahm an Geschwindigkeit auf, legte sich in eine leichte Kurve und verschwand wie ein Phantom in den nordwestlichen Schneewolken.

O ha! Der Mann merkte erst jetzt, dass Titus neben ihm im Schnee saß und fast ebenso fasziniert wie sein Herrchen in den Himmel starrte. Titus kam langsam in die Jahre. Den schwarzen, langhaarigen Altdeutschen Schäferhund hatte er von Dunja geerbt. Eigentlich gehörte dieser Frau das Haus, in dem er lebte, aber sie war entschwunden auf die andere Seite dieses Planeten. Er hatte schon lange nichts mehr von dieser extravaganten Malerin gehört, der er vieles zu verdanken hatte, nicht zuletzt seinen ersten Fall um das skurril fantastische Projekt „Quitilinga History Land".

Die Sonne verschwand hinter einer düsteren Wolkenbank, der Schnee rieselte weiter herab. Irenäus drehte sich um und kehrte mit Titus an die warme Kochmaschine zurück. Er sehnte den Frühling herbei. Zum Trost goss er einen Schluck Rotwein nach.

Wer mochte in diesem Flugzeug sitzen, das in derart geringer Höhe über ihn hinweg zog? Es geschah nicht täglich, nicht einmal annähernd, aber immerhin oft genug, um es als herausgehobenes Ereignis wahrzunehmen und darüber nachzudenken.

Wer mochte im „Weißen Jet" sitzen? Wo flog er hin und woher kam er? Das interessierte Irenäus.

Unterschwellig.

III

Tussi lag auf der speziell für sie angefertigten Sitzbank. Die langen sandfarbenen Haare, durchsetzt von dunkelbraunen Strähnen, breiteten sich malerisch auf dem schwarzen Polster aus. Ihre Augen waren geschlossen, und sie schnarchte leise. Das Motorengeräusch war sie gewöhnt und ihr schlanker Körper deshalb völlig entspannt.

Vorn im Cockpit teilte Tamara die letzten Schlückchen Champagner in die geschwungenen Gläser auf, die zwischen ihren Sitzen in einer Halterung hingen. Er war nicht mehr eiskalt, aber das war jetzt egal. Von ihren Freunden wurde sie Tam genannt, manchmal auch Tammy. Dabei wurde der Name englisch gesprochen, das a wie in „can". Tam war zierlich gebaut, fast ein Püppchen, aber doch nicht ganz, denn sie trieb viel Sport. Also waren die stark gebräunten Gliedmaßen zwar fein, aber fest und kraftvoll. Das ovale Gesicht besaß sehr dunkle Augen und schwarze Brauen, ein zartes Näschen und einen Mund mit vollen, dezent dunkelrot geschminkten Lippen. Das Ganze wurde umrahmt von langen, naturschwarzen, seidenen Haaren, die straff nach hinten zu einem Pferdeschwanz gezurrt waren.

Sie trug ein teures, hell schwarz gemustertes Shirt und derbe schwarze Pilotenhosen, an den Füßen rustikale Stiefeletten. Der einzige Schmuck war ein kleines Medaillon, das an einem goldenen Kettchen um den Hals hing.

„Prost!", sagte sie mit überraschend tiefer Stimmlage. „Auf eine gute Landung!"

„Prost!", lachte die Pilotin und behielt das Steuer leger in der linken Hand. „Wir müssen dann aber aufhören mit Trinken …"

Tam stimmte fröhlich in den Kalauer ein: „… denn unsere Autos stehen am Flugplatz!"

Die andere Frau hieß Lilly und stellte so ziemlich das Gegenteil von Tam dar. Ihr Gesicht war blass und ihre Wangen schmal. Sie schaute aus strahlend blauen Augen in die Welt, das Hellblond der Haare tendierte ins zarte Rosa. Lang und offen fiel die Lockenpracht über den Stoff des marineblauen Overalls.

Lilly war Inhaberin einer Spezialzulassung für Kampfflugzeuge der NATO. Einige Jahre hatte sie einen Tornado der Bundeswehr gesteuert, unter anderem über Afghanistan. Vor drei Jahren schied sie als Hauptmann aus dem aktiven Wehrdienst aus. Kurz darauf hatte sie den Job als Pilotin dieses Privatjets, einer Piper aztec, angenommen.

Sie hatte das Flugzeug abgebremst und setzte zu einer weiten Kurve an, die parallel zur nördlichen Kante des Harzes wieder in eine Gerade mündete. Gleich darauf bewegten sie sich zwischen Quedlinburg und den Bergen, der Bordcomputer kannte den Weg. Unter ihnen huschte bereits in geringer Höhe die Landschaft vorbei, Wälder, Buschland, Felder, ein paar Wasserläufe und einige Gehöfte. Die Türme der Quitilingaburg wurden rot von der Sonne angestrahlt, die durch ein Loch in den Wolken schien. Leichter Schnee rieselte herab.

Lilly stellte das Champagnerglas zurück und schob die Kopfhörer zurecht. Dann konzentrierte sie sich auf die näher kommende Landschaft und nahm Kontakt zum kleinen Tower des Flugplatzes auf. Nach kurzem Begrüßungsritual mit dem Chef des Platzes wusste sie, dass die Bahn frei war und erhielt Landeerlaubnis.

Tam sagte kein Wort und starrte konzentriert auf die weiße Außenwelt. Genau in diesem Moment rieselte der Schnee stärker. Es schien, als flögen sie in eine dreidimensionale Gardinenfront. Sie trug nicht zum Landevorgang bei und saß nur aus Sympathie auf dem Sitz des Copiloten.

Ihre Freundin blickte mit leicht zusammengekniffenen Augen dem Rollfeld entgegen. Die Maschine flog inzwischen stark abgebremst. Rechts außen konnte man die Theatertürmchen der Roseburg ausmachen, mit Zuckerbäckerschneehäubchen. Gleich darauf erschienen wenige Kilometer weiter das Schloss mit den Parkanlagen im Blickfeld und ein Stück höher im Wald die hellen Mauern der Napola und späteren Bezirksparteischule.

Lilly hatte das Fahrwerk ausgeklappt und setzte mit einem Ruck auf der Piste auf. Dann bremste sie sensibel. Wolken von Schnee stiebten zu beiden Seiten empor. Eine Minute später kam der Lear-Jet kurz vor dem Bahnende zur Ruhe und wurde mit

untertourig laufenden Triebwerken in eine Kurve zu einem der Hangars gelenkt. Die Frauen winkten aus dem Cockpit dem Diensthabenden im kleinen Tower zu. Lilly manövrierte das Flugzeug auf den angestammten Stellplatz. Tam hatte sich bereits erhoben und hangelte sich nach hinten in den Fahrgastraum.

„Na, alte Eule!", begrüßte sie Tussi. „Keine Lust zum Aufstehen? Wir sind zu Hause."

Tussy gähnte lauthals und wedelte mit dem buschigen Schwanz. Dann richtete sie sich zu voller Größe auf und sprang von ihrem Spezialliegeplatz. Sie war ein Prachtexemplar von einer Afghanischen Windhündin und passte genau zu ihren beiden Frauchen.

Lilly hatte inzwischen die Gangway ausgefahren. Die Frauen nahmen die großen Hochglanz-Tüten, auf denen die Namen der bedeutendsten Markenfirmen prangten, und stiegen damit schwerbeladen die Stufen hinab auf die Betonfläche des Hangars. Tussi wuselte hinterher und rannte aus dem Tor ins Freie, um sich irgendwo zu erleichtern. Sie nahm sich kaum Zeit, den Schatten anzuwedeln, der sich in die Halle bewegte.

„Hallo, meine Damen!“, begrüßte sie der Chef des Flugplatzes. Er war offenbar neugierig und beäugte die Tragetaschen. „Was habt ihr Schönes mitgebracht?“

Tam wusste nicht recht, ob sie dieses Verhalten gut finden sollte, setzte jedoch trotzdem ein charmantes Lächeln auf: „Wir waren in Düsseldorf zum Winterschlussverkauf. Da konnten wir einfach nicht widerstehen.“

Der Chef versuchte, ihnen die Hand zu geben, aber die Frauen hatten keine Lust, die Last abzustellen. „Soll ich euch zum Grundstück fahren?“, bot ihnen Uwe an, so hieß der Chef, der den winzigen Flugplatz kontrollierte, der allerdings zu den ersten drei Verkehrsflugplätzen in Deutschland gehörte.

„Nein, danke ...!“, erwiderte Tam, die Wert darauf legte, dass sich ihrem Domizil fast niemand näherte. „Wir gehen zu Fuß. Training für die Muckis.“

„Na gut!“, grinste der Chef etwas enttäuscht.

Lilly fragte, um die Situation zu entkrampfen: „Ist heute noch was los im Städtchen?“

„Oh, ja!“, rief Uwe beglückt. „Ein Fantasy-Schriftsteller hält eine Lesung. Er kommt aus Quedlinburg und hat einen komischen Namen.“

Die Gangway klappte sich automatisch und lautlos in den Rumpf des Jets, der stumm und artig dastand wie ein weißes Pferd.

„Fantasy?“ Tam zog die Stirn kraus. „Und wo soll das stattfinden?“

„Im Treffpunkt. Das ist diese Kneipe ...“

„Ich weiß“, unterbrach ihn die Frau und ging hinter Lilly her, die sich bereits mit ihrer Last auf den Weg gemacht hatte. „Gehst du hin?“

„Nein, ich war bereits zweimal bei dieser Lesung. Es ist wirklich sehr interessant, weil es in unserer Region spielt, aber vor 5.000 Jahren“, erklärte der Mann und wartete, bis sie den Hangar verlassen hatten. „Und es beruht irgendwie auf wahren Begebenheiten.

„Vor 5.000 Jahren?“, murrte Tam ungläubig. „Und wie heißt das Werk?“

„Das Steinkistengrab“, sagte der Chef und machte sich daran, das Tor des Hangars zu schließen.

Die Frauen lächelten ihm zum Abschied zu und wanderten durch den Schnee die leichte Steigung hinauf. Tussi tobte freudig erregt um sie herum und wirbelte Wolken von Pulverschnee auf.

Sie liefen auf einem ausgetretenen Pfad, der eine Böschung hinauf bis an einen langen Zaun führte. Der Zaun war alt, aber die Tür aus verzinktem Stahlrahmen und feinem Metallnetzwerk sah sehr neu aus. Ein Stück zurückgesetzt, nahm eine Videokamera ihre Ankunft auf. Tam griff in einen kleinen Kasten und betätigte eine Tastatur. Dann öffnete sie die Pforte.

Eine Minute später schleppten die Frauen die mondänen Einkaufstaschen über die Betonplatten des Innenhofes der ehemaligen Motorsportschule. Rechts lag der ziemlich groß geratene Swimming Pool aus einer früheren Ära. Unweit davon rostete ein W50-Kipper aus alten DDR-Beständen vor sich hin. Sie erreichten die zentrale Straße. Vor den Garagen war heute niemand. Hier frönten die Freunde russischer Militärfahrzeuge ihrem luxuriösen Hobby. Tam hatte sie nicht verscheucht, denn sie brachten Leben in die Bude.

Vor den Frauen tauchte das Haupthaus auf. Es handelte sich um ein eindrucksvolles zweigeschossiges Bauwerk, das durch sein Walmdach und die Verkleidung aus dunkelbraun geölten Brettern einen gefühlten Schwarzwald-Charakter besaß. Betont wurde dieser Charakter durch eine vorgesetzte Veranda. Tam betätigte auch hier einen Einlass-Code, und dann standen sie endlich im Vestibül. Erleichtert schnaufend, ließen sie die Einkäufe auf das farbige Muster des Linoleums fallen. Wohlige Wärme umgab sie, und der angenehme Geruch nach seltenem Öl durchzog den Raum.

Als Tam dieses Haus zum ersten Mal betreten hatte, roch es klamm, dumpf, nach abgestandener Plaste und verrotteten Gardinen. Aus zerborstenen Heizkörpern hatten sich schwarze Flüssigkeiten über die Fußböden ergossen, und die erste undichte Stelle im Dach ließ das Haus von oben vergammeln. Vorher war dort eine Unterkunft für Biker samt Kneipe gewesen, aber die Stadtverwaltung hatte dem Pächter gekündigt und nahm lieber den Verfall in Kauf – warum auch immer. Tams Angebot konnten die Stadtväter dann doch nicht widerstehen, und so war das heruntergekommene Gebäude ihr Eigentum geworden.

Tussi schüttelte sich und rannte die Treppe hinauf, feuchte Pfotensiegel zurücklassend. Die Frauen folgten ihr. Im ersten Obergeschoss befand sich das Reich der Weiber. Hier gab es mehrere Bäder, eine große Küche und jede Menge Zimmer. Am schönsten war jedoch die „Empore“. Das war ein Erkerzimmerchen, das nach Norden direkt auf den Flugplatz schaute, ein wenig nach Osten und ein wenig nach Westen. Der Fußboden war erhöht, deshalb der Name „Empore". Basti, der stillschweigende Anführer der russischen Militärkraftfahrer, erzählte, wie sie hier zu Bikers Zeiten die Nacht hindurch bis in den Morgen hinein gesessen und gezecht hatten. Dabei war über dem Tower des Flugplatzes die Sonne aufgegangen und hatte sich blutrot in der Alufassade gespiegelt.

Jetzt standen auf der Empore zwei mit dunkelrotem Samt bezogene Diwane, zwischen denen ein antikes Tischchen stand. Der Boden war mit einem weichen, pseudoorientalischen Teppich bedeckt, auf dem sich die Afghanin ausstrecken konnte.

„Ich koche freiwillig Kaffee und hole Eis", rief Tam und entschwand auf dem langen Flur in Richtung Küche.

Lilly ging zu ihrem Zimmer. Sie wollte sich umziehen und einige Minuten allein sein. Fliegen war anstrengend, auch wenn eine so moderne Maschine die Hälfte allein besorgte. Sie schälte sich aus der Kombi und warf sie achtlos in eine Ecke. Lilly besaß ein ausgesprochen schmales Becken, ihr Körper war lang und schlank, eine Struktur, die sich bis in ihr Gesicht hinein erstreckte. Nur die etwas volleren Brüste bildeten dazu einen aufreizenden Kontrast. Sie wählte eine Jeans aus und zog einen legeren dunkelblauen Pullover über das seidene Unterhemdchen. Einen Moment trat sie ans Fenster und schaute hinüber zu der Felsformation, die dunkel im leichten Schneetreiben hockte. Ihr Fenster zeigte nach Süden zum Gegenstein. Wenig später überquerte sie den Flur und traf auf der Empore ein, als Tam mit dem Decken des Kaffeetisches fertig war.

Fast schweigend schlemmten sie in der exquisiten Eiscreme, süffelten dazu am Mokka und am Scotch Whisky. Dann grinsten sie sich an und zerrten flugs die Tüten mit Einkäufen auf die Diwane. Unter fröhlichen Begeisterungsschreien packten sie Klamotten, Untertrikotagen, Schmuck, Gewürze und einiges mehr an hübschen Dingen aus.

Als sie genug herumgewundert und sich gegenseitig zu ihren Schnäppchen beglückwünscht hatten, nahmen sie noch einen weiteren Scotch zu sich.

„Was wollen wir heute noch lostreten?", fragte Tam und leckte mit einer langen rosa Zunge das Glas aus. „Wir sind etwas zu früh nach Hause gekommen."

„Für mich war Düsseldorf ausreichend", erwiderte ihre Freundin und lehnte sich genüsslich in die Polster. „Aber wenn du mich schon so fragst, wir könnten zu dieser Lesung fahren."

„Ach, nee! Ins Städtle? Das ist doch dumpf", begehrte Tam auf. „Vielleicht sollten wir lieber auf den Stein gehen. Ja, Tussi?"

Die Afghanin wedelte mit dem Schwanz.

„Dann sind wir ja schon fast im Städtle", konstatierte Lilly. „Es ist noch eine Stunde hell. Es liegt fantastischer Pulverschnee. Wenn wir uns ein bisschen beeilen, können wir ein gutes Stück im Hellen schaffen."

„Du willst laufen?", moserte Tam. „Wegen einem Fantasy-Schriftsteller? So spannend finde ich das nicht. Und wie sollen wir zurückkommen?"

„Also erstens haben wir uns heute noch gar nicht richtig bewegt, alle drei", begann die Pilotin eine Aufzählung. „Zweitens finde ich das Thema spannend und drittens fährt uns der Autor bestimmt nach Hause …"

„Uff!", machte Tam. „Das glaubst aber auch nur du! Weißt du denn überhaupt, wo diese Kneipe liegt?"

„Der Treffpunkt? Ja, weiß ich", konterte Lilly, „gleich an der Kreuzung mit der überflüssigen Ampel. Wir müssen also gar nicht weit in die Stadt hineinwandern."

„Hm!", knurrte Tam und goss beiden wegen der Nerven aufreibenden Fragestellung noch einen dritten Scotch ein. „Er hört sich nicht ganz unverlockend an, dein Vorschlag. Aber wenn ich dort ohne Sieghard auftauche, denken die Spießer vielleicht …"

„Ach, nun ist's aber gut!", lachte die Pilotin und schlug sich an die Stirn. „Wann hättest du jemals auf Sieghard Rücksicht genommen! Los, zieh die Wanderstiefel an!"

Zwanzig Minuten später stapften die Frauen durch den vielleicht zehn Zentimeter hohen Schnee, der die Betonfläche nun völlig bedeckte. Beglückt schoss Tussi in weiten Kreisen um sie herum. Der Weg durch den Haupteingang zur eigentlichen Zufahrt wäre ein ziemlicher Umweg gewesen. Also hatten sie beschlossen, „die Lücke" zu benutzen. Vorbei am Garagentrakt der russischen Militärkraftfahrer, gab es eine Lücke im Zaun, die Tam bewusst nicht reparieren ließ. Sieghard wusste davon nichts. Diesen Durchgang benutzten die Freundinnen und der Hund. Er führte auf kürzestem Weg zum Großen Gegenstein.

Die Gegensteine gehören zur sogenannten Teufelsmauer, einer interessanten Felsformation im Nördlichen Harzvorland. Ihre Entstehung könnte man sich etwa so vorstellen: Der afrikanische Kontinent driftet seit Jahrmillionen sehr langsam nach Norden. Dabei drückt er gegen die europäische Kontinentalplatte, wobei ungeheure Energiemengen freigesetzt werden, die sich zum Beispiel als Erdbeben im Mittelmeerraum und rings um den Balkan entladen oder aber als Ausbrüche des Vesuvs und des Ätnas.

Da diese Phänomene nicht ganz ausreichen, quetschen titanische Kräfte seit dem Tertiär ein Faltengebirge himmelwärts, das wir heute Alpen nennen. Diese Auffaltung bringt die uralte Platte Europas zum Bersten. Es entstehen recht ansehnliche Geröllaufschüttungen, die wir Mittelgebirge nennen. Der nördlichste dieser Bergzüge ist der Harz. Als die variszische Platte an dieser Stelle zerbrach, entstand wie beim Aufschieben einer Kaffeetischdecke eine gewellte Landschaft. Die Wellen ziehen sich parallel zur Nordharz-Kante und heißen Seweckenberge, Eselstall, Huy, Hakel und Elm. Sie bilden die sogenannte Schichtrippenlandschaft.

Die der Harzkante am nächsten gelegene Schichtrippe besteht aus fest gepresstem Meeresgrund, aus Quarzsandstein, und reckt sich senkrecht in die Lüfte. Jahrmillionen währende Erosion durch Wind, Wasser und Eis fräste unregelmäßig bizarre Felswände aus der weichen Gemengelage der Landschaft. Diese weithin sichtbaren steinernen Gebilde tragen den Namen „Teufelsmauer“. Ein Ableger dieser Formation sind die Gegensteine, ein interessantes Wanderziel oberhalb des kleinen Flugplatzes, in dessen Hangar verborgen der Weiße Jet auf seinen nächsten Einsatz wartete.

Die Schneeflocken glitten monoton am Quarz der Felsen hinab. Über eine Klamm konnte man auf einer steilen Treppe den Kamm erreichen. Aber das hatten die Frauen schon so oft gemacht. Jetzt trabten sie daran vorbei bis zu dem schmalen Hohlweg, der hinab in die Felder führte. Ein gutes Stück vor der Ortschaft brach unweigerlich die Dunkelheit über sie herein, doch der Schnee schimmerte hell genug, sodass sie die Taschenlampen nicht benötigten.

IV

Am frühen Abend war es soweit. Irenäus lud eine Kiste mit Büchern in seinen alten, armygrünen Daimler, um sich auf den Weg zur Lesung zu machen. Nach einem skeptischen Blick seines Herrchens durfte Titus auf den Rücksitz springen, wo er es sich auf der Stelle bequem machte. Das war alles, was er ersehnt hatte.

Kurze Zeit später erreichte der Mercedes das Städtchen Ballenstedt. Der ziemlich verschlafene Ort besitzt dennoch eine gewisse Berühmtheit durch sein Schloss, den Familiensitz der Fürsten von Anhalt-Bernburg, erbaut auf einer Klosteranlage. Im Westwerk der einstigen Klosterkirche befinden sich die Grabstätten Albrechts des Bären und seiner Gemahlin Sophie aus dem 12. Jahrhundert. Der Schlosspark wurde nach Entwürfen von Peter Joseph Lenné angelegt und gehört mit der aufwändigen formalen „Wasserachse" im Stil italienischer Villengärten zu den Highlights mitteldeutscher Kulturgeschichte.

So hoch hinauf wollte der Schriftsteller an jenem Abend jedoch nicht. Vielmehr stoppte er seinen Wagen vor einem Gasthaus, das den vielversprechenden Namen „Treffpunkt" trug. Er schleppte die Bücherkiste durch den Schnee, gefolgt von seinem schwarzen Altdeutschen. Inzwischen war es längst dunkel, und die Fenster schienen in gelblichem Licht. Endlich im Inneren, umgab ihn plötzlich lauwarme Kneipenluft, die in seiner Seele durchaus angenehme Empfindungen erzeugte. Die Wirtsleute kannte er bereits, den langhaarigen Hendrik und seine Frau Manu, die ihm freudestrahlend entgegeneilten. Die Mutter saß auch bereits am Tisch und rauchte gedankenverloren und erwartungsvoll.

Während Irenäus das „Steinkistengrab" auf dem Lesetisch drapierte, brachte Manu ein Bier, und der Wirt spendierte vom

feinsten Whisky. Artig prostete Irenäus ihnen zu und ließ sich dann auf den Stuhl sinken. Bis zum Beginn der Lesung war noch viel Zeit. Bis jetzt war der Raum leer.

Dieser kontemplative Zustand hielt allerdings genau eine weitere Minute an.

Hendrik setzte gerade zu einer Plauderei über die Güte des edlen Getränks an, als mit einer gewissen, nicht übersehbaren Hektik die Tür zum Gastraum geöffnet wurde. Der missbilligende Blick des Wirtes und der neugierige Blick von Irenäus interferierten miteinander vor den ersten Gästen dieses Abends.

Hintergründig gesehen, handelte es sich um zwei Frauen, die mit einer Schneeschicht bedeckt waren und im Vorraum die Stiefel durch geräuschvolles Trampeln von ebendiesem romantischen Weiß befreiten. Vordergründig handelte es sich allerdings um ein zottiges Etwas, das in die Gaststube sprang und sich dort kräftig schüttelte, wonach das Parkett ein wenig feucht aussah.

Titus, der bereits seelenruhig unter Irenäus' Tisch gelegen hatte, richtete sich auf und gab einen merkwürdigen Mischlaut zwischen Mieksen und Bellen von sich. „Titus!“, knurrte sein Herrchen warnend.

„Die Neureichen!“, kommentierte der Wirt leise und nahm eine abwartende Pose ein.

Letztendlich übernahm die braungesträhnte Schönheit die Initiative. Schwanzwedelnd eilte sie auf Titus zu und beschnupperte aufgeregt dessen Nase. Der Schwarze ließ sich nun nichts mehr sagen und robbte unter dem Lesetisch hervor, um sich in die richtige Position zu bringen. Dann standen beide mit hochgereckten Schwänzen in Stellung Neunundsechzig und inhalierten die Pheromone des anderen an den für Hunde besonders wichtigen Körperstellen.

„Titus!“, befahl Irenäus halbherzig.

„Tussi!“, rief die dunkelhaarige Frau und schüttelte den Schnee von ihrer weiß gefütterten Schapka, natürlich aufs Parkett.

Titus und Tussi, das kann ja was werden, dachte Irenäus amüsiert und wandte seine Aufmerksamkeit nun endlich den interessanteren Neuigkeiten zu.

Die Frau mit der weißgefellten Schapka trug einen dunkelgrauen Wildledermantel über Hosen und Lederstiefeln. Sie war zierlich und schwarzhaarig, und die dunklen Augen blickten konzentriert auf die Hunde, die sich darum nicht die Bohne scherten.

Irenäus hätte gar nicht gedacht, dass in diesem abseitigen Städtchen solch außergewöhnliche Frauen herumliefen, Albrecht den Bären nebst Sophien hin oder her. Denn auch die andere Frau war für diesen Winkel eine Besonderheit. Sie hatte die braun gefütterte Schapka bereits im Vorraum abgeklopft und stand noch im Türrahmen. Ihre ein wenig rötlich-blonden Haare quollen lockig um ein herbes Gesicht mit schönen blauen Augen. Sie trug einen Parka, Jeans und Fellstiefel. Man musste nicht unbedingt ein geistiger Enkel von Irenäus Eibl-Eibesfeldt sein, um zu registrieren, dass sie die nachgeordnete Persönlichkeit war.

Die Hunde beruhigten sich und standen nebeneinander. Offensichtlich fanden sie sich gegenseitig cool. Alle atmeten erleichtert auf, obwohl es niemand zugab. Die Frauen legten ab.

„Hallo!“, sagte die Dunkle und warf einen Blick in die Runde. „Wohin dürfen wir uns setzen?“ Dann warf sie noch einen Blick und erkundigte sich mit gefurchter Stirn: „Sind wir die einzigen?“

„Nein, nein!“, beeilte sich Hendrik zu sagen. „Sie sind nur die ersten. Die Lesung fängt erst in vierzig Minuten an, und die Leute kommen meistens in letzter Minute … Möchten Sie etwas trinken oder vielleicht essen?"

Die Blonde hängte den Parka über eine Stuhllehne an einem Tisch nahe der Theke und setzte sich hin. Es war einer der besten Plätze. Vielleicht war es der Stammtisch, aber so genau kannte sich Irenäus hier nicht aus.

Die Dunkle gab ihrer Hündin ein Handzeichen, das diese geflissentlich ignorierte, und sagte: „Wir nehmen eine Flasche Champagner." Dann ging sie ebenfalls zu jenem Tisch und zog ihren Mantel aus.

„Champagner gibt's hier nicht!", rief Hendrik ihr nach. Die Mutter entzündete eine neue Zigarette. „Rotkäppchen Sekt haben wir."

„Den Guten?", fragte die Dunkle.

„Brut!", rief Manu hinter der Theke.

„Na gut!", meinte die Frau versöhnlich. Die Mutter blies einen Rauchkringel zur Decke, Hendrik rollte mit den Augen, und Irenäus legte grinsend seine Lesebrille auf den Tisch.

Manu füllte dezent zwei Sektgläser und stellte die Flasche in einen tönernen Kühler. Die Frauen prosteten sich zu, danach erhob sich die Dunkle und stakste an den Büchertisch. Sie wollte gerade ein Buch zur Hand nehmen, als die Tür ging.

Neue Gäste betraten den Schankraum, zuvorderst Doris. Diese Frau kannte Irenäus bereits, und folgerichtig stürmte sie auf ihn zu und gab ihm ein Begrüßungsküsschen. Sie handelte mit Gold und Uhren und setzte sich deshalb auch ohne Umschweife zu den beiden geheimnisvollen Damen, die zu ihren Kundinnen zu gehören schienen. Und Jürgen, der Architekt, der sein Einladungsplakat geschaffen hatte, begrüßte den Poeten am Lesetisch, ebenso Torsten, ein Kunstmaler, dessen nicht ganz heimliche Passion der Flugplatz war.

In immer rascherer Folge trafen nun die Ballenstedter Literatursinnigen ein, und irgendwann sah es im „Treffpunkt" angenehm voll aus.

„Das Steinkistengrab" war kein wirklicher Fantasy-Roman, es war auch kein historischer Roman, am ehesten handelte es sich dabei um wissenschaftliche Fantastik. Jahre zuvor hatte Irenäus den Philologen Martin Freksa besucht. Sie hatten eine lange Wanderung durch das Neckartal rings um Tübingen unternommen und dabei folgende Gedanken gewälzt.

Vor Tausenden von Jahren gab es auf der Erde schon einmal Zentren höchster Zivilisation, die unserer heutigen sehr nahe kam, aber doch ganz anders war. Eins dieser Zentren war eine große Insel und lag im Atlantischen Ozean. Sie hieß Atlantis, und der Ozean wurde nach ihr benannt. Das andere Machtzentrum lag im fernen Indien und wurde von dem Halbgott Krishna regiert. Vor über 5.000 Jahren kam es zwischen diesen Reichen zu einem großen Krieg, in dem sie sich gegenseitig mit Hilfe von Superwaffen vernichteten.

Platon schrieb in seinen Kritias- und Timaios-Dialogen ausführlich über Atlantis und dessen expansive Machtgier. Die Inder beschrieben in den Veden minutiös den Krieg mit der Sundarshan-Waffe, „der Blendenden", „heller als tausend Sonnen". Ihre Beschreibung kommt der einer heutigen Nuklearwaffe ungewöhnlich nahe. Das erst spät wiederentdeckte Harappa am Indus soll eine Stadt in geometrischer Anlage mit Quartieren für eine Million Menschen gewesen sein. Aus ihren Mauersteinen schütteten die Briten weite Strecken des Bahndammes für den Orientexpress auf. Später maß man in den Ruinen Harappas angeblich eine über Normal liegende Radioaktivität.

Im Gefolge dieses gewaltigen Krieges soll es zum Untergang beider Zivilisationen gekommen sein. Atlantis versank – wie auch immer. Dabei baute sich eine riesige Flutwelle auf, ein Super-Tsunami, der weite Teile des Globus verwüstete. Das war die Sintflut …

Gab es so etwas tatsächlich?

Männer wie Martin Freksa halten es für möglich, wenn nicht gar wahrscheinlich. Er begreift sich dabei keinesfalls als Esoteriker, obwohl ihn die meisten Leute dafür ansehen. Freksa steht jedoch nicht ganz allein mit seinen Gedanken da. Forscher wie Schwaller de Lubicz, Schott und insbesondere Graham Hancock und Santa Faiia stellen Fragen nach antiker Hochtechnologie und postulieren eine verlorene Urzivilisation, aus deren Wissen spätere Hochkulturen sprossen.

Nur, fragten sich die beiden Männer auf ihrer Wanderung rund um Tübingen, warum gibt es keine eindeutigen Artefakte, die eine derartige Superzivilisation bezeugen, die von modernen Archäologen gefunden wurden oder in Sammlungen und Museen stehen?

Es existieren Sagen und Schriften über die Geschlechter der Riesen und über eine Große Flut. Die Götter des Goldenen Zeitalters oder von Zep Tepi, der Ersten Zeit, werden ausführlich in jedem Mythos beschrieben, der etwas auf sich hält. Jedermann kann darüber ausführlich in der Bibel, im Gilgamesch-Epos, in den Veden, der Edda, dem Popol Vuh und mannigfachen weiteren Schriften nachlesen.

Aber die Artefakte? Eine derartige Hochzivilisation benötigte Energieerzeuger und Rohstoffquellen, Bauwerke und Kulturgut. Wo sind Spuren davon zu finden, wo liegen die Beweise begraben?

Freksa machte sich darüber so viele Sorgen nicht, er war schließlich Geisteswissenschaftler. Aber Irenäus Moll ging es schon maßgeblich um die praktische Seite des Problems. Damals ersann er eine Parabel zur Jetztzeit:

Man stelle sich vor, ein 1.000 Kilometer langes Stück Meeresboden versinkt innerhalb kürzester Zeit im nördlichen Teil des Mittelatlantischen Grabenbruchs. Dadurch ausgelöst rast eine hunderte Meter hohe Wasserwand über die nördliche Hemisphäre der Erde und vernichtet alle Strukturen unter sich. Nur Bergspitzen schauen noch aus der gigantischen Flut. Das ist die Apokalypse …

Man stelle sich weiterhin vor, dass man sich zu eben diesem Zeitpunkt gerade auf einer Brockenwanderung befindet. Man hält sich auf dem höchsten norddeutschen Gipfel auf, als die Menschen die Nachricht erhalten, auf Handys, iPhones usw. Panik droht auszubrechen. Viele Leute können die Botschaft nicht glauben, andere verfallen in Starre, manche werden auf der Stelle wahnsinnig und laufen den Berg hinab in den sicheren Tod.

Irenäus würde (natürlich) ein bisschen cool bleiben und zuerst versuchen, im allgemeinen Tumult nicht unter die Räder zu kommen. Dann sieht man die Wasserwand aus Richtung Norden heranrollen. Der Anblick ist infernalisch. Der Vorgang verläuft mit atemberaubender Schnelligkeit. Der Gipfel des Brockens wird nicht überspült, aber selbst Orte wie DreiAnnenhohne oder Schierke existieren wenige Sekunden später nicht mehr. Für eine geraume Zeitspanne stellt die Spitze des Berges eine ziemlich winzige Insel inmitten eines trübbraunen, schäumenden Meeres dar.

Irgendwann beginnen die Wasser wieder zu sinken. Zurück bleibt eine unbekannte Landschaft, ein von Schlamm und Schutt überlagertes Wirrwarr, in dem nichts Menschgemachtes mehr zu erkennen ist. Neue Seen sind entstanden, überall blinkt trübes Wasser unter einer dunstverhangenen Sonne.

Um das Szenario in diesem Beispiel überschaubar zu halten, nehmen wir die Existenz von noch etwa fünfzig mehr oder minder traumatisierten, übrig gebliebenen Menschen auf dem Brocken an. Der Versuch Einzelner, ins Unterland vorzudringen, scheitert vorerst an der nassen Unwegbarkeit einer schlammigen Trümmerlandschaft, in der kaum Tiere und nur wenige Pflanzen überlebt haben.

Bis auf weiteres muss man sich auf dem Berge einrichten. Zum Glück existieren hier eine ganze Menge Vorräte unterschiedlicher Art. Der Brockenwirt wird enteignet und die vorhandenen Lebensmittel streng rationiert.

Nach einigen chaotischen Tagen des Traumas beginnen die Überlebenden, die nahe Zukunft zu planen. Erkundungstrupps finden bald heraus, dass die Niederungen praktisch unpassierbar, wüst und leer sind. Lebensmittel findet man nur mit viel Glück in den Resten von Häusern oder Restaurants, sofern man an sie heran gelangt. Was allerdings am schlimmsten ist: Es existieren keine weiteren Menschen mehr. Die Flut hat alle dahingerafft. Selbst nach einem Atomkrieg überleben Menschen in Bunkern, U-Bahnen, Tunneln oder Kellern. Bei einer Sintflut überlebt man nur auf den Gipfeln der Berge – oder in U-Booten und Flugzeugen, (die allerdings nirgends mehr landen können).

Also müssen sich die fünfzig Menschen auf dem Brocken miteinander arrangieren. Es gibt einige Kinder und Erwachsene der verschiedenen Altersgruppen. Unter ihnen sind zwei Ärzte, eine Krankenschwester, ein Physiker, eine Lehrerin, elf Verwaltungsangestellte, eine Töpferin, fünf Kellner, ein Kipperfahrer, zwei Lokführer und einige andere, jeweils beiderlei Geschlechts. Der Vorrat an Nahrungsmitteln wird für einige Monate reichen, obwohl die Kühlaggregate nicht mehr arbeiten – ohne elektrischen Strom.

Ebenso existiert keine Kommunikation nach außerhalb mehr, denn derartige Infrastruktur ist schlagartig zusammengebrochen, selbst Satelliten helfen da nicht weiter. Jenseits der schier undurchdringlichen Schlammwüste werden sicherlich auch noch andere Menschen überlebt haben, Nur – man weiß nichts voneinander. Man sitzt allerdings neben riesigen Sendeanlagen, und die verfügen über Notstromaggregate. Zwei Techniker und ein Meteorologe hatten ebenfalls gerade Schicht, so dass es vielleicht doch noch mit der Kühlung der Lebensmittel klappt …

Im Großen und Ganzen ist Europa von Lebewesen leergefegt. Die meisten Menschen haben in den Alpen und den Pyrenäen überlebt, einige auf dem Balkan und dem französischen Zentralmassiv.

Die Überlebenden müssen sich über drei wesentliche Problemkreise ernsthafte Gedanken machen:

Wie ernähren wir uns und bleiben gesund?

Wie bewahren wir unser Wissen?

Wie erhalten wir den Bestand an Menschen?

Die Lösung der dritten Frage wird am einfachsten geklärt. Es existieren bereits einige Paare und neue Partnerschaften bilden sich. Erstaunlich bald laufen die ersten Frauen mit dicken Bäuchen über das Hochplateau.

Als sehr problematisch erweist sich die Lösung der ersten Frage. Die Beschaffung von Nahrung ist außerordentlich schwierig und aufwändig. Im Unterland ist praktisch alles zerstört und verschüttet, nur wenige Tiere haben überlebt, die Samen der Nutzpflanzen sind schwer zu finden. Im Gefolge des auftretenden Hungers brechen bei den Überlebenden Krankheitsherde auf, entweder bereits verdeckt vorhandene oder neu erworbene. Die drei Mediziner können nicht verhindern, dass der erste von ihnen stirbt.

Trotz vager Kommunikation zu anderen Gruppen von Überlebenden bricht der Kontakt sukzessive ab. Die früher leicht mit dem Auto zurückgelegten Strecken wachsen nun zu unüberwindbaren Zwischenräumen an. Selbst wenn man eine Expedition wagte, weiß man nicht, ob sie die Gemeinschaft stärken oder schwächen würde.

Problematisch wird im Laufe der Zeit zunehmend die zweite Frage. Es gibt zwar Bücher auf dem Brocken, aber das Wissen der Welt ist darin gerade nicht niedergelegt. Am Anfang hatten noch alle eine Schulbildung und Spezialwissen. Jeder, selbst die ersten Kinder, kannte Autos, Flugzeuge, Computer, Fernseher und Waschmaschinen. Doch bei letzteren verblasst die Erinnerung daran zuerst. Man denkt daran, das Wissen aus der Erinnerung niederzuschreiben, doch der Kampf ums Überleben lässt wenig freie Zeit. Das Schreiben auf Papier erweist sich als sinnlos, denn modernes Papier ist viel kurzlebiger als mittelalterliches, es ist Wegwerfware …

Das Wissen in Brockengranit meißeln zu wollen, wäre Irrsinn gewesen. Die Töpferin schlägt Tontäfelchen vor. Man benötigt dafür allerdings Ton und einen Brennofen. Brennmaterial ist ziemlich knapp und mühsam zu bergen ohne Kettensägen und Transportmittel. Alles ist extrem schwierig. Der Winter beginnt früh und verläuft hart, denn das Klima hat sich durch den Kataklysmus verschlechtert. Als endlich der Frühling anbricht, gibt es mehrere neue Gräber auf dem Berg.

Im Sommer ziehen die ersten Bewohner sporadisch hinab in die abgetrockneten Niederungen, doch sie bleiben eine Gemeinschaft mit dem Rest. Die jungen Kinder kennen die vergangene Welt nur noch aus den Erzählungen der Alten.

Nach einem Vierteljahrhundert sind „die Ersten" fast alle tot. Die Kinder haben bereits neue Kinder. Man kann wieder Weizen, Kartoffeln und einige andere Nutzpflanzen anbauen. Es gibt ein paar Hunde, die bei der Jagd wertvolle Dienste leisten, und sogar Hühner. Wahrscheinlich haben in den Alpen auch Rinder, Pferde, Ziegen und Schafe überlebt, nur, es fehlt der Kontakt. Das alte Wissen hüten nur noch zwei Menschen. Übrig geblieben sind Kenntnisse aus der Medizin und die Töpferei, sowie rudimentäre Kenntnisse der Metallurgie und der Schrift. Viele Arbeiten werden indessen wieder mit Steinwerkzeugen verrichtet, denn die Bearbeitung von Eisen beherrscht niemand wirklich.

Zwei, drei Generationen weiter, das alte Wissen ist zum Mythos versunken: Flugmaschinen, denkende Kisten und so was. „Die Ersten" sind zu Heroen geworden, später zu Göttern, die von den Bergen stiegen – aus einer anderen Welt.

Ein neues Neolithikum ist angebrochen …

„Können Sie sich in diese Situation hineinversetzen?", fragte Irenäus nach diesem Diskurs in die Runde der Lauschenden. Die meisten Blicke zeigten Unverständnis, einige schüttelten den Kopf. Andere wieder grinsten ihn zustimmend an.

Am Tisch der beiden Frauen mit dem blonden Hund und der Goldschmiedin stand man der Sache am offensten gegenüber. Die Frauen lachten Irenäus zu und erörterten die Frage der Fortpflanzung. Wie würden sie sich in dieser Situation verhalten?

Der Autor trank einen Schluck Whisky und lachte ihnen zu. Dann begann er zu lesen. Seine Story ging davon aus, dass die zuvor beschriebene Dramatik in ferner Vergangenheit in Wirklichkeit stattgefunden hatte. Im Gilgamesch-Epos und bei Homer wird der Oceanos jenseits der Säulen des Herkules (Meerenge von Gibraltar) als undurchdringlich schlammiges Gewässer bezeichnet, die Überreste der Sintflut. In Nordafrika hatten Menschen die Katastrophe überlebt. Kaum jemand weiß, dass das Tibesti-Plateau in der Nördlichen Sahara über 2.000 Meter hoch liegt. Von hier aus zogen Menschen an den Nil zur Sphinx und den Pyramiden von Gizeh, die als Wissensspeicher der Götter überdauert hatten.

Warum wir das heutzutage anders interpretieren? Vielleicht weil wir es tun sollen! Vielleicht, weil Pythagoras und Sokrates nicht „nur so" sterben mussten und die Bibliothek von Alexandria nicht „nur so" in Flammen aufging? Was fand der amerikanische Roboter, der vor einigen Jahren in einem nächtlichen Spektakel in den Sternenschacht der Großen Pyramide fuhr? Die Übertragung wurde damals im entscheidenden Moment abgebrochen.

Nach der Dynastienfolge des ägyptischen Priesters Manetho hieß der erste Pharao Menes und stammte noch direkt von Noahs Sohn Ham ab. Er war sein zweiter Sohn Mizrajim, Begründer Ägyptens. Im Roman des Irenäus Moll schickt Pharao Menes (Mizrajim) seinen Freund, den Recken Krrrsan, zusammen mit dem Gelehrten Ptah nach Norden zum Ende der Welt. Sie fahren in einem Boot über das Mittelmeer und queren später die Alpen. Die Sintflut ist schon seit einiger Zeit Vergangenheit, verwilderte Horden sind von den Bergen hinab in die sich langsam regenerierende Landschaft gezogen.

Am nördlichen Rand eines kleinen Gebirges werden Krrrsan und Ptah von den Angehörigen eines barbarischen Stammes Überlebender gestellt und angegriffen. Das hätten sie nicht überlebt, wenn sich nicht die Tochter des Häuptlings schützend für sie eingesetzt hätte. Dunja verliebt sich in den Recken. Der Stamm profitiert von dem hohen Wissen der Ägypter. Krrrsan und Ptah können ihre Reise fortsetzen. Sie werden von Dunja und einer ausgesuchten Mannschaft von Kriegern begleitet.

Viele Abenteuer weiter erreichen sie den Polarkreis und stoßen noch weiter nach Norden vor. Die dort lebenden Hyperboräer vermachen Krrrsan einen magischen Stirnreif. Dieses Kleinod ist gefertigt aus dem obersten Abschnitt eines Mammut-Stoßzahnes. Runen sind auf ihm eingeritzt. Wer diesen Reif um die Stirn trägt, verfügt über magische Kräfte. Stärke und Klugheit des Mammuts gehen auf ihn über.

Nach seiner Rückkehr werden Krrrsan, Dunja und Ptah zu den bedeutendsten Menschen weit und breit. Der Recke stirbt hoch betagt und wird unter hohen Ehren und Opfern begraben. Er ist der Tote im Steinkistengrab. Sieben wertvolle Rinder werden ihm zu Ehren geopfert. Der Stirnreif schmückt den Schädel des toten Recken. Niemand hätte gewagt, dem Geist des Toten die Kraft des Mammuts im Jenseits streitig zu machen.

Hier endete die Geschichte von Irenäus Moll, die Details mussten die Zuhörer selbst herausfinden. Der Autor signierte die gekauften Bücher und unterhielt sich mit den Leuten. Nach und nach leerte sich der Raum. Die Mutter konnte sich endlich wieder eine Zigarette anzünden. Nur die drei Frauen saßen noch am Stammtisch und schlürften bereits die nächste Flasche Brut. Natürlich gesellte sich Irenäus zu ihnen und ließ sich von Manu noch einen edlen Whisky spendieren. Dazu tischte der Wirt auf Wunsch des Autors einige Halberstädter Würstchen auf.

Die Runde war sehr angenehm, und im Dichterhirn begann der Gedanke zu keimen, ob er nicht mit der Tür ins Haus fallen und die Goldhändlerin fragen sollte, wie sie dazu stünde, wenn er bei diesem Schneetreiben bei ihr übernachten würde. Immerhin wohnte sie direkt um die Ecke. Doch ehe er diesen Wunsch formulieren konnte, kam diese ihm mit einer besonders heiklen Frage zuvor: „Sag mal, Irenäus, könntest du diesen Frauen einen speziellen Wunsch erfüllen?"

„Wie jetzt ...?", stotterte Irenäus verwirrt und verschluckte sich fast an einem Stück Halberstädter.

„Nun ja", übernahm die Dunkelhaarige das Wort. „Wir wohnen ziemlich weit außerhalb und sind zu Fuß hier. Könntest du uns auf dem Heimweg zu Hause absetzen?"

„Wie weit?", fragte Irenäus misstrauisch, der wusste, dass sich sein Blutalkohol-Pegel gerade noch im zulässigen Grenzbereich bewegte. Seine Ambitionen lagen minimal für irgendwelche die Lage erschwerenden Begleitphänomene. Deshalb lehnte er es in der Regel prinzipiell ab, jedwede leichtfertigen und bequemen Zeitgenossen irgendwohin zu chauffieren. Sollten sie doch zusehen! Das eigene Risiko langte ihm vollauf.

Hier lag der Fall allerdings ein wenig anders. Die beiden Frauen interessierten ihn durchaus, und interessante Wesen gab es diesseits der Harzkante nur ausgesprochen wenige ...

„Wir wohnen hinter den Gegensteinen", erwiderte die Bittstellerin und blitzte ihn mit einem verhalten herrischen Blick an. „Es liegt also fast auf deinem Heimweg."

Irenäus schaute auf die Blonde, die den Kopf ein wenig neigte und ihn animierend anlächelte. Hendrik warf ihm einen Blick zu, der eindeutig besagte, die neureichen Tussen könnten zu Fuß gehen. Die Mutter steckte sich eine Zigarette an, und Manu füllte eine Rotkäppchen-Brut-Runde. „Hinter den Gegensteinen?", fragte Irenäus noch misstrauischer. „Dort gibt's doch gar nichts mehr."

„Doch, doch!“, rief Doris in die Runde. „Lass dich überraschen, Irenäus!“

Drei Frauen redeten durch den dunstigen Qualm der Zigaretten auf ihn ein. Drei angestammte Ballenstedter schauten reichlich skeptisch auf das Spektakel.

Spontan entschied er sich: „Okay! Aber dann sollten wir jetzt aufbrechen. Es ist gleich Mitternacht.“

Sie tranken den Sekt schnell, und er wusste, dass das nicht vernünftig war. Dann gab er Doris und Manu einen Abschiedskuss und ergab sich in sein Schicksal.

Als sie den „Treffpunkt“ verließen, registrierte Irenäus, dass es inzwischen heftig weiter geschneit hatte und dass die weiße Pracht noch immer in windigen Schleiern vom Himmel rieselte. Auf dem Daimler häufte sich eine dicke weiße Schicht. Doris verschwand winkend in der nächsten Gasse, und die Wirtsleute verabschiedeten sich.

Irenäus arrangierte die Plätze so, dass die dunkle Dame vorn neben ihm saß und sich damit begnügen musste, dass Tussi zwischen ihren Beinen kauerte. Die Blonde wurde zusammen mit Titus auf der Rückbank platziert. Als dies soweit geklärt war, lenkte der Mann den Kombi auf eine ungeräumte, von hohem Schnee bedeckte Straße. Die Wirtsleute winkten ihm ein letztes Mal zu. Trübe leuchteten die Straßenlampen. Das gefrorene Wasser rieselte. Niemand sagte ein Wort. Irenäus fand das ausgezeichnet und lenkte den Wagen zum Stadtausgang, wo er nach rechts abbog. Die Winterreifen hatten kein Problem mit den Schneebergen auf der zugewehten Fahrbahn. Kein anderes Fahrzeug begegnete ihnen. Die Umgebung der schmalen Fahrstraße durch kahle Landschaft bis zu den Gegensteinen war in bleierne Finsternis gehüllt. Der Daimler schaffte diese verwehte Schneefahrt, sein Fahrer entspannte sich. Die Hunde schnarchten. Die Frauen schwiegen.

V

Sie hielten vor einem Stahlgitter-Tor. Der Schnee fiel im Licht der Scheinwerfer und beließ die Umgebung in tiefster Undurchsichtigkeit. Die Temperatur bewegte sich kurz unter Null Grad Celsius. Irenäus kannte diese späten Schneefälle nur aus seiner Jugend. Einmal waren sie als Pennäler barfuß durch das frische

Pulver von der Kneipe nach Hause gelaufen. Ein anderes Mal war er kurz vor Ostern in ein derartiges Schneetief geraten, und am Ostersonntag war die Pracht bereits wieder weggetaut und die Bürgersteige getrocknet. Jetzt, in Zeiten des Klimawandels, war solch eine Situation besonders ungewöhnlich.

Die Dunkelhaarige ließ das Fenster des Daimlers herunter, zog einen kleinen Gegenstand aus ihrem Rucksack und ein kurzer, tiefroter Impuls raste durch das Schneetreiben. Langsam fuhr das Tor zur Seite.

Irenäus war früher ein-, zweimal hier gewesen und kannte die Motorsportschule nur sehr flüchtig. Er wusste, dass dicht daneben der kleine Flugplatz lag. Was wollten diese Frauen hier? Angst hatte er nicht. Es würde schon seine Richtigkeit haben …

Langsam kämpfte sich der Kombi durch die inzwischen einen Viertelmeter hohe, völlig unberührte Schneeschicht. Das Gewicht der Insassen sorgte dafür, dass die Reifen gut griffen und nicht durchdrehten. Rechts und links waren die Silhouetten von Gebäuden zu erkennen.

„Halt!", befahl die Dunkelhaarige nach einigen zig Metern. „Wir sind da!"

Zur Rechten sah Irenäus vage ein kompaktes Gebäude in die schwammige Finsternis ragen. Es ähnelte zugegeben eher wenig dem Gemäuer des transsylvanischen Grafen und hätte somit nicht unbedingt die Aufmerksamkeit des Herrn van Helsing erregt, aber eine gewisse Ähnlichkeit mit dem Domizil von Satans jüngster Tochter war immerhin unverkennbar. Nun hatte er in seinem Vorleben genug makabere Dinge gesehen, um über manche Ängste erhaben zu sein, und als Autor bizarrer Fantasy-Romane konnte er sich Situationen dieser Art nur herbeisehnen.

Deshalb stoppte er gehorsam das Auto und sah die Frau im trüben Schein der Innenbeleuchtung fragend an. Diese ließ sich auch nicht lange lumpen und erkundigte sich: „Dürfen wir dich zu einem Drink einladen? Ich hätte da noch eine wichtige Frage."

Er registrierte sehr wohl den Übergang vom Plural zum Singular in ihrer Frage. Ohne darauf zu antworten, öffnete er die Tür und trat hinaus in den strömenden Schneefall. Die blonde Frau auf der Rückbank tat ebenso und Titus hechtete an ihr vorbei ins Freie. Tussi und ihre Herrin stiegen auf der anderen Seite aus. Irenäus watete um den Daimler. Die Dunkle hatte bereits die Treppe erreicht und trat eine tiefe Spur bis zur Haustür. Er sah, dass sie irgendeinen Code in eine Tastatur tippte und fragte sich ein wenig verwundert, mit was für Menschen er es hier eigentlich zu tun hatte. Sie öffnete einen Flügel der Haustür und hinterließ einen breiten Eindruck im Schnee.

Als sie endlich in das schmale Foyer kamen, umgab sie augenblicklich warme Luft. Menschen und Hunde schüttelten den anhaftenden Schnee auf eine breite Unterlage. Als erste lief Tussi die Treppe hinauf. Titus warf seinem Herrchen einen fragenden Blick zu und folgte, ohne eine Rückmeldung abzuwarten.

„Wir gehen hinauf", sagte die Dunkelhaarige, die hier unverkennbar die Domina war, und folgte den Hunden. Ihr kleiner Arsch wackelte in der lauwarmen Atmosphäre vor Irenäus' Gesicht.

„Was können wir dir anbieten?", unterbrach die blonde Frau erstmalig ihr Schweigen und lächelte charmant.

„Kommt drauf an", antwortete er und sah sich außerstande, die Lage richtig einzuschätzen. „Kommt drauf an, wann ich weiterfahren muss."

„Das hängt von dir ab", erwiderte die Frau. Sie achtete darauf, dass sie nicht vor ihm die Treppe hinaufstieg. Sicherlich wollte sie nicht von hinten unten gemustert werden, ging es ihm durch den Kopf. „Ich könnte mir aber vorstellen, dass du noch eine Zeitlang verweilst. Was hältst du von einem Kaffee mit Scotch?"

„Oh, Mann, da kommen wir wieder auf Touren", meinte er. „Aber nur einen kleinen Kaffee und ohne weitere Zutaten, außer

Scotch."

Er sah, dass sie grinste. Sie verschwand auf dem nächsten Treppenabsatz. Er stand in einer Gabelung der Flure, die in einen vorgelagerten Erker mündete. Eine Stehlampe alter Bauart warf angenehm warmes Licht auf eine dunkle Fensterfront, hinter der offenbar weiter Schnee fiel. Die dunkelhaarige Frau ordnete einige Deckchen und wies die Hunde auf ihre Plätze. Dann schaute sie Irenäus an, als wäre ihr sein Erscheinen neu.

„Willkommen!", sagte sie und lächelte auf eine undefinierbare Art und Weise. „Ich bin übrigens Tam. Wir haben uns ja noch gar nicht vorgestellt. Mach es dir bequem, Irenäus. Meine Freundin wird uns gleich einen kleinen Nachtisch bringen." Sie streichelte Tussis Kopf, Titus saß daneben und schaute die beiden weiblichen Wesen abwartend an.

Irenäus setzte sich ihr gegenüber auf den zweiten Diwan und sagte: „Vielen Dank, Tam. Ehrlich gesagt, hätte ich eine derartige Einladung an diesem Abend nicht erwartet. Es ist ein wenig abenteuerlich ..."

„Abenteuerlich?“ Sie lachte jetzt offener. „Wie meinst du das?“

„Nun“, erwiderte er und warf einen kurzen Blick auf ihre schmalen Hände. „Weißt du eigentlich, dass ich auch Privatdetektiv bin? Diese Situation ... eine tiefverschneite Winternacht ... ein großes einsames Haus ... keine Menschenseele weit und breit ... eine ziemlich mystische Atmosphäre ...“

Die Frau sah ihn tiefsinnig an, aber antwortete nicht. Dann wandte sie sich zur Seite und gurrte: „Ach, wie schön! Das ist übrigens Lilly.“

Die blonde Frau stellte ein aus exotischem Holz gedrechseltes Tablett auf das Tischchen. Sie schaute dabei den Mann an: „Damit es uns heute Nacht gut geht!“

Mit flinken Händen drapierte sie drei Moccatassen und einige Gläser. Dann füllte sie sehr schwarzen Kaffee ein und aus einer gedrungenen Flasche eine ziemlich große Portion Whisky. Auf einem Fayence-Teller lagen ein paar Häppchen Schwarzbrot mit Schinken. Das Tablett lehnte sie gegen die Wand und schaute fragend in die Runde. Titus wedelte verhalten mit dem Schwanz. Irenäus sagte: „Bravo! Vielen Dank!“

Die Frau lächelte und setzte sich unbekümmert neben ihn. Tam eröffnete das mondäne Nachtgelage, indem sie sich mit einem Scotch in der Hand den beiden zuneigte. Irenäus befeuchtete die Lippen mit dem samtigen Getränk. Bei einem genippten Schluck Kaffee beschloss er für sich, vorerst keine weiteren Lobesworte abzugeben und lieber abzuwarten, was kommen würde.

Tam sah ihn von unten her an und fragte, fast ein wenig lauernd, wie ihm schien: „Woher weißt du, dass sich jemand illegal an dem Grab zu schaffen gemacht hat?“

Irenäus war verdutzt: „Das habe ich niemals behauptet! Wie kommst du darauf?“

„Es war nur ein Zungenschlag.“ Tam lehnte sich zurück und ihre Augen wurden schmal. „War es so oder nicht?“

Irenäus aß eine Scheibe Schinken und überlegte, was diese Frau eigentlich von ihm wollte. Dann ließ er sich auf das Spiel ein: „Möglicherweise hat sich tatsächlich jemand an dem Grab zu schaffen gemacht, bevor es archäologisch untersucht wurde.“

„Woher weißt du das?“, hakte Tam nach.

„Ich war kurz nach der Öffnung dort“, gab Irenäus grinsend zur Antwort. „Der Koordinator der Grabung hat es mir erzählt, aber es war nur eine Vermutung.“

„Hatte er einen konkreten Verdacht?“, setzte Tam die penetrante Fragerei fort. „Ich meine, kannte er den Grabräuber?“

„Ein Grabungshelfer hatte besonderes Interesse gezeigt, und das Grab war wohl am nächsten Morgen etwas gestört. Im Kopfbereich“, schmunzelte Irenäus und nahm einen etwas kräftigeren Schluck Scotch. „Mehr konnte Jens dazu auch nicht sagen.“

„Wer ist Jens?“, erkundigte sich Lilly.

Irenäus drehte den Kopf und schaute die Blonde an. Sie hatte sich neben ihm zusammengekringelt und musterte ihn über ihr Glas hinweg. „Jens Brauer“, sagte er. „Das war der Koordinator und PR-Mann der Grabung. Wir haben uns öfter unterhalten. Er kam aus Hamburg.“

Tam trank den Kaffee aus und spülte mit Whisky nach: „Kennst du diesen Grabungshelfer auch persönlich?“

„Ich habe nicht die geringste Ahnung“, erwiderte Irenäus und spürte plötzlich Lillys Fußsohlen an seinem linken Oberschenkel. „Warum interessiert dich das so? Es ist über zehn Jahre her.“

„Mich interessiert der magische Stirnreif aus Elfenbein“, sagte die Frau. „Damit kann man bestimmt allerlei anfangen.“

„Das ist doch nur eine Erfindung von mir“, lachte er. „Das glaubst du doch nicht etwa?“

„Warum nicht?“ Tam blitzte ihn spöttisch an und erhob sich. „Ich muss jetzt unbedingt ins Bett. Morgen kommt mein Mann.

Wenn du willst, kannst du hier übernachten, Irenäus. Lilly kümmert sich um dich. Gute Nacht, ihr beiden! Komm, Tussi!“

Sie winkte ihnen zu und bog in den rechten Flur, die Afghanin trottete hinter ihr her. Eine Tür klappte.

„Oh jeh!“, stöhnte der Mann und schaute in sein leeres Glas. „Was hat das denn jetzt zu bedeuten?“

Lilly richtete sich ein wenig auf und goss beiden Scotch nach. Dabei meinte sie, ohne ihn anzusehen: „Sie will den Stirnreif. Sie begehrt ihn. Verstehst du das?“

„Nicht wirklich“, erwiderte Irenäus. Er beachtete das Glas nicht. „Sie muss auseinanderhalten, was hier wirklich geschah und was ich erfunden habe und was 5.000 Jahre früher passierte – in einem Buch!“

„Wenn sie den Reif haben will, bekommt sie ihn auch“, sagte die Frau. „Sie bekommt alles, was sie will …“

„Ach, hör auf!“, lachte er und trank wieder eine homöopathische Dosis vom Scotch. „Nicht, wenn es den Reif nicht gibt, weil ich ihn erfunden habe. Wer ist diese Tam überhaupt?“

„Eine sehr reiche Frau", antwortete die Blonde vage. „Und wenn sie den Stirnreif haben will, bekommt sie ihn mit Sicherheit."

„Quatsch!", knurrte Irenäus und nippte am Scotch. Er bemerkte, dass sie begannen, in einen Schwebezustand der Bewusstseinsebenen abzugleiten. Das konnte nicht nur vom Alkohol kommen.

„Weißt du eigentlich, wieviel kolossal viel Geld es auf dieser Welt gibt?", fragte Lilly mehr für sich selbst. „Allein in Deutschland soll es annähernd zehntausend Milliarden Euro Privatvermögen geben. Und es wird ständig mehr. Damit kann man Wirklichkeit einfach kaufen."

„Wirklichkeit kaufen ... das ist Quatsch!", beharrte Irenäus. „Es wäre Zauberei, und ich glaube nicht, dass deine Herrin eine Zauberin ist."

„Die meisten Menschen bringen die Begriffe Wissen, Glauben und Unwissen heillos durcheinander", erklärte die Frau sehr gelassen. „Ich dachte, dass du das wüsstest, Irenäus. Wir bekommen von da draußen einen Salattopf voller Informationen vorgesetzt, der jeden Tag größer wird. Viele Dinge glauben wir nur zu wissen und den Hintergrund vieler Dinge können wir einfach nicht erkennen, weil uns dafür die Randbedingungen fehlen."

„Die Randbedingungen?", wiederholte Irenäus und streichelte wie abwesend ihren inzwischen nackten Fuß. „Das hört sich sehr wissenschaftlich an. Kennst du dich da etwa aus?"

„Ich habe ein paar Semester Luft- und Raumfahrt studiert", sagte sie. „Ich habe bemerkt, dass viele Beziehungen in der Wirklichkeit auf Grund unserer Prägung als, nun, sagen wir, erdgebundene Lebewesen prinzipiell nicht erkennbar sind. Wir müssten dafür in ganz andere, unseren Sinnen unerschlossene Räume eintauchen. In Dimensionen ..."

„Nein, nicht unbedingt Dimensionen!", unterbrach er sie. „Es reichen schon Lebensräume, wie im Beispiel vom Kachelofen ..."

„Vom Kachelofen?", sie entzog ihm den Fuß, um sich aufzurichten und ihnen ein wenig Mocca aus der Kanne zu quetschen.

„Ja, das Gleichnis vom Kachelofen, copyright by Irenäus Moll, original von mir erschaffen", grinste er und griff mit einer Hand den Schluck Mocca und mit der anderen ihren Fuß.

„Erzähl es mir!", befahl sie genüsslich und räkelte sich, ohne ihm näher zu kommen.

„Stell dir ein Schiff vor, das über bewegte See fährt", begann Irenäus. „Ein Kachelofen, der vielleicht Teil der Ladung ist, fällt über Bord und versinkt im Ozean. In dreitausend Metern Tiefe setzt er auf und steht auf dem Meeresboden. Intelligente Kraken versammeln sich um dieses Artefakt. Sie können nicht wissen, was Feuer oder gebrannte Erde ist. Sie versuchen zwar, einen Sinn in dieses aus ihrem Himmel gefallene Relikt zu interpretieren, aber es kann ihnen nicht gelingen, weil ihnen der Kontext fehlt. Selbst wenn sie einen Geonauten an Land schicken würden, wäre es zweifelhaft, ob dieser das Wesen des Kachelofens ergründen könnte. Letzten Endes würden sie einen religiösen Hintergrund in das Relikt hinein interpretieren."

„Falsch!", rief die Frau und hob einen Zeigefinger. „Das würden nur christlich geprägte, menschliche Wissenschaftler tun. Aber bis auf dieses Detail ist das Gleichnis ausgezeichnet. Du hast damit selbst bewiesen, dass Tam etwas wissen könnte, was dir mental nicht zugänglich ist."

„Bist du ihre Dienerin?", erkundigte er sich unvermittelt.

„Nicht in diesem Sinne", gähnte Lilly. „Ich bin die Angestellte von Tam und ihrem Mann. Ich bin Tams Freundin, aber ich will auch gutes Geld verdienen. Mehr sage ich darüber nicht. Du brauchst gar nicht zu fragen."

„Okay, okay!", beeilte sich Irenäus zu vermitteln. „Was du sagst, klingt interessant. Vielleicht findet ihr ja sogar den mysteriösen Grabungshelfer. Nur den Stirnreif wird er nicht haben.

Aber nur einmal angenommen, ihr würdet das Stück finden, was würde es deiner Tam bringen?"

„Siehst du!", lachte die blonde Frau. „Du beginnst, den Gedanken zu verinnerlichen und schaffst damit eine neue Wirklichkeit. Was Tam mit dem Stirnreif tun wird, hängt von der Struktur dieser Wirklichkeit ab, Und du wirst sie mitgestalten!"

Irenäus streichelte jetzt die Unterschenkel der Frau, die sie ihm willig überließ. Trotzdem gelassen, sprach er: „Du bist ziemlich verrückt, Lilly. Ich habe schon reichlich mysteriöse Dinge erlebt. Nur aus diesem Grunde halte ich auch die Existenz der Urzivilisation für höchst wahrscheinlich. Aber was ihr beide erzählt, übersteigt selbst meine Hutschnur."

„Du blockierst dich selbst", antwortete sie vertraut. „Aber wir, wir wussten vom ersten Moment unserer Begegnung, was mit dir los ist!"

„Was soll mit mir los sein?" empörte er sich, war aber nur noch halb bei der Sache. Die Frau entzog ihm die Beine. „Ich gehe jetzt ins Bett. Kommst du mit?"

Irenäus wurde auf der Stelle munterer: „In dein Bett??“

„Ja, in mein Bett“, lachte sie und erhob sich. „Du bist doch schon ein großer Junge. Ich brauche nur ein wenig Gesellschaft, ansonsten wird nichts passieren.“

„Okay!“, meinte er ein wenig knurrig. „Du hast das Kommando.“

„Immer!“ Sie berührte seine Hand. „Komm jetzt!“

Irenäus lag mäßig bekleidet in ihrem breiten Bett mit dunkelroter Leinenwäsche. Auf einem Tischchen brannte eine halb abgedunkelte Lampe. Titus hatte sich auf einem flauschigen Läufer ausgestreckt. Irenäus war gespannt auf das, was nun passieren würde. Die Frau gefiel ihm gut, aber er war sich ziemlich sicher, dass sie nicht miteinander schlafen würden.

Lilly kam aus einem Nebenraum, wahrscheinlich einem Bad. Die langen blonden Haare fielen lockig nach allen Seiten. Sie trug ein dunkelblaues Seidenhemd, das bis kurz übers Knie reichte und eng auf der schmalen Hüfte lag. Die ziemlich großen Brüste waren nur mäßig verhüllt.

Sie ließ das Licht brennen und schlug die Decke zurück. Dann ließ sie sich langsam gegen ihn sinken und flüsterte: „Kannst du mit dieser Situation umgehen? Ich will einfach nur bei dir liegen.“

„Kann ich“, sagte er und legte einen Arm um sie. Sanft streichelte er ihren Rücken bis weit hinunter. „Machst du so was öfter?“

„Nie!“, antwortete sie und war mit dem Gesicht sehr nahe. „Du erschienst mir einfach als geeignete Versuchsperson. Du hast meinen Fuß so sensibel gekrault.“

Er lachte leise. Dann küsste er vorsichtig ihren Mund. Langsam glitten seine Lippen an ihrem Kinn entlang, am Hals, am Schlüsselbein und näherten sich der linken Brust. Der Träger des Hemdchens rutschte über Schulter und Oberarm. Für eine Weile umschloss er ihre Knospe mit den Lippen und massierte dabei den Bauch.

„Nicht so heftig“, flüsterte sie und drehte sich ein wenig zur Seite. Ihre Hand fuhr über seinen Oberschenkel und provozierte eine Erektion. Sie drängte sich ganz nah an ihn und kicherte leise: „Lass uns jetzt schlafen.“

Irenäus fühlte, dass er todmüde wurde und schlief mit dem Knie zwischen ihren Schenkeln ein.

Irgendwann nahm er wahr, dass es vor dem Fenster dämmerte. Vage meinte er, in der Ferne eine Felswand zu sehen, vor der Schnee herabrieselte. 'Schneit es etwa immer noch', fuhr es ihm durch den Kopf. Dann fühlte er sich allein im Bett. Seine Hand tastete nach der Frau. Sekunden später war er wieder eingeschlafen.

Nach längerer Zeit war ihm, als lastete etwas auf seinem Körper. Es fühlte sich weich und warm an. Und an seinem Bart wurde gezupft. Unschlüssig öffnete er ein Auge um wenige Millimeter. Zwei andere Augen blickten ihn aufmüpfig an. Lilly lag mit einer Körperhälfte auf ihm und schien hellwach zu sein. Er beschloss, noch nicht aufzuwachen, sondern ihren Hintern zu streicheln. Sie gab ein Geräusch von sich, das ein bisschen an leises Schnurren erinnerte.

„Hast du Lust, es mit mir zu treiben?", brummelte er und setzte die Massage fort.

„Nein!", flüsterte sie mit umwerfend liebevoller Gewissheit in der Stimme.

„Warum nicht?", brummelte er weiter. „Ich bin gerade so schön in Bereitschaftsstellung."

„Das fühle ich zwar", kicherte sie und ihr Knie schob sich noch weiter in seine zentrale Körperregion. „Aber ich will nicht, und es geht auch nicht."

„Warum geht es nicht?", fragte er und leckte an ihren Lippen.

„Möchtest du gerne Vater werden?", erkundigte sie sich. „Außerdem müssen wir gleich aufstehen. Es ist schon spät."

„Vater wäre schon nicht schlecht", sagte er grinsend. „Aber ich gebe mich trotzdem geschlagen, weil mein Hund mal dringend ins Freie muss."

„Du elender Schuft!", rief sie lachend und wollte sich nach oben abstoßen. Doch Irenäus zog ihren Körper so auf sich herab, dass die warmen Brüste genau auf seinem Gesicht lagen. Erst nach einigen Minuten gab er sie wieder frei.

Kurz darauf befanden sich beide in der Senkrechten, mitten im Zimmer. Titus reckte sich auf seinem Lager und sprang dann auffordernd zur Tür.

„Siehst du, er muss mal", stellte Irenäus feinsinnig fest. „Ich lasse ihn hinaus."

„Nein!", meinte Lilly und zog einen Morgenmantel über das verrutschte blaue Hemdchen. „Tam möchte nicht, dass du soviel im Haus herumläufst. Ich bringe Titus raus, und du gehst solange dort drüben ins Bad."

„Ich bin euer Gefangener?", frohlockte er und lächelte verschmitzt.

„Leider nicht", erwiderte sie mit wehmütigem Augenaufschlag. „Aber jetzt halte dich bitte an die Anweisung. Ich bin gleich wieder da, und dann gibt es Frühstück."

Nachdem ihre Schritte auf dem Flur verklungen waren, überlegte er noch einen Moment, ob er das Verbot ignorieren sollte. Doch er verwarf diesen Plan, denn zumindest Lilly empfand er als sehr liebenswerte Person, die er nicht verärgern wollte. Vielmehr trat er an eins der Fenster und zog den dunkelroten Vorhang ein Stück zur Seite. Strahlende Helle überflutete ihn. Die Sonne schien. Er konnte sie zwar nicht sehen, denn davor lagen ein Abhang mit noch kahlen Bäumen und die Felswand der Gegensteine. Darüber strahlte ein azurblauer Himmel über sehr hohem Schnee. Und dort irgendwo musste eine strahlende Sonne am wolkenlosen Himmel stehen. Es war genau wie damals zu Ostern 1970.

Irenäus öffnete eine Tür, die nicht in das Labyrinth der Flure führen konnte, und schaute in eine geräumige Küche. Offenbar befand er sich in einer separaten Wohnung. Er durchquerte den unbekannten Raum und fand eine Tür zum Bad. Wie es den Anschein hatte, war seine Nachtgefährtin eine rational zurückhaltende Gestalterin von Wohnungen, denn Möbel und Utensilien wirkten samt und sonders zwar gemütlich, aber rustikal und ohne jegliche Schnörkel.

Als er nach einer Katzenwäsche zurückkehrte, trafen auch Lilly und Titus gerade wieder ein. Die Frau sagte munter: „Es ist sehr warm draußen. Die Sonne scheint, und überall tropft es bereits."

„Das dachte ich mir", bemerkte Irenäus übertrieben cool. „Es ist exakt wie Ostern 1970."

„Ostern 1970?", fragte sie mit gekrauster Stirn. „Hast du da etwa schon gelebt?"

„Ja, leider!" Seine Stimme klang wehmütig. „Ich stand sogar schon mit einer Freundin in einer Bahnhofshalle, weil es so heftig schneite. Es war übrigens die Bahnhofshalle von Quedlinburg, die man damals noch so nennen konnte. Aber du kannst dich beruhigen. Die Götter haben mir einige Jahre erlassen. Jedenfalls waren am Abend des darauffolgenden Tages die Bürgersteige bereits wieder getrocknet."

„Oh, jeh!“, meinte Lilly. „Dann mache ich mal Frühstück, damit du die Kraft hast, dein Auto freizuschaufeln.“

Ein wenig später saßen sie in der geräumigen Küche an einem Holztisch und aßen Brot, Butter, Eier, Schinken und Gurke. Lilly biss außerdem, wie fast alle Frauen es so gern tun, mit Inbrunst in die vergorenen Brustdrüsensekrete großer Pflanzenfresser. So etwas brachte Irenäus prinzipiell nicht übers Herz.

„Tam frühstückt nicht mit uns!?“ Halb fragte er es, halb war es eine Feststellung.

„Es sieht ganz danach aus“, grinste Lilly, „als hätte sie dich mir überlassen.“

„Hm!“, machte er und schlug das Ei auf. „Prinzipiell gar keine schlechte Idee, aber wo frühstückt sie?“

„Vielleicht schläft sie noch, vielleicht arbeitet sie schon. Geld will bewegt werden“, nuschelte sie über ihrer Kaffeetasse. „Außerdem kommt heute theoretisch Sieghard. Möglicherweise muss er auch abgeholt werden bei diesem Wetter.“

„Wer ist Sieghard? Von wo muss er abgeholt werden?“, erkundigte sich Irenäus neugierig. „Woher kommt ihr beide eigentlich?“

Lilly legte ihm die rechte Hand auf den Unterarm: „Genau um mit solchen Fragen nicht konfrontiert zu werden, frühstückt

Tam nicht mit uns …“

Er verschluckte sich am Kaffee. Dann krächzte er: „Ich habe kapiert. Du kannst ganz ruhig weiter frühstücken.“

Die Frau lächelte ihn an und schwieg.

„Trotzdem“, begann Irenäus das Gespräch nach einer ganzen Zeit wieder. „Werden wir uns wiedersehen? Die Nacht mit dir war ausgesprochen angenehm.“

„Ob wir uns wiedersehen?“, echote sie und schaute ihn nachdenklich an. „Das ist sehr ungewiss. Vielleicht? Vielleicht auch nicht? Ich fand es allerdings auch sehr schön. Mal sehen …“

Ein Handy klingelte. Irenäus hatte nicht damit gerechnet, dass es hier so etwas auch gab. Irgendwie kam ihm die Situation für eine derartige Trivialität zu surreal vor. Lilly stand auf und ging zu einer Konsole. Sie sagte nur: „Ja?“ Dann: „Um elf? Da sind wir längst fertig. Haben die schon geschoben?“ Zum Abschluss: „Bis dann!“

Sie kehrte an den Tisch zurück und lehnte sich an Irenäus: „Wir können uns noch verabschieden. Dann muss auch ich an die Arbeit. Und du fährst nach Hause!“

Er streichelte sie und bekam einen Kuss. Der schmeckte zwar ein wenig nach vergorenem Brustdrüsensekret, aber das machte ihm gerade nichts aus.

Noch etwas später verließen sie das Haus. Draußen war es wärmer als drinnen. Sehr warme Luft strömte von Afrika nach Europa. Am wolkenlosen Himmel brannte eine blendende Sonne. Irritiert blinzelte Irenäus um sich. Sie stapften durch den pappigen Schnee. Die Schicht war mindestens fünfzig Zentimeter hoch. Der Daimler wartete unberührt unter tiefen Schneemassen. Seufzend machte sich Irenäus daran, die Frontscheibe frei zu wischen – mit Händen und Armen. Lilly lachte und half ein wenig. Neben seinem Wagen verlief eine breite Fahrspur mit für Kenner offensichtlich russischen Reifenprofilen. Das sah Irenäus sofort und seine Augen schweiften zu einem freien Platz. Dort stand ein russischer GAS 66 mit einer Nummer aus Wolfenbüttel. Daneben parkte ein SIL mit Quedlinburger Nummernschild. Die Fahrer lehnten am grünen Metall der schweren Lastwagen in der Sonne und winkten ihnen zu.

Irenäus ließ Titus in den Kombi springen. Anschließend drehte er sich zu Lilly um und sagte: „Komm schon!"

Sie kam und warf sich kurz an seine Brust. Dann ging sie zur Treppe zurück. Dort drehte sie sich noch einmal um und winkte. Es war, als stünden ein paar Tränen in ihren Augen. Er stieg ein. Der Motor sprang sofort an. Langsam fraßen sich die Reifen in die Spuren der russischen Militärlaster. Beim Drehen sah Irenäus, dass unten auf dem Flugplatz die Landebahn von einem weißen W50-Schneeflug frei geschoben wurde. Als die Nase des Daimlers zum Eingang zeigte, wollte er Lilly zum Abschied noch einmal zuwinken. Doch die war bereits im Haus verschwunden.

Bald darauf erreichte er sein Grundstück. Der Schnee taute zwar rasend schnell, trotzdem bewältigte er das letzte ungeräumte Stück Weg nur mit knapper Not.

Als er endlich vor seinem Häuschen in der warmen Sonne stand, war er todmüde. Ein bekanntes Dröhnen riss ihn für einen Augenblick aus der einsetzenden Lethargie. Über ihm stieg der Weiße Jet mit einer doppelten Abgasfahne in den azurenen Postkarten-Himmel. Es schien, als flöge er heute besonders niedrig und vor allem, als wackele er mit den Flügeln …

VI

Einige Tage später landete der Weiße Jet wieder unterhalb der Gegensteine. Eine völlig erschöpfte Lilly ließ sich in den Pilotensitz zurücksinken und schloss die Augen. Geschafft! Über dem Grundstück von Irenäus hatte sie mit den Flügeln gewackelt, aber das hatte er bestimmt nicht gesehen. Außerdem wusste er bestimmt nichts von diesem Flugzeug. Also, was soll's!

Die Piper stand bereits im Hangar. Lilly nahm ihren kleinen Rucksack und kletterte hinaus. Wenige Minuten später ging sie langsam den Hang hinauf zum Haus. Der Himmel war strahlend blau, die Bäume trugen weißrosa Blüten, Insekten surrten. Bald würde Ostern sein. Darauf freute sie sich.

Als sie die Vortreppe erstieg, öffnete sich die Haustür, und Tam kam ihr entgegengestürmt, Tussi im Gefolge. Beide sprangen begeistert an ihr empor. Die Frauen hielten sich eine Weile umschlungen.

Dann löste sich Tam: „Schön, dass du wieder hier bist! Komm auf die Veranda. Ich habe Eis und Champagner und einen bequemen Liegestuhl!"

Lilly lachte: „Ich freue mich auch. Es war zwar eine Stunde weiter als bis ins Tessin, aber dafür haben wir hier so himmlische Ruhe."

„Eben, eben!", rief Tam und eilte voraus. „Hier ist es viel beschaulicher als im Tessin. Das Haus dort pflegt Bertha, da brauchen wir uns keine Sorgen zu machen. Und ich glaube, sie ist auch nicht böse darüber, über Ostern allein zu sein."

Die Veranda war neu. Sie befand sich hinter dem Haus auf der Südseite und war praktisch allen neugierigen Blicken entzogen. Theoretisch war sie zwar von den Gegensteinen aus einsehbar, aber praktisch war die Entfernung dafür zu groß. Lilly ließ sich in einen Korbsessel fallen und streckte die Beine aus. Sie war in persönlicher Rekordzeit von Indien nach Ballenstedt geflogen.

Tam war lieb und kümmerte sich um sie. In einem Stielglas schwappte eiskalter Champagner. Lilly trank es fast leer – sie hatte einfach Durst. Es gab Eis und guten Kaffee. Eigentlich wäre die Pilotin ja lieber ins Bett gekrochen.

„Ich bin sehr müde", sagte sie und trank Kaffee.

„Ach, es ist doch erst Mittag", behauptete Tam und ließ sich ebenfalls in einen Korbsessel fallen.

„Bei mir ist schon seit acht Stunden Mittag“, erwiderte ihre Freundin. „Ich komme nämlich aus dem Fernen Osten.“

„Ach ja“, sagte Tam, die das ganz genau wusste. „Und wie geht es Sieghard? Erzähl' doch mal!“

„Sieghard geht es wie immer“, antwortete Lilly und beugte sich hinab zum Champagner-Kühler. „Die Regierung hat ihm einen Hubschrauber gestellt. Da hat er gesagt, dann kann sein Jet ja nach Hause fliegen. Und da bin ich.“ Sie grinste. Dann wurden ihre Züge etwas härter: „Sieghard pflastert denen ein Flusstal nach dem anderen mit seinen Staudämmen zu. Es ist unglaublich.“

„Hey!“, ereiferte sich Tam. „Die wollten das schließlich so haben! Das Staudamm-Projekt geht noch auf Mahatma Gandhi zurück.“

„Du irrst, meine Liebe“, meinte die Pilotin versöhnlich und löffelte Eis. „Es geht auf Indira Gandhi und ihren Sohn Rajiv zurück. Beide wurden deshalb erschossen.“

„Wir haben denen dafür neue Reissorten geschenkt, damit ihre Milliarde Menschen was zu fressen hat!“, ereiferte sich Tam. „Mit deren primitiven Bewässerungssystemen aus der Steinzeit wäre das nichts geworden. Außerdem haben sie jetzt jede Menge Elektrizität, damit sie ihre Bollywood-Filme gucken können und ihre Kühlschränke betreiben und nachts ihre Hütten beleuchten. Und dir geht es auch nicht schlecht mit dem Geld, das Sieghard dort verdient ...“

Sie goss sich Champagner ein und stach erbost den silbernen Löffel ins Eis.

„Ja, ja!“, knurrte die Pilotin. „Ich sage doch gar nichts dagegen.“

Eine Weile stocherte ihre Chefin in dem Eis, als wäre es eine Bratkartoffel-Pfanne. Dann entspannten sich ihre Gesichtszüge, und sie sagte: „Morgen fliegen wir nach Hamburg.“

Lilly hatte sich im Korbsessel zurück gelehnt und hielt das Gesicht in die Sonne: „Geht nicht. Der Tank ist leer.“ Das war jedesmal ein Problem, die Piper hier zu betanken.

„Okay!“, antwortete Tam gelassen. „Dann fahren wir mit dem Auto. Ist vielleicht sowieso besser.“

„Was gibt's in Hamburg?“, fragte Lilly, ohne die Augen zu öffnen.

„Ich habe diesen Jens Brauer angerufen“, erklärte Tam und war nun wieder ganz fröhlich. „Morgen nach dem Mittag erwartet er uns.“

Jetzt richtete die Pilotin sich doch auf und schaute ihre Freundin forschend an: „Hast du ihm etwa das mit dem Stirnreif erzählt?“

„Bin ich blöd?", lachte Tam. „Ich habe ihm gesagt, dass wir eine wichtige Frage haben. Zwei Frauen. Das fand er cool. Er scheint ein Frauenheld zu sein. Alles andere konnte ich am Telefon nicht sagen."

„Oh, Gott!", stöhnte Lilly und erhob sich. „So einfach geht das? Dann muss ich jetzt unbedingt schlafen, damit ich morgen fit bin."

Tam sah zu, wie ihre Gefährtin zur Haustür wankte: „Wie geht es eigentlich Irenäus?"

Die Pilotin machte eine abwehrende Handbewegung: „Keine Ahnung!" Damit verschwand sie im Haus.

Mit verschmitztem Gesichtsausdruck goss Tam Champagner nach.

VII

Es ist schon eine feine Sache, wenn man eigener Herr seiner Lebenszeit ist. Man richtet sich die Arbeit ein, mal wird geschuftet bis tief in die Nacht, und mal schläft man den halben Vormittag. Es existieren keine unmittelbar festgelegten Hierarchien, so dass ein Freischaffender seine Termine mit Auftraggebern und Zuarbeitern oftmals so aussuchen kann, wie es ihm am besten passt. Das Problem ist nur, dass man für diese Lebensart die geeignete persönliche Prägung besitzen muss. Denn wenn man nicht die nötige Selbstdisziplin und den erforderlichen Geist besitzt, die Aufträge besonders gut abzuarbeiten, sitzt man schnell als armer Mann da.

Deshalb lassen sich die meisten Menschen lieber in den arbeitsteiligen Prozess einer durchorganisierten Moderne integrieren. Sehr viele ertragen den Gedanken an drohende Armut und ständig schwankendes Einkommen eher nicht. Demzufolge ermöglicht es diese Eigenschaft des menschlichen Verstandes auch erst, mit Hilfe eines Heeres von mehr oder weniger abhängigen Geldempfängern das permanente Grundmuster sozialer Ängste aufzubauen, das unsere Gesellschaft umwebt und oftmals mit dem Darwin'schen „Kampf ums Dasein" in Verbindung gebracht wird. Ob dieser Vergleich wirklich zutreffend ist, sei hier einmal dahingestellt.

Jens Brauer jedenfalls arbeitete gerade an drei Aufträgen eines Landesamts für Denkmalpflege und Archäologie und für zwei Museen. Er gehörte zweifellos zu den begnadeten Menschen, die sich nicht über Arbeitsmangel beklagen konnten. Deshalb leistete er sich auch eine Mehrzimmerwohnung in Hamburg nahe der Binnenalster. Zwei Zimmer galten allerdings als Gewerberäume und waren ziemlich vollgestopft mit den Arbeitsmitteln eines eher theoretischen Archäologen, falls es denn so etwas gab.

Es war fast 14 Uhr. Jens hatte bereits ein zufriedenstellendes Pensum abgearbeitet. Er freute sich auf das anstehende Treffen mit den beiden geheimnisvollen Frauen, die sich ihm angekündigt hatten, ohne den Grund für das Date preisgeben zu wollen. Er hatte der Neugier nicht widerstehen können und sich mit ihnen für demnächst in einem Café ein paar Meter von hier verabredet. Ein Blick aus dem Fenster zeigte ihm, dass es sommerlich warm war. Also blieb er so bekleidet wie er war, das hieß mit einem graubraunen Hemd aus festem Stoff, einer Jeans und sportlichem Schuhwerk. Jens Brauer war ein ziemlich großer Mann mit etwas längerem blonden Haar, das lässig auf den Kragen fiel.

Natürlich saßen die Menschen heute im Freien Das Sonnenlicht warf blinkende Reflexe auf das leise plätschernde Wasser der Binnenalster. Er erreichte den Cafégarten in drei Minuten. Hier wurde man von einer afrikanischen Schönheit bedient, deren Anblick Jens für sein Leben gern genoss. Sie winkte ihm vom anderen Ende her grüßend zu. Er lächelte zurück und musterte dann die anwesenden Gäste. Es war bereits nach 14 Uhr.

An einem Randtisch nahe dem Ufer saßen zwei Frauen, eine Schwarzhaarige und eine Blonde. Die Dunkle redete temperamentvoll auf die andere ein. Das sind sie, sagte sein Instinkt. Er näherte sich dem Tisch. Zuerst wurde er nicht bemerkt, doch dann blickte die Dunkelhaarige auf. Sie verstummte mitten im Satz und schaute ihn prüfend an. Jens verkniff sich ein Grinsen und steuerte an zwei besetzten Tischen vorbei. Die Frau setzte ein Lächeln auf, das durchaus sympathisch, andererseits auch genau kalkuliert wirkte. Sie war nun nicht mehr die temperamentvolle Freundin, sondern die erfolgreiche Geschäftsfrau. Jens kannte sich bei derlei Typen aus. Vorsicht war geboten, trotzdem gefiel sie ihm.

Nun drehte sich auch die andere Frau um. Lange, naturblonde Haare umrahmten ein schmales, aber starkes Gesicht mit blauen Augen, deren Blick echter wirkte. Das war eine Kriegerin, spürte Jens Brauer sofort, aber auch die Dienerin der Dunkelhaarigen.

Manch ein Archäologe beschäftigt sich ausschließlich mit Bergung, Präparation und Einordnung von Artefakten. Diese didaktische Anlehnung an ein über hundert Jahre altes akademisches System wurde heutzutage besonders von den Anhängern einer neuartigen globalen Archäologie jenseits von christlich abendländischen Denkmustern kritisiert. (Ein Paradebeispiel derartiger Denkweise: Wieso soll eigentlich Cheops die Cheopspyramide erbaut haben? Wirklich schlüssige Beweise dafür existieren nämlich nicht.) Jens Brauer besaß bereits eine fortgeschrittenere Einstellung. Er versuchte, das Fundmaterial in einem gesamtmenschlichen, evolutionären und ethologischen Kontext einzuordnen. Demzufolge ist es wichtig, menschliches Verhalten beurteilen zu können, und zwar nicht nur das der ausgegrabenen Menschen, sondern vor allem auch das der Ausgräber und insbesondere ihrer Auftraggeber.

Die Dunkelhaarige wollte also etwas von ihm. Na, mal sehen. „Hallo, Herr Brauer!?", begrüßte sie ihn demzufolge auch als Erste und erhob sich vom Stuhl. „Ich irre mich doch nicht, oder?"

Er lachte leise: „Hallo, meine Damen! Wir sind also miteinander verabredet?"

„Ja, setzen Sie sich bitte!", fuhr die Frau fort und ließ ihm die Wahl frei. „Ich bin Tam, und das ist meine Mitarbeiterin Lilly. Wenn wir es so belassen könnten!"

„Okay! Sagen Sie einfach Jens zu mir", grinste der Archäologe und setzte sich mit dem Rücken zum Wasser, so dass er den

Café-Garten genau im Auge behielt. „Aber woher Sie kommen, können Sie mir vielleicht verraten?"

Tam blitzte ihn freundlich an: „Kennen Sie Ballenstedt?"

„Aber natürlich", entgegnete er. „Ich habe eine gewisse Zeit bei Quedlinburg gearbeitet. Das ist ja interessant. Geht es Ihnen um die B6n-Grabung?"

„Sie sind ein schneller Denker", lobte ihn Tam. „Das imponiert mir. Was möchten Sie trinken? Sie sitzen hier so trocken. Ich spendiere Ihnen alles, wonach Ihr Gaumen begehrt."

„Wenn es so ist", erwiderte er amüsiert, „begehre ich vorerst ein Glas Sekt und einen Espresso. Beides regt den Gedankenfluss an."

„Eine gute Wahl", lachte die Dunkle und winkte die Afrikanerin heran, die Calypso genannt wurde. „Champagner und Espresso für den Herrn. Lilly? Ich glaube, wir nehmen das gleiche! Bringen Sie eine Flasche!"

Jens Brauer fiel auf, dass diese Frau nicht affektiert wirkte, sondern die Orderung dieses ziemlich ausgefallenen Gedecks mit professioneller Selbstverständlichkeit abgab. Er schloss daraus, dass sie sehr begütert war, und Geld für sie eine untergeordnete Rolle spielte. Diese Begegnung begann, ihm Spaß zu machen. Aber was wollten diese beiden Ballenstedterinnen nun von ihm? Er schaute auf die andere Frau. Sie nahm den Blick auf und lächelte tiefgründig. Im übrigen schien sie ziemlich müde zu sein.

Inzwischen stand schon Calypso mit der Bestellung bei ihnen. Die Schwarze inszenierte eine fantastische Öffnungszeremonie der Champagnerflasche, so dass die restlichen Gäste neugierig zu ihnen herüber sahen. Jens amüsierte sich, die blonde Lilly setzte ein übertrieben verwundertes Gesicht auf, und Tam gestikulierte mit Calypso um die Wette, bis diese mit ihnen gemeinsam anstieß.

„So etwas braucht man mal, wenn man aus der Provinz kommt", sagte Tam, als nach drei Minuten wieder Ruhe eingekehrt war. Jens war ein wenig von den Frauen beeindruckt, wie er sich eingestehen musste. Trotzdem fragte er in ziemlich coolem Tonfall: „Ja, meine Damen, das war ein sehr guter Einfall, aber um welche Frage geht es denn nun?"

„Es geht um das Steinkistengrab", antwortete Tam sehr direkt und blickte ihn eindringlich an. „Sie haben es geöffnet. Uns geht es um ein Detail, unmittelbar, nachdem sich alle Beteiligten und Schaulustigen entfernt hatten."

Jens atmete tief durch und stellte das Champagnerglas ab: „Und deshalb sind Sie von Ballenstedt nach Hamburg gekommen?"

„Nein, nein!", lachte Tam. Er sah, dass sie log. „Wir hatten hier etwas anderes zu tun. Und da fügte es sich so zusammen."

„Was für ein Detail meinen Sie?", fragte er.

„Jemand hat sich kurz nach der Öffnung an dem Grab zu schaffen gemacht", fuhr die dunkelhaarigeFrau unbeirrt fort. „Sie wissen das, haben aber keine Nachforschungen eingeleitet. Uns interessiert nur, wer das war und was er erbeutet haben könnte."

Jens war verdutzt und nahm einen Schluck Espresso, um diesen Eindruck zu kaschieren. Schließlich meinte er: „Eine ziemlich seltsame Fragestellung. Mich würde schon interessieren, wie Sie darauf kommen, ehe ich darüber Auskünfte gebe. Vielleicht, wohlgemerkt …"

„Na gut!", seufzte Tam und schaute ihn zutraulich an. Diese Frau arbeitete sehr viel mit ihren dezent ummalten Augen. „Ein Freund von Ihnen hat es uns erzählt, dem sie dieses Geheimnis verraten haben."

„Nun sagen Sie schon, wer es ist!“, forderte Jens die Frau auf, sein Tonfall fiel bewusst gereizt aus. „Das ganze ist über zehn Jahre her. Ich habe inzwischen mit vielen tausend Menschen geredet. Ich könnte mir zwar jemanden vorstellen, aber sagen Sie es mir!“

„Entschuldigung!“, lenkte Tam ein. „Ihr Freund Irenäus Moll hat uns davon erzählt. Von ihm kennen wir auch Ihren Namen.“

„Freund ist etwas übertrieben, eher ein Bekannter, den ich sympathisch finde“, erwiderte der Archäologe. „Ja, er kam einige Tage später an der Grabungsstätte vorbeigewandert. Auf eine direkte Frage habe ich eine direkte Antwort gegeben. Damals wusste ich noch nicht, dass er sich als Privatdetektiv betätigt.“

„Und wer war denn nun an dem Grab?“ Zum ersten Mal öffnete die Blonde den Mund. Sie besaß eine angenehme Stimme und schaute ihn freundlich an, weniger fordernd als Tam. „Irenäus erzählte uns, es wäre ein Grabungshelfer gewesen, der irgendetwas im Kopfbereich ausgebuddelt hat.“

„Ach was! Es ist eben gerade nicht heraus, ob irgendwer überhaupt bis zu den Überresten des Toten vorgedrungen ist“, konterte Jens Brauer und trank den Rest Espresso aus. „Möglich wäre es allerdings. Das Grab war mit Sand und Lehm zugeschwämmt. Im Kopfbereich gab es eine Störung. Ein Sachkundiger hätte dort vorsichtig die Deckschicht entnehmen können und wieder verfüllt haben. Hätte ich nicht bereits einen Verdacht gehabt, wäre das wahrscheinlich unbemerkt geblieben. Ich war aber als letzter vor Ort, außer einer weiteren Person, die sich irgendwie auffällig benahm, eben dieser besagte Grabungshelfer.“

„Wie heißt der denn nun?“, erkundigte sich Tam ungeduldig. „Ist er aus Quedlinburg?“

Jens Brauer grinste und hielt der schönen Frau das Champagnerglas zum Nachfüllen hin. Er war immer noch sehr gut gelaunt: „Was wollen Sie eigentlich von diesem Typen?“

„Wir wollen ihn fragen, was er dort gefunden hat“, erwiderte die Blonde und prostete ihm mit einer angedeuteten Geste zu.

„Ich bezweifle, dass Sie dabei Erfolg haben werden“, meinte Jens. „Ich glaube, der Mann ist ein Kleinkrimineller, außerdem mit einer fanatischen Ader. Mir hat er sofort Schläge angeboten, als ich ihn auf die Grabräuberei hin ansprach.“

„Und das haben Sie sich gefallen lassen?“, ereiferte sich Tam und blitzte ihn wieder schwarz an.

„Ich nahm die Sache nicht so ernst“, fuhr der Archäologe fort. „Wenn Sie eine solche Riesengrabung betreuen, können Sie sich nicht mit jedem Pillepalle beschäftigen. Außerdem meldete sich der Typ gleich darauf krank, und anschließend war seine ABM-Stelle abgelaufen. Ich hatte ihn einfach vergessen."

„Wie hieß er denn nun?", bohrte Lilly

„Okay, okay!", lachte er. „Ich sage es ja, schon weil mir die Galle hochkommt, wenn ich an dieses Arschloch denke. Lothar heißt er. Lothar Bartel."

„Wahrscheinlich der, der den Most holt", grinste die blonde Kriegerin erfreut. „Und wo wohnt er?"

Der Archäologe warf einen Blick auf die straffen Brüste unter dem blauen T-Shirt, der ihr wiederum nicht entging. Sie reckte sich unmerklich. Er antwortete: „Er zog damals in ein ziemlich verwahrlostes Haus in der Oeringer Straße. Das Merkwürdige daran ist, dass ich vorher in diesem Haus lebte. Ich kann noch nicht lange weg gewesen sein. Es scheint fast, als hätte er darauf gewartet."

„Können Sie dazu nicht mehr sagen?", schaltete sich Tam wieder ins Gespräch ein.

„Nein, das heißt, es war mir egal", erklärte er der Wahrheit gemäß. „Mein Job war erledigt. Ich habe meine Sachen gepackt und bin abgereist. Das war's! Wenn mich eins nicht interessiert hat, dann der Verbleib von Bartel. Das mit der Oeringer Straße hat mir erst später mal wer erzählt."

Sie hatten den Champagner fast ausgetrunken. Die Espressotassen waren wieder getrocknet. Tam ignorierte das und
erkundigte sich: „Wer war der Tote im Steinkistengrab?"

Jens Brauer lachte kurz auf: „Wenn wir das wüssten! Er lag dort 5.000 Jahre in seiner Kiste. Von ihm sind nur wenige Fragmente erhalten, kein vollständiges Skelett. Es könnte sogar eine Frau sein. Eins scheint allerdings mit hoher Wahrscheinlichkeit für den Toten zu gelten, er besaß eine besonders herausragende Stellung in der Gesellschaft. Das beweisen die feine Ausarbeitung der Kiste, die merkwürdigen Beigaben und die sieben Rinderbestattungen, die ihm ziemlich eindeutig zuordenbar sind."

„Meinen Sie, dass es der Recke Krrrsan war?", fragte Tam wie beiläufig und fuhr sich mit einer rosa Zunge über die Lippen.

„Ich habe darauf gewartet, dass Sie damit anfangen", grinste er und trank den letzten Tropfen Schampus. „Es hat ganz schön gedauert."

„Natürlich", sagte Tam. „Wir wollten uns ja über Ihre Begegnung unterhalten und nicht über das Buch von Irenäus Moll. Haben Sie es gelesen? Was halten Sie davon?"

„Ich habe es gelesen, und es hat mir gut gefallen", erwiderte er. „Die meisten Historiker werden die Geschichte zwar für Spinnerei halten, mich beeindruckt allerdings, wie viele Informationen er über diese Urzivilisation zusammengetragen hat. Darüber machen sich immer mehr Menschen, auch Fachleute, Gedanken. Gab es auf unserem Planeten sehr hochentwickelte Kulturzentren, die wir bisher nicht kennen? Stichworte sind Lemurien und Atlantis. Sind diese Gebilde in einer Großen Flut untergegangen und ihre Überreste unauffindbar. Vielen heutigen Menschen sträuben sich bei diesen Gedanken die Nackenhaare – mir nicht! Und vor allem wissen die meisten gar nicht, warum sie sich sträuben!"

„Und die Geschichte mit dem Stirnreif?", drängte Tam, und ihre Augen schienen zu glühen. „Woher hat Irenäus die?"

Der Archäologe lachte verhalten: „Die hat er erfunden! Suchen Sie etwa danach? Daran glaube selbst ich nicht!"

„Schade! Warum eigentlich nicht?", warf Lilly ein.

„Darin ist eine starke magische Komponente enthalten", antwortete er. „Die gehört bei einem Fantasy-Autor zum Geschäft. Aber es ist eben nur Literatur, keine Wirklichkeit."

„Sie sprachen selbst von der Möglichkeit einer hochstehenden frühen Zivilisation", fuhr Lilly fort. „Können hier nicht Wissen, Magie und Technik zusammengewirkt haben, eine Kombination, die uns momentan abhanden gekommen ist?"

„Eine kluge Idee", überlegte Brauer. „Dann wäre der Stirnreif so etwas wie ein mentaler Computer gewesen, der mit dem Gehirn wechselwirkt. Hm! Na ja, unter diesem Blickwinkel würde auch für mich ein Schuh draus. Es bleibt jedoch immer noch eine Hypothese, die auf sehr schwachen Füßen steht."

„Vielleicht war dies schon ein sehr zuversichtliches Schlusswort", sagte Tam und lächelte ihn verträumt an. „Möchten Sie noch etwas genießen, Jens? Oder haben Sie es eilig?"

„Ich habe es sogar ziemlich eilig", gab er zurück, einschließlich eines flirtigen Lächelns an beide Frauen. „Ich könnte mich noch lange mit Ihnen unterhalten, gerade über die Moll-Theorie. Aber ich werde morgen verreisen, für eine Woche nach Namibia. Ich bereite hier in Deutschland eine Ausstellung darüber vor, und das geht nicht nur theoretisch."

„Oh, wie spannend!", rief Tam fasziniert. „Aber dann haben Sie ja wirklich noch eine Menge zu tun! Vielen Dank für die Mittagspause! Und eine Bitte noch. Betrachten Sie dieses Gespräch unbedingt als diskret."

„Werde ich tun!", versprach er und erhob sich. „Auch vielen Dank! Ich habe mich sehr gefreut, Sie kennenzulernen und muss Sie unbedingt wiedersehen!"

Er gab den Frauen die Hand, zuerst Lilly, dann Tam. 'Sollte ich ihnen einen Kuss geben', fragte er sich. Die meisten Leute im Cafégarten glotzten ihn bereits neugierig an. Und dann war die Gelegenheit verflogen. Er entfernte sich. Sie winkten einander noch einmal zu, bis er in seine Straße einbog. Er fühlte sich beschwingt und nahm sich vor, spätestens nach der Namibia-Reise mit Irenäus Moll Kontakt aufzunehmen. Was hatten sich diese Frauen da nur in den Kopf gesetzt …

VIII

Das Flüsschen Selke entspringt in den Wiesen des Mittelharzes und wird durch viele Bächlein mit Wasser gespeist, bis es so viel Kraft hat, dass es in Zeiten des großen Bergbau-Booms Mühlen und Hammerwerke antreiben konnte und Energie für einige Betriebe erzeugte. Trotzdem kann selbst ein Kind fast überall und zur meisten Zeit durch das schmale Flussbett waten.

Zwischen Mägdesprung und der Burg Falkenstein fließt die Selke durch saftige Wiesen, die sich Kilometer weit hinziehen. Gesäumt wird das Tal von bewaldeten Höhen, auf denen die Ruinen mehrerer historisch bedeutender Burgen durch die Zeiten dämmern. Unten im Tal steht nur eine Handvoll Gebäude, zumeist ehemalige Hammerwerke. Irgendwo endet auch die kleine Straße, und nur ein für den allgemeinen Verkehr gesperrter Fahrweg verläuft zwischen alten Bäumen und Grasland durch die Einsamkeit.

Der erste Vollmond nach Frühlingsanfang stand schon seit ein paar Stunden hoch am Himmel und tauchte das Selketal in milchiges Licht. Durch das nasse Gras bewegten sich eine Hirschkuh und ihre beiden fast erwachsenen Kälber aus dem Vorjahr. Sie waren gut genährt und ästen das junge, saftige Grün. Ein Nachtvogel schrie in der Nähe, und eines der Kälber hob den Kopf mit leicht wedelnden Ohren.

Von einem der dicken Bäume, die neben dem Fahrweg standen, ertönte ein gedämpftes „Plop". Der unnatürliche Ton erzeugte in dem weiten Tal einen leichten Nachhall. Die Hirschkuh und das zweite Kalb hielten im Fressen inne und hoben nervös die Köpfe. Ihre Nüstern bebten, die Ohren wedelten, und die großen Augen irrten suchend durch die Umgebung.

Das erste Kalb stieß einen gellend röhrenden Schrei aus. Dabei spreizte es die langen, sehnigen Vorderbeine. Mit einem blubbernden Grunzen sank es nach vorn und kippte dann der Länge nach in das feuchte Gras. Die Hufe bewegten sich noch einige Zeit krampfhaft und wurden bald still. Die Kuh schaute hilflos auf ihr Kalb, dann entdeckte sie den Schatten neben dem Baum. Praktisch ohne Verzögerung setzte der Fluchtreflex ein. Sie drehte ab und raste in vollem Lauf in Richtung Selke, gefolgt von ihrem zweiten Kalb. Sekunden später waren die beiden im Mondschatten verschwunden.

Ein Stück reicht, dachte der Mann und trat hinaus ins Mondlicht, das macht genug Arbeit für diese Nacht. Er trug dunkle Tarnkleidung. Ohne zur Beute zu schauen, schulterte er das Gewehr und ging auf dem Fahrweg einige hundert Meter zurück. Dort stand der bullige Nissan Pickup.

Er ließ ihn an und fuhr bis dicht neben das Kalb Dann setzte er sich eine Stirnlampe auf und begann, mit geübten Händen und einem scharfen Waidmesser das Kalb aufzubrechen. Starker Wildgeruch und die dampfende Wärme der Innereien umwaberten ihn. Literweise tropfte das Blut über seine entblößten Unterarme.

Das dauerte. Langsam wanderte der Mond am Himmel. Er war sicher, in dieser Nacht nicht gestört zu werden. Am frühen Abend hatte die Trophäenschau der vergangenen Jagdsaison begonnen. Daran nahmen alle Waidmänner teil und feierten anschließend feuchtfröhlich ihre Erfolge auf dem Jägerball in Thale.

Der Mann öffnete die Heckklappe des Pickups und zog ein dünnes Stahlseil hervor, dessen Ende er an den Hinterläufen des Kalbes befestigte. Im Hintergrund der Pritsche war eine Seilwinde montiert. Er legte ein paar glattgehobelte Bretter an. Danach zog er den Kadaver vorsichtig auf die Ladefläche, die selbstverständlich von einer Plane bedeckt war. Endlich konnte er um zwei Uhr die Heckklappe einrasten lassen. Die Innereien im Gras waren inzwischen fast abgekühlt. Der Mann wusste genau, dass bereits mindestens ein Rudel Wildschweine den penetranten Geruch gewittert hatte und irgendwo im Schatten ungeduldig auf seinen Abflug wartete. Die Schwarzkittel stürzten sich mit Begeisterung auf derartige Abfälle und würden bis zum Morgen nichts übrig gelassen haben. Demgegenüber verschmähten die Luchse, deren Population in dieses Wäldern ebenfalls ständig wuchs, die Innereien und ergötzten sich nur an edlem Muskelfleisch.

Er hustete etwas erschöpft und zündete sich eine Zigarette an. Tief inhalieren, das tat gut! Die Kippe nahm er mit ins Fahrzeug – keine überflüssigen Spuren. Er startete den Motor und fuhr zügig vorbei an der „Selkemühle", am „4. Hammer" mit vegetarischer Küche und an einigen stillen Grundstücken, bis er in Mägdesprung die Bundesstraße 185 erreichte, die er jedoch wenige Kilometer weiter in Richtung Gernrode wieder verließ.

Er hatte zwar immer ein wenig Angst, wenn er eine solche Tour unternahm, aber dafür stand eine gewisse Freiheit, die er nicht mehr missen mochte. So viele Jahre war er abhängig vom Arbeitsamt, vom Sozialamt, von der Agentur für Arbeit, von der Koba gewesen, die ihn hin und her schoben von einer Maßnahme zum nächsten miesen Job. Es war die blanke Verarschung. Irgendwann wusste er als angestammter Harz-IV-Empfänger gar nicht mehr, wer eigentlich bescheuerter war, die vorm Schreibtisch oder die, die dahinter saßen.

Krumme Dinger hatte er schon immer gedreht, dumm war er nicht, und irgendwie musste man ja durchkommen. Aber jetzt mit seinen neuen Kumpels, das lief gut. Sie handelten mit allem. Die Wilddieberei war da nur ein Nebenerwerb – wenn das Mittelalter oder der Wirt wieder einmal Wildfleisch brauchten.

Während ihm diese Gedanken durch den Kopf gingen, bog er auf die Gerade ein, die zwischen dicken Bäumen direkt auf „Sternhaus" zuhält. Das ist eine ältere Gaststätte, bei der sich etliche Wanderwege und Forststraßen aus allen Himmelsrichtungen treffen. Davor ist ein kleiner Platz. Die Straße macht an dieser Stelle eine scharfe Biegung um den Westgiebel des Hauses und verläuft danach gerade weiter auf eine recht steile Gefällestrecke zu.

Inzwischen ging es auf drei Uhr. Der Pickup fuhr ziemlich schnell auf die Biegung beim „Sternhaus" zu. Die Straße war völlig leer. Plötzlich war der Mann jedoch hellwach. Gedöst hatte er nicht gerade, aber seine Aufmerksamkeit steckte in einem leichten Tief. Bis vor wenigen Sekunden.

Vor dem Gemäuer der Gaststätte, deren Fachwerkfassade bereits hell im Spot seines Fernlichts leuchtete, war eine Person auf die Fahrbahn getreten, direkt neben dem kleinen Vorplatz auf der rechten Seite. Die Person war schwarz gekleidet und schwenkte eine rot leuchtende Kelle zur Straßenmitte.

Eine siedend heiße Hormonwelle durchflutete den Fahrer des Pickups. So eine Scheiße – die Bullen! Was tun? Drehen ging nicht mehr, sie hätten ihn sofort gejagt und garantiert auch gekriegt.

Er fuhr noch so schnell, dass er den Bullen auf der Straße in wenigen Sekunden erreichen musste, wenn er seine Geschwindigkeit beibehielt. Blitzschnell entschloss er sich, vorbei zu fahren. Dann hatte er möglicherweise eine Chance, ehe die ihr Fahrzeug in Schwung gebracht hatten, auf irgendeinem Waldweg zu entkommen. Er kannte sich hier aus!

Er konnte einfach nicht anders, sein Zwischenhirn, dieser primitive Hirnbereich, gab ihm die wahnwitzige Anweisung, einfach durchzurauschen. Immerhin waren die Nummernschilder mit Schlamm verschmiert.

Die Alternative wäre gewesen: Er hätte angehalten und die Wagentür geöffnet. Alles stank zehn Meilen gegen den Wind nach Blut, nach Wild, nach Scheiße. Ein toter Hirsch lag in seinem Jeep und eine nicht angemeldete Knarre, weil er natürlich keinen Waffenschein besaß.

Also raste er auf den mit seiner Kelle herumfuchtelnden Bullen los. Der würde schon zur Seite springen oder er selbst würde kurz vorher nach links ausweichen. Er konzentrierte sich. Jetzt war er vielleicht noch fünfzig Meter entfernt. Dieses penetrante Arsch-

loch ging nicht zur Seite, es stand schon fast auf der Mittellinie. Er musste nach ganz links ausweichen und dann stark beschleunigen, bereits in der Biegung, wenn er sie abhängen wollte.

Doch die Nornen, die das Geflecht des Schicksals weben, sahen das anders. Sie brachten ein sogenanntes Naturgesetz Zweiter Ordnung zum Einsatz: Wenn eine Situation knifflig ist, gesellt sich gern irgendeine kleinere (oder größere) Katastrophe hinzu. Ein Sonderfall dieser Gesetzmäßigkeit wurde bekanntlich von Murphy formuliert, berüchtigt und gefürchtet, Murphys Gesetz.

Der Wilddieb steuerte so spät wie möglich auf die linke Fahrspur. Und genau in dieser Sekunde hüllten zehn Scheinwerfer die Szenerie in strahlend helles Licht. Sie rasten hinter der Gebäudekante des „Sternhaus" hervor. Fast augenblicklich erklang eine gellende Fanfaren-Hupe. Der Lastzug kam mindestens mit achtzig um die Kurve gedonnert.

Im allerletzten Moment gelang es dem Wilddieb, das Steuer nach rechts zu reißen. Wütend dröhnte der Lastzug wenige Zentimeter an ihm vorbei. Der Mann im Pickup hörte einen gedämpften Schrei, er spürte einen Schlag am Fahrzeug und sah aus den Augenwinkeln, wie der Polizist zur Seite flog. Das hatte der nun von seinem übertriebenem Diensteifer.

Im Kopfe des Nissan-Fahrers hakte gerade irgendetwas aus. Eigentlich hätte ihm klar sein müssen, dass er nun endgültig verspielt hatte. Scheiß auf den Hirsch, das war nur eine Lappalie, aber der Bulle … Doch er verbannte diesen Gedanken aus dem Oberbewusstsein und konzentrierte sich nur auf die Flucht. Er musste unbedingt vor Tagesanbruch zu Hause in Quedlinburg sein und, das ehe das große Aufgebot ihm entgegensteuerte. Er verwarf den Gedanken, sich in den Wäldern zu verstecken, sondern wählte die Variante Bleifuß.

Er raste völlig ungebremst über den Bahnübergang der Selketalbahn, nahm die kurvenreiche Strecke mit über Hundert, jagte am „Haferfeld" vorbei und erreichte in wenigen Minuten Gernrode. Natürlich kam ihm auf der gesamten Strecke niemand mehr entgegen. Und auch im Rückspiegel blieb alles dunkel. Er durchquerte das kleine Städtchen Gernrode in weiteren zwei Minuten. Kurz vor dem Kreisverkehr in Richtung Quedlinburg blinkten vor ihm zwei Blaulichter auf. Eiskalt fuhr er auf den rechten Bürgersteig. Ein Krankenwagen und der Notarzt jagten mit hoher Geschwindigkeit in die entgegengesetzte Richtung an ihm vorbei.

Der Wilddieb atmete tief durch und bog nach links in eine Nebenstraße. Nach wenigen hundert Metern begann ein Feld- und Wanderweg am sogenannten Wellbach. Er fuhr durch zwei Furten und unterquerte kurz darauf die Dreibogenbrücke, über die noch bis 1990 Panzerzüge rollten. Vor Quarmbeck jagte er über die Suderöder Chaussee auf einen Feldweg, der Holzbreite heißt. Der Pickup sprang über die Wegschäden, dass er das Hirschkalb auf dem Blech der Ladefläche klappern hörte. Ohne Rücksicht auf Verluste raste er auf diesem einsamen Weg, so dass Kröten, Katzen, Füchse und Igel mit lieber Not das Weite suchten.

Der Jeep erreichte den Neinstedter Feldweg, fuhr ein Stück zurück nach Süden und gleich darauf über die Schafbrücke. Dort bog er zum Brühl ab und langte nur wenige Minuten später in der Amelungstraße vor einem völlig verwahrlosten Grundstück an. Diese Marschroute hätten nur wirklich Ortskundige wählen können. Er gehörte dazu.

Ziemlich abgeschlafft, öffnete er das verrostete, schmiedeeiserne Tor, anschließend wuchtete er das morbide Holztor auf, von dem die alte Farbe in jugendstilartigen Ornamenten abblätterte. Hastig fuhr er den Pickup durch den verwucherten Vorgarten zur Durchfahrt im Haus. Etwas entspannter schloss er danach die eiserne Pforte. Das verkommene Backsteingebäude, in dem die meisten Fensterscheiben zerschlagen waren, würdigte er keines Blickes.

Der Mann zog das Holztor wieder halbwegs in geschlossene Stellung. Es sperrte, knarrte und hing windschief in den Angeln. Den Pickup fuhr er direkt in die kleine Lagerhalle. Zornig keckernd, verzogen sich einige Waschbären durch die offen stehenden Industriefenster nach draußen in den urwaldhaften Garten. Der Mann stieg aus. Er fühlte sich leer. Mechanisch schloss er die eisernen Fensterflügel und betätigte einen Lichtschalter. Drei uralte Lampen warfen trübes Licht auf einen schweren Arbeitstisch, auf Schränke und Regale aus DDR-Beständen. Dieses Lager wurde bis vor einem Vierteljahrhundert von der volkseigenen Handelsgenossenschaft Konsum betrieben.

Der Pickup stand genau neben einem ausgesprochen rustikalen Arbeitstisch, den er auch zur Verarbeitung des Wildbrets benutzte. Eigentlich wäre er am liebsten in tiefen Schlaf gesunken, aber das ging nicht. Mühsam zerrte er das tote Hirschkalb von der Pritsche auf den Arbeitstisch. Leise fluchte er dabei vor sich hin. Ein Huf hatte sich an irgendwas verhakt. Er zerrte mit einem Ruck an dem Kadaver und merkte im letzten Augenblick, dass es

sich um den Riemen des Repetierers handelte. Um ein Haar wäre ihm das unersetzliche Präzisionsgewehr auf den steinernen Fußboden geknallt. Große Scheiße! Er legte es so auf den Tisch, dass es sicher war, und zottelte so lange an dem Tier, bis es einigermaßen richtig lag.

Dann ging der Mann in einen kleinen Nebenraum, um sich einen Schnaps zu holen. An sich trank er selten, aber heute ging das nicht anders. Er nahm gleich die Leber mit, die er schon im Selketal ausgelöst hatte, um sie in den Kühlschrank zu legen, wo auch der Korn stand. An sich wollte er sich die gleich braten mit Zwiebel, Ei und frischem Brot. Aber nun war ihm der Appetit vergangen. Eigentlich konnte er nur nach Sibirien fliehen oder so was … Wenn der Bulle tot war – er wischte eine Träne ab.

Dann griff er sich die Flasche Korn, setzte an und nahm einen großen Hieb. Besser wurde ihm davon nicht. Langsam ging er zurück, um das Kalb zu häuten, die Flasche Korn nahm er mit.

Breitbeinig stellte er sich vor das Vieh. Normalerweise hätte er sich über solch eine gute Beute gefreut, aber heute hätte er es am liebsten in die Bode geworfen, die in zwanzig Metern Entfernung vorbeifloss. Zähneknirschend zog er das große Waidmesser aus der Lederscheide und legte es auf die Holzplatte.

Genau in diesem Augenblick sah er die Frau. Sie stand dicht neben einem Werkzeugschrank und beobachtete ihn aus halb zusammengekniffenen Augen. Es war eine hübsche Frau, nur etwas zu dünn für seinen Geschmack. Ihre Haare waren blond und zu einem Pferdeschwanz gebunden. Sie trug einen engen schwarzen Trainingsanzug.

Zuerst erschrak er. Waren die Bullen schon hier? Ging das so schnell? Das war doch nicht möglich! Dann sah er, dass die Frau einen Stapel von seinen Heften trug. Das ging ja gar nicht, da stand alles drin, was ihn und sein Treiben anging. Die musste also schon in der Villa gewesen sein. Das war keine Polizistin.

Langsam griff er zum Repetierer und nahm ihn von der Tischplatte. Dann richtete er die Mündung auf die Frau. Die hatte bis jetzt geschwiegen, riss nun allerdings die Augen auf und sagte: „Herr Bartel, was machen Sie denn da? Bleiben Sie ruhig! Ich habe nur eine Frage an Sie."

„Du bist eine miese Einbrecherin!", fuhr Lothar Bartel sie an. „Leg' sofort die Bücher dort auf den Tisch, sonst niete ich dich um!"

Die Frau legte die Bücher nicht aus der Hand, sondern machte einen Schritt auf ihn zu. Irgendetwas in ihrem Gesichtsausdruck zeigte seinem Unterbewusstsein, dass er sie nicht zu nah an sich herankommen lassen durfte. Jetzt fing sie wieder an zu labern: „Herr Bartel! Entschuldigen Sie! Ich brauche eine dringende Information. Wir können Sie auch dafür bezahlen ..."

Sie kam noch einen Schritt näher. Bezahlen hörte sich schon gut an. Aber wieso blieb diese Tussi nicht einfach stehen und legte die Bücher aus der Hand? Und wieso sagte sie plötzlich „wir"? Und wieso ging ihr Blick plötzlich an ihm vorbei?

Instinktiv drehte Bartel den Kopf und sah gerade noch, wie eine Hand sein Waidmesser vom Tisch nahm. Und schoss.

Die Frau vor ihm wollte sich zwar zur Seite werfen, aber er sah, dass er sie erwischt hatte. Irgendetwas hatte seinen Zeigefinger gekrümmt. Es war ganz schnell gegangen. Die Frau schrie auf, nicht sehr laut ...

Und gleich darauf spürte er einen fürchterlichen Schmerz im Rücken. Es war, als dringe der blanke Stahl durch die Rippen hindurch direkt in sein Herz. Lothar Bartels letzter Gedanke hieß: Das Waidmesser ...!

IX.

Nachdem Jens Brauer den Café-Garten verlassen und die beiden Frauen ihm nachgewinkt hatten, meinte Tam: „So, jetzt essen wir noch einen Eisbecher und dann gehen wir ins C&A und kaufen zwei Jogging-Anzüge nebst den dazu passenden Schuhen."

„Wie ich fühle, hast du bereits einen Plan?", hatte sich Lilly erkundigt und die Freundin dabei belustigt angesehen.

„So kann man es durchaus sehen", hatte Tam mit konzentriert gefalteter Stirn geantwortet.

Tags darauf stellten sie Tams silbernes Porsche Cabrio auf dem Parkplatz eines kleinen Quedlinburger Supermarktes ab. Anschließend schlenderten sie die Oeringer Straße in Richtung Bode-Brücke entlang. Tussi trottete ergeben neben den beiden Frauen her. Das von Jens Brauer bezeichnete Haus war nicht zu übersehen, Allerdings befand es sich in einem fortgeschrittenen Zustand der Verrottung. In der rechten Nachbarschaft stand ein frisch saniertes Gebäude in Zitronenfaltergelb mit Einfahrt, auf der anderen Seite gähnte eine mäßig vermüllte Baulücke.

Das bewusste Gebäude selbst besaß Villencharakter. Die Fassade und insbesondere ein zurückgesetzter Anbau wiesen Betonputz-Ornamentik auf. Ein monografisches „S" fiel ins Auge. Ansonsten quoll aus diesem Haus die Feuchtigkeit, grüner Moos- und Algenbewuchs bedeckte die Fassade, von der alles abbröckelte, was nur bröckeln konnte.

„Hier soll jemand drin wohnen?", fragte Lilly und suchte mit den Augen eine Einstiegsmöglichkeit.

„Er wird schon Recht haben", sagte Tam. „Wir sollten heute Nacht einfach mal einsteigen. Wir werden ja sehen."

„Es ist Gründonnerstag", gab ihre Freundin zu bedenken, legte aber bereits die Route über das Nebengrundstück fest.

„Eben drum!", meinte Tam. „Schau nur, das Grundstück geht hinten weiter. Das Backsteingebäude und der Schornstein scheinen tatsächlich dazuzugehören."

Die Frauen hatten das Grundstück bereits gegoogelt und einen ungefähren Lageplan im Kopfe.

„Dann lass uns mal um die Ecke gehen", schlug die Pilotin vor, „ehe die Leute noch auf uns aufmerksam werden."

Tatsächlich gaben die beiden schönen Frauen und der exotische Hund ein besonders auffälliges Trio ab. Entsprechend intensiv wurden sie aus den Autos angegafft, die sich an der wohl merkwürdigsten Ampelanlage der Stadt permanent stauten. Dieser Ampel, die den Verkehr aus sechs Straßen verregelte, konnte man sich mit 10 km/h oder mit 100 km/h nähern, man bekam immer Rotlicht. Es handelte sich dabei einfach um das Meisterstück eines ohnehin genialen Verkehrsplaners …

Schnell huschten die Frauen in die Amelungstraße, die sich direkt am Bodeufer erstreckte. Das Flüsschen Bode entspringt im Oberharz und fließt nach seinem Weg inmitten malerischer Landschaften durch Quedlinburg, um einige Kilometer weiter die Selke aufzunehmen und etwas später in die Saale zu münden.

Hier waren sie wieder allein. Vor ihnen lag, wenn man so wollte, der rückwärtige Abschnitt des Grundstückes. Auch hier herrschte der blanke Verfall. Der rote Backsteinbau wirkte möglicherweise einst recht romantisch, nun allerdings bröselten die roten Mauersteine, etliche Scheiben in den Stahlsprossenfenstern waren geborsten, und das Holztor zu einer Durchfahrt hing mürbe in den Angeln. Es gab einen kleinen verwilderten Vorgarten mit einem schmiedeeisernen Tor, das von einem Fahrradschloss gesichert wurde.

„Schau, da hinten steht der Schornstein“, bemerkte Lilly und zeigte auf das Backsteingebilde, das hinter dem Nebengrundstück aufragte.

„Dann ist dort auch die Lagerhalle“, erwiderte Tam. „Mehr werden wir jetzt nicht erfahren, ohne auffällig zu wirken. Los, wir gehen zum Auto!“

Kurze Zeit später verließen sie die Stadt.

„Ich würde also zuerst in die Villa eindringen“, sagte die Pilotin. „Zwar gibt es auf der Straße mehr Verkehr als um's Eck herum, dafür wäre unsere Suche systematischer.“

„Absolut meiner Meinung“, stimmte Tam zu. „Wir haben jetzt noch genügend Zeit, uns gründlich vorzubereiten.“

„Und du meinst wirklich, dass wir dort drinnen einen Hinweis auf das gestohlene Artefakt finden werden?“, fragte Lilly weiter, ohne sich übermäßig anmerken zu lassen, dass sie das Unternehmen ziemlich idiotisch fand. Bis jetzt hatte sie nichts davon überzeugt, dass es diesen wundersamen Stirnreif wirklich gab. Aber, wes Brot ich ess, des Lied ich sing! Und so wagte sie nicht, ihre spendable Freundin vom Wege abzubringen.

Diese brauste denn auch sofort gemäßigt auf: „Zweifelst du etwa auch daran? Diese ganze Zweifelei bringt mich auf die Palme! Hätte ich in meinem Leben so viele Bedenken getragen wie diese ganzen Leute, wäre ich heute noch ein armes Puttchen …!"

„Ach, das glaube ich nicht!", warf Lilly lachend ein.

Tam bog mit ziemlichem Tempo nach links in die Straße, die zu ihrem Gehöft führte: „Du brauchst mir gar nicht zu schmeicheln! Stehst du nun eigentlich zu dem Unternehmen? Oder nicht?"

„Natürlich stehe ich dazu", beruhigte sie die Pilotin, die sich zwar einiges leisten konnte, aber nie den Bogen überspannen durfte. „Ich wollte nur wissen, was du zu finden hoffst!"

„Wir sondieren", erwiderte ihre Freundin, plötzlich wieder in schwärmerischem Tonfall. „Wenn der Typ nicht zu Hause ist, unternehmen wir eine sehr diskrete Durchsuchung. Sollte er anwesend sein, dann machen wir ihm ein Angebot."

„Okay!", lächelte Lilly die andere an. „Lass es uns einfach tun!"

Kurz nach Mitternacht stellten sie den Porsche in einiger Entfernung in einer Seitenstraße ab. Dann machten sie sich ziemlich schweigend auf den Weg zu ihrem Zielobjekt. Beide Frauen trugen schwarze Trainingsanzüge und dunkles Schuhwerk. Lilly schulterte einen kleinen Rucksack, in dem sie einige Utensilien zum Öffnen der Absperrungen verstaut hatte. Aus der Zeit ihrer Spezialausbildung für Afghanistan war sie noch bestens vertraut mit den Methoden zum zerstörungsfreien Öffnen so einfacher Schlösser wie denen, die ihnen voraussichtlich begegnen würden.

Sie mussten nur aufpassen, dass sie nicht beobachtet wurden. Der Verkehr floss zwar sehr dünn, aber einige Fahrzeuge kurvten trotzdem noch von Fete zu Fete. Immerhin war fast Ostern. Vor allem aber durften sie keinem Streifenwagen über den Weg laufen, dessen Besatzung sich später an sie erinnern würde!

Sie entschlossen sich trotz des größeren Risikos für den Einstieg von der Hauptstraße her. Und tatsächlich gelang es ihnen, sich unbemerkt anzupirschen. Lilly trug das Werkzeug bereits in Händen. Während Tam abgeschirmt wartete, öffnete ihre Freundin schnell und versiert das erste Schloss. Beide trugen dünne Handschuhe, die sie kaum behinderten. Sie wussten nicht, was sie in dieser Nacht hier erwarten würde, und wollten keine Spuren hinterlassen. Dass dieser Lothar Bartel nicht der Eigentümer der Liegenschaft war, hatten sie bereits im Laufe des Tages in Erfahrung gebracht.

Vorsichtig schoben sie sich durch feuchtes Gestrüpp zur Rückseite des villenartigen Gebäudes. Plötzlich brach ein verhalten fauchender Tumult neben ihnen aus und es raschelte und polterte um sie herum. Tams zarte Hand verkrallte sich in Lillys Arm unter dem Ärmel des Jogging-Anzugs.

„Waschbären!", raunte die Pilotin. „Es scheinen ziemlich viele zu sein. Sehr begangen ist der Garten nicht."

Tam schnaufte nur zur Antwort.

Von hinten führte eine Freitreppe auf eine offene Veranda. Wenige Meter entfernt davon begann die Fassade der kleinen Lagerhalle, welche die ursprüngliche Schönheit des Ensembles wahrscheinlich total zerstörte. Das konnte man im mickrigen Schein der Lampen nur vage erkennen. Außerdem richtete sich die Aufmerksamkeit der Frauen auf ganz andere Dinge.

Möglichst lautlos erklommen sie die Stufen der kleinen Freitreppe in die Veranda. Dort standen ein runder Holztisch und zwei Gartensessel aus weißer Plaste.

„Es sieht bewohnt aus", flüsterte Tam und schaltete die Taschenlampe aus. Neben dem etwa zehn Meter hohen Schornstein, den man nur schattenhaft erkannte, leuchtete der große Oster-Vollmond. Sein Licht machte die Südfassade der Villa zu einer gespenstischen Filmkulisse.

„Was machen wir jetzt?" Lilly war, als höre sie Tams Stimme seltsam vibrieren. So kannte sie die aufmüpfige Multimillionärin gar nicht. Schnell flüsterte sie zurück: „Lass mich mal nach vorn! Mal sehen, ob die Tür verschlossen ist."

Sie näherte sich der zweiflügeligen Verandatür und drückte vorsichtig die Klinke nach unten. Dann sagte sie, immer noch sehr leise: „Abgeschlossen! Das bedeutet mit ziemlich hoher Wahrscheinlichkeit, dass er nicht da ist. Es sei denn, er schließt sich über Nacht selbst ein."

„Kriegst du die Tür auf?", flüsterte Tam.

„Klaro, ist nicht mal ein Sicherheitsschloss", meinte Lilly halblaut. Gleich darauf knackte es.

„Nicht so laut!", ermahnte sie Tam. „Was machen wir, wenn er schläft?"

„Die Frage kommt ziemlich spät", kicherte die Pilotin und begann, den Türflügel nach innen zu drücken. „Wir befragen ihn."

„Und wenn er nicht will?", stöhnte Tam.

„Ach, hör jetzt auf!", knurrte ihre Freundin. „Los jetzt! Wir suchen Raum für Raum ab. Kannst die Lampe wieder anmachen."

Beide Taschenlampen flammten auf. Sie traten in einen Wintergarten, in dem es nach Moder und abgestandenem Essen roch. Wertlose, einige Jahrzehnte alte Möbel standen herum. Leere Flaschen, Gläser, Zeitungen und Nebensächlichkeiten breiteten sich auf den ebenen Flächen aus.

„Es scheint sich um einen Chaoten zu handeln", flüsterte Lilly und suchte mit dem Spot der Lampe den nächsten Eingang. Das war eine ansehnliche Gründerzeit-Tür. Sie öffnete sie behutsam und spähte in den nachfolgenden Raum, dann huschte sie hinein. Das Zimmer war groß und gehörte offenbar zu den Hauptgelassen des Hauses.

„Wow!", sagte Tam, die gefolgt war, und ließ das Licht über Möbel streifen, die einige Größenordnungen besser aussahen als der Kram im Wintergarten. Zwei Schränke aus Eiche, die aus der Gründerzeit vor 1900 stammen mochten, ein ebensolches Holzbett, dessen Wäsche sogar geordnet war, ein ansehnlicher Schreibtisch, ebenfalls aus dunklem Holz, ein runder Tisch mit Stühlen und weiteres kleines Mobiliar.

„Okay!", raunte Lilly. „Vielleicht müssen wir den Chaoten relativieren. Schau, das Fenster zum Nebengrundstück ist schwarz verhängt. Sieht fast so aus, als wohne der Typ hier heimlich."

„Es hätte mich auch gewundert, wenn das offiziell wäre", moserte Tam und öffnete mutig die einzige Tür, die ins Unbekannte führte. Lilly eilte an ihre Seite und trat hinter ihr in die Küche. Denn das roch man sofort.

Es handelte sich um einen großzügigen Raum, in dem sich allerdings nur wenige Möbel befanden. Es gab ein sehr ausladendes Regal, das fast eine ganze Wand einnahm und mannigfaltige Utensilien beheimatete, einen Herd mit Propangasantrieb und der dazugehörigen Flasche, einen Tisch und mehrere Stühle. Ziemlich viel benutztes Geschirr stand umher, und es existierte sogar eine Spüle.

„Sieh an, er hat sogar Wasseranschluss!", kommentierte die Pilotin und öffnete eine weitere Tür. Schnell checkte sie die Umgebung mit dem Spot ihrer Lampe. Es handelte sich um einen Flur mit jenseitiger verglaster Tür, die offenbar in ein Treppenhaus führte.

„Puh!", stieß Lilly hervor und meinte zu Tam, die ihr gefolgt war: „Hier beginnt der absolute Verfall. Wie es aussieht, bewohnt der Typ die letzte intakte Ecke des Hauses. Irgendwo muss noch das Klo sein."

Sie fanden die Tür sofort. Vom Flur aus erreichte man ein nicht sehr hygienisches Bad, das jedoch in Betrieb war.

„Cool!", stellte Lilly fest. „Der Mann ist clever. Alle halten das Haus für eine Ruine, und er hat es wieder in Betrieb genommen. Ich wette, dass er Strom und Wasser schwarz angezapft hat." Sie betätigte einen Lichtschalter und tatsächlich erstrahlte matt eine Glühbirne mit verstaubtem Schirm.

„Und woher konnte Jens Brauer das wissen?", sinnierte Tam und schaute mit gerümpfter Nase im klammen Badezimmer umher.

„Das ist ohne Zweifel eine sehr gute Frage", antwortete die Freundin, „aber ich würde sagen, wir gehen erst einmal auf die Suche. Es könnte nämlich passieren, dass der Typ plötzlich heimkehrt."

„Immerhin wird er nicht gleich die Polizei holen", kicherte Tam. „Das kann er sich wohl nicht leisten. Eine sehr gute Ausgangsbasis."

Lilly registrierte, dass die andere sichtlich an Zuversicht gewann. Sie kehrten ins „Wohnzimmer" zurück. Tam drückte den Lichtschalter. Eine kleine Leuchte flammte auf, die das Licht gebündelt auf den Schreibtisch warf. Der größte Teil des Raumes blieb im Dunkeln. „Er wird von hinten durch die Lagerhalle kommen", meinte Lilly in bedenklichem Tonfall. „Und er wird den Lichtschein sehen. Wir müssen uns beeilen."

„Wenn er überhaupt kommt", beschwichtigte sie Tam euphorisch. „er wird uns schon nicht gleich erschießen."

Da war sich die Pilotin zwar nicht so sicher, aber als sie sah, dass Tam begann, den Schreibtisch zu durchsuchen, behielt sie es für sich und sagte nur: „Versuch, alles unversehrt zu lassen. Er muss nicht unbedingt merken, dass jemand hier war."

„Weiß ich doch!", murrte Tam und kramte behutsam darauf los.

Lilly nahm sich einen der Schränke vor. Sie fand eine ganze Menge Bücher der unterschiedlichsten Genres und Fachgebiete, von historischen Romanen über Fantasy und Sciencefiction bis zu Fachbüchern der Elektronik, über Antiquitäten, Bauwesen und viele andere Bereiche, aber vor allem fand sie Literatur über das Mittelalter in Europa.

„Er scheint sich mit dem Mittelalter befasst zu haben. Merkwürdig", sagte Lilly durch den Raum, ohne die Lautstärke noch wesentlich abzusenken.

„Ich glaube, ich habe den Grund dafür", kam es von Tam. „Hier liegen haufenweise Prospekte von Mittelaltermärkten, außerdem Rechnungen und so'n Zeug. Der Mann scheint diese Szene zu beliefern."

„Was für eine Szene?", erkundigte sich Lilly und kam zum Schreibtisch.

„Mittelaltermärkte und Ritterspiele liegen seit etlichen Jahren im Trend", erklärte Tam ihr. „Das kennst du wohl gar nicht?" Sie lachte leise. „Die Leute verkleiden sich und wohnen in irgendwelchen Hütten, zünden Feuer an, halten Pferde und so weiter."

„Wenn er sich mit so was beschäftigt hat, würde das natürlich auch erklären, wieso er so erpicht auf das Steinkistengrab war", überlegte die Pilotin und schaute auf die Uhr. „Es ist schon Zwei. Wenn wir nichts Wesentliches finden, sollten wir bald abhauen. Ich habe so ein Gefühl, dass Lothar bald heimkommt."

Tam kniete schweigend auf dem alten Teppich und angelte bis zur Achselhöhle im linken Seitenteil des wuchtigen Schreibtisches. Dann plötzlich zog sie den Arm zurück und hielt zwei schwarzrote Din A5-Quarthefte mit festem Einband in der Hand.

„Hier ist was! Ganz hinten!", nuschelte sie und öffnete aufgeregt das oberste Heft. Lilly wartete ab, bis Tam sagte: „Ich glaube, ich hab's! Tagebücher und Aufzeichnungen. Es sieht zumindest so aus."

„Na los!", drängte Lilly. „Such weiter. Wir nehmen sie mit und verschwinden. Er wird bald hier sein – ich fühle es!"

„Ja, ja!", murrte Tam und steckte den Kopf in das Fach. Nach und nach räumte sie noch etwa zehn derartige Hefte hervor. „Das war's!"

Lilly sah den Stapel Hefte auf dem Tisch, einige sahen recht abgegriffen aus. „Los, weg von hier! Versuch, die ursprüngliche Ordnung wieder herzustellen! Wir sollten jetzt wirklich abhauen. Wir lesen das zu Hause."

„Und der Strinreif?", quengelte Tam und versuchte, den Schreibtisch in seinen Urzustand zurückzuversetzen.

„Das finden wir heute nicht mehr", gab ihre Freundin zurück und durchmaß den Raum, um auch die letzte Unregelmäßigkeit zu beseitigen. „Ich mache jetzt das Licht aus. Alles klar?"

Eine Minute später eilten sie durch den Wintergarten. Lilly schloss die Türen sorgfältig ab. Als sie in dem verwilderten Garten standen, war der Vollmond bereits ein großes Stück weitergewandert.

„Gehen wir durch die Werkhalle zurück?", fragte Tam. „Ich möchte nicht auf die Hauptstraße. Habe so eine blöde Ahnung …"

„Okay!", grinste Lilly. „Wenn ich die Türen aufkriege."

Die erste Tür war überhaupt kein Problem, denn sie war unverschlossen. In der Fabrikhalle sah es wesentlich ordentlicher aus, als sie erwartet hatten. Im Hauptraum stand ein großer, sehr rustikaler Tisch, der einigermaßen den Eindruck einer Schlachtbank erweckte. Dubiose Werkzeuge hingen an den Wänden, sowie einige Hellebarden und Schilde. Ein undefinierbarer unmenschlicher Geruch schwebte in der Luft. Gegenüber befand sich eine geschlossene Einfahrt, durch die die Halle befahren werden konnte. Getrockneter Dreck und Profilspuren auf dem Boden bewiesen, dass diese Annahme zutreffend war.

Lilly wollte die Räumlichkeiten etwas näher erkunden. Sie legte den unhandlichen Stapel Quarthefte auf einer seitlichen Konsole ab. Ihre Herrin rief etwas aus einem Nebenraum. Sie klang aufgeregt. Lilly eilte zu ihr. Sie spürte, dass sie sich hier nicht lange aufhalten durften.

Tam hielt sich in einem ziemlich großen Seitenraum auf. Sie hatte eine von mehreren großen Kühltruhen geöffnet. Darin befand sich Fleisch. Die Frauen starrten auf in Plastiktüten verpackte Batzen roten Fleisches, die dort fein säuberlich eingelagert waren. An den Wänden standen Regale, deren Fächer überquollen von allen möglichen Dingen: Elektronik, Werkzeuge, Handys und Computern, Keramik, Konserven, aber auch Artefakten aus Gegenwart und Vergangenheit.

„Was ist das?", fragte Tam aufgeregt.

„Eine Mischung von Hehler-Lager und Depot für Floh- und Mittelaltermärkte. Offenbar betreibt unser Lothar Bartel einen schwunghaften Handel an der Steuer vorbei", gab ihr die Pilotin zur Antwort. „Wir sollten hier schleunigst abhauen, Tam. Hör doch mal auf mich!"

„Aber …!" Weiter kam die Angesprochene nicht. Aus der Halle vernahmen sie ein Knarren. Das Einfahrtstor auf der gegenüberliegenden Seite wurde geöffnet.

„Es kommt jemand!", wisperte Tam entsetzt. „Los, wir fliehen doch zur Hauptstraße …!"

„Geht nicht!", erwiderte Lilly lakonisch. „Die Hefte liegen noch in der Halle. Ohne die gehen wir nicht!"

„Na, dann!", sagte Tam und schaltete plötzlich auf resolut um. „Müssen wir eben zum Angriff übergehen." Sie schlüpfte behände durch die Tür in den Hauptraum der Lagerhalle zurück.

„Oh, Mann!", stöhnte Lilly und folgte ihr vorsichtig.

Inzwischen war in der Halle eine schummrige Beleuchtung zum Leben erwacht. Ein bulliger Pickup fuhr durch das vordere Tor und hielt neben dem wuchtigen Tisch. Die Pilotin hielt inne und beobachtete aus dem Schatten die sich aufbauende Situation. Ihre Freundin war nicht zu sehen. Sie hatte keine Ahnung, wo die sich versteckt haben könnte. Sie sah nur, dass der Stapel Hefte noch unbemerkt am alten Platz lag.

Ein Typ stieg aus dem Geländewagen. Er war nicht sehr groß, sah aber drahtig und durchtrainiert aus. Ohne sich umzusehen – er wähnte sich natürlich allein in seinem Domizil – öffnete er die Pritsche des Pickups. Dann begann er, den Körper eines großen Tieres hervor zu zerren.. Ein moschusartiger Geruch drang an Lillys Nase. Es war ein junger Hirsch. Leise fluchend, wuchtete er das sperrige Tier auf die Arbeitsplatte. Irgendetwas hakte. Nervös griff der Mann nach einem Gegenstand und brachte ein Jagdgewehr zum Vorschein, das er seitlich auf den Tisch legte. Danach drehte er sich schnaufend um und ging in einen kleinen Nebenraum.

Lilly fand diesen Augenblick für geeignet, die Hefte wieder an sich zu nehmen. Sie schlich auf die Konsole zu. Als sie es fast geschafft hatte, kehrte der Mann zurück. Er trug eine Flasche Korn und wischte sich mit dem Handrücken den Mund. Er hatte sie immer noch nicht gesehen. Aus einer Lederscheide zog er einen Hirschfänger und legte ihn neben den Kadaver.

Lilly hatte inzwischen die Bücher im Arm und wollte sich zurückziehen. Doch in diesem Augenblick wurde sie von Lothar Bartel entdeckt. Beide starrten sich mehrere Sekunden lang an. Dann, ehe sie fliehen konnte, griff sich Bartel das Gewehr und richtete es genau auf sie.

'Scheiße', dachte sie und versuchte, gütlich auf den Mann einzureden: „Herr Bartel, was machen Sie denn da? Bleiben Sie ruhig! Ich habe nur eine Frage an Sie."

„Du bist eine miese Einbrecherin!", fuhr er sie an. „Leg sofort die Bücher dort auf den Tisch, sonst niete ich dich um!"

'Scheiße', dachte sie erneut, 'die Bücher müssen wir haben. Ich muss versuchen, ihn zu beschwichtigen.' Sie näherte sich ihm vorsichtig und sagte in ruhigem Ton: „Herr Bartel, entschuldigen Sie! Ich brauche eine dringende Information. Wir können Sie auch dafür bezahlen …" Mist, sie hatte „wir" gesagt, das war ein Fehler gewesen. Sie machte einen weiteren Schritt auf ihn zu. Hinter dem Typen bewegte sich nun etwas. Sie sah Tam, die aus irgendeinem dunklen Winkel zurückgekehrt war. Sie schien die Situation beobachtet zu haben und griff nach dem Hirschfänger.

Das bekam Bartel mit. Ohne Vorwarnung hob er das Gewehr an. Die Mündung zeigte genau auf Lilly. Die wollte sich noch zur Seite werfen, aber der Schuss bellte bereits leise gedämpft in ihren Ohren wider. Ein furchtbarer Schmerz durchzog ihren Körper. 'Oh Gott, er hat mich getroffen', raste es durch ihr Gehirn. Vor Schmerz konnte sie die Körperstelle nicht lokalisieren. Hilfesuchend sah sie auf Tam. Sie hatte nicht gewusst, dass es so weh tat, getroffen zu werden.

Die Mündung wies immer noch auf sie. In den Augen des Mannes lag ein irres Glimmen. Lilly sah, wie Tam mit dem Hirschfänger ausholte. Nein! Doch. Sie rammte ihn dem Mann mit voller Wucht in den Rücken. Einige Sekunden vergingen. Tam ließ den Griff des Messers los und schaute wie in Gedanken versunken auf den Rücken des Mannes.

Zuerst ließ Lothar Bartel das Gewehr fallen. Scheppernd fiel es auf den Hallenboden. Seine Augen stierten auf Lilly, dann wurden sie glasig. Die Hände versuchten, etwas zu erfassen, doch sie griffen ins Leere. Erst langsam und dann mit einem Ruck sank der Oberkörper des Mannes auf das ausgeweidete Tier hinab. In dieser seltsam makaberen Pose blieb er stehend liegen, ganz ruhig, das Messer im Rücken. Er war offenbar sofort tot.

Der Schmerz kehrte unmittelbar in Lillys Bewusstsein zurück.
Er kam aus dem Unterleib. Ich sterbe, das war der letzte Gedanke der Pilotin.

X.

Die klebrige Schwärze bekam helle, blasige Flecke. Sie hatte so etwas als Kind gesehen, wenn im Kino der Film hakte und schmolz. Plötzlich waren die Blasen des Zelluloids auf der Kinoleinwand zu sehen. Die blasigen Flecke erweiterten sich zu einem schmutzigen Lichtfeld. Lilly öffnete die Augen. Es tat weh, so als hätte sie sich auf eine glühende Herdplatte gesetzt. Sie lag auf der Seite und erinnerte sich an den Schuss, der sie erwischt hatte.

Offenbar lag sie noch in der Lagerhalle. Drei trübe Lampen warfen etwas Licht auf die Misere. Langsam kehrte die Erinnerung zurück. Wo war Tam? Mühsam drehte sie den Kopf und sah den Tisch von schräg unten. Also lag sie auf dem Fußboden. Sie sah die Hufe dieses Tieres über den Rand der Tischplatte ragen. Und dann erblickte sie den Unterkörper des Mannes, das Oberteil war ihren Blicken entzogen. Dieser Mensch hatte auf sie geschossen.

Sie fühlte den Schmerz und begann, den Unterleib zu betasten. Alles schien heil zu sein. Ihre Hand fuhr über den Boden. Sie lag auf einer Plasteplane, die sich irgendwie klebrig feucht anfühlte. Langsam hob sie die Hand und nahm wahr, dass diese blutig rotbraun aussah. Ihr wurde schlecht. Dann tastete sie voller Angst zu ihren Beinen.

In diesem Moment hörte sie ein Geräusch aus Richtung Einfahrtstor zur Lagerhalle. Dann hallten eilige Schritte. Tam!

„Na, bist du endlich aufgewacht?", fragte diese mürrisch und ohne Mitleid. Sie beugte sich herab: „Los, komm! Der Morgen dämmert. Ich habe das Auto vorgefahren. Wir verarzten dich zu Hause."

Lilly war fassungslos und stöhnte: „Was ist mit mir?"

„Nichts weiter!", murrte Tam. „Du hast einen Streifschuss an der Arschbacke. Das wird wieder!"

„Jetzt weiß ich es!", stöhnte Lilly. Sie lag halbseitig auf einer Mülltüte, die über den Schalensitz des Porsche gebreitet war.

„Was weißt du?", knurrte Tam wütend und steuerte nicht sehr vorsichtig über einen Feldweg zwischen Quedlinburg und Ballenstedt. Es war zwar eine ziemlich gut gepflegte Feldstraße, aber mit diesem Auto grenzte das Befahren trotzdem an blanke Blasphemie. Immerhin ging Tams Plan auf, sie begegneten unterwegs niemandem, vor allem nicht der Polizei. Der Weg führte von der Gersdorfer Burg direkt zum Haus in der Motorsportschule und wies noch erheblich viele Pfützen auf.

Plötzlich fuhr Lilly fort: „Ich leide am Posttraumatischen Stress-Syndrom. Das habe ich gar nicht gewusst. Ich dachte immer, nur die anderen müssen nach Kriegseinsätzen zum Psychiater. Aber weißt du, diese ständigen Bombenleger, die Landminen und die Ami-Drohnen in Afghanistan, die abgerissenen Gliedmaßen, verstümmelten Kinder und Frauen. Diese Bilder kamen vorhin alle über mich. Ich dachte, mich hätte es im Unterleib erwischt. Da bin ich vor Angst abgeklappt."

„Du wolltest mich nur die Drecksarbeit allein machen lassen", schimpfte Tam weiter, grinste ihre Freundin allerdings dabei an. „Welch Glück, dass ich noch die Rolle Gelbe Säcke dabei hatte. Weißt du eigentlich, was wir für Scheiße gebaut haben? Wir sind eingebrochen und haben einen Mann erstochen."

„Du hast ihn erstochen", sagte die Pilotin leise und sah sofort, wie die andere hochtourte. „Ja, es war Notwehr! Du hast mich vor diesem Unhold gerettet. Und richtig eingebrochen sind wir auch nicht. Wir sind in eine leerstehende Ruine eingedrungen."

„Außerdem war der Typ ein Gangster", pflichtete Tam ihr nervös bei. „Den Hirsch hat er garantiert nicht bei Ernst August von Hannover gekauft oder in wessen Wald er auch gewildert haben mag."

„Trotzdem sitzen wir ganz schön im Schlamassel", stöhnte Lilly und versuchte, sich in eine klein wenig bessere Position zu drehen. „Aua, aua! Hast du wenigstens alle Bluttropfen beseitigt? Meine DNS liegt garantiert bei der Bundeswehr."

„Ich hoffe", antwortete Tam und ließ das Tor auffahren. „Stell dich mental darauf ein, dass es gleich noch mehr wehtun wird!"

„Ist es wirklich nur die Arschbacke?", erkundigte sich Lilly.

„Ja doch!" Tam hielt vorm Haus. Alles war menschenleer, nur die Vögel schrien sehr laut, und am Osthimmel kündete ein roter Streifen den Sonnenaufgang an. „Du wirst nur eine kleine Narbe behalten. Die können dann die Männer immer streicheln, zum Beispiel dieser Schriftsteller. Wie hieß er?"

„Irenäus", flüsterte die Pilotin betreten. „Ich reiße mich jetzt zusammen. Der Zusammenbruch ist vorbei. Es war nur das …"

„… PTS-Syndrom, ich weiß!", grinste die Freundin und stieg aus. „Komm jetzt! Ich verarzte dich. Zu einem Arzt können wir nicht."

Ab jetzt riss sich Lilly zusammen. Tam stützte sie ein wenig, bis sie in Lillys Badezimmer ankamen, womit gleich geklärt war, wer den Dreck anschließend wegmachen durfte.

„Am besten, du kniest dich in die Badewanne", empfahl Tam. „Ich weiche dir die Hose vom Hintern. Dann desinfiziere und verbinde ich dich. Okay!"

„Machst du uns auch Frühstück?", versuchte die Pilotin zu scherzen.

„Mal sehen!", knurrte die andere Frau übertrieben harsch zurück.

Es war gar nicht einfach, die inzwischen verkrusteten und verklebten Stofffetzen von Lillys schmalem Ärschlein abzuweichen und zu reißen. Ohne etliche Auas und Wehs ging es nicht ab. Aber es stellte sich schließlich heraus, dass es sich wirklich nur um eine ziemlich lapidare Wunde handelte. Tam wusch sie unter leisen Betrachtungen zum Thema „Waschlappen“ aus, versorgte sie mit einer Wundersalbe und verband dann den Unterleib der Pilotin mit einer Mullbinde. „So!“, sagte sie dann. „Ich mache jetzt Frühstück. Inzwischen kannst du hier im Bad klar Schiff machen.“

Wenig später saßen die beiden Frauen am Küchentisch. Schweigend knabberten sie an ihren Toastscheiben. Tam warf die angebissene Hälfte auf das Brettchen: „Scheiße! Was machen wir jetzt nur? Die Leiche in die Bode schmeißen oder die Polizei holen?“

Lilly rutschte vorsichtig auf der Stuhlkante: „Beides nicht. Was wollen wir der Polizei denn erzählen? Und das andere geht erst gar nicht …“

„Willst du es einfach aussitzen?“, schrie Tam unterdrückt. „Irgendwann findet ihn irgendwer.“

„Je später, desto besser“, versuchte die Pilotin zu trösten. „Vielleicht haben wir soviel Glück … Immerhin kennt niemand den geringsten Zusammenhang zwischen diesem Kerl und uns.“

„Außer Jens Brauer“, gab Tam zu bedenken.

„Ups!“, konnte sich Lilly nicht enthalten hinzuzufügen.

XI

Lautstarkes Quieken und der dudelnde Sound von „Heil dir im Siegerkranz“ erschallten ohne Vorwarnung. Tiefste Dunkelheit. Ein bewegliches Bleigewicht robbte erschrocken schniefend über ihre Bettdecke. Fluchend schwamm Rita aus abgrundtiefem Schlaf in die finsteren Gefilde des Oberbewusstseins empor. Vergeblich suchte die tastende Hand nach einem Lichtschalter. Klirrend viel das leere Weinglas vom Nachttisch. Das Fluchen wurde lauter. Das Bleigewicht rollte mit keuchendem Japsen vom Bette.

Endlich erstrahlte ein Licht. Nun nahm sie auch die rot und grün blinkenden Dioden von Piepser und Handy wahr. Beide Geräte lagen auf der Kommode. „Scheiße!“, murmelte sie und stemmte sich aus dem Bett. Otto saß davor und blickte sie strafend an. Verhalten wackelte dabei sein Schwanz.

„Ja, ja!“, knurrte Rita und wankte zu ihrem Handy. „Was ist denn los mitten in der Nacht?“

„Äh, Frau Hauptkommissarin?“, fragte eine etwas betreten klingende Männerstimme. „Sie haben doch Bereitschaft, oder?“

„Ja, ja!“, bemühte sie sich, ein bisschen freundlicher zu klingen.

„Soeben kam ein Notruf rein", spulte der Mann am anderen Ende hörbar erleichtert ab. „Vom Sternhaus. Dort wurde ein Kollege von der Streifenwagenbesatzung, die heute Dienst hat, von einem flüchtigen Autofahrer niedergefahren. Eben gerade. Der überlebende Kollege ist außer sich. Ich glaube, Sie müssen da sofort hin!"

„Sternhaus?", murmelte Rita und ging bereits zu dem Stuhl, wo sie vor ein paar Stunden ihre Kleidung abgeworfen hatte.

„Sie wissen, wo das ist, Frau Hauptkommissarin?", erkundigte sich der Beamte skeptisch.

„Ja, ja!", sagte sie. „Bin schon unterwegs."

Rita war nicht eitel, aber stolz auf ihren sportlich jugendhaften Körper. Momentan lagen ihr derartige Empfindungen jedoch extrem fern. Sie würgte die grüne Cordjeans über den Hintern und verzichtete auf einen BH. Nur ein dunkelgrünes Sweatshirt. Sie trug fast ausschließlich grüne Kleidung, vielleicht weil sie bei der Polizei war, eher aber als Kontrast zu ihren langen, glatten dunkelroten Haaren. Spätestens beim Anziehen der Sportschuhe wurde ihr klar, dass sie Otto nicht zurücklassen durfte.

„Na, komm!", sagte sie zu dem ihr nächststehenden Wesen unter der Sonne und langte nach der Hundeleine.

Ottos Miene wurde augenblicklich aufgeräumter, und sein Schwanz wurde unsichtbar vom schnellen Wackeln. Dieser Hund war eine sehr merkwürdige Kreatur. In einer Zeitspanne der Unaufmerksamkeit hatten es Irenäus' Altdeutscher und die Rauhhaarteckelin des Försters geschafft, einen einzigen Nachkommen zu zeugen. Dieser Rüde besaß den Kopf eines schwarzen Schäferhundes und den Körper sowie die Beine eines zu groß geratenen Dackels. Sein Name war Otto. Rita und Otto hatten sich vor einigen Jahren auf den ersten Blick ineinander verliebt. Neben seinem hochverehrten Frauchen besaß Otto auch einen besten Freund, und das war sein Vater Titus. Lucy, seine Teckelmutter, weilte bereits in den ewigen Hundejagdgründen.

Im Licht einer Straßenlaterne stiegen beide in Ritas für heutige Verhältnisse uralten kobaltblauen Golf. Zuerst entzündete die Hauptkommissarin eine Camel und genoss einige tiefe Züge, dann ließ sie endlich den Motor an. Seit dem Weckruf waren erst wenige Minuten vergangen.

Als sie die steilen Kurven vom Städtchen Gernrode hinauf in die bergige Harzwelt mit höchstmöglicher Geschwindigkeit nahm, war sie endgültig munter. Otto saß neben ihr auf dem Beifahrersitz und parierte mit seinem kompakten Körper geübt die sich ständig ändernden Fliehkräfte. Beide starrten konzentriert in den von den Scheinwerfern in die Dunkelheit gefrästen Lichtkegel. Am frühen Morgen des Karfreitags lagen noch alle Harzer in den Betten, die Straße war völlig leer.

Die Hauptkommissarin erreichte den Tatort als Dritte. Notarzt- und Rettungswagen standen bereits auf dem kleinen Vorplatz des Sternhauses. Rita stieg aus, während sich Otto vorerst damit begnügen musste, die Szene durch die Fensterscheibe des Golfes zu verfolgen.

Der Vollmond schien durch eine Schneise zwischen den allgegenwärtigen alten Bäumen, außerdem bestrahlten einige Lampen den Platz. Rita verschaffte sich in Windeseile einen ersten Überblick. Im Hintergrund stand ein Kleinbus der Polizei, in dessen geöffneter Schiebetür ein Beamter saß und den heruntergebeugten Kopf mit den Händen abstützte. Das sah nach einem Schockzustand aus, so wie es ihr der Mann, der sie weckte, bereits angedeutet hatte. Sie ließ den Kollegen erst einmal sitzen.

Ein tatsächlich sehr beunruhigendes Bild bot der zweite Polizist. Er lag auf dem Schotter und stöhnte und zuckte in Angst erregender Weise. Neben ihm kniete die Notärztin in Weiß und mit lichtreflektierenden Streifen auf einer orangen Weste. Die Hauptkommissarin erkannte an den halblangen dunklen Haaren,

dass es Marianne war. Merkwürdigerweise trafen die beiden Frauen bei derartigen Einsätzen überdurchschnittlich oft aufeinander. Zwei Rettungssanitäter hoben bereits eine fahrbare Trage aus dem Krankenwagen. Sehr kurz hob die Ärztin den Kopf und sagte: „Hallo, Rita!“

„Hallo!“, erwiderte diese und beugte sich ein Stück hinab. „Wie steht es?“

„Ziemlich böse. Er hat Knochenbrüche und ist instabil. Ich spritze gerade ein Sedativum“, klärte sie Marianne auf. Während sie dies tat, fügte sie hinzu: „Er ist nicht ansprechbar. Frag den anderen!“ Damit war das Gespräch bis auf weiteres beendet.

Rita ging zu dem Polizisten, der in der Tür des Streifenwagens kauerte und sagte behutsam: „Hallo! Wie geht`s?“

Der Mann war noch sehr jung. Er hob langsam den Kopf: „Scheiße geht's! Es war grausam!“

„Sie haben sich richtig verhalten“, beruhigte sie ihn. Sie hatte diesen Polizisten noch nie gesehen, er musste sehr neu sein und der Verletzte sein älterer Kollege.

„Können Sie mir erzählen, was vorgefallen ist?", fragte sie. „Ich bin die diensthabende Hauptkommissarin."

Der Mann blieb eine Weile still, so als sammele er sich. Dann schluchzte er: „Da kam einer auf uns zugerast. Von dort." Vage zeigte er nach Süden auf eine dunkle Allee. Lutz wollte ihn kontrollieren. Er ging immer weiter auf die Fahrbahn …"

„Und dann hielt der Fahrer nicht an?", fragte Rita behutsam.

„Nein!", murrte der Polizist. „Dann kam dieser Lastzug um die Ecke."

„Um welche Ecke?", fragte sie erstaunt.

„Um die Hausecke!" Der Mann schüttelte den Kopf, wie um etwas loszuwerden. „Da musste der Pickup ausweichen und hat Peter umgenietet. Einfach so!" Er senkte den Kopf wieder.

„Was war das für ein Pickup?", drängte Rita, die ein wenig Verständnis für den Mann aufbrachte, andererseits ging ihr aber seine Laschheit auf die Nerven. „Welcher Typ? Wie sah er aus?"

„Weiß nicht genau", nuschelte der junge Polizist. „So ein großer Allrad-Jeep mit Ladefläche. Vielleicht Toyota, Chrysler, Nissan … Man konnte es nicht genau erkennen. Es ging alles so schnell. Er sah dunkel aus – grün oder schwarz …"

Die Hauptkommissarin wurde von einem nahenden Fahrzeug abgelenkt, das um die Hausecke bog und sich zu ihnen gesellte. Es handelte sich um einen silberblauen Mercedes Kombi Streifenwagen. Am Steuer saß eine Polizistin mit gekrausten blonden Haaren und einer Nickelbrille. Rita und sie hatten schon einige heftige Situationen miteinander durchgestanden. Die Polizistin winkte ihr zu, blieb aber im Wagen sitzen und warf einen misstrauischen Blick auf den Verletzten. Sie konnte kein Blut sehen. Rita wusste das und grinste der Frau zu. Dann wandte sie sich dem Beamten zu, der auf der anderen Seite ausstieg.

„Hallo, Rita!", sagte der Mann. Er gehörte zu den drahtigen Typen und besaß einen ziemlich hohen Dienstgrad. Kleine Lachfältchen lagen in seinem Gesicht mit braunen Augen und sehr kurzem dunklen Haar. Auf dem schwarzen Pullover stand das Wort „Polizei", am Gürtel der schwarzen Hose hingen allerlei martialische Utensilien.

Die Hauptkommissarin erklärte ihm die Situation, währenddessen der Verletzte in den Rettungswagen geschoben wurde.

„Er muss operiert werden!", rief ihnen die Notärztin Marianne zu. „Aber er wird es überleben. Ansprechbar frühestens morgen Mittag."

„Warte, warte!", schrie Rita und lief zum NAW. „Ist euch vielleicht auf der Herfahrt ein großer, dunkler Geländewagen oder Pickup begegnet? Viel Verkehr kann ja nicht gewesen sein."

„Gar keiner", knurrte einer der Rettungssanitäter.

„Doch, einer", meinte der NAW-Fahrer. „In Gernrode zwischen Kreisverkehr und Bahnübergang. Das war so ein großer Pickup. Ich glaube, es war ein Nissan. Er ist rechts 'ran gefahren."

„Haben Sie auch gesehen, wohin er weiterfuhr? Nach Quedlinburg oder Ballenstedt?", fragte der Polizeibeamte, der alles mit angehört hatte. Jetzt mischte sich einer der Rettungssanitäter ein: „Ich erinnere mich jetzt. Keins von beiden, er ist in diese kleine Straße dazwischen eingebogen. Da gibt's nur eine, von hier aus gesehen nach links."

„Und welcher Typ?", hakte Rita nach.

„Würde sagen, Nissan", antwortete der Mann. „Können wir jetzt fahren? Sonst wacht er wieder auf." Gleich darauf verschwanden sie in einer Schar roter Schlussleuchten.

„Wir müssen sofort eine Fahndung nach diesem Nissan Pickup herausgeben", sagte die Hauptkommissarin zu dem Polizeibeamten. „Am besten, ich mache das. Und ihr nehmt den Kollegen samt Auto mit."

„Alles klar", sagte der drahtige Polizist und grinste sie mit undefinierbarer Miene an.

Zwölf Minuten später durchquerte Rita Gernrode. Sie sah die Einmündung, die der Rettungssanitäter erwähnt hatte, und bog nach links ab. Es war immer noch dunkel, denn der Frühlingsanfang war noch nicht lange Geschichte. Auf einer schmalen Nebenstraße fuhr sie langsam zwischen Wohnhäusern und Gewerbegebäuden, bis sie an einen Feldweg kam, der durch ein Bächlein links in die Felder führte. Ihr Navi zeigte an, dass dies der Wellbach war, der in Richtung Quedlinburg floss.

Neugierig stieg sie aus und leuchtete mit der Taschenlampe den Boden ab. Ziemlich schnell sah sie die breite Reifenspur, die durch den Bach führte. Sie war inzwischen schon ziemlich viele Jahre Kriminalistin und hatte ein Gespür entwickelt. Und dieses Gespür ließ sie zurück zum Golf gehen und den Fotoapparat holen. Otto hatte sie herausgelassen, der wuselte im Gestrüpp umher und suchte – irgendwas.

Der Bach war zu dieser Jahreszeit etwa einen Meter breit und nicht sehr tief. Das Bett war kiesig, aber die Ufer mit schwarzem Schlamm bedeckt. Hier gab es vorzügliche Abdrücke von breiten Reifen mit starken Geländeprofilen. Sie waren so frisch, dass sich sogar noch das mitgerissene Wasser in ihnen befand und im Licht ihrer Taschenlampe schimmerte. Der Jeep war zwar längst über alle Berge, trotzdem beschloss sie, der Spur zu folgen, nachdem sie die Reifenabdrücke fotografiert hatte.

Ohne Otto einzuladen, fuhr sie an die kleine Furt. Todesmutig gab sie Gas und überwand den Bach in schäumender Gischt. Gleich darauf stand sie vor der zweiten Furt, denn der Bach floss eine Kurve. Otto sprang begeistert neben dem Auto her. Rita zögerte einen Moment zu lange und setzte mit der vorderen Schürze im Schlamm auf. Der Motor heulte auf, die Reifen kreischten, eine Wasserfontäne spritzte empor. Wütend trat sie aufs Gaspedal. Es gab einen Ruck und der Golf stand mit Schlamm besudelt auf einem schmalen Feldweg, der unter blühenden Bäumen in die Dunkelheit führte. Langsam folgte sie ihm. Ottos Begeisterung kannte keine Grenzen.

An der sogenannten Dreibogenbrücke, über die ein altes Eisenbahngleis zu einem Fliegerhorst aus dem Dritten Reich, der später zur russischen Panzergarnison mutierte, verläuft, hielt sie noch einmal an und ließ den japsenden Otto zusteigen. Hier floss der Bach in den nächstgrößeren und die Fährte des Geländewagens verlor sich auf trockener Schotterpiste. Der Fahrer kannte sich offenbar gut aus. Er stammte aus Quedlinburg oder der Umgebung. Sie würden sich alle Geländewagen dieser Art im Gebiet anschauen müssen – eine blöde Arbeit.

XII

Der Karfreitag begann mild und sonnig. Irenäus Moll stellte einen Tisch auf den freien Platz vor seinem Häuschen und drapierte daneben zwei Gartenstühle. Man konnte ja nie wissen. Titus kam gähnend aus dem Haus und lief an seinem Herrchen vorbei in die Büsche. Im Frühbeet fanden sich die ersten vier Radieschen, immerhin merklich größer als Streichholzköpfe.

Irenäus hatte das Feuer in der großen, alten Kochmaschine bereits auf Hochtouren gebracht, und grauer Rauch kräuselte sich über dem Schornstein. Das Wasser für Kaffee und Frühstücksei begann zu singen. Der Poet öffnete eine Flasche Hasseröder. Getreu dem uralten deutschen Sinnspruch „Des Morgens in der Frieh schmeckt das Bier wie Hienerbrieh" nahm er genüsslich den ersten Schluck zu sich. Zur Theorie des Alkoholgenusses am Morgen benötigte er keine Aufklärungsbroschüre des Bundesgesundheitsministeriums. In diesen Schriften blieb planmäßig unerwähnt, dass das weit verbreitete Trinken am Abend zumeist herausgeschmissenes Geld war. In der Regel erlebte man den erstrebten Rauschzustand gar nicht oder nur teilweise, weil man bei oder kurz nach seinem Eintreten zumeist bereits im Bett lag und schlief.

Wie auch immer, Irenäus saß bald darauf im Sonnenschein und dachte beim langsamen Verzehr des Morgeneis und der minimalistischen Radieschen über jenen Essay nach. Er plante nämlich, eine kleine Abhandlung zu verfassen, die sich einerseits mit dem Zusammenhang zwischen der wie Unkraut um sich greifenden Computer-Technologie und der Verdummung des Menschen und andererseits mit ihrer totalen Überwachung und Manipulation auseinandersetzte.

Wie sollte er diese Schrift beginnen? Welche Eckpunkte der Wirklichkeit erschienen ihm dabei als besonders markante Auslöser-Mechanismen für eine nach völlig neuen Gesichtspunkten gesteuerte menschliche Gesellschaft?

Gab es Qualitätssprünge? Und wie sahen diese aus?

Gedankenverloren kaute er eine Ecke mit Butter bestrichenen Brotes, auf der ein ziemlich winziges Radieschen seinem endgültigen Ende entgegen bangte.

Ein Eckpunkt konnte die zahlenmäßige Entwicklung der Menschheit sein. Bei seiner Geburt bevölkerten etwa 4,5 Milliarden Menschen den Planeten Erde. Heute näherte sich die Weltbevölkerung der Acht-Milliarden-Marke.

In engem Zusammenhang damit stand der technologische Eckpunkt. Naturwissenschaften und technische Tüfteleien hatten es ermöglicht, die Erde mit dem Netzwerk einer konsumkonformen Maschinenkultur zu überziehen. Fast alle Menschen benutzten Kühlschränke, Automobile, Fernseher oder Computer. Allerdings waren prozentual immer weniger Menschen in der Lage, das jeweilige Funktionsprinzip zu erklären. Überhaupt schien sich der geistige Standard der Individuen in einem Abwärtstrend zu bewegen. Das war auch kein Wunder, denn stundenlanges tägliches Starren auf einen Bildschirm machte in den wenigsten Fällen klüger. Hand in Hand mit jener einseitigen Belastung des Gehirns ging zumeist der Verlust an Praxis-Erfahrung. Einfache Tätigkeiten wie das Schreiben ohne Tastatur begannen bereits, vielen Nachwachsenden schwerzufallen. Menschen, die einen Blumenkohl in freier Wildbahn gesehen hatten, musste man heutzutage mit der Lupe suchen, von Tätigkeiten, die etwas mehr Wissen abverlangten, erst ganz zu schweigen.

In der sich so entwickelnden Welt spielte Geld eine immer größere Rolle. Immer mehr Menschen traten natürlich auch als immer mehr Konsumenten ins Rennen. Auch in den ärmsten oder entlegensten Regionen des Planeten wuchsen materielle Sehnsüchte. Die Produzenten von Waren und Dienstleistungen waren zunehmend gezwungen, immer subtilere Beeinflussungsmechanismen zu ersinnen, um potenzielle Konsumenten auch tatsächlich zum Konsumieren zu bringen. Wenn möglich, durften die Konsumenten diese Systematik entweder nicht oder nur teilweise durchschauen oder sie mussten zum Konsumieren gezwungen werden.

Nicht etwa nur das Halten in Unwissenheit, sondern systematische Verdummung sollten größere Menschenmassen davon abhalten, die komplizierten Regelkreise zwischen Erzeugung von Produkten und Verlangen danach zu hinterfragen. Weil diese Maßnahmen in der Regel (noch) nicht genügend Erfolg zeitigten, mussten Produktion und Politik stärker miteinander verquickt werden, damit Menschen per Gesetz zum Konsumieren gebracht werden konnten. Unter fadenscheinigen Vorwänden wie Umweltschutz, Gefahrenabwehr, Energieeffizienz, Klimaveränderung, Mobilität und Gesundheitsvorsorge wurden ständig verschärfte Normen erlassen, deren erzwungene Einhaltung den Einzelnen Unmengen Geld kosteten. Dieses Geld ging natürlich nicht verloren, sondern es wurde „nur" umverteilt.

Menschen, die ihre Lebensaufgabe nicht darin sahen, in diesem Prozess immer mehr Geld zu erarbeiten, um es anschließend immer schneller wieder ausgeben zu müssen, konnten zu inneren Feinden des Systems deklariert werden, wenn sie begannen, ihr Unbehagen in geeigneter Form zu artikulieren. Dieser schleichende Missmut und seine Protagonisten mussten um der Erhaltung des Systems Willen im Auge behalten werden. Die geeignetste Maßnahme dafür war wiederum die Optimierung der Überwachung …

Verdummung, Verlangensdruck, erzwungener Konsum und Überwachung benötigten für ihre Realisierung hocheffektive

Werkzeuge. Nach heutigem Erkenntnisstand eigneten sich dafür am besten Elektronische Datenverarbeitungssysteme …

An dieser Stelle in seinen Überlegungen hob Irenäus den Kopf. Aus relativ leicht nachvollziehbaren Koinzidenzen schweiften seine Gedanken ab zu den beiden begüterten Frauen, die er vor einigen Tagen kennengelernt hatte.

So recht wollte es ihm nicht in den Kopf, dass eine sehr reiche Frau wie diese Tam eine derartig fixe Idee entwickeln konnte wie den strengen Glauben an die Existenz eines Fantasy-Stirnreifs. In diesem Fall nahm die Voraussetzung der Allmacht des Geldes zwangsneurotische Züge an. Was eigentlich würde Tam nun tun? Ging sie tatsächlich zusammen mit ihrer Dienerin auf die Suche danach?

Die Dienerin – das war auch so eine Denkblase für sich. Offenbar teilte sie (noch) nicht den Spleen ihrer Herrin, jedoch tat sie so, als ob … Allerdings nahm etwas ganz anderes das Hirn des Mannes gefangen. Wahrscheinlich drängte dieser Gedanke bereits seit geraumer Zeit mit Macht zum Durchbruch. Warum war Lilly, die Dienerin, eigentlich so willig und anschmiegsam gewesen? Immerhin war er kein jugendlicher Held mehr. Hatte Lilly bei der großzügigen Entgegennahme von Zärtlichkeiten nur die möglicherweise brennende Einsamkeit ihrer Seele gemildert, fand sie ihn so angenehm und hinreißend trotz seines fortgeschrittenen

Alters oder lag letztendlich verdeckte Absicht hinter ihrer sexuellen Darbietung? Letztere bewegte sich freilich noch in einem Rahmen, den Irenäus in die Kategorie Schmusen und Kuscheln einordnete, allerdings unmittelbar an der Grenze zur Verführung.

Nichtsdestotrotz empfand er Lilly als Frau sowohl körperlich als auch mental sehr angenehm. Er spürte in den letzten Tagen, dass er sie gern wiedersehen würde. Die ihr anhaftende Gefühlsmischung aus trainierter Stärke, verdeckter Hilfsbedürftigkeit und anschmiegsamer Sehnsucht hatte ihn einigermaßen beeindruckt. Wie er diese aufkeimende Lust nach mehr desselben mit seiner langjährig gewachsenen Beziehung zu Rita in Einklang bringen sollte, stellte er fürs Erste hintan, da es dafür höchstwahrscheinlich keine geeignete Lösungsvariante gab. Allerdings – hielt er im Geiste dagegen – war nicht nur er allein, sondern ebenso seine rothaarige Hauptkommissarin bewiesenermaßen kein Kind von Traurigkeit.

Gerade als Irenäus begann, sich mit der Theorie der sogenannten Treue zu beschäftigen, wurde er glücklicherweise aus seinen Gedanken gerissen, denn Titus hob mit gespitzten Ohren den Kopf und blickte zur Einfahrt. Aus dem Tunnel knospender Büsche, die eine schmale Fahrspur umwuchsen, ertönten verhaltenes Gemurmel und leises Klimpern. Gespannt richtete sich Irenäus von seinem Stuhl auf. Wer war das wieder?

Titus schritt bereits bedächtig über den Hof. Zwischen Innen- und Außenwelt wuchs eine nahezu undurchsichtige Barriere aus Kiefern, Brombeersträuchern und mannigfaltigem Gebüsch. Dazwischen funktionierte die Zufahrt gleichsam als Schleuse zwischen dem Hier und dem Dort. Zuerst sprang ein nicht sehr großes Muskelpaket ins Hier. Mit leisem Freudengeheul stürzte es sich auf den Altdeutschen und riss ihn zu Boden. Das war Birka.

Irenäus entspannte sich. Er wusste bereits, wer als nächster ins Hier eintreten würde. Dachsbracke Birka konnte nur gemeinsam mit einer Person erscheinen: dem Quedlinburger Förster Karl Wabenmond. Dieser Mann wohnte im Forsthaus „Rennplatz", das einige Waldwege vom Hier entfernt im Forst hockte. Irenäus und der Förster hatten dort schon eine Anzahl höchst diffiziler Situationen durchlebt, was nach und nach dazu geführt hatte, dass beide eine enge Freundschaft verband und sie sich (fast) alles, was ihr Leben bewegte, anvertrauten.

Karl betrat leicht grinsend den Hof und löste als Erstes die Dachsbracke von der Leine, damit sie mit ihrem Verehrer Titus toben konnte. Er trug dunkelgrüne Amtskleidung, grünes Hemd,
grüne Hose, Waidmesser am Koppel, schussfestes Schuhwerk, auf dem Kopf ein abgewetztes Hütchen und einen Rucksack. Er war ein mittelgroßer, nordischer Typ, genauer gesagt, ein Mecklenburger.

„Morgen!", sagte er und reichte Irenäus die Hand. Dann ließ er sich auf den bereitgerückten Stuhl fallen.

„Guten Morgen!", antwortete Irenäus und begutachtete den Freund skeptisch. „Wo kommst du um diese Zeit her? Warst du etwa schon auf der Pirsch? Am heiligen Karfreitag? Ach, du hast ja gar kein Gewehr dabei …"

„Ich habe Durst", gab der Förster zur Antwort und hielt das Gesicht der aufsteigenden Sonne entgegen.

„Bier oder Kaffee?", fragte Irenäus.

„Beides, wenn's geht!", bestellte Karl.

Ziemlich bald standen die gewünschten Getränke vor ihm. Irenäus nahm wieder Platz und goss sich das zweite Morgenbier ein. Dann fragte er: „Und woher kommst du nun am frühen Morgen?"

„Vom Jägerball in Thale", erwiderte Karl und lächelte verträumt. Thale war die nächstgelegene Stadt am Rande des Harzes. Hier verließ die Bode das Granitmassiv. Im Laufe der Äonen hatte sie dabei den mächtigsten Canyon nördlich der Alpen aus dem Felsen gefräst. Den Abschluss ins Nördliche Harzvorland bildeten zwei imposante Klippen, die sogenannte Rosstrappe und der Hexentanzplatz. Beide Berge waren Kultplätze der Altvorderen gewesen. Heute posierten sie als Touristenmagnete.

„Zu Fuß. Es ist ja nicht weit", erklärte Karl redselig. „Es ging bis tief in die Nacht. Der eine Jäger hatte eine sehr nette Frau, die mich bei sich übernachten ließ. Heute Morgen bin ich dann allerdings losgelaufen."

„Und, wie war sie?", fragte Irenäus neugierig.

„Sehr nett", strahlte Karl und schenkte sich Hasseröder nach. „Allerdings war ich auch ziemlich müde …"

Irenäus setzte gerade zu einer sarkastischen Bemerkung an, da düddelte es aufdringlich in der unmittelbaren Umgebung des Försters, der daraufhin sofort begann, an sich herumzutasten. Nachdem er das Handy gefunden und irgendjemanden verhalten begrüßt hatte, hörte er sich eine längere Rede an. Gleich am Anfang sagte er: „Oh, Scheiße!" Nach einer Weile: „Muss das sein?" Und am Ende des Gesprächs: „Ja, ich komme gleich!"

Danach drehte er sich zu seinem Freund: „Wir müssen jetzt

mit deinem Auto ins Selketal fahren. Es geht wahrscheinlich um Wilderei."

„Uff!", machte Irenäus. „Warum mit meinem Auto? Warum du?"

„Ich bin der Vorsitzende der Jägerschaft", erklärte Karl und gab Birka einen Wink zum Herbeieilen, den die Hündin souverän übersah. „Also muss ich den Fall begutachten. Mein Auto steht im Forsthaus. Das dauert zu lange. Deshalb musst du mir den Gefallen tun. Vielleicht wird es ja ein neuer Fall …"

„Endlich mal einer, in den Rita nicht verwickelt ist", grinste Irenäus. „Na gut, ich bin überredet."

Fünfundzwanzig Minuten später durchfuhr der armygrüne Daimler-Kombi die kurvige Strecke im Selketal zwischen Mägdesprung und dem Aufgang zur Burg Falkenstein, auf der Eike von Repgow um 1220 den Sachsenspiegel verfasste, die erste große deutsche Gesetzessammlung. Sie kamen am IV. Hammer vorbei, einer interessanten vegetarischen Gaststätte, und kurz darauf an der Selkemühle. Danach verjüngte sich der Weg zur einfachen

Schotterpiste, auf der Irenäus unter Missachtung aller Verbotsschilder entlangkurvte. Bald schon sahen sie Karls Waidgenossen am Rande der Wiese unter einem Baum stehen.

„Hallo!", begrüßte sie der etwas füllige Mann mit geschultertem Gewehr. „Ich habe mir gedacht, du solltest dir das mal ansehen, Karl, und vielleicht auch entscheiden, ob wir Anzeige erstatten oder die Sache erst noch beobachten."

„Hm!", antwortete Karl ein wenig gereizt. „Wieso bist du eigentlich schon so früh hier?"

„Ich bin immer so früh hier", erklärte der Mann versöhnlich. „Ich wohne doch gleich in der Nähe, und vom Jägerball bin ich auch frühzeitig gegangen."

Karl verdrehte hinter seinem Rücken die Augen und meinte: „Na, dann zeig uns mal die Stelle! Wie hast du es entdeckt?"

„Es saßen Raben drauf, und mein Hund hat's auch gleich mitgekriegt", erwiderte der Jäger eifrig. „Der sitzt dort im Auto." Erst jetzt sah Irenäus den kleinen schwarzen Jeep hinter einem Gebüsch.

Karl stand neben der ins Gras gedrückten Fahrspur. Dann ging er zu dem Haufen Innereien. Irenäus folgte den beiden langsam. Einige Schmeißfliegen summten, aber es war um diese Tageszeit noch zu kalt, und sehr viel Fliegen gab es Ostern auch noch nicht.

Karl schaute sich den graubläulich schimmernden Haufen fachmännisch an: „Das liegt noch nicht lange." Er wies auf die kurze Schleifspur: „Hier hat er das Tier verladen."

„Es war 'ne Hirschkuh", meinte der Jäger lapidar. „Das sehe ich. Willst du die Polizei holen, Karl, oder wollen wir es erst mal beobachten …?" Sehr viel Lust schien er nicht zu haben.

Karl ebenfalls nicht. Mit zusammengekniffenen Augen entschied er: „Es ist Ostern. Weder wir, noch die Polizei haben Lust, ein Fass aufzumachen. Oder was meinst du, Irenäus?"

„Ich weiß zwar nicht, was ihr beobachten wollt, aber von mir aus müsst ihr nicht die Polizei holen", gab dieser zurück. „Aber ich kann wenigstens fotografieren."

„Das kann nicht schaden", sagte der Jäger. „Kannst du mir die Fotos heute Abend mailen? Ich gebe dir meine Adresse."

„Nee!", antwortete Irenäus und ging zum Daimler. „Ich muss warten, bis der Film voll ist."

Er sah nicht, wie Karl hinter seinem Rücken grinste und der korpulente Mann eine Miene des Unverständnisses aufpflanzte. Gleich darauf kam Irenäus mit einer uralten Fuji zurück, die er vor vielen Jahren secondhand in Neuseeland gekauft hatte und die schon mit Heftpflaster geklebt war. Das Gesicht des Jägers wurde abweisend, doch das interessierte den Fotografen nicht. Minutiös nahm er die Fahrspur und den Reifenabdruck des eingesetzten Fahrzeugs auf. Im Vorbeigehen meinte er: „Diese Kamera macht ausgezeichnete Bilder …"

„So was nimmt doch heute keiner mehr", plapperte der Jäger und blickte Hilfe suchend auf Karl.

„Wer ist schon keiner?", murmelte Irenäus und schoss zwei Fotos von dem Haufen Kaldaunen. Dann fragte er: „Was macht ihr damit?"

„Liegenlassen!", entschied Karl und gab dem Jäger die Hand. „Machs gut! Wir fahren erst mal nach Hause. Wenn du noch etwas siehst oder hörst, erstatten wir Anzeige. Wir bleiben in Kontakt. Frohe Ostern!"

Als sie bereits wieder ein Stück unterwegs waren, fragte Irenäus seinen Freund: „Hättest du nicht Anzeige erstatten müssen?"

„Hätte, wenn und aber", knurrte der Förster. „Keiner von uns hatte Lust, sich deshalb den Tag zu versauen. Ich muss mich jetzt erst mal eine Runde ausruhen."

Kurz vor der Straßengabelung nach Quedlinburg oder Ballenstedt überfiel Irenäus plötzlich wieder ein Gedanke an Lilly: „Schade eigentlich, dass du so müde bist. Ansonsten kam mir gerade der Gedanke, zwei netten Damen im Ballenstedter Outback einen Besuch abzustatten. Aber es ist wohl nur eine Schnapsidee …"

Karl richtete sich im Autositz auf: „Was für Damen? Gibt es etwas, was ich nicht weiß? So müde bin ich nun auch wieder nicht."

„Nein, nein!", brummelte Irenäus. „Die Frauen sind zu abgehoben. Da können wir nicht einfach zu zweit auftauchen und dann noch am heiligen Karfreitag."

Sie hatten den Abzweig fast erreicht und sahen bereits die große gelbe Leiteinrichtung. Neben ihnen lag ein geschotterter Parkplatz mit einem hohem Kugelbaum in der Mitte. Karl schrie: „Halt hier an!"

Irenäus bremste scharf und fuhr auf den Parkplatz, der im Licht einer freundlichen Vormittagssonne lag. Belustigt erkundigte er sich: „Was willst du wissen?"

„Alles!", erwiderte Karl mit aufmüpfiger Miene. Und Irenäus erzählte die Geschichte seiner Begegnung mit Tam und Lilly vor einigen Tagen.

„Die muss ich kennenlernen!“, befand Karl entschieden. „Fahr einfach hin. Mehr als uns abweisen, können sie nicht.“

„Na ja!“, murrte Irenäus und ließ den Motor an. „Etwas peinlich kann es schon werden. Vielleicht ist auch Sieghard daheim.“

„Sieghard ist nicht daheim. Das fühle ich!“, grinste der Förster, den offenbar das Jagdfieber gepackt hatte. Vielleicht war er auch durch die Übernachtung bei seinem Waidgenossen und dessen Gattin vorgeheizt.

Jedenfalls lenkte Irenäus den Daimler auf den rechten Ast des Ypsilons, und so konnte das Schicksal seinen Lauf nehmen.

Eine Viertelstunde später bremste der Mercedes Kombi vor dem Gittertor der ehemaligen Motorsportschule.

„Meinst du wirklich?“, fragte Irenäus, dessen Ahnungen denen seines Freundes keineswegs ähnelten.

„Nun mach schon!“, erwiderte Karl. „In wenigen Minuten wissen wir mehr.“

Beherzt stieg Irenäus aus und näherte sich einem der Eckpfeiler, die das Rolltor einfassten. So genau hatte er in der verschneiten Nacht nicht darauf geachtet, welche Manipulationen die Hausherrin an der Schalteinrichtung vorgenommen hatte. Ehe er diese Technik allerdings überhaupt in Augenschein nehmen konnte, nahm er über sich eine Bewegung wahr und drehte instinktiv den Kopf in die entsprechende Richtung. Neben dem Pfeiler, auf dessen Oberfläche er vage technische Details wahrnahm, ragte ein Stahlrohr empor, auf dem sich eine Kamera befand. Diese hatte sich gerade bewegt, und das hatte der Detektiv durchaus bemerkt. Das hätte er sich eigentlich denken können! Provokant entfernte er sich etliche Schritte von seinem Wagen und schaute dabei auf die Kamera. Tatsächlich unternahm diese einen langsamen Schwenk.

‘Okay’, dachte er, ‘dann wollen wir uns mal bemerkbar machen.’ Aber wiederum, ehe er sich dem Klingelknopf nähern konnte, nahm er ein metallenes Knirschen wahr. Das Gittertor begann, zur linken Seite hin aufzufahren. Irenäus kam zu dem eiligen Schluss, dass es wohl angebrachter wäre, wieder ins Auto zu steigen, als weiterhin unter der Kamera zu posieren.

Während Karl noch überrascht mit den Augen klimperte, fuhr der Detektiv seinen Kombi auf die innere Plattenstraße. Langsam näherte er sich der Treppe des Hauptgebäudes. Dabei sah er im Rückspiegel, dass das Tor hinter ihnen wieder geschlossen wurde.

„Bleib noch sitzen!", empfahl er seinem Freund und stieg aus. Gerade öffnete sich ein Flügel der Haustür, und eine Gestalt kam auf die Nordveranda, um sie zu empfangen, wie er hoffte. Sein Herz schlug etwas schneller, als er Lilly erkannte. Sie war mit einer pludrigen schwarzen Hose und einem gleichfarbigem T-Shirt bekleidet, über dem sie ein buntkariertes Hemd wie eine leichte Jacke trug. Die blonden Haare fielen offen darüber herab.

Irenäus entschloss sich, ihr die Stufen der Holztreppe hinauf entgegenzugehen, als er sie zögern sah. Die Frau ging einige Schritte über die Dielen der Veranda, und ihm schien, als fiele ihr das etwas schwer. Überhaupt sah sie verändert aus. Mit der weiten Hose wirkte sie nicht so drahtig wie beim ersten Zusammentreffen. Aber besonders ihr Gesicht sah blass und mitgenommen aus.

Fast vorsichtig näherte sie sich ihm und nahm seine angedeutete Umarmung keineswegs stürmisch entgegen. Trotzdem fühlte er, dass ihre Hände für einige Sekunden fest seine Oberarme drückten, und um ihre Augen bildeten sich einige Lachfältchen der Freude.

„Hallo, Irenäus!", begrüßte sie ihn. „Was führt dich hierher kurz vor dem Mittagessen? Wen hast du da mitgebracht?"

Er fühlte, dass die zweite Frage hochnotpeinlich gemeint war. „Oh, wir waren hier ganz in der Nähe", versuchte er, in ganz

gelassenem Tonfall zu erklären. „Da bekam ich plötzlich einen leichten Sehnsuchtsanfall. Und das da ist der Förster Karl Wabenmond, einer meiner besten Freunde. Aber wenn wir gerade stören, fahren wir sofort wieder."

„Einen leichten Sehnsuchtsanfall", lächelte sie. „Das hört sich ziemlich charmant an. Ich wäre fast geneigt, dir Gehör zu schenken. Aber du weißt ja, die Entscheidung liegt bei Tam." Dabei machte sie ein Gesicht wie: 'Tja, so ist das.'

Inzwischen war auch Karl mit den beiden Hunden aus dem Daimler geklettert und schaute neugierig abwartend die Treppe hinauf. Da trat eine weitere Person aus der Haustür und rief mit befehlsgewohnter Stimme: „Na, kommt schon! Ich lade euch auf einen Kaffee ein!"

XII

Einige Stunden zuvor, während des kleinen Frühstücks, das Tam noch vor dem Morgengrauen aufgetafelt hatte, hatten die beiden Frauen nur wenige Bemerkungen über das Geschehen ausgetauscht. Weder ermunterte sie der Kaffee, noch konnten sie sich an der superben englischen Orangenkonfitüre erfreuen, die von frisch aufgebackenen Brötchen tropfte.

„Ich gehe jetzt ins Bett", brach Tam das Schweigen. „Wir räumen das nachher weg. Hast du noch Schmerzen?"

„Es geht", antwortete die Pilotin. „Ich habe noch ein paar Ibuprofen. Muss mich eben auf die Seite legen." Sie grinste schräg. „Ich geh dann mal, wenn du mich nicht mehr brauchst."

„Alles klar!", meinte Tam und schaute die Freundin einen Moment tiefgründig an. „Schlaf dich aus, meine Liebe. Tschüss!"

Die Frauen lagen sich plötzlich spontan in den Armen. Lilly spürte, dass der zierliche Körper der anderen Frau heftig bebte. Doch dann machte sich Tam schnell wieder frei und verließ mit einem legeren Winken den Raum.

Nachdenklich humpelte die Pilotin in ihre Räume. Sie sah, dass über dem Flugplatz das erste Licht des Morgens zaghaft am Horizont erschien. Sie hatten die ganze Nacht durchgemacht.

Müde kramte sie die Schmerztabletten vor und ging zum Wasserhahn, um eine davon hinunterzuspülen. Die Wunde schmerzte nicht wenig, besonders wenn sie beim Gehen das Bein bewegte. Sie schleppte sich zum Bett, ließ unterwegs die Klamotten auf den Fußboden fallen und sank unter die kalte Daunendecke. Schlafen – nur schlafen …

Zitternd vor Kälte und Erschöpfung mummelte sie sich in die Bettdecke. Die Schusswunde brannte, und sie fand nicht die richtige Lage. Bis die Ibu wirkte, würde es noch dauern. Was hatten sie da nur für einen Scheiß gebaut! Sie hatte in dieser muffig-düsteren Halle zum ersten Mal einem sterbenden Menschen in die Augen geschaut. Vielleicht würde sie dieses Bild nie wieder wirklich verlassen. So etwas hatte sie selbst in Afghanistan nicht erlebt.

Vorsichtig veränderte sie die Lage und ersehnte die Wirkung der Schmerztablette herbei. Sie schloss die Augen und wartete auf den Schlaf. War Tam wirklich so cool wie sie auftrat, oder spielte sie sich das nur vor? Sicherlich, Notwehr, aber einem Menschen ein Messer in den Rücken zu rammen …

Lilly sah die Szene noch einmal auf ihrer mentalen Leinwand und schlug die Augen wieder auf. Das Innere des Zimmers war in Blutrot getaucht. Sie seufzte. Die Sonne war gerade aufgegangen. Sie schloss die Augen wieder und zwang sich zu schlafen. Es wäre alles viel einfacher, wenn jetzt Irenäus neben ihr läge. Bis eben hatte sie ihn bewusst verdrängt. Aber nun trat er doch durch irgendein Hintertürchen in ihr Bewusstsein. Es war eine schöne Nacht gewesen. Normalerweise brauchte sie lange, um mit einem Mann vertraut zu werden, und sehr viele Männer waren es auch noch nicht gewesen. Bei diesem Poeten schien das Sichgeben ein natürlicher Vorgang zu sein. Zwei Menschen hatten das Bedürfnis, sich zu liebkosen, und sie taten es einfach. Alles funktionierte auf einer vertrauensvollen Basis, die sie vorher nie so empfunden hatte. Bei diesem Mann ging das, er liebkoste sie, und sie genoss es … Warum hatte sie ihm so hingebungsvoll vertraut, diesem Irenäus? War es sein Alter? Oder waren es die Gefühle, die Schwingungen? Sie öffnete die Augen. Jetzt schien das Zimmer in Gold gebadet. Wie viel Zeit war vergangen?

Lilly konnte nicht einschlafen, obwohl die Ibuprofen längst wirkte. Ob Tam schlafen konnte? Sie hatte vor wenigen Stunden einen Menschen getötet … Warum hatte Tam sie „meine Liebe“ genannt? So was gab es doch nie! Hatte sie Angst? Wurde sie vom Grauen gepackt? Gequält drehte sie sich von rechts nach links und zurück. Das Licht im Zimmer wurde weiß. Kurzzeitig dämmerte sie hinweg. Als sie wieder erwachte, musste sie nötig pinkeln. Für eine Weile versuchte sie, diesen Reiz zu negieren, dann schlug sie die Bettdecke zurück und humpelte stöhnend ins Bad. Sich hinzusetzen bereitete auch nicht die geringste Freude.

Sie wankte zum Bett zurück. Da klopfte es zaghaft an der Tür. Lilly rief: „Komm rein!“ und sank aufs Lager.

„Ich habe gerade die Spülung gehört“, sagte Tam aufgeregt und blieb vor ihr stehen. „Kannst du auch nicht schlafen?“

„Nicht wirklich“, meinte die Pilotin und wollte sich gerade endgültig einkuscheln. Da bettelte ihre Herrin: „Ach, warte noch! Ich habe auch noch gar nicht geschlafen. Dafür habe ich in den Büchern geschmökert und bin fündig geworden!“ Sie strahlte die Freundin an. Lilly konnte nur mit Mühe so tun, als würde sie diese Auskunft begeistern. Schweigend lächelte sie zurück. Ihre Wunde schmerzte.

„Ach, Lil!“, rief Tam und kullerte mit den Augen. „Interessiert dich das denn gar nicht? Ich habe wesentliche Neuigkeiten …“

„Ich bin verwundet“, murrte die Pilotin.

„Pass auf!“, negierte die andere den Einwand. „Ich stelle dir den besten, weichesten Gartensessel auf die Veranda. Es verspricht, ein wunderschöner Tag zu werden. Ich füttere dich mit was Schönem, und du trinkst ein Likörchen. Und dabei werten wir die Tagebücher aus. Komm doch!“

„Na gut!“ Ablehnen hatte keinen Sinn. „Ich ziehe mir bloß was an. Stell schon mal den weichen Stuhl auf.“

„Wundervoll!“, rief Tam und warf ihr einen Handkuss zu, bevor sie das Zimmer verließ.

Lilly warf ihr eine Grimasse nach und zog sich eine pludrige Hose an.Ein Blick aus einem der Fenster zeigte ihr, dass sich die Sonne an einem blauen Himmel gerade über den Gegensteinen erhob.

Etwas später ließ sie sich in den besonders weichen Sessel sinken. Sie befanden sich auf der Veranda hinter dem Haus. Neben ihr standen Pralinen und ein Fläschchen Cointreau nebst aparten Stielgläschen. Tam wusste, womit sie betören konnte. Gleich darauf kam sie mit einem Lacktablett aus dem Haus getänzelt, auf dem ein Mocca-Kännchen und zwei kleine Porzellantassen standen.

Nachdem beide ein wenig in diesen Verführungen geschwelgt hatten, begann Tam: „Ich habe also schon ein paar Stunden in den Büchern gelesen. Es war wirklich interessant. Da ist alles drin, Geschäfte, Raubzüge, Namen, Sex und auch Hinweise auf das Relikt.“

Lilly schluckte ein Gemisch aus süßer Masse, süßem Alkohol und bitterem Kaffee hinunter: „… auf den Stirnreif?“

„Das ist das Problem“, knurrte Tam ernst. „Er nennt es: Das Relikt. Hier an dieser Stelle: ‘Ingrid wollte unbedingt das Relikt von der Baustelle sehen. Ich habe es ihr gezeigt, und sie wollte es haben. Ich wäre ihr noch etwas schuldig, damals von Mutter. So ein Quatsch! Doch schließlich habe ich es ihr mitgegeben.’ Was hältst du davon? Wer ist diese Ingrid?“

Schweigend griff die Pilotin nach den Heften und blätterte darin. Nach einer ganzen Zeit sagte sie: „Sie ist seine Schwester. Schon der Hinweis auf die Mutter deutet das an. Aber hier ist eine Passage, in der es darum geht, dass sich seine Schwester neuerdings öfter auf dem Brocken herumtreibt. Da steht es: ‘Ingrid lässt sich auf dem Brocken vögeln. Hätte nicht gedacht, dass sie so begehrt ist …’“

„Es ist das Relikt", erklärte Tam voller Überzeugung. „Die Magie des Stirnreifs öffnet ihr vorher verschlossene Türen. Sie muss diese Kraft gespürt und entdeckt haben."

„Meinst du wirklich?", zweifelte Lilly. „Vielleicht ist sie einfach nur eine Nutte."

„Nein, das glaube ich nicht", ereiferte sich Tam. „Möglicherweise ist sie eine, aber über außergewöhnliche Kräfte scheint sie trotzdem zu verfügen. Wir müssen diese Ingrid finden!"

Die Pilotin hatte zu nichts weniger Lust als zur Suche nach einer imaginären Nutte auf dem Brocken, die einen magischen Kopfschmuck besaß, der nur in Tams Fantasie existierte. Diese Geisteshaltung sah ihr ihre Herrin offenbar an, denn sie fragte: „Du zweifelst bereits wieder, habe ich Recht? Aber es ist so! Wir warten etwas, bis du wieder in Ordnung bist, und dann nehmen wir uns der Sache an. Möglicherweise erfahren wir vorher bereits etwas über diese Ingrid. Wir haben ja erst einen Bruchteil der Informationen studiert."

„Na, gut! Das ist ein Angebot", erwiderte Lilly begütigend. „Ich habe Angst, dass sich die Wunde entzündet. Morgen kann ich jedenfalls noch nicht auf den Brocken wandern. Außerdem sollte sowieso etwas Gras über die Sache wachsen."

Tam drehte nervös ihre Mocca-Tasse. Die schwarzen Augen kullerten mal wieder: „Es gibt nur ein Problem bei der Sache.

Was geschieht, wenn die Leiche gefunden wird? Sollten wir nicht noch einmal dorthin fahren und nachsehen, ob wir mögliche Spuren vergessen haben?"

„Ohne mich!", antwortete Lilly, bei der nun eine bestimmte Grenze überschritten wurde. „Je öfter wir dort auftauchen, um so größer ist die Wahrscheinlichkeit, dass man uns erwischt. Außerdem will ich nochmal gesund werden."

„Okay, okay!", murmelte Tam, wider Erwarten ohne aufzubrausen. Sie schaute auf dem Tisch umher, als suche sie einen neuen Angriffspunkt. In diesem Augenblick ertönte ein nicht sehr lauter, aber durchdringender Summton. Beide Frauen richteten sich in ihren Sesseln auf. Der merkwürdige Summton schwoll auf und ab, aber die Hausherrin war bereits längst aufgesprungen und ins Innere geeilt.

Irgendjemand näherte sich dem Eingangstor. Das wusste auch die Pilotin und ebenfalls eine sensible Elektronik. Lilly ahnte nichts Gutes. Sollte man die Leiche bereits entdeckt haben und auf ihre Spur gekommen sein? Das hielt sie für praktisch unmöglich. Aber sie merkte, wie intensiv sich ihr Unterbewusstsein mit dieser Problematik beschäftigte, und das fand sie gar nicht gut.

Jetzt kam Tam wieder auf die Veranda gerannt und sagte aufgeregt: „Es ist dein Irenäus!"

„Oh, Scheiße! Nicht reagieren!", antwortete Lilly hastig. „Wir können jetzt niemand gebrauchen!"

„Wieso nicht?", grinste Tam. „Er ist Detektiv. Vielleicht erfahren wir irgendetwas in Sachen Suche nach Ingrid!"

„Du willst ihm doch nicht etwa erzählen ...", empörte sich die Pilotin. „Hast du etwa reagiert?"

„Ich habe das Tor geöffnet, mein Schatz", lachte die Dunkelhaarige, „und du solltest jetzt schnell vorlaufen und ihn empfangen."

„Ich?", schrie Lilly fast und verschluckte gerade noch eine besonders kritische Bemerkung. „Der darf mich so gar nicht sehen!"

„Ach was! Wir sehen beide aus wie die Krähen. Geh jetzt!", befahl sie, nun wieder ohne Diskussion.

Mit leichtem Stöhnen stieg Lilly aus dem Sessel und ging innerlich fluchend durchs Haus. Zwar, das musste sie zugeben, hatte es einen süßen Stich gegeben, als der Name Irenäus fiel, aber in diesem Zustand konnte sie sich ihm wirklich nur unter Zwang zeigen. Diese blöde, egoistische Tamara – in diesem Moment hasste sie die Frau.

Sie öffnete die Haustür und betrat die Nordveranda. Sie schämte sich mit dieser bescheuerten Pluderhose und konnte
sich vor Schmerz und wegen des Verbandes nicht so leichtfüßig fortbewegen wie im Normalzustand. Also schlurfte sie voller Qualen auf den langhaarigen Helden zu, dessen armygrüner Mercedes bereits auf der Betonplattenstraße angehalten hatte. Sie sah auch eine zweite Person darin hocken, von der Tam natürlich kein Wort erwähnt hatte.

Irenäus kam ihr die Holzstufen hinauf entgegen und musterte sie prüfend. Sie wusste selbst, dass sie scheußlich aussah. Der Mann breitete die Arme aus und wollte sie an sich drücken, seine Lippen spitzten sich bereits zu einem Kuss. So schnell konnte sie nicht reagieren und blieb spröde. Als sie dann doch seinen Körper fühlte, umfasste sie seine Oberarme und drückte sie kräftig. Ein kurzes Wohlgefühl überflutete sie, sodass sie lächelnd sagen konnte: „Hallo, Irenäus! Was führt dich hierher kurz vor dem Mittagessen? Wen hast du da mitgebracht?"

Die zweite Frage war ihr etwas zu streng herausgerutscht. Irenäus allein hätte sie ja noch ertragen, aber noch einen zweiten Kerl im Schlepptau. Der Mann vor ihr zuckte denn auch gleich ein bisschen zusammen und erzählte etwas von einem Förster, der sein Freund wäre. Außerdem sprach er von einem „leichten Sehnsuchtsanfall". Lilly fühlte sich betört und spielte mit dem Gedanken, die beiden trotz ihrer eigenen Schwäche einzulassen. Wie stand überhaupt Tam dazu? Eine leichte Grimasse der Unentschlossenheit schlich auf ihr Gesicht.

Doch da übernahm ihre Herrin, die hinter ihr aus der Tür trat, die Regie: „Na, kommt schon! Ich lade euch auf einen Kaffee ein!"

Unverzüglich stieg auch der zweite Mann die Treppenstufen hinauf. Lilly hoffte, dass Irenäus nicht irgendeinen unsympathischen Menschen anschleppen würde, und auf den ersten Blick wurde diese Hoffnung erfüllt. Der Fremde strahlte ein freundliches Lächeln ab und sah in der grünen Kleidung ausgesprochen rustikal aus. An einer orangenen Leine hielt er eine Dachsbracke, die eifrig nach vorn zerrte. Titus, den sie bereits kannte, lief schnurstracks zu Tam, weil er sie zu Recht mit Tussi assoziierte.

Der Förster gab Lilly die Hand und stellte sich artig als Karl Wabenmond vor, was sie wiederum mit einem Lächeln quittierte. Doch dann blickte sie sich um, denn sie interessierte viel mehr, wie sich Irenäus und Tam begrüßten. Leider hatte sie das meiste verpasst, denn Tam trat gerade lachend einen Schritt zurück und

sagte: „Dass wir uns sobald wiedersehen werden, hatte ich nicht für möglich gehalten!"

„Nun, ja!", stammelte Irenäus verlegen. „Wir kamen hier ziemlich dicht vorbei und da dachte ich ... Das ist übrigens mein langjähriger Freund Karl."

Karl Wabenmond begrüßte auch die Dunkelhaarige artig, aber locker. Tussy war inzwischen ebenfalls auf der Bildfläche erschienen. Nach einem kurzen Blick auf Karls Hund stürzte sie sich auf den Altdeutschen und begrüßte ihn stürmisch. So schienen sich alle Anwesenden prächtig miteinander zu amüsieren, nur sie litt. Ihr Hintern schmerzte zwar merklich weniger, trotzdem fühlte sie sich krank, müde und abgehalftert.

Tam schritt mit Männern und Hunden durch das Vestibül hinüber zur Südveranda und erklärte dabei gut gelaunt etwas über das Gebäude. Die Sonne stand nun noch höher am Himmel und begann, das gesamte Haus in warmem Licht zu baden. Lilly schlich langsam hinter der übermütigen Schar her, aber dann ereilte es sie doch.

Der Förster, Tam und die Hunde verschwanden bereits durch die hintere Haustür. Nur Irenäus hatte im letzten Moment auf sie gewartet. Immer noch im Durchgang nahm er sie noch einmal in die Arme und versuchte, ihr einen Kuss auf den Mund zu geben. Sie ließ es für zwei Sekunden geschehen, dann zog sie das Gesicht zurück und sagte: „Irenäus …?!“

Der Mann grinste: „Ich wollte dich nur für uns beide begrüßen. Es war neulich so schön, und eigentlich bin ich deshalb heute gekommen. Aber was hast du? Bist du krank? Hat dir jemand etwas angetan?“

Ja, mir hat jemand die halbe Arschbacke abgeschossen, sagte sie natürlich nicht, sondern schmiegte sich kurz an ihn: „Nein, es ist nichts. Nur eine kleine Unpässlichkeit, und außerdem habe ich kaum geschlafen.“

Er sah sie mit einem bedenklichen Blick an: „Na, hoffentlich stimmt das … Ich freue mich jedenfalls, dich wiederzusehen.“

„Ich mich auch!“ Und es ging ihr schon besser. „Komm jetzt! Die anderen warten.“

Eigentlich war es nicht so, denn zwischen Tussy und der Dachsbracke bahnte sich gerade ein Eifersuchtsdrama um den schwarzen Altdeutschen an. Tam schien es aber von der lustigen Seite zu nehmen. Kerle und ihre Weiber, das gab eben ständig Zoff!

Eine Weile später saßen alle vier am Tisch, und die Hunde hatten sich beruhigt. Tam hatte neu aufgetafelt, und Irenäus brachte zwei weitere Gartensessel, während sein Freund die Hunde beaufsichtigte.

„Benötigen wir vielleicht ein Glas Champagner?“, erkundigte sich Tam im letzten Augenblick vor dem Niederlassen und rannte noch einmal zurück ins Haus.

‘Was ist eigentlich mit ihr los’, fragte sich die Pilotin. Die Hausherrin sah im Gesicht ebenso müde und zerknittert aus wie sie, nur benahm sie sich wie aufgedreht. Handelte es sich um eine Überkompensation der Gefühle der letzten Stunden? Sie schaute zu Irenäus, der die Frau ebenfalls forschend betrachtete. Plötzlich wandte er sich zu ihr mit leicht angehobenen Brauen. Sie lächelte.

Vor ihnen standen nun Tassen mit dampfendem Kaffee, kleine Gläser voller Cointreau und Kelche perlenden Champagners.

Der Förster grinste wie ein Honigkuchenpferd. Das schien ihm zu gefallen. Aber auch Irenäus strahlte die Initiatorin dieses Passionsfestes an und griff nach einem der Kelche. Diese blickte in die Runde und sagte: „Die Kreuzigung sollte man eigentlich nicht feiern, würde mein Vater sagen. Er ist ein orthodoxer Christ, aber ich glaube, mit einem guten russischen Champagner hätte er trotzdem angestoßen, denn immerhin hat der Herr uns mit seinem Tode das Osterfest beschert. Zum Wohle!"

Sie hob das Glas, ohne anzustoßen. Lilly traute ihren Sinnen kaum. So hatte sie die Russin noch gar nicht erlebt. Auch sie hielt den Kelch nach oben.

„Der Herr hat uns auch die Auferstehung von den Toten beschert", intonierte Irenäus. „Vielleicht war das tatsächlich eine mystische Entäußerung der Anderswelt. Ich stoße an auf die Wirklichkeit hinter der Wirklichkeit. Prost!"

Der Förster blieb ernst und hob schweigend den Kelch.

Sie tranken genüsslich und kommentarlos. Beim Absetzen warf Irenäus Lilly einen schalkhaften Blick zu. Langsam fühlte sie sich etwas wohler in ihrer Haut und schenkte ihm einen koketten Augenaufschlag.

„Du sprichst fast perfekt Deutsch", sagte nun Irenäus und nahm das Tässchen mit frischem Espresso von Tam entgegen. „Aber wenn du von deinem Vater sprichst, woher kommst du? Wer ist dein Vater?"

Lilly fand diese Fragen sehr bedenklich. Normalerweise sprach die Herrin so gut wie nie über Herkunft und Familie. Aber

heute schien der Terminus „normal" außer Kraft gesetzt. Tam verzog zuerst leicht den Mund, aber dann strahlte sie: „Ach, mein Väterchen! Wir stammen aus Sibirien. Wir lebten immer an den großen Flüssen. Jenissei, Ob, Lena. Mein Väterchen baute dort Wasserkraftwerke und riesige Staudämme. Er war der Chef … Nun ja, später habe ich dadurch Sieghard kennengelernt."

„Was macht Sieghard?", erkundigte sich plötzlich Karl.

„Sieghard ist in Indien und baut auch Staudämme", erzählte sie. Aber dann überschatteten sich die schwarzen Augen zusehens, und sie sagte leise: „Oh jeh! Ich erzähle zuviel! Berichtet ihr lieber, woher ihr gerade kommt!"

„Wir wollten einen Wilddieb fangen", antwortete Irenäus. „Karl hat mich als Chauffeur arrangiert."

„Wo war das?", fragte Tam und bekam einen merkwürdigen Glanz in die Augen, was aber nur die Pilotin bemerkte.

„Es war im Selketal", setzte Karl die Rede fort: „Ein Kollege hatte mich geholt, weil dort in der Nacht von irgendwem eine Hirschkuh gewildert wurde. Das haben wir uns angesehen."

„Eine Hirschkuh?", wiederholte Tam versonnen. „Habt ihr die Polizei geholt?" Diesmal warf sie der Freundin einen bezeichnenden Blick zu.

„Nicht jetzt über Ostern", erklärte Karl.

„Oder will es der Privatdetektiv selber lösen?", erkundigte sich die Herrin. „Vielleicht gibt es bereits einen Anhaltspunkt, Irenäus? Sag es uns!"

„Nun ja!", überlegte dieser. „So genau habe ich noch nicht darüber nachgedacht. Aber wenn ihr mich so fragt, der Mann fuhr ein großes Fahrzeug, auf das er einen Hirsch verladen konnte. Die Spur haben wir gesehen, es war ein grobes Geländeprofil, keine Zwillingsreifen, etwa PKW-Breite der Spur. Ich würde auf einen großen Pickup-Jeep tippen, wahrscheinlich mit Plane. Möglicherweise ein japanisches Modell, die deutschen sind zu unpraktisch und die amerikanischen zu selten und zu teuer. Es müsste ein echter Packesel sein, ein Ochse, zum Beispiel Nissan oder Toyota."

Tam und Lilly sahen ihn fasziniert an. Die Pilotin wusste, dass sie beide das gleiche dachten: Der Mann war nicht dumm, er kam der Sache bereits sehr nahe.

Karl Wabenmond unterbrach das Schweigen: „Interessante Überlegungen, so ähnlich hatte ich auch bereits gedacht. Aber woher kam der Wilderer, und wer war er?"

„Das wissen wir nicht ohne weitere Anhaltspunkte", erwiderte Irenäus und schlürfte am Cointreau. „Man konnte allerdings mutmaßen, dass der Mann sich gut auskannte. Er hinterließ minimale Spuren und absolut nichts, was ihn irgendwie identifizieren konnte. Er hat nichts liegenlassen oder verloren, keine Zigarettenkippe oder sonst etwas. Er war auf seinem Gebiet Profi."

„Und wäre mein Kollege nicht zufälligerweise in aller Herrgottsfrühe dort auf Pirsch gegangen, hätten längst andere Tiere die Innereien gefressen, und wir hätten den Fall gar nicht entdeckt", mischte sich der Förster wieder ins Gespräch. „Wahrscheinlich war der Wilderer kurz nach Mitternacht unterwegs. Danach muss er das Wildbret ziemlich schnell verarbeitet haben. Ein Hirsch, bestimmt war es eine Kuh oder ein großes Kalb, gibt viel Fleisch her. Ich glaube nicht, dass er diese Menge privat verbraucht. Also hat er irgendwelche Abnehmer, zum Beispiel Kneipen oder Fleischer."

'Oder Mittelalter-Märkte', dachte Lilly. Sie hörte den Männern gespannt zu. Zwar war sie ihnen schon ein weites Stück voraus und hätte mit wenigen Sätzen den Fall aufklären können, aber natürlich tat sie das nicht. Trotzdem tauschten die Frauen ein paar heimliche Blicke aus, und die Pilotin wusste, dass sie beide von der Kombinationsgabe der Männer beeindruckt waren.

„Was ihr alles wisst!", rief Tam mit möglicherweise wahrer Begeisterung. „Ihr erscheint mir wie Sherlock Holmes und Dr. Watson. Wieviel Fälle hast du eigentlich schon gelöst, Irenäus? Warst du auch dabei?"

Die letzte Frage war an den Förster gerichtet. Die Männer grinsten die Frauen fast ein wenig anzüglich an. „Karl war immer dabei", antwortete Irenäus, „und es waren immer besonders ausgefallene und mystische Fälle."

„Wieso mystisch?", fiel ihm Lilly ins Wort. „Gibt es so was überhaupt, mystische Fälle?"

„Oh, das ist ein weites Feld", erklärte Irenäus. „Ich habe eben nicht umsonst auf die Wirklichkeit hinter der Wirklichkeit angestoßen. Es gibt bei Kriminalfällen verschiedene Kategorien, zum Beispiel: Frau liegt mit Messer im Rücken im Keller, wer war es? Es gibt auch jede Menge politisch motivierte Verbrechen. Aber bei den Fällen, in die wir beide hin und wieder verwickelt werden, kommt immer in irgendeiner Variation das Numinose ins Spiel: uralte Kulte, magische Objekte oder hexistische Praktiken."

„Jetzt übertreibst du aber!", lachte Tam laut auf. „So etwas gibt's doch gar nicht! Du sprichst ja davon, als ob euch alle paar Wochen ein paranormales Phänomen über den Weg läuft."

„Nicht so oft! Magie wirkt nicht inflationär", belehrte sie der Privatdetektiv. „Allerdings wird man unter mehreren Bedingungen auf die Begegnung mit – wie du es nennst – paranormalen Phänomenen konfrontiert. Erstens muss man sich überhaupt erst mal in Grenzsituationen begeben, in außergewöhnliche Umgebungen, in nichtalltägliche Situationen. Außerdem ist es hilfreich, dem Numinosen geöffnet entgegenzutreten. Das heißt, dass man sehr grenzwertige oder paranormale Phänomene prinzipiell für möglich halten sollte, damit man sie überhaupt erkennt. Weiterhin scheint es so zu sein, dass man um so öfter mit dieser Szenerie konfrontiert wird, je tiefer man mental in sie eintaucht, so als suchten bestimmte Kräfte Kontakt mit uns."

„Das hört sich jetzt aber doch sehr mystisch eingefärbt an", warf Lilly ein, um die Männer zur weiteren Preisgabe derartiger Aussagen zu provozieren. „Ihr kennt doch die strikt ablehnende Haltung der modernen Wissenschaft gegenüber derartigen Aussagen. Danach seid ihr Märchenerzähler."

Karl lachte: „Die Vertreter sogenannter wissenschaftlicher Systeme sind peinlicherweise gerade Menschen, die jene drei Grundvoraussetzungen auch nicht im Ansatz erfüllen.“

„Dann erzählt uns doch einfach einmal von den Abenteuern, die ihr bereits bestanden habt. Bis jetzt habt ihr ja nur um den heißen Brei geredet“, meinte Tam und kalkulierte genau die grenzwertige Beleidigung, die die Männer bei ihrer Ehre packen und zum Schwatzen verleiten sollte. Brauchte sie Ablenkung oder besaß das Interesse tiefere Absicht, überlegte Lilly, die früher einmal peinlich berührt gewesen wäre, inzwischen aber längst an die provokante Art ihrer Herrin gewöhnt war.

Die Männer jedoch schien das keineswegs zu ärgern. Irenäus antwortete vielmehr: „Okay, wir lassen uns überreden und erzählen von einigen höchst seltsamen Kriminalfällen.“

Tam sprang auf, goss den restlichen Champagner in die Gläser und fiel wieder in den Sessel.

Er begann mit der Geschichte von der Künstlerin aus der Anderswelt, die im Wald eine vergammelte Tasche voller Geld fand. Von ihr hatte er sein Grundstück nebst Titus als Dauerleihgaben übereignet bekommen. Er kam auf die Anbeter Odins zu sprechen, die den fatimidischen Bergkristall-Flakon mit einem Tropfen Milch der Jungfrau Maria aus dem Quedlinburger Domschatz raubten, um ihn den nordischen Gottheiten zu opfern.

Die Freunde redeten sich in Stimmung. Karl Wabenmond
erzählte, wie er tagelang in der Altenburg-Höhle versteckt saß, nur weil er mit der Gattin des Züchters der Superfrucht ein Verhältnis hatte. Damals waren die Hintertanen gleich zweimal aus den dunkelsten Bereichen der Weltgeschichte aufgetaucht. Wie im Falle der Superfrucht griffen sie auch bei der Suche nach dem geheimnisvollen Hightech-Koffer der Pandora zu Waffen schweren Kalibers. Voller Trauer dachten sie an die sterbende Serafina zurück.

Ganze zwei Jahre lang beschäftigte sie eine kleine Statuette von Kreta, die aus der uralten Superlegierung BergERZ gearbeitet war, die bereits Platon in seinem Atlantis-Bericht erwähnt hatte. An dieser sogenannten Minoischen Dame rieben sich gleich zwei Frauen bis zur totalen Verzehrung auf, und eine Reihe von Menschen starb.

Ebenfalls sehr skurril war der Zusammenhang zwischen dem riesenhaften Mühlgrabenripper und dem Staatschef einer kleinen ehemaligen Sowjetrepublik, der von zwei Agentinnen auf der Hochharzstraße ins Jenseits befördert werden sollte.

An dieser Stelle holte Tam eine weitere Flasche russischen Champagners aus dem Haus und verteilte die erste Hälfte unter der Karfreitagsgemeinde. Sie hielt das Glas in die Höhe und sah ringsum alle an: „Erzählt weiter, es ist so spannend!"

Die Männer grinsten und berichteten von wahren Hexen, die mit einem selbstgebrauten, halluzinogenen Trunk aus alten Zeiten Geschäfte machen wollten und sich mit ihren Kunden an Kultplätzen trafen. Nachdem die beiden Detektive vom Quellheiligtum unter dem Quedlinburger Münzenberg und der Überschüttung der Kanzlerin mit stinkendem Rinderblut erzählt hatten, lehnte sich Irenäus Moll zurück und sagte: „Das geschah vor mehreren Monaten. Wir brauchen langsam einen neuen Fall! Oder, Karl?"

„Den könnt ihr haben!", sagte die Hausherrin trocken, ehe der Förster Zeit für eine Antwort bekam. „Aber zuerst eine ganz andere Frage. Habt ihr eigentlich Hunger?"

„Nun, ja", antwortete Karl. „Ich schon, aber Irenäus meistens nicht ..."

Der Privatdetektiv errötete und schaute an sich herab. Sein Bäuchlein ließ sich nicht ohne weiteres verbergen. Lilly empfand das nicht als besonders negatives Merkmal, aber so gesehen, könnte er ruhig ein paar Kilo weniger trinken.

„Willst du dich jetzt etwa in die Küche stellen und kochen?", erkundigte sich Irenäus naiv.

„Für euch würde ich's tun", erwiderte die Hausherrin emphatisch. „Was würdet ihr denn gern essen?"

'Jetzt kommt irgendein blöder Scheiß', dachte Lilly und wand sich vor Unbehagen im Gartensessel. Was war nur in ihre Freundin gefahren?

Irenäus warf den Frauen einen kurzen prüfenden Blick zu, dann kam es: „Habt ihr noch ein Glas Halberstädter Würstchen im Haus?"

Der Förster feixte: „Sein Leibgericht."

„Oh!", machte die Herrin und schaute hilflos auf die Pilotin, doch dann erklärte sie lässig: „Doch, ich glaube, ein Glas haben wir noch." Mit diesen Worten stürmte sie davon.

„Wie schön!", sagte der Detektiv vor sich hin und meinte dann leise zu Lilly: „Musst du ihr nicht helfen?"

„Heute nicht!", antwortete diese und warf ihm einen mit Unmut getränkten Blick zu, denn sie wusste nicht, wie er diese sarkastische Bemerkung genau gemeint hatte. Vielleicht war er in

Wirklichkeit gar nicht so einfühlsam, wie sie dachte. Vielleicht waren die Männer aber auch schon ein bisschen besoffen. Karl schenkte gerade den nächsten Cointreau ein. Die Flasche würde bald leer sein.

Auch die Pilotin fühlte, dass ihr das Getränkedurcheinander langsam zu Kopfe stieg. Sie rekelte sich wohlig im Sessel und wurde mit einem mittleren Wundschmerz in die Wirklichkeit zurückversetzt. Sie sah, dass der Detektiv dies durchaus bemerkte. Er wandte sich ihr zu, um irgendetwas zu sagen.

„Ich gehe dann mal Tam helfen", verkündete in diesem Moment der Förster und sprang auf. Mit einem Lächeln im Gesicht eilte er auf die Haustür zu. Ursprünglich wollte Lilly ihn zurückhalten, denn nicht jeder durfte so einfach ins Haus rennen. Wer wusste schon, was Tam dort gerade anstellte.

Eine Hand legte sich auf ihren Arm und lenkte sie von jeglicher Aktivität ab. „Lass ihn nur gehen! Die beiden werden sich schon vertragen." Das Gesicht von Irenäus Moll schwebte vor ihr: „Ich mache mir eher Gedanken darüber, was mit dir heute los ist. Was ist letzte Nacht passiert? Ihr beide wirkt gegenüber neulich wie ausgetauscht. Sie ist überdreht, und du leidest. Sag es mir!"

Hach, dieser Mann war aber auch ... Sie entschloss sich zu einer Teilerklärung: „Ich habe mich auf einen Nagel gesetzt. Das tut noch ziemlich weh."

„Und Tam hat die ganze Nacht lang den Nagel herausoperiert?", fragte der Mann mit ungläubigem Blick. „Das hat euch ziemlich aus der Bahn geworfen. Muss ich das glauben?"

„Nein, aber frag nicht weiter", sagte Lilly in hartem Tonfall und anschließend weicher: „Du kannst mir höchstens blitzschnell einen Kuss geben, ehe die beiden die Würstchen gegart haben ..."

Eine Mikrosekunde später fühlte sie die üppigen Lippen des Mannes auf ihrem Mund. 'Ja', dachte sie, 'er hat keinen schmalen Bürokratenschnabel, sondern sanguinische Genießerlippen!' Sanft tastete seine Zunge nach mehr desselben. Lilly fühlte seine Hände auf den Schultern und überließ sich einige Augenblick den Zärtlichkeiten, doch dann nahm sie sich langsam zurück.

„Es ist schön", flüsterte sie und strich durch die langen grauschwarzen Haare, „aber ich glaube, dass ich mich gerade nicht verlieben möchte."

„Da müssen wir uns aber anstrengen", grinste Irenäus und ließ eine Hand leicht über ihre linke Brust gleiten, um sich dann wieder aufzurichten.

Keine Minute zu früh, denn Karl Wabenmond betrat mit einem Tablett voller Teller die Veranda. Hinter ihm hielt Tam die Flügeltür und sprang dann wie ein junges Reh hinter ihm her. Inzwischen konnten sich Lilly und Irenäus darüber heimlich zuzwinkern, denn sie hatten sich indirekt auf eine neue Ebene der Vertrautheit begeben.

Der Förster hielt das Tablett in der Luft, und die Herrin verteilte Porzellanteller auf dem Tisch. Auf jedem lagen ein gut gebräuntes Halberstädter Würstchen und ein aufgebackenes Brötchen, umgeben von je einigen Klecksen verschiedenfarbiger Soßen. Auf dem fünften Teller rollte eine gedrittelte Bockwurst, die zeremoniell an die drei schwanzwedelnden Hunde verteilt wurde.

„Guten Appetit!", wünschte Tam und schob sich genüsslich eines der Objekte zwischen die schmalen Lippen. Dabei schloss sie die Augen und biss ganz langsam zu. Lilly hatte so etwas bei ihrer Chefin noch nie gesehen, und auch der Förster schaute fasziniert dabei zu. Nur Irenäus schien die Außenwelt auszublenden und genoss ganz einfach das gehäckselte Fleisch.

Ewig lange konnte dieser minimalistische Imbiss naturgemäß nicht ausgedehnt werden. Tam wischte sich in einem aparten Zusammenspiel von Mimik und Gestik den Mund ab und unterbrach das Schweigen: „Also, liebe Freunde, ihr habt mich davon überzeugt, dass ihr einfallsreiche und außergewöhnlich denkende Detektive seid. Deshalb würde ich euch gern einen Auftrag geben, bei dem ihr auch finanziell nicht schlecht bedacht sein sollt."

'Oh Gott, was kommt jetzt', dachte Lilly erschrocken. 'Sie will doch nicht etwa alles erzählen?' Wie sollten sich die Männer da verhalten? Sie musste gegebenenfalls einschreiten. Irgendwie war diese Frau heute völlig neben der Spur. Angespannt hörte die Pilotin weiter zu.

Tam nippte am Champagner, warf einen beruhigenden Blick in Lillys Richtung und fuhr fort: „Eine wesentliche Bedingung soll sein, dass ihr mich nicht nach den Hintergründen dieses Auftrags löchert, und dass ihr auch nicht versucht, hinter meinem Rücken eigene Nachforschungen anzustellen. Ihr sollt einfach nur total loyal bleiben. Könnt ihr das zusagen?"

Irenäus drehte versonnen den Champagnerkelch: „Wir können das, sofern wir dabei nicht eklatant mit dem Gesetz in Konflikt geraten. Wir können diskret sein und keine überflüssigen Fragen stellen, falls die Erfüllung des Auftrags das überhaupt zulässt. Sollten wir uns einer kritischen Grenze nähern, würden wir dich rechtzeitig informieren. Allerdings sage ich keine Nibelungentreue bis in den Tod zu. Wenn das so ausreicht, hast du mein Wort. Karl?"

Der Förster nickte bedächtig und streichelte seinen Hund.

„Okay!", meinte Tam, die nun ganz Geschäftsfrau war und kein bisschen beschwipst, eben eine echte Sibirianka. „Die Aufgabe besteht darin, dass ihr eine Frau finden sollt, über die ich bis jetzt nur spärliche Informationen besitze. Sie heißt Ingrid, Nachname unbekannt. Sie könnte eine Nutte sein, vielleicht aber auch nicht. Sie soll sich auf dem Brocken aufhalten, ob ständig oder manchmal oder gar nicht mehr, ist ebenfalls unbekannt. Sie muss Verbindungen nach Quedlinburg gehabt haben. Mehr kann ich zu dieser Frau nicht preisgeben, und viel mehr weiß ich auch nicht. Ich weiß auch nicht, wie sie aussieht."

„Naja!", erwiderte Irenäus schmunzelnd. „Das Ganze lässt sich erst mal darauf reduzieren, dass Karl und ich auf den Brocken wandern und eine Ingrid suchen, diskret, versteht sich. Sollten wir eine finden, geben wir dir Bescheid."

„So ist es!", sagte Tam und verteilte den Rest der Cointreau-Flasche auf die vier Stielgläschen. „Lasst uns darauf anstoßen und den Vertrag damit besiegeln."

Irenäus zögerte eine Sekunde zu lange, so dass Tam das Glas wieder absetzte und fragte: „Gibt es noch ein ungelöstes Problem, Irenäus?"

„Eine Frage hätte ich noch", antwortete der Privatdetektiv mit hochgezogenen schwarzen Brauen. „Aber sie befindet sich dicht am Limit der Vorgabe."

„Stell sie!", befahl die Herrin mit ernstem Gesicht.

„Seid ihr beide noch auf der Suche nach dem Kopfschmuck des Recken Krrrsan?", wollte der Irenäus wissen. Die Pilotin hatte so etwas erwartet und war gespannt auf die Reaktion.

„Ja!", erklärte Tam knapp und hob das Gläschen. „Also, auf Erfolg und Loyalität!"

XIV

Irenäus Moll dachte sich schweigend seinen Teil. Was er hier geboten bekam, war ein Gemenge aus extravaganten Gefühlen und genau kalkulierten Forderungen. Der Fall an sich war viel komplexer, als es die Suche nach dieser Ingrid vorgaukelte. Das sagte ihm die Erfahrung, und das fühlte er. Lilly hatte indirekt fast zugegeben, dass sie sich nicht etwa in einen Nagel gesetzt hatte. War sie von Tam verletzt worden oder war ein Dritter im Spiel?

Die Hausherrin versorgte die Dienerin heute geradezu liebevoll. Warum? Ging es Lilly viel schlechter als er dachte, oder hatte Tam ein schlechtes Gewissen? Aber aus welchem Grunde?

Sie saßen bereits vier Stunden auf der sonnigen Veranda. Die Getränke waren konsumiert. Irenäus wusste, dass er keinen weiteren Tropfen mehr zu sich nehmen durfte. Auf den Gesichtern der Frauen zeichnete sich Müdigkeit ab. Also handelte er, ehe ihm jemand zuvorkommen konnte. „Tam und Lilly", begann er und sah die Frauen freundlich an. „Es war ein sehr schöner Karfreitag-Mittag, und eigentlich durften wir ja nur eine Stunde lang hier sein. Wenn ihr gestattet, begeben wir uns nun wieder auf den Weg. Karl hat eine sehr kurze Nacht hinter sich, und wenn ich mich so umsehe, bin ich der einzige Ausgeschlafene. Der Auftrag ist erteilt, und wir werden uns damit beschäftigen. Das ist so abgemacht. Es naht die Stunde des Abschieds."

Um Tams Augen erschienen kleine Lachfältchen: „Wenn's am schönsten ist, sollte man aufhören. Du hast Recht, Irenäus." Sie erhob sich vom Tisch. „Du könntest aber Lilly noch in ihre Wohnung bringen. Sie ist heute etwas leidend. Ich gebe inzwischen Karl das Rezept vom Sibirischen Pinselkuchen."

„Sibirischer Pinselkuchen?" Irenäus erhob sich ebenfalls lachend. „Das ist sehr gut! Er ist ein ausgezeichneter Konditor. Bestimmt bäckt er mir demnächst so einen."

Karl schaute etwas irritiert, und Tam grinste. Irenäus fragte sich amüsiert, was für eine Scharade diese Frau hier eigentlich mit ihnen aufführte. Aber letztendlich sollte es ihm recht sein, zumindest zu diesem Zeitpunkt.

„Komm, Lilly, ich habe den Eindruck, dass ihr beide etwas übernächtigt seid. Ich bringe dich ins Bett", sagte Irenäus mit nicht ganz ernstgemeinter Fürsorge und streckte der Frau die Arme entgegen. Sie erfasste lächelnd seine Hände, aber als er sie aus dem Gartensessel in die Höhe zog, veränderten sich ihre Züge schmerzhaft, und sie konnte gerade noch ein Stöhnen unterdrücken. Tam warf ihr einen besorgten Blick zu, nur Karl wandte sich schnell den Hunden zu.

Die ersten Schritte machten der Frau offensichtlich ziemliche Mühe, danach verfiel sie in leichtes Humpeln, winkte noch einmal und fragte burschikos: „Bringst du mich nun ins Bett, Irenäus?"

Der Angesprochene war sofort an ihrer Seite und nahm ihre Hand. Ohne sich umzusehen, verschwanden sie im Haus. Langsam stiegen sie die Treppe empor zu Lillys Wohnung.

„Was bezweckt sie damit?", fragte Irenäus leise.

Lilly blieb stehen, um ihn anzuschauen: „Was denkst du denn? Wahrscheinlich will sie uns wirklich nur etwas Gutes tun. Vielleicht machen wir ja den Eindruck, als möchten wir mal ein paar Minuten allein sein."

Irenäus sah in ihre blauen Augen. Wir sollten uns mit der Liebe in Acht nehmen. Rita kam ihm in den Sinn. Er wollte keine der beiden Frauen verletzen und sich selber auch nicht. Bis jetzt war noch nicht viel geschehen, aber es kribbelte bereits.

Im Zimmer standen sie sich verlegen gegenüber. Er strich über ihren Rücken und gab ihr einen zarten Kuss: „Soll ich dich jetzt ins Bett legen?"

Sie schnappte mit den Lippen zurück: „Nein, dafür reicht die Zeit auf keinen Fall."

„Ich könnte einfach hierbleiben", floss es ihm über die Lippen.

„Ach was!", lachte sie. „Tam gibt uns höchstens 15 Minuten. Ich weiß gar nicht, was sie mit deinem Förster vorhat. So wie heute habe ich sie noch nie erlebt."

„Vielleicht hat sie ein schlechtes Gewissen, weil sie dich verletzt hat?", fragte er und legte wieder den Arm um sie. „Ist es so?"

„I-re-nä-us! Denk an deine Abmachung!", sagte Lilly und
schmiegte sich trotzdem an ihn. „Aber zu deiner Beruhigung. Sie war es nicht!"

„Soll ich mir die Wunde mal ansehen?", bohrte er weiter. „So was kann sich entzünden."

„Vielleicht später die Narbe", meinte sie leise und drängte die Brüste an ihn. „Gib mir noch einen Kuss, und dann ist die Viertelstunde um."

Sachte schob er die Zunge zwischen ihre Lippen. Sie schloss die Augen. Eigentlich wollte er so viel Nähe nicht, aber sie war so unwiderstehlich, und er fühlte die Wärme ihrer schönen straffen Brüste in der Hand …

Bald darauf löste sie sich von ihm: „Es macht wirklich Spaß mit dir, aber du musst jetzt gehen. Karl und Tam warten schon. Ich spüre das." Sie ging zur Tür und behauchte seine Wange: „Bis bald zum Rapport."

„Bis bald!", antwortete er und winkte ihr noch einmal zu, bevor er die Treppe hinabstieg.

Wie vorausgesagt, standen Tam, Karl und die Hunde bereits zum Abschied bereit. Die beiden lächelten ihn ein wenig provokant an, enthielten sich aber eines Kommentars.

„Ich hoffe, ihr habt nun die genügende Bettschwere", sagte Irenäus zur Hausherrin. „Lilly liegt gewiss schon im Bett. Es war ausgesprochen interessant, liebe Tam. Ich hoffe, dass wir dir demnächst einige wesentliche Erkenntnisse bringen können. Auf Wiedersehen!"

Mit diesen Worten umarmte er die Frau und fühlte dabei unweigerlich den zierlichen, festen Körper. Diese Frauen waren tatsächlich Unikate, jede auf ihre Art. Er entsandte einen Abschiedskuss in die Luft, ohne sie wirklich zu erreichen.

„Vielen Dank!", erwiderte Tam und wandte sich dem Förster zu. Karl umarmte sie, und Irenäus entging nicht, dass sein Abschiedskuss direkt auf ihrem Mund landete. Danach fügte sie hinzu: „Und denkt immer an die Abmachung. Sie ist mir sehr wichtig!"

Beim Einsteigen in den Daimler blickte Irenäus noch einmal auf die Hausfront. An einem Fenster im ersten Obergeschoss stand Lilly und winkte ihm zu. Er hob einen Arm und lächelte zurück.

Als sie endlich auf der Landesstraße in Richtung Quedlinburg fuhren, brach Irenäus das teils verträumte, teils erschöpfte

Schweigen: „Wie fandest du diese Begegnung?"

Sein Freund schraubte sich einige Zentimeter in die Höhe und öffnete die Augen: „Sehr interessant! Das sind zwei ausgesprochen coole Frauen. Diese Tam gefällt mir besonders gut. Sie war so zutraulich. Es ist nur schade, dass sie so reich ist."

Irenäus musste lachen: „Das hört man selten. Du hättest lieber sagen sollen: Schade, dass wir für sie nur arme Schlucker sind."

„Richtig, richtig!", knurrte Karl. „Möglicherweise finden die Frauen uns ja interessant, vielleicht sind sie sogar lüstern. Aber eigentlich führen sie etwas im Schilde."

„Sie verbergen etwas", stimmte ihm der andere zu. „Zum Beispiel war Lilly verwundet, ließ sich aber nicht die Ursache entlocken. Angeblich hatte sie sich auf einen Nagel gesetzt. Ich glaube, sie wollen uns für irgendein Ding anfüttern.

„Sie wussten etwas von dem Wilddieb im Selketal", sagte Karl. „Darüber war ich besonders erstaunt."

Irenäus nahm überrascht den Fuß vom Gas: „Wie kommst du denn darauf?"

„Ich habe es an ihren Augen gesehen und an den ausgetauschten Blicken", antwortete sein Freund. „Als ich davon erzählte, wurden sie hellwach. Glaub mir, da gibt es einen Zusammenhang."

„Oh, Gaia!", stöhnte Irenäus, als sie das Ortseingangsschild von Quedlinburg überfuhren. „Da tun sich ja Abgründe auf. Hoffentlich hast du dich verguckt."

Schweigend schüttelte der Förster den Kopf und sank zurück in den Sitz.

„Wir werden erst mal diese Ingrid suchen" sagte Irenäus, als sie bereits unter der tausendjährigen ottonischen Stiftskirche von Quedlinburg fuhren. „Das wird bestimmt spannend. Und dann widmen wir uns den geheimnisvollen Damen erneut. Nur nicht zu viel Nähe, dann macht es auch richtig Spaß."

„Viel Spaß!", nuschelte Karl und schlief ein.

XV

Sonja schlurfte durch das Lager aus Holzhütten und Leinenzelten, die zwischen den Felsen und Sandsteintreppchen angeordnet waren. Von einer natürlichen Plattform aus hatte man einen weiten Blick im Halbkreis von der Heimburg und dem Tyrstein bei Blankenburg über die Höhenzüge vor Halberstadt bis
nach Quedlinburg.

Manche Leute meinten, Sonja wäre eine nette Frau, aber im Übrigen handelte es sich eher um eine ziemlich verfressene, weißhäutige Vettel. Ihr dicker Körper mit großen Hängebrüsten verbarg sich unter einem weiten Leinenkleid, dessen Farbe zwischen Altrosa und Hellbraun angesiedelt war. Aus den gekrausten, kurzen Ärmeln schauten fleischige, weiße Arme. Die langen blonden Haare umrahmten ein helles Gesicht mit rosa Pausbacken, einem vollen Mund und hellblauen Überwachungsaugen. Sie trug klimpernde Ohrringe, um den Hals mehrere Silberketten und ebensolche Reife an den Handgelenken.

Mit leicht gespreizten Beinen stand sie vor dem Magier und sagte mit aufgebrachter Stimme: „Wir haben kein Fleisch. Es müsste längst hier sein!"

Der Magier grinste. Er hatte sich einen guten Platz ausgesucht, mit dem Rücken an einer glatten Wand aus Quarzsandstein, auf die den ganzen Tag die Sonne schien. Zwei Meter neben ihm führte eine Tür in den Felsen. Die grinsenden schwarzbraunen Augen des Magiers saßen in einem runden Gesicht, das nicht wirklich mitteleuropäisch aussah. Die schwarzen Haare waren zu einem kurzen Pferdeschwanz gebunden, der senkrecht vom Scheitel in den Himmel ragte. Er trug bunte Hosen und sonst nichts. Der kompakte, ein wenig rundliche Oberkörper, die nackten Füße und das Gesicht waren bereits zu dieser Jahreszeit kräftig gebräunt.

Der Magier saß auf einem hölzernen Schemel und schürte in einem Drahtkorb ein niedriges Eichenholzfeuer. „Er wird nicht mehr kommen mit dem Fleisch“, sagte er mit tiefer, melodiöser Stimme.

„Wieso nicht?“, ereiferte sich die Frau, und ihre Augen begannen zu glubschen. „Was erzählst du für einen Scheiß? Es sind genug Vorräte da! Hör auf mit deinem ewigen Geunke, du Schmarotzer!“

„Hör du lieber auf, deinen Schamanen zu beschimpfen“, gab der Mann ruhig zurück und warf ein Pulver ins Feuer, so dass eine rötliche Wolke aufstieg. „Sonst nimmt es mit dir auch noch ein böses Ende.“

„Was wagst du, mir zu drohen!“, kreischte die Frau und fuchtelte mit einem dicken Arm vor ihm herum.

Der Magier grinste weiter und prophezeite: „Ich sehe gerade, dass irgendetwas mit ihm passiert ist. Gewalt ist im Spiel. Hoffentlich ist er nicht sogar tot.“

„Aaaach, ich werd verrückt!“, schrie die Frau und drehte sich um zum Davonlaufen.

„Diese scheißnegative Mittelalterenergie“, seufzte der Schamane und begann, sich eine Zigarette zu drehen.

Sonja eilte erzürnt durch das Lager bis zum Burgtor. Sie achtete nicht auf die Besucher, die bei dem schönen Wetter hier spazierten oder in der Gaststätte einkehren wollten. Heute war sowieso erst Aufbautag ohne Verkauf, weil man in einem christlichen Land zu Karfreitag nichts verhökern durfte – außer Benzin!!

Jenseits des Wallgrabens stand Björns VW-Kleinbus auf einem rasigen Schotterplatz. Der Kleinbus war schwarz mit dunkel getönten Scheiben. Auf der matten Fensterscheibe der Heckklappe stand in lilafarbener Fraktur: **Ich habe mir Gesicht und Arme tätowieren lassen, damit ich nicht in einer schwachen Stunde auf die Idee komme, Banker zu werden!**

Björn saß in der geöffneten seitlichen Schiebetür in der Sonne und schabte mit einem langen Messer an seinen Fingernägeln herum. Sein runder Glatzkopf und die sehnigen Arme waren mit gothischen Motiven tätowiert. Im Gesicht gab es nur zurückhaltende Zeichnung, dafür jede Menge Silberschmuck und Piercing. Der bewusst trainierte Oberkörper steckte nur in einem Muskelshirt, aus den schwarzen Hosenbeinen schauten nackte Füße.

„Björn!“, schrie die Frau schon vom Burgtor her und watschelte auf ihn zu.

„Was ist denn los?“, fragte der Mann und legte das Messer zur Seite. Er stand auf und reckte in betonter Pose Arme und Brustkasten. „Musst du immer so rumschreien?“

„Wir haben kein Fleisch!“, keuchte die Dicke. „Ist dir Penner das eigentlich klar?“

„Das wird schon noch“, meinte er und schaute in den Bus. „Kannst dich auf meine Matratze legen.“

„Hör auf mit der Spinne!“, befahl die Frau und musterte ihn von oben bis unten. „Ich habe schon dreimal bei Lothar angerufen. Dieser Anschluss ist momentan nicht erreichbar. Und dieser Affe da oben weissagt ein Unglück. Ich könnte ihn erwürgen.“

Sonja ließ sich auf den Rand der Matratze fallen und spreizte die üppigen Schenkel im Sechziggradwinkel.

„Meinst du den Zauberer?“, fragte der Mann und riss eine Dose Cola mit Rum auf. „Der spinnt doch sowieso. Wir sollten ihn gar nicht mehr zulassen.“

„Er verhext uns“, sagte die Frau ernst. „Außerdem wollen die Leute ihn haben. Er ist immerhin der fröhlichste Mensch von uns allen.“

„Ich bin auch fröhlich!“, lachte Björn und streifte den Saum ihres Kleides ein Stück nach oben. „Willste mal trinken? Das macht fröhlich.“

„Ich will Fleisch, damit wir morgen was zu verkaufen haben, wenn hier die Leute kommen! Geht das nicht in deine Birne?“, fuhr sie ihn aufgebracht an und schlug ihm die Büchse aus der Hand.

Er hechtete hinterher und grapschte die zischend spritzende Getränkedose aus dem Gras: „Hey, sag mal, spinnst du? Der Typ wird schon noch kommen. Du hast mal wieder viel zuviel Schiss!“

„Wir müssen zu ihm!“, beharrte Sonja nunmehr in ruhigem Tonfall. „Ich fühle auch, dass da was nicht stimmt.“

„Ein Weilchen können wir noch warten, sonst mischen wir ihn zu früh auf“, meinte Björn. „Und nachher muss ich auch noch Mucki in Braunschweig abholen. Das haben wir ihm versprochen.“

„Oh, Mann!“, jammerte die Frau nun wieder unbeherrschter. „Du machst dir keine Platte, Alter! Du willst nicht, und wir stehen morgen da wie die Blöden.“

„Doch, ich will!“, erwiderte er und stolzierte vor ihr auf und ab. Seine Ohrgehänge klimperten dabei. „Schon aus dem einfachen Grunde, weil er noch unseren Geländewagen hat. Und den möchte ich ihm nicht schenken. Capito? Und überhaupt überrasche ich ihn lieber im Dunkeln, falls wirklich irgendwas im Gange ist.“

„Na gut“, murrte sie und krabbelte in den Bus auf eine große Matratze. „Dann warte ich hier solange. Das Lager ist aufgebaut. Aber nach Braunschweig komme ich nicht mit. Musst du dich nicht auch mal hinlegen?“

„Mal sehen!“, nuschelte er und trank den Rest Cola mit Rum aus. Dann knöpfte er den obersten Hosenknopf auf und wandte sich langsam zur Schiebetür um.

XVI

Es wurde später als geplant. So war das bei Björn immer, seine Pläne mussten unentwegt korrigiert und korrigiert werden. Jedenfalls verließen sie die Burg erst gegen Mitternacht, fuhren ein Stück durch den Wald und erreichten in wenigen Minuten die B6n. Bis nach Quedlinburg war es ein Katzensprung. In dieser Karfreitag-Nacht stand immer noch ein fast voller Mond am

Himmel und tauchte das romantische Harzvorland in milchiges Licht. Der Verkehr auf dem vierspurigen Motorway näherte sich der Nullmarke.

Sie waren schon einige Male bei Lothar Bartel gewesen, so dass sie den Weg in die Amelungstraße problemlos schafften. Sie kannten auch die doppelseitigen Eingänge und fuhren bis vor die Werkhalle. Allerdings rangierten sie den Bus so tief wie möglich in den dunkelsten Schattenbereich von Büschen und Bäumen. Hinter den Industriefenstern brannte kein Fünkchen Licht.

„Er scheint nicht da zu sein, dieser Blödmann“, ereiferte sich die Frau.

„Bist du mal leise!“, herrschte sie ihr Partner flüsternd an. „Das hat nicht viel zu sagen, dass kein Licht brennt. Schließlich soll nicht jeder wissen, dass er hier haust.“

Sonja war stinksauer. Obwohl sie stundenlang geschlafen hatte, setzte ihr unentwegte Müdigkeit zu. Vielleicht hing es auch mit einem langen Mittelalter-Markt zusammen, der am Wochenende auf sie zukam. Sie war die Veranstalterin, sie bekam die

Kohle, aber wer dachte, dass das ein angenehmer und leichter Job wäre …

„Es hängt ein Fahrradschloss vorm Tor", unterbrach der Mann ihre Kreise.

„Ja und? Ich steige nicht rüber!", murrte die Frau und trat genervt an seine Seite.

„Ist mir schon klar", sagte er und riss ratlos an dem Schloss. Es gab ein knackendes Geräusch von sich und er hielt es in der Hand. „Oh Schreck! Es war schon von irgendwem geknackt worden. Was sagst du dazu?"

„Kein gutes Omen", antwortete die Frau mit tiefer Stimme und stieß einen Flügel des Gittertores auf. „Mensch! Kannst du nicht einmal leise sein?", zischte Björn und sprang auf das Holztor mit der abblätternden Farbe zu. Vorsichtig rüttelte er daran. Auch dieses Schloss gab überraschend nach und verleitete ihn zu dem kleinen Aufschrei: „Hier war schon wer!"

„Sag ich doch!", nörgelte Sonja und schob die Tür ein Stück auf, um hindurchzupassen. „Ein schlechtes Omen. Gleich passiert irgendein Scheiß. Außerdem stinkt es hier erbärmlich. Leuchte mal!"

„Die Taschenlampen liegen im Auto", knurrte der Mann. „Warte hier, ich hole sie."

„Penner! Arschloch!", flüsterte die Frau und sah ihn katzengleich auf der stillen Straße verschwinden. Immer musste man auf diesen Möchtegern warten. Vorsichtig schob sie sich in den Raum. Es war stockfinster. Nur durch ein verdrecktes Fenster fiel ein Spot Mondlicht auf die Motorhaube eines Fahrzeugs. Das musste der Geländewagen sein, sie erkannte ihn sofort. Langsam stakste sie darauf zu. Der Gestank war heftig, süßsauer, scheißeartig hoch drei.

Was war hier los? Wo blieb dieser blöde Björn? Sie machte noch drei Schritte bis neben den Jeep. So wirklich ängstlich war sie eigentlich nicht.

Sonja stieß an etwas Großes, Steifes. Es war wie mit Stoff bezogen. Angeekelt strich sie daran herab. Zu blöd, dass man absolut nichts sah. Dann hatte sie plötzlich etwas Eiskaltes unter ihrer Hand. Sie sah einen matten hellen Schimmer. Und dann wusste sie, was das war.

Die Frau fühlte, dass etwas in ihrem Kopf aushakte und versuchte, die Regie zu übernehmen. Tapfer bezwang sie sich, so dass ihr Schrei nur kurz und hoch war.

„Was ist denn nun wieder los?", kam es geharnischt von der Tür. Dann blitzte eine Taschenlampe auf. „Ohhhh, Scheiße! Das ist ja ekelhaft!"

Björn leuchtete genau auf den Hinterkopf einer Person, die vornübergebeugt auf dem Körper eines großen, graubraunen Tieres lag, das auf einem Tisch aufgebahrt war. Der wuchtige Kopf des Tieres war in Björns Richtung geneigt, so dass ihn milchglasige Augen anglotzten. Aus dem Maul hing eine lange, blaue Zunge.

Die Frau stieß einen weiteren spitzen Schrei aus und trat mit abgespreizten Händen einen Schritt zurück. Dann bekam sie einen Schnappatmungsanfall. Der Mann wandte sich zur Seite und würgte klebrige gelbe Galle in langen Fäden hervor. Als die Frau dies im Gefunzel der Taschenlampe sah, kriegte sie sich schlagartig wieder ein. Mit heruntergedrehter Lautstärke keifte sie: „Ey, du Waschlappen! Du sollst mich beschützen! Klappst du schon wieder ab? Die sind tot! Die beißen nicht!" Der Mann drehte sich um und stützte sich mit beiden Händen an einer Ziegelmauer ab, das Gesicht abgewandt.

Plötzlich entflammte ein trübes Licht. Sonja hatte den Schalter gefunden. Sie sah, dass fast alle Fenster zugehängt waren. Dann blickte sie tapfer auf das Horrorszenario, den Jeep mit geöffneter Pritsche, den toten Mann in tarnender Kleidung, stehend und hängend auf dem toten Hirsch. Jetzt, bei Licht, flogen surrend einige Fliegen empor. Sie hielt sich eine weiße Patschehand vor Mund und Nase und trat wieder näher zum Tisch. Mit angeekelter Mimik betrachtete sie den Fall genauer.

„Er hat ein Messer im Rücken", stellte sie mit etwas zittriger Stimme fest und drehte sich zu Björn um. Der stand immer noch an der Wand in exakt der Haltung, als würde er von der Polizei durchsucht, und kämpfte mit dem Kotzen. Die Frau wurde zornig: „Nun dreh dich doch endlich mal um, du Memme! Wir haben ein Problem!" Er drehte sich wirklich gehorsam um und schaute mit noch tränenden Augen auf das Bild des Grauens. Dann keuchte er: „Jemand hat ihn umgebracht. Oh, Mann! Wer war das?"

„Und wir stehen hier herum", knirschte die Frau. „Weißt du überhaupt, was das bedeutet? Wir sind die möglichen Mörder!"

„Und was machen wir da?", fragte er hektisch und schaute ihr dicht in die Augen. „Wenn das die Bullen mitkriegen …"

„Die werde ich jetzt anrufen! Der Typ ist schon viele Stunden tot, und wir haben ein Alibi." Sie zog ihr Handy aus einer Falte des Pluderkleides und wollte es einschalten.

„Spinnst du?“, schrie er und riss ihr das Gerät aus der Hand. „Hier liegt jede Menge Zeug von uns rum. Selbst wenn wir ihm nicht die Kante gegeben haben, sind wir trotzdem dran!“ Wütend legte er das Handy auf eine staubige Fensterbank. „Wir müssen erst mal sichten, was er noch an Ware hier hat.“

„Na los dann! Lass uns nachgucken!“, befahl sie und drängte sich an ihm vorbei. An den Anblick gewöhnte sie sich schnell und die Nase stumpfte gegen den Geruch ab. „Hast ja Recht. Das Leben muss weitergehen. Hier liegt übrigens seine Knarre. Ob er die noch abgefeuert hat?“

Mit dem fachmännischen Blick einer eingefleischten Marktfrau erkannte sie die Details, Stück für Stück. Björn wollte ihr gerade angewidert folgen, da wies sie an: „Nimm die Gummihandschuhe aus dem Verbandskasten. Der müsste hinter dem Sitz liegen. Wir dürfen keine Fingerabdrücke hinterlassen.“

Etliche Minuten später waren sie bis in den Vorratsraum vorgedrungen. Begierig nahmen sie die Regale und Kühltruhen in Augenschein.

„Hier ist alles, was wir brauchen“, sagte Björn und nahm ein eingeschweißtes Stück Fleisch in die gummigeschützte Hand. „Wird uns wohl nichts anderes übrig bleiben, als so viel wie möglich einzuladen und dann abzuhauen.“

„Dann quatsch nicht so lange!“, pfiff ihn die Dicke bereits wieder an. „Los! Zuerst die Waren, dann das Fleisch. Das wird uns zwar alles auftauen … Aber wir müssen sowieso ganz früh anfangen. Gott, oh Gott, wer hat uns diese Scheiße nur eingebrockt!“

Es dauerte richtig lange, bis der Nissan vollbeladen bis unter die Plane zur Abfahrt bereit stand. Fast schweigend, trugen die beiden alle möglichen Dinge aus dem Nebenraum. Auf das Packen von Autos verstanden sie sich. Sie schafften fast alles, nur ein kleiner Rest musste zurückbleiben.

„So, hauen wir schleunigst ab!“, unterbrach Björn das Schweigen.

„Nee, nee! Wir müssen noch in die Wohnung“, erklärte die Frau und watschelte bereits in Richtung Hinterausgang. „Der hat da noch alle seine Aufzeichnungen und Rechnungen von uns. Das muss den Bullen nicht in die Hände fallen. Komm schon! Mach die Türen auf!“

„Woher weißt du das überhaupt?“, erkundigte sich der Mann misstrauisch.

„Hat er mir mal gezeigt“, nuschelte sie und rüttelte an der Verandatür.

„Lass mich!“, knurrte er und brach sie knirschend auf. „Ist doch jetzt eh egal.“ Mit der Tür zur Wohnung hatte er es schwerer, aber auch das gelang dem gelernten Spitzbuben schnell.

Sonja bewegte sich zielsicher zum Schreibtisch und zog die Tür auf. „Scheißdreck! Alles weg! Hier war wer vor uns da …“

„Wieso weißt du das eigentlich und ich nicht?“, quengelte der Mann und pflanzte sich hinter ihr auf. „Warst du allein bei ihm?“

„Ach, nerv jetzt nicht!“, schnauzte sie. „Klar war ich allein hier. Du pennst doch immer.“

„Spinnst du?“, fuhr er sie an.

„Schrei hier nicht rum!“, drohte sie und glubschte ihn an. „Wir haben ein weiteres Problem. Irgendwer hat viele Daten über uns. Den müssen wir bald finden. Sehr bald!“ Lustlos schaute sie in den Bücherschrank, dann drehte sie sich um. Björn blickte immer noch trotzig. „Krieg dich wieder ein! Wir müssen sofort weg von hier. Ich fahre den Geländewagen und du den Van!“ In einer netten Anwandlung strich sie ihm über den Arm.

Nachdem sie alles wieder einigermaßen verschlossen hatten, bretterten sie zurück auf die Burg. Als sie dort nebeneinander anhielten, sprang er, wieder fröhlich und erleichtert, aus dem Bus. Es war weit nach Mitternacht. Sonja stieg ebenfalls aus. Ihre Mundwinkel berührten fast die Brustwarzen, was bei ihr besonders schwierig war.

„Was ist los?“, erkundigte er sich argwöhnisch.

„Wir müssen noch mal zurück!“, schrie sie ungehemmt. „Mein Handy liegt noch da, wo du Arsch es hingeschmissen hast!“

XVII

Tam empfand den kurzen Kuss des Jägers ganz und gar nicht als unangenehm, im Gegenteil, sie hätte womöglich weitermachen können. Die Ehe mit Sieghard war weitgehend eingerostet. Er war ein Geldmacher und nie zu Hause. Dabei brauchte sie sein Geld überhaupt nicht, denn sie stammte aus einer wirklich reichen Familie. So etwas gab es in Russland schon immer, auch während der Sowjetunion. In den letzten Jahrzehnten wurde der Reichtum noch potenziert. Im Gegensatz zu vielen neuen Superreichen im Kapitalismus, die ihr Geld mit faulen Tricks verdienten, war ihr Reichtum im wahrsten Sinne des Wortes erdnah. Dieser

Reichtum baute nicht auf der faulen Magie von Rechenmaschinen auf, die willkürlich Zahlen hinter dem Komma hin und her schoben, um die Menschen zu betrügen, sondern auf den unendlichen Bodenschätzen von Mütterchen Sibiria. Ihre Familie stand auf Du und Du mit den wirklichen Lenkern der Welt und schaute genau wie diese nur mit Verachtung auf diese kleinliche Schmarotzerbande von Politikern und Managern herab, die momentan die Welt unsicher machte.

Sie warf einen Blick hinauf zu Lilly, die aufgehört hatte zu winken und ihr ein Lächeln zusandte. Diese Frau mochte sie sehr. Langsam ging sie mit Tussi ins Haus und stieg die Treppe empor. Ohne anzuklopfen, öffnete sie die Zimmertür und schaute nach ihrer Freundin. Sie sah nur den Umriss des Körpers unter der Bettdecke, die Erhebung des Beckens und der Schultern. Am Kopfende schauten ein paar blonde Strähnen hervor, ansonsten erklangen leise, gleichmäßige Atemzüge aus Richtung der eingemummelten Frau.

Vorsichtig schloss Tam die Tür wieder und ging den Flur entlang in ihre Zimmer. Sie liebte dieses Haus inzwischen, das eigentlich nur eine Marotte gewesen war, weil gleich daneben die Piper landen konnte. Die Gegend war hinterste Provinz, und sie konnte überall auf der Welt sein. Möglicherweise zog sie ja auch bald weiter.

Sie band die schwarzen Haare auf und ließ sie herabfallen, dann zog sie sich nackt aus und betrachtete sich im Spiegel. Sie war ein hübsches Mädchen. Versonnen streichelte sie eine der straffen, nicht sehr großen Brüste und drehte sich dabei ein wenig hin und her. Ihre Gedanken schweiften ab zu diesem Förster und dem Privatdetektiv. Dieses Abenteuer wollte sie erst noch erleben.

Tam ging zu ihrem Bett und ließ sich hineinfallen. Eigentlich war sie auch sehr müde und wollte genauso schlafen wie Lilly.

Eine Weile ging das auch, doch dann, als es dunkel war, hatte der Schlaf die Verdrängung aufgeweicht. Sie sah diese ermordete Hirschkuh vor sich, lieblos auf einen Tisch geknallt inmitten einer Ruine. Und dann diesen unsäglichen Menschen, der heimlich Tiere abknallte, um dadurch selbst zu überleben. Okay, es war ein Gauner und vielleicht sogar ein mieser Typ gewesen. Genaueres würde sie erst beim Studium der Hefte erfahren. Aber ganz egal wie auch die Gesellschaft darüber dachte, er hatte sein Schicksal in die Hand genommen. Und sie hatte ihn abgemurkst, ein Messer in den Rücken gerammt. Sie hatte nicht gestochen, sie hatte dieses dreckige Waidmesser mit aller Kraft … Hätte doch dieser Idiot nicht zum Gewehr gegriffen und dann auch noch auf Lilly geschossen … Nein, es war Notwehr gewesen, mit dem nächsten Schuss hätte er sie umgebracht.

Hätte, wenn und aber! Sie fühlte, wie sich in ihrem Gehirn eine Idee formte: Du musst dort noch einmal hinfahren! Du musst dort Klarheit schaffen, alle Spuren beseitigen, Tabula rasa machen.

Möglicherweise hatten sie doch Hinweise hinterlassen, die sie noch löschen konnte. Am besten wäre, die gesamte Szene zu vernichten.

Tam dachte an den Herd mit der Propangasflasche in der Villa. Wenn sie sich recht erinnerte, stand stand da noch eine weitere Gasflasche. Wenn die beiden in der Lagerhalle … Über so etwas hatten sich die Männer in der Heimat unterhalten. Man öffnet eine Gasflasche und stellt eine Elektroherdplatte in den Raum, vielleicht mit einem Knudelchen Zeitung darauf. Sie hatte noch eine solche Platte.

Langsam erhob sich Tam aus dem Bett. Es war bereits Mitternacht, genau wie gestern. Gelassen zog sie sich den C&A-Jogginganzug an und horchte ins Haus. Alles war totenstill. Tussi grunzte auf ihrem Lager, und Lilly schlief sich gesund. Sie schloss die Tür und ging in die Rumpelkammer. Die Elektroherdplatte hatte sie schnell gefunden. Sie überlegte noch einmal, ob sie irgendetwas brauchte; natürlich die Taschenlampe und vielleicht ein kleines Brecheisen. So etwas lag in der Garage herum.

Den Porsche würde sie nicht nehmen. Sie entschied sich für den Subaru der Pilotin. Ihre Blicke schweiften durch die geräumige Lastwagen-Halle, und sie fand schnell, was sie brauchte, einen wunderschönen Kuhfuß. Damit bekam man fast alles auf.

Die Nacht war bereits ein ganzes Stück vorangeschritten, als sie den Subaru in der Amelungstraße neben einer dunklen Mauer parkte. Es war die Nacht von Karfreitag zu Ostersonnabend, und die Straßen waren leer. Der Mond stand schon ziemlich tief, und sie konnte gerade noch ohne Lampe den Weg erkennen. Schnell, aber ohne Hast lief Tam durch die milde Nacht bis zu dem verrosteten Gittertor. In einer Hand trug sie den Kuhfuß, in der anderen die dunkle Taschenlampe. In einem kleinen Rucksack drückte die Herdplatte. Irgendwie befand sie sich in sehr gehobener, um nicht zu sagen euphorischer Stimmung. Eigentlich war das ihre wahre Welt: Die Jagd nach dem magischen Stirnreif.

Das Fahrradschloss war nur lose um die Eisenstreben gelegt. Dieser Umstand machte sie zwar stutzig, aber wahrscheinlich hatte Lilly nicht für nötig gehalten, es wieder zu verschließen. Oder war bereits jemand anderes hier gewesen? In dieser kurzen Zeit!

Etwas ernüchtert, tastete sie sich entlang der kurzen Durchfahrt bis zu dem Holztor. Auch das war nicht verschlossen, ja, es klaffte mindestens einen Zentimeter. Nun war sie fast sicher – es war jemand vor ihr hier gewesen. Verdammter Mist! Sie knipste die Taschenlampe an und öffnete das Tor zur Halle. Widerlicher Gestank schlug ihr entgegen. Damit hatte sie gerechnet. Gummihandschuhe trug sie bereits. Sie war auch innerlich gewappnet für das Bild, das sich ihr gleich bieten würde. Davor hatte sie zwar Angst, aber sie musste da durch! Inzwischen war ihr übrigens auch schlagartig klar geworden, dass nur Lothar Bartel der Wilddieb aus dem Selketal sein konnte, den die beiden Privatdetektive suchten. Natürlich konnte sie dazu am Nachmittag keinen Kommentar abgeben. Sie hatten den Mann offenbar in dem Moment erwischt, als er seine Beute abgeladen hatte und verarbeiten wollte.

Tam betrat vorsichtig die Halle und schickte den Lichtstrahl mutig geradeaus. Falls sie noch daran gezweifelt hatte, dass vor ihr jemand hier gewesen war, wusste sie es nun genau. Der Pickup war weg.

Nun gut! Die Typen waren auch weg. Und die Polizei war es offensichtlich nicht gewesen, dann sähe es hier jetzt anders aus. Die beiden Leichen verharrten noch in der gleichen Pose und stanken vor sich hin. Selbst das Messer steckte noch im Rücken des Mannes. Sie vermied es, diese Szene intensiver auszuleuchten.

Zuerst suchte sie die Stelle ab, auf der Lilly gelegen hatte. Die Plastikunterlagen hatten sie mitgenommen. Ansonsten fand sie nicht den geringsten Hinweis. Also eilte sie in die Nebenräume. Es war so, wie sie erwartet hatte, die Regale waren weitgehend leer, ebenso die Kühltruhen. Sie war sich nun sicher, dass Lothar Bartels Auftraggeber hier gewesen waren. Die konnten natürlich keine Anzeige erstatten, das war klar.

Damit festigte sich der Gedanke noch mehr in Tams Gehirn, dieses Chaos mit einer leichten Sprengung vollenden zu müssen.

Ohne weitere Zeitvergeudung ging sie hinüber zur Villa. Ihr war klar, dass auch hier die Türen geöffnet wurden, und so war es denn auch. Der Spot der Lampe schweifte, aber sie fand nichts Außergewöhnliches. Offenbar hatte keine Durchsuchung stattgefunden. Das Interessante war bereits in ihrem Besitz, und das hatten wohl auch die Eindringlinge auf den ersten Blick erkannt.

Tam leuchtete zum Gasherd. Dort stand die angeschlossene Propangasflasche und dort die Reserve. Prima! Sie kannte sich damit aus, denn auf dem Flugplatz kochten sie nicht anders. Mit wenigen Handgriffen schraubte sie die Reduzierung ab und trug die beiden 5-Liter-Flaschen ohne weitere Verzögerung aus dem Haus.

In der Lagerhalle setzte sie die Last ab. Da überkam sie völlig unvorbereitet das große Zittern. O Gott, was tat sie hier eigentlich? Sie, eine stinkreiche Frau, sprengte nachts die Häuser von anderen Menschen. Das war doch komplett irre. Fast hätte sie alles stehen und liegen lassen, wäre hinausgerannt und mit dem Subaru nach Hause gerast. Bebend lehnte sie an der Wand. Was war nur mit ihr geschehen?

Der Stirnreif des Recken Krrrsan, fuhr es ihr plötzlich wie elektrisiert durch den Kopf. Das war es überhaupt. Natürlich! Langsam beruhigte sie sich wieder. Der Stirnreif hatte bereits mit ihr Kontakt aufgenommen. Eigentlich war das ja klar! Es handelte sich um ein magisches Artefakt, das ihre Annäherung lange spürte, bevor sie es überhaupt in Händen hielt oder gar am Kopfe trug. Grandios!

Tam freute sich. Beschwingt platzierte sie die Gasflaschen, eine neben dem Leichentisch, den sie immer noch vermied anzuschauen, und eine im Nebenraum. Sie inspizierte noch einmal die Fenster. Zwar waren einige Scheiben zersplittert, aber die schwarzen Vorhänge würden kurzzeitig eine genügende Abdichtung bilden.

Also schloss sie die Herdplatte an und legte ein Stück zerknülltes Papier darauf, obwohl das wahrscheinlich gar nicht nötig war. Anschließend setzte sie den leeren Rucksack auf und überprüfte akribisch, ob sie nichts liegengelassen und keine Spuren hinterlassen hatte.

Dann öffnete sie probeweise eine der Flaschen. Zischend entwich das Gas und sie roch sofort den leicht süßlichen Geruch. Bei der anderen Flasche war es genauso. Aha, das ging schnell! Sie musste sich beeilen.

Zuerst schaltete sie den Schalter der Heizplatte, die sie extra entfernt aufgestellt hatte, auf höchste Stufe. Sie wurde sofort warm. Danach eilte sie zu den Flaschen und drehte die eine, dann die andere voll auf. Und wenige Sekunden später sprintete sie an der Leichenszenerie vorbei zum Ausgang. Sie riss das morsche Tor soweit auf, dass ihr schmaler Körper hindurchpasste und schloss es anschließend so dicht wie möglich.

Gleich darauf war sie an der Gartenpforte. Die Taschenlampe hatte sie ausgeschaltet. Einen Moment verharrte sie. Man konnte nicht wissen …

Alles war still und stumm, selbst die Morgendämmerung würde noch lange auf sich warten lassen. Kurzzeitig war ihr so, als nähme sie in der Nähe einen Reflex wahr, aber das war wohl nichts. In den Nebenhäusern brannte kein Licht. Alles schlief. Noch! Sie hoffte und war sogar fast sicher, dass die Abstände groß genug waren und andere Gebäude nicht ernsthaft zu Schaden kämen. Es durfte einfach nichts schiefgehen!

Ein Vogel schrie in der Nähe. Tam lauschte einige Sekunden. Dann öffnete sie das Gittertor einen Spalt und schlängelte sich ins Freie. Nun nur schnell weg!

Der Schlag traf sie ohne jede Vorwarnung. Die Druck- und die Schallwelle besaßen naturgemäß dieselbe Geschwindigkeit. Eine fürchterliche Lärmwolke schleuderte Tam mehrere Meter weit auf den Asphalt der Straße. Wie eine Katze rollte sie sich instinktiv ab und kam mit wackligen Knien wieder auf die Beine. Eine Staubwolke blies um sie herum wie ein Düsentriebwerk, und wenn sie noch etwas gehört hätte, wäre ihr das Krachen des zusammenstürzenden Gebäudes bewusst geworden. Einige Flammen züngelten empor, aber es brach kein Feuer aus.

Tam starrte wie gebannt auf das sich fortsetzende Zusammenbrechen des gesamten Backsteinkomplexes. Staub und Flammen wurden – für sie lautlos – aus den brechenden Mauern, Fenstern und Dachteilen gepresst. Kreischende Waschbären rasten panisch aus dem verwilderten Garten bis auf die Straße und schlafende Vögel stoben aus sich schüttelnden Bäumen in den Nachthimmel.

Das Letzte, das sie bewusst wahrnahm, war das wie in Zeitlupe erfolgende Abkippen des zehn Meter hohen Schornsteins.

XVIII

„Fahr dorthin und komm sobald wie möglich wieder!“, befahl Sonja in etwas gemäßigterem Tonfall. „Ich fange inzwischen an, den Geländewagen zu entladen. Beeile dich!“

„Nee, mache ich nicht!“ Björn stand da und starrte sie an wie ein Bock.

„Wie jetzt? Du weigerst dich?“, fragte sie, völlig konsterniert und ohne Glauben.

„Ich gehe nicht allein zu den Leichen“, beharrte er und starrte sie weiter an.

„Du elender Wichser!“, schrie sie so laut, dass es bis über die Burgmauer schallte. „Nie wieder lasse ich dich zwischen meine Beine!“

„Dann lässt du's eben!“, knurrte er und sah sie abwartend an. „Allein gehe ich da nicht hinein. Kannst ja selber fahren und ich entlade den Pickup …“

Sonja schielte einen Moment vor Zorn, doch dann wurde sie plötzlich ruhig: „Na gut, ich sehe das ein. Dann lass uns eilen! Die Nacht ist bald um. O jeh!“

In der Amelungstraße parkten sie den Bus an der gleichen

dunklen Stelle wie zuvor, gegenüber dem Gebäude, etwas aufwärts in Richtung Oeringer Brücke.

Gerade hatte Björn zurückgehakt und die Beleuchtung ausgeschaltet. Beide atmeten tief durch, er nahm die Taschenlampe. Da bemerkten sie im Restlicht der Mondnacht eine Bewegung am Grundstück. Eine schlanke, nicht sehr große, vollständig schwarze Gestalt verließ soeben das Backsteingebäude.

Sonjas Finger krallten sich in den Arm ihres Partners: „Wer zum Teufel ist das?“

„Lothars Mörderin“, erwiderte Björn mit zitternder Stimme. Er stierte durch das Halbdunkel auf die Erscheinung. „Es scheint eine Frau zu sein.“

„Los, die greifen wir uns!“, sagte Sonja und wollte die Autotür öffnen. „Sie hat garantiert auch alle unsere Unterlagen.“

Die Person schlüpfte durch das Gittertor der Zufahrt. Es war tatsächlich eine Frau! Sonja riss die Beifahrertür auf. Der Mann überlegte noch eine Sekunde, wie er sich nun verhalten sollte. Er fühlte sich nicht wohl.

In diesem heiklen Augenblick gab es einen fürchterlichen Schlag. Die Seitentür schlug derart gegen die dicke Frau, dass sie einen lauten Schrei ausstieß und in den Bus zurückgeschleudert wurde. Wahrscheinlich bewahrten sie nur ihre Fettpolster vor schlimmeren Verletzungen.

Der gesamte Bus bekam einen Hieb, der ihn fast umwarf. Björn starrte direkt auf das sich entwickelnde Inferno. Zuerst sah er in der Lagerhalle eine bläuliche Lichterscheinung, dann kam der Schlag, zusammen mit einer Staubwolke, die aus dem Eingangstor des Backsteingebäudes gepresst wurde und dieses aus den Angeln schleuderte. Der Knall war sehr laut. Die Frau, die gerade das Gartentor passiert und sich noch einmal wie sichernd umgedreht hatte, bekam diese Dreckwolke frontal ab. Der Mann sah, dass sie wie ein Blatt nach hinten auf die Straße geworfen wurde. Im gleichen Moment stieß auch Sonja einen lauten Schrei aus und prallte gegen ihn.

Alles geschah sozusagen gleichzeitig (Das haben Druckwellen so an sich!). Doch Björn ließ die Person auf der Straße nicht aus den Augen. Sie rollte ab wie eine Katze Die Staubwolke fegte über sie hinweg und verschlang sie.

Ein ächzendes Krachen ließ den Mann zur Seite schauen. Leise sagte er zu Sonja: „Sieh nur! Schau hin!"

Die Dicke lag neben ihm in den Sitzen, richtete sich aber doch halbwegs auf und neigte den Kopf zur heil gebliebenen Frontscheibe. Beide achteten nun nicht mehr auf die Person in der Staubwolke, sondern starrten auf den zusammenbrechenden Gebäudekomplex. Zwar hüllten eine riesige Staubwolke und die Dunkelheit der Nacht alle Details gnädig ein, trotzdem war zu erkennen, dass die ohnehin morbiden Bauwerke in sich zusammenbrachen wie bei einer Präzisionssprengung. Lautes Krachen durchzog die Nacht. Da stöhnte die Frau: „Oh, Mann! Der Schornstein!"

Björn sah, wie sich der große, aus Ziegeln gemauerte Fabrikschornstein ganz langsam zur Seite neigte. Dann wurde er schneller. Der Mond beleuchtete eine Hälfte davon, bis er in den Schatten fiel. Ein weiteres gellendes Krachen erschallte, die Esse war offenbar genau auf die Villa gefallen.

Spätestens in diesem Moment gingen in den umliegenden Häusern die Lichter an.

„Schnell weg von hier!", keuchte Sonja. „Sonst haben sie uns noch am Arsch! Wo ist überhaupt diese Frau?"

„Sie haut gerade ab!", schrie der Mann zurück und ließ den Motor an.

Tatsächlich hatte sich die Frau inzwischen aufgerappelt und schon ein ganzes Stück in die Nacht hinein entfernt. Vage war zu beobachten, dass sie humpelnd und schlingernd zu einem abgestellten Fahrzeug lief, dessen Rücklichter kurz darauf leuchteten.

„Lass das Licht noch aus!", befahl die Marktfrau, die sich erstaunlich schnell von dem Schock erholte. „Wir folgen ihr. Mal sehen, wohin sie unsere Informationen gebracht hat."

„Wollen wir sie uns nicht gleich greifen?", moserte er und brachte den Van zum Rollen.

„Schalte doch mal dein Gehirn ein!", keifte sie gedämpft zurück. „Gleich wimmelt es hier von Bullen. Außerdem könnte sie stärker sein als wir. Bestimmt hat sie die Bücher längst zu Hause. Beeile dich endlich! Wenn du sie verlierst, bringe ich dich um!"

Das Fahrzeug der Person war bereits gestartet und verschwand nach rechts um die Straßenecke. Die Dicke hieb dem Fahrer voll mit der Faust in die Rippen und schrie: „Beeil dich, du Idiot!"

Sie sahen wenige Augenblicke später, dass der verfolgte Wagen in Richtung Bahnhof fuhr. Björn schaffte es, wieder aufzuholen. Seine Begleiterin schrie: „Nicht so dicht! Sonst kriegt sie uns mit!"

Nach und nach pendelte sich die Verfolgungsjagd ein. Zum Glück waren in dieser Nacht fast keine Fahrzeuge unterwegs. Es war bald abzusehen, dass die Person die Stadt in Richtung Harz verließ. Sie wählte die Strecke nach Gernrode und später die nach Ballenstedt.

Im Verfolgerbus herrschte nun Ruhe. Die Dicke wackelte nur mit dem Kopf und brabbelte leise vor sich hin, während der Mann Blut und Wasser schwitzte, um das vor ihm fahrende Auto nicht zu verlieren.

Am Ortseingangsschild von Ballenstedt bog das Fahrzeug vor ihnen nach links in eine schmale Teerstraße ein. Björn kannte sich hier nicht aus. Trotzdem versuchte er, mit abgeschalteter Beleuchtung zu fahren. Das war im fahlen Schein eines absinkenden Mondes ein sehr schwieriges Unterfangen. Nur die Rücklichter des vor ihm fahrenden Wagens hielten ihn in der Spur.

Nach einer leichten Rechtskurve leuchteten die Bremslichter des Wagens auf. Schattenhaft sah er in kurzer Entfernung ein riesiges Steingebilde aufragen. Eine Strecke unterhalb davon hielt die mutmaßliche Frau vor einem Tor an. Björn stoppte im Schatten eines Baumes und wartete die weitere Entwicklung ab.

Irgendwie sah er einen Lichtblitz zucken, dann fuhr das Auto wieder an. Kurz darauf verschwand es zwischen schattenhaften Gebäuden im Inneren des Grundstücks. Lautlos fuhr das Tor wieder zu. Langsam ließ er den Van näher heranrollen.

„Bleib stehen!", sagte plötzlich die Dicke. „Wir müssen überlegen!"

XVIII

Lilly wurde aus einem tiefen Traum gerissen, der keine angenehmen Spuren im Gedächtnis hinterließ. Irgendetwas war anders. Sie machte Licht an und schälte sich aus der Bettdecke. Ihre Schusswunde schmerzte nur zaghaft, was sie außerordentlich beruhigte.

Das Signal des Annäherungsmelders beruhigte sie allerdings weniger. Wer kam um diese Zeit vor ihrer Zufahrt an? Ein Blick auf die Uhr zeigte, das es auf drei in der Frühe zuging. Oh, Mann, wie lange hatte sie denn geschlafen?

Ihr Computer war jetzt hochgefahren, und sie starrte auf einen Bildschirm des hauseigenen Systems. Zuerst holte sie sich die Kamera vom Haupttor. Dort wurde sie unverzüglich fündig. Sie sah im Infrarot eines unsichtbaren Scheinwerfers einen Kleinbus, der einige Meter zurück auf der Straße stand. Sie konnte sich voll auf das Bild konzentrieren. Es konnte ihr nichts verloren gehen, denn die gesamte Bildsequenz wurde aufgezeichnet und für mehrere Tage gespeichert.

In dem Kleinbus, der noch heiß war, zeichneten sich die Wärmebilder zweier Personen ab. Es schienen ein Mann und eine Frau zu sein. Was hatten die hier zu suchen?

Und wo war eigentlich Tam? Hastig schaltete sie auf das Gesamtbild aller Monitore. Fast sämtliche Kameras waren dunkel. Bis auf ein zweites Gerät, das an der vorderen Veranda installiert war. Was sie dort sah, machte die Pilotin sehr aufgeregt. Gerade fuhr ihr eigenes Auto vor, der Subaru Forester. Der Motor war heiß. Bei weiter leuchtenden Scheinwerfern stieg eine Person aus und kam in merkwürdig steifem Gang auf das Haus zu.

Oh je! Das war Tam! Lilly zwang sich, nicht sofort zu Hilfe zu eilen, sondern erst noch mit anzusehen, wie ihre Herrin mühsam die Treppe zur Veranda erklomm. Dann zappte sie zurück zum Eingang. Der Kleinbus wendete gerade und fuhr stark beschleunigt davon.

Was war denn nun wieder los? In Lillys Kopf entstand sofort eine Assoziation zur vergangenen Nacht. Bestimmt hatte das, was sie gerade gesehen hatte, etwas damit zu tun. Hastig sprang sie auf, rannte auf den Flur und stürmte die Treppe hinab. Den Schmerz in ihrer Wunde spürte sie nicht.

Tam war bereits im Inneren des Hauses angekommen. Die Pilotin eilte auf sie zu und konnte die Freundin, die sich hemmungslos in ihre Arme fallen ließ, gerade noch auffangen. Einige Sekunden lang spürte sie dem Beben des leichten Körpers nach, dann sagte sie: „Komm! Ich bringe dich erst mal in dein Zimmer."

„Ich habe alles gesprengt!", erklärte Tam, als wäre sie betrunken.

„Was ist denn geschehen?", fragte Lilly aufgeregt, während sie versuchte, die andere irgendwie so in den Griff zu bekommen, dass man mit ihr laufen konnte.

„Ach, das ist jetzt alles egal!", lamentierte Tam und hängte sich schwer an ihre Pilotin. Diese verzichtete auf alle weiteren Fragen und schleifte Tam in deren Räume. Dort ließ sie sie auf ein Sofa sinken, wo diese mit geschlossenen Augen liegen blieb.

„Ich bringe dir erst mal einen Schnaps", sagte Lilly, „oder bist du verletzt?"

„Bring ihn!", stammelte Tam, ohne eine Miene zu verziehen.

Tussi war inzwischen zaghaft an sie heran gewuselt und leckte zart die Hand des Frauchens.

Oh Gott, oh Gott, dachte Lilly, das sieht aber gar nicht gut aus. Hastig suchte sie einen Glenfittich hervor und goss etwas von dem Getränk in ein, nein zwei Gläser. Damit eilte sie zu Tam, um ihr den ersten Schluck einzuflößen. Die Freundin keuchte ein wenig und schluckte dann tapfer ab. Als sie das Glas geleert hatte, machte sie einen undefinierbaren Handschlenker, so dass ihr noch einmal nachgegossen wurde.

Diesmal konnte Tam das Glas selber halten und die Augen einen Spalt weit öffnen. Nun erst genehmigte sich ihre Dienerin selbst einen Drink und schaute dabei mit großen blauen und besorgten Augen auf ihre Gegenüber. Sie wollte noch keine Fragen stellen, sondern warten. Langsam schlürfte sie am Whisky und beobachtete diskret das Verhalten der anderen Frau.

Schließlich öffnete Tam die Augen und schaute die Freundin mit einem traurigen Blick an: „Ich habe die Lagerhalle gesprengt. Ich weiß nicht, ob ich das hätte tun sollen …"

Lilly verstand gar nichts. Verstört fragte sie: „Wieso gesprengt? Was ist denn los? Ich habe die ganze Zeit geschlafen. Wo warst du?"

Langsam fing sich ihre Herrin und erzählte, wenn auch stockend: „Mir hat das alles keine Ruhe gelassen, das mit dem Toten und mit dem Relikt. Das Messer steckte noch im Rücken des Mannes, und unsere DNA haftete bestimmt auch noch an irgendeiner Stelle ..."

Sie wischte sich eine Träne ab. Die Pilotin fragte entgeistert: „Und da hast du beschlossen, das Haus zu sprengen? Wie hast du das gemacht?"

„Ich habe mich an die beiden Gasflaschen erinnert", antwortete Tam und trank gierig den zweiten Rest aus. „Ich habe als Kind mal einen mit Verdünnung getränkten Lappen in einen Kachelofen gesteckt, und da war noch etwas Glut drin. Es hat den gesamten Ofen zerlegt. Da dachte ich mir ..." Sie stockte und schaute vor sich hin.

„... dass die Gasflaschen auch ein ganzes Haus zerlegen. Oh je!", ergänzte Lilly und fühlte, wie sich ihre Haare am ganzen Körper sträubten.

„Ja, so war es wohl", sprach Tam weiter. „Die Druckwelle habe ich noch von hinten abgekriegt, aber ich glaube, dass ich heil geblieben bin. Nur der Schornstein ..." Sie hielt wieder inne.

„Oh, Mann!", rief die Pilotin. „Was ist damit?"

„Ich glaube, er ist auf die Villa gefallen", sagte Tam und grinste schwach. „Aber um die war es wohl nicht mehr schade."

Lilly ging aufgeregt im Zimmer auf und ab: „Und wie bist du nach Hause gekommen?"

„Ich weiß es nicht", gestand die andere. „Ich bin zum Subaru gerannt. Verzeih, aber der Porsche war mir zu auffällig. Und eigentlich bin ich erst jetzt wieder aufgewacht. Das war zu viel für mich, Lilly!" Den letzten Satz schluchzte sie laut hervor.

„Weißt du, was dort jetzt los ist?", fragte Lilly beherrscht. „Das große Aufgebot. Und hoffentlich hast du nicht mehr Spuren erzeugt als beseitigt. Das war nicht klug! Der Mann war ein mieser Wilddieb. Wir hätten ihn dort liegenlassen sollen, bis ihn die Waschbären gefressen hätten."

„Nun schimpfe doch nicht!", rügte Tam schwach. „Es war ja schon wer dort gewesen. Der Geländewagen war bereits weg ..."

„Ach, du Scheiße!" Lilly schlug auf die Tischplatte. „Wahrscheinlich die Komplizen von Lothar Bartel. Sie haben dich übrigens verfolgt und wissen nun, wo wir wohnen …“ Sie hatte bereits Tams Computer hochgefahren und die Bilder der Überwachungskameras aufgerufen. Ehe Tam etwas erwidern konnte, spielte sie ihr die gesamte Szene am Eingangstor vor. Zuerst kam der Subaru, hielt kurz an und fuhr anschließend ins Gehöft. Das Tor schloss sich wieder. Inzwischen stand der Kleinbus bereits in einem gewissen Abstand auf der schmalen Straße. Darin bewegten sich, im Infrarot schwach zu erkennen, zwei Menschen. Das Fahrzeug fuhr wieder an und drehte vor dem Tor, um sich dann schnell zu entfernen.

Mit zusammengepressten Lippen zoomte die Pilotin das Heck des Busses heran, was mit der sauteueren zur Verfügung stehenden Technik kein wirkliches Problem darstellte. Einige Filter später las sie die Schrift auf der Heckscheibe vor: „**Ich habe mir Gesicht und Arme tätowieren lassen, damit ich nicht in einer schwachen Stunde auf die Idee komme, Banker zu werden!** Was sind das denn für Arschlöcher? Wartet nur! Zack, zack! Hier ist das Kennzeichen. Na, wer sagt es denn? Aus Hannover, genau wie der Geländewagen. Dessen Nummer habe ich mir trotz angeschossener Arschbacke noch gemerkt.“

„Ich auch!“, meldete sich Tam leise zurück. „Aber wie konnten diese Leute mir folgen? Woher kamen sie?“

„Wir müssen die Nummernschilder zurückverfolgen. Kannst du das bewirken?“, fragte Lilly die reiche Herrin.

„Ich glaube nicht, dass das über Ostern möglich ist“, meinte Tam, die langsam in einen normalen Seinszustand wechselte. „Aber wir sprachen doch bereits von der Mittelalter-Szene. Wenn dieser Bartel dort tatsächlich involviert war, läge es doch nahe, dass diese Leute ihre Ware abholen wollten. Auch das Verschwinden des Jeeps spräche dafür, dass ihnen der Wagen gehörte. Was ich noch nicht sagte, die Regale waren alle leer.“

„Uff!“, machte die Pilotin. „Sie haben ihren Handlanger vermisst, haben Fahrzeug und Ware abgeholt und wissen dazu noch, wo der Mörder ihres Handlangers wohnt. Fatale Situation …“

„Ach, so heftig würde ich das nicht sehen“, murkste Tam und schenkte sich vor Schreck noch einen Glenfittich ein.

„Solltest du aber, liebe Tam! Ich sehe diese Typen schon hier aufkreuzen, und zwar bald!“, stellte Lilly fest. „Die haben uns voll in der Hand. Ist dir das klar? Wenn die erst mal erfahren, wer du bist, kannst du nur noch ein sibirisches Kommando deines Vaters hinschicken. Und jetzt auch noch die Sprengung. Hoffentlich ist wenigstens nicht jemand anderes zu Schaden gekommen. Oh, Mann, oh Mann!"

„Na ja!", schluchzte Tam. „Wir müssen eben gleich morgen Mittelalter-Märkte angucken. Zu Ostern gibt es doch immer derartige Veranstaltungen. Wo könnte denn die nächste sein?"

„Heute müssen wir dorthin! Heute!", sagte die Pilotin ziemlich barsch. „Der nächste Markt ist auf der Burg Regenstein. Das Schild hängt doch an jedem Lichtmast!"

„Na dann!", meinte die Herrin leise. „Fahren wir nachher zur Burg Regenstein. Jetzt muss ich aber schlafen. Vielen Dank, meine liebe Lilly!" Sie streckte die Hand aus, und die Pilotin drückte sie kurz. Sie winkte noch einmal an der Tür und verließ das Zimmer.

Die Suche nach dem magischen Stirnreif ging ihr langsam dermaßen auf den Geist! Wie kam sie da nur wieder heraus? Es wurde ja immer schlimmer. Langsam reihte sich Straftat an Straftat! Tam fuhr mit ihrem, Lillys, Auto, um ein Haus zu sprengen … Sie konnte nur inständig hoffen, dass ihre Herrin auch zu ihren Taten stehen würde, wenn eines Tages alles aufflog.

Mit diesem Gedanken kroch sie zitternd unter die inzwischen kalte Bettdecke.

XX

Während sie den Bericht schrieb, erreichte sie ein Anruf aus dem Klinikum. Die Verletzungen des Polizeibeamten waren nicht so schwer, wie man im ersten Moment gedacht hatte. Allerdings würde er recht lange krank geschrieben bleiben, aber um sein Leben musste keinesfalls gefürchtet werden.

Rita reduzierte die Fahndung auf alle Einsatzkräfte im Dienst. Es war Ostern. Würde man die Bevölkerung in die Fahndung nach dem Geländewagen einbeziehen, würden ihnen erfahrungsgemäß über die Feiertage Dutzende von Neunmalklugen einen Hinweis geben, der nichts brachte, aber dessen Recherche allen das Fest verderben würde. Es war nur eine Frage der Zeit bis sie den flüchtigen Fahrer gefasst hatten. Mit dieser Gewissheit fuhr Rita nach Hause und legte sich mit Otto wieder ins Bett.

Eine feuchte Zunge und ein kräftiger Pfotenschlag von Otto beförderten Rita aus dem Land der Träume zurück ins wahre

Leben. Die Sonne war bereits ein gehöriges Stück am Himmel gewandert, so dass sie beschloss, ohne weitere Verzögerungstaktik das Bett zu verlassen.

Es war schon früher Nachmittag, trotzdem hatte sie Lust auf ein kleines Frühstück. Als erste Amtshandlung rief sie im Klinikum an und bekam den verletzten Polizisten sofort selbst an die Strippe. Er war operiert worden, und es ging ihm einigermaßen. Außerdem schien ihn ein weibliches Wesen am Bett zu umsorgen. Er bedankte sich zigmal für den Anruf, und nach kurzem vorösterlichem Smalltalk konnte die Hauptkommissarin endlich zufrieden ein Ei ins inzwischen kochende Wasser legen. Während sie genüsslich Kaffee trank, reifte in ihr der Gedanke, nach einem Kurzbesuch in der Dienststelle ihren Freund Irenäus zu besuchen.

Es war eigentlich verwunderlich, dass dieser Mensch sie am Karfreitag nicht längst mit einem Telefonat aus dem Schlaf gerissen hatte. Was trieb dieser Kerl schon wieder?

Nach dem geruhsamen Sitzen auf dem Balkon, zusammen mit Otto, verschwand auch von dort der Sonnenschein. Sie packte ein paar nützliche Dinge und bestieg wenig später den kobaltblauen Golf. Otto durfte auf dem Beifahrersitz hocken und freute sich.

Sie parkte neben dem Feldweg zwischen der Kreisstraße nach Warnstedt und der Südkante des Waldgebietes, das Eselstall genannt wurde. Dort sollte sich eine Stelle befinden, an der die Asen, alte nordische Gottheiten verehrt wurden, also eine Asenstelle, im Volksmund verballhornt zu „Eselstall".

Otto sprang ins Freie und raste durch die verbuschte Einfahrt, während sie langsam hinterher schlenderte. Als sie nach einigen Metern die Hoffläche erreichte, bot sich ihr ein erfreulicher Anblick. Der Held saß an seinem Tisch und machte zumindest den Eindruck, hochintelligenten Kram in ein Heft zu schreiben.

Von Titus waren die Ankömmlinge natürlich längst entdeckt worden, er sprang Rita zur Begrüßung nur sehr kurz an, dann widmete er sich wieder voll und ganz seinem Sohn Otto.

„Moment, ich schreibe nur den Satz zu Ende", nuschelte Irenäus und lächelte sie kurz über den Rand seiner ALDI-Sehhilfe an. Anschließend klappte er das Heft zu und sprang in die Höhe. „Hallo, meine Liebe! Ich dachte schon, du kommst gar nicht." Er nahm sie in die Arme, drückte sie leicht an sich und gab ihr einen Begrüßungskuss. Irgendetwas war eine Nuance anders als sonst. Vielleicht bildete sie sich das aber auch nur ein.

Irenäus und Rita gaben ein ambivalentes Pärchen ab. Sie war vor einer Reihe von Jahren als Hauptkommissarin zur Polizeidirektion Halberstadt gekommen – aus dem Westen. Ziemlich sofort lernte sie den langhaarigen Aussteiger Irenäus Moll kennen, der sich mit privaten Ermittlungen in dubiosen Kriminalfällen beschäftigte. Natürlich besaß er dafür nicht die allerkleinste Legitimation. Im ersten Moment war sie stinksauer auf diesen Typen gewesen, der sehr leichtfertig mit Frauen umging, die ihm dann auch noch in nicht geringer Zahl nachliefen. Was sie allerdings am meisten störte, war seine Einmischung in die Polizeiarbeit.

Trotzdem musste sie nach kurzer Zeit zugeben, dass ihr das humorvoll-charmante Wesen dieses Mannes gefiel. Es begann, ihr Spaß zu bereiten, sich von ihm verführen zu lassen, zu Beginn auf geistig-intellektueller Ebene, nicht allzu lange danach auch auf körperlicher. Bald merkte sie, dass er trotz seiner Zugänglichkeit viel Wert auf eine autonome Sphäre legte. Er war absolut kein Familienmensch, und er musste auch nicht unentwegt eine Partnerin um sich haben. Deshalb lebte er unter anderem in der (relativen) Wildnis.

Rita gewann nach und nach an diesem Lebensstil Gefallen. Es existierten allerdings zwei Wermutstropfen: Irenäus mischte sich trotz ihrer dringenden Bitten permanent in die Polizeiarbeit ein und, wie man ihm zugestehen musste, erfolgreich. Die zweite
Problematik bestand darin, dass sie ihr Sexualleben nicht allein miteinander teilten, sondern jeweils mit weiteren Personen. Das stieß nicht immer auf die notwendige Toleranz, weder bei ihr, noch bei ihm.

„Ich habe eine Flasche Rosé-Sekt für dich gekauft", sagte er und lächelte sie verführerisch an. „Extra zu Ostern. Sie steht im Kühlschrank."

Immer musste er verführen, und meistens ließ sie sich darauf ein: „Nun gut, das würde mir schmecken. Am besten, du stellst sie jetzt auf den Tisch."

Kurz darauf hob sie das prickelnde Getränk zum Mund. Es war immer noch mild im Freien, obwohl es bald dämmern würde. Sie schickte ihm einen grünen Katzenblick und fragte: „Schreibst du noch an dem Essay? Mir ist dazu noch etwas eingefallen."

„Ja, natürlich!", rief er temperamentvoll. „Sag es mir!"

„Denkst du dabei auch an die Überwachung der Menschen durch ihre Autos?", lockte sie ihn weiter hervor.

„Nein, bis jetzt noch nicht." Irenäus runzelte die Stirn. „Wie soll das gehen?"

„Du mit deiner uralten Möhre weißt das vielleicht gar nicht", begann Rita den Vortrag und schlürfte Sekt, „aber moderne Autos besitzen einen Bordcomputer, der zwar mit dem Fahrer wechselwirkt, aber auch ein Eigenleben entfaltet. Er gibt dir gute Ratschläge, welche Route du einschlagen sollst, aber er registriert auch, ob du angeschnallt bist – oder deine Mitfahrer. Vor allen Dingen sind auf seiner Software immer mehr Details deiner Route gespeichert. Vordergründig sagt er den Weg, aber im Wechselspiel mit einem geostationären Satelliten weiß er auch, wann du gegen eine Einbahnstraße fährst, falsch abbiegst oder die zulässige Höchstgeschwindigkeit überschreitest ..."

„Das heißt also", unterbrach er sie erregt, „dass Bordcomputer und Satellit im Zusammenspiel mit dem Computer des Ordnungsamtes auch gleich einen vollautomatischen Bußgeldbescheid zusenden könnten?"

„Das könnten sie theoretisch jetzt schon", grinste die Hauptkommissarin. „Allerdings würde das dem Gleichbehandlungsgrundsatz zuwiderlaufen. Zuerst müssten in allen Fahrzeugen derartige Bordcomputer sein."

„Was nur eine Frage des Gesetzgebers ist", warf der Mann ein und legte ihr drei Schokoladeneier unter die Nase. „Wenn

alle so ein Ding an Bord haben müssen, werden gleich zwei Fliegen mit einer Klappe geschlagen. Die Automobilindustrie verdient sich dumm und dämlich, und die Behörden können die Bürger noch besser abzocken."

„Na, na!" Rita drohte ihm mit dem Zeigefinger, dann malte sie das Bild weiter aus: „Der Bordcomputer kann auch die gesamte Fahrstrecke mit allen Details speichern. Theoretisch könnte man sogar extern abfragen, wo du so überall warst ..."

„Kann man so ein Ding nicht abschalten", erregte sich Irenäus, „und in einem nächsten Schritt eine Bürgerinitiative zum Fahren ohne Daten gründen?"

„Man kann manchmal noch abschalten", erwiderte Rita und lehnte sich gelassen im Gartensessel zurück. „Bloß werden die inzwischen omnipotenten Versicherungen, die zumeist bereits den Banken gehören und damit die Welt regieren, das nicht zulassen. Du kannst gern abschalten, aber im Falle eines Unfalls, bist dann immer du schuld. Das ist noch einfacher zu regeln, als beim Auffahren oder unter leichtem Alkoholeinfluss."

„Scheiße!", fluchte Irenäus. „Das ist doch endlich mal ein Argument gegen diese gleichgültigen Menschen, die immer lamentieren, von ihnen aus könne alles überwacht werden, schließlich hätten sie absolut gar nichts zu verbergen. Verkehrsdelikte begehen schließlich alle am laufenden Bande."

„Vergiss es!", gab Rita zurück. „Sie sind stolz auf ihre sauer erarbeiteten Autos. An die kleine Scheibe, die sich im Inneren mitdreht, mag niemand so richtig denken. Alles eine Frage der langsamen, bürgergerechten Einführung der Maßnahme. Wenn demnächst erst alle Leute gechipt sein werden, läuft das noch besser. Unsere beiden Hunde sind da bereits Auslaufmodelle ohne einen gutbürgerlichen Chip. So anders als der Bordcomputer im Auto ist das auch nicht."

„Oh, schöne neue Welt!", deklamierte Irenäus theatralisch und schlürfte Rosé. „Wenn der alte Huxley gewusst hätte, wie bald seine Prophezeiung wahr werden wird."

„Oh, dieses Zitat habe ich schon lange nicht mehr gehört", lachte Rita. „Hast du das Buch bei der Hand? Ich würde gern noch einmal das Zitat lesen."

„Warte!" Er eilte ins Haus. Gleich darauf kam er mit einer Ausgabe von „Schöne neue Welt – Dreißig Jahre danach" und übergab sie feierlich seiner Freundin. Sie schlug die erst dreißig Jahre alte Ausgabe auf und strahlte: „Hier ist das Original:

O Wunder!
Was gibt's für herrliche Geschöpfe hier!
Wie schön der Mensch ist! Schöne neue Welt,
die solche Bürger trägt!
William Shakespeare: 'Der Sturm'

Aldous Huxley hat 'Brave New World' vor über 80 Jahren geschrieben und im Gegensatz zu Shakespeares Hymne ein Szenario der totalen Unfreiheit gezeichnet. Soweit sind wir nun doch noch nicht, mein Lieber!"

„Er hat die Handlung seines Romans im Jahre 600 n. F. (nach Ford) angesiedelt", sagte Irenäus. „Bis dahin ist noch etwas Zeit. Aber in dem späteren Essay 'Dreißig Jahre danach', der 1959 erschien, schätzt er die Lage bereits sehr realistisch ein."

Rita hatte inzwischen weiter geblättert: „Hier, zur Überwachung: *Im Licht dessen, was wir in jüngster Zeit über das Verhalten der Tiere im allgemeinen und der Menschen im besonderen gelernt haben, hat sich gezeigt, dass Bestrafung unerwünschten Verhaltens auf die Dauer eine weniger wirksame Kontrolle zeitigt als Belohnung (und dadurch Förderung) erwünschten Verhaltens und dass ein Terrorregime im großen und ganzen weniger gut funktioniert, als ein Regime durch gewaltlose Manipulation der Umwelt und der Gedanken und Gefühle einzelner Männer, Frauen und Kinder. Bestrafung macht unerwünschtem Verhalten zeitweise ein Ende, vermindert aber nicht auf Dauer die Neigung des Opfers zu solchem Verhalten!*

Sehr weise, mein Lieber. Genau deshalb sind die großen Diktaturen Stalins und Hitlers den Bach runtergegangen!"

„Hm!", brummte der Mann. „Das hieße, dass ich den Essay gar nicht zu schreiben brauchte, weil sich die meisten Bürger auch noch über ihre Manipulation freuen und ihre intimsten Geheimnisse auf Facebook und Twitter herausposaunen ..."

„Teilweise hast du Recht", lenkte Rita ein. „Allerdings ist eine Betrachtung darüber interessant, wie sich Menschen zu derartigem Verhalten bringen lassen, zum Beispiel mit Hilfe des Nachahm-Effekts. Außerdem gibt es beachtenswert große Minderheiten, die das Geschehen zunehmend hinterfragen. Weiterhin betrifft ein Großteil der Manipulation kommerzielle Fragen wie Kaufverhalten, Gruppenzwang, Sicherheitsbedürfnisse und nicht die Maßregelung von Menschen. Deshalb sind eben so viele Leute der Meinung, dass sie nichts zu verbergen hätten. Dass das oftmals ein Irrglaube ist, merken die meisten erst, wenn ihnen ihre Fehlleistung unter die Nase gerieben wird."

„Oh, wie klug du bist!", schmeichelte er. „Wahrscheinlich muss ich auf etwas mehr Terror warten, damit die Leute wieder kritischer werden."

„Wünsch es dir lieber nicht", meinte sie ernst. „Wollen wir langsam reingehen? Es wird kalt! Und dunkel."

„Okay!", Irenäus erhob sich mit leicht mürrischem Gesichtsausdruck. Rita wuselte neben ihm her und tröste ihn: „Du sollst nicht gleich aufgeben, sondern nur anpassen. Dieser Problemkreis ist extrem interessant. Wir waren noch gar nicht angelangt bei der Kameraüberwachung im öffentlichen Raum, der Handyortung und Telefonüberwachung, des allgegenwärtigen Mitfilmens durch Unbefugte, der Vorratsdatenspeicherung, der Erfassung biometrischer Daten, der Chipkarten von Kreditinstituten, Krankenkassen und Supermärkten, dem Chippen von Menschen ... Auch die Schülerdatenerfassung ist gerade ein ganz neues Thema."

„Du hast ja Recht!", lachte er und brachte das Holz in der Kochmaschine zum Brennen. „Aber lass uns von etwas anderem reden! Was gibt es Neues bei dir?"

Die Frau ließ sich aufs Küchensofa fallen und sofort wetteiferten beide Hunde um einen KopfaufdemSchoß-Streichelplatz. Nachdem die Tiere sich beruhigt hatten, erzählte sie: „Ich hatte heute Nacht einen Einsatz. Deshalb bin ich auch erst so spät gekommen. Aber müde bin ich immer noch."

„Wir können uns ja nach dem Essen bald ins Bett legen", grinste er und drapierte Paprika, Tomaten, Möhren, Lauch, Zwiebel, Knoblauch und Peperoni vor sich auf dem Tisch. Ein Teil davon war um diese Jahreszeit eingekauft, die andere Hälfte aus dem eigenen Garten.

Rita ging auf diese Anspielung nur mit einem vagen Lächeln ein und berichtete vom Pickup-Fahrer, der am Sternhaus einen Kollegen angefahren hatte, und wie sie die Spur am Wellbach fotografierte. Irenäus' Gesicht lag im Schatten der Küchenlampe, als er das Gemüse in mittelgroße Stücke schnitt. Nebenbei erkundigte er sich: „Warum hat er deiner Meinung nach nicht angehalten? Man weiß doch, was einem bei derartigen Delikten blüht."

Für einen kurzen Moment spürte die Hauptkommissarin wieder diese Gefühl, als würde ihr der Mann etwas vorenthalten. Doch er schnipselte seelenruhig weiter, und sie antwortete: „Er hatte einfach Pech. Eigentlich wollte er nur ausbüchsen, aber dann kam ihm im letzten Augenblick ein Lastzug entgegen. Schicksal, würdest du sagen. Aber irgendetwas hatte er natürlich trotzdem zu verbergen, sonst hätte er einfach angehalten. Vielleicht war er besoffen ..."

„Oder es lag eine gewilderte Hirschkuh hinten drin", sagte Irenäus und setzte eine Pfanne mit Olivenöl auf die inzwischen heiße Platte der Kochmaschine.

„Ach, du immer mit deinen komischen Ideen", meinte sie und ließ sich nach hinten fallen. „Machst du noch eine Flasche Wein auf?"

Natürlich tat er das! Irenäus kaufte gern Weine der Rebsorte Regent, weil ihm jemand vom Fach gesagt hatte, dass diese Traube mithilfe natürlicher Zuchtverfahren wesentlich resistenter gegen Mehltau geworden war als alle anderen berühmten Sorten. Daher benötigte Regent auch nur einen Bruchteil der unerhörten Mengen von Agrarchemikalien, mit denen herkömmliche Sorten emporgepäppelt werden. Er öffnete eine Flasche Bio-Regent und goss ihnen ein Gläschen ein.

Inzwischen briet im heißen Olivenöl eine geringe Menge Rinderhack. Er gab die gewürfelte Zwiebel dazu und einige Minuten später die in Spalten geschnittenen Möhren und den Lauch.

Nachdem dies eine Weile gebrutzelt hatte, quetschte er aus einer Tube etwas Tomatenmark dazu. Als dies alles ein wenig eingebraten war, goss er in zischendem Schwall Weißwein hinein. Wenig später gab er den Paprika in die Pfanne und bestäubte ihn reichlich mit Curry und einer Prise Pfeffer. Dann legte er einen Deckel darüber und setzte das Reiswasser auf, das alsbald zu sieden begann. Die Pfanne war inzwischen ziemlich eingedampft, so dass er noch einen Schluck Olivenöl und Weißwein hinzugab. Im Wasser lag mittlerweile eine Basmati-Wildreis Mischung, ungesalzen. Nun kamen die geschnittenen Tomaten in die Gemüsepfanne, nebst gehörig Knoblauch und zerkleinerter Peperoni-Schote. Darüber goss er, da bisher nichts gesalzen wurde (!), einen kräftigen Schwapp Kikkoman. Das Ganze ließ er köcheln, bis der Reis gar war. Dann hackte er Kräuter darüber, kredenzte es auf 100-jährigen Keramiktellern und setzte sich Rita gegenüber.

Das war die klassische Grundvariante. Das Gericht konnte auch mit Zucchini, Porreé, Sellerie, Blumenkohl, Kohlrabi, Brennessel-, Giersch- oder Spinatblättern, Bohnen, Pilzen usw. ergänzt werden. Es konnte ebenso Hackepeter, Bratwurst, Schinken, Geschnetzeltes oder gar nichts als Grundlage verwendet werden. An Stelle von Reis setzte man wahlweise Nudeln oder Kartoffeln ein.

Beim Genießen der Mahlzeit unterhielten sie sich über weniger anstrengende Themen als bisher. Insbesondere äußerte Rita den Wunsch, über die Osterfeiertage zu wandern. Allerdings dürften sie sich dabei nicht zu weit von Quedlinburg entfernen, denn jederzeit konnte sie an den Schauplatz irgendeines Verbrechens gerufen werden.

„Die Wahrscheinlichkeit ist allerdings gering, dass es noch einmal zum Einsatz kommt, jedenfalls für die Kriminalpolizei. Insofern hoffe ich auf ein geruhsames Osterfest mit dir."

„Wieso hast du eigentlich an allen Tagen Bereitschaft?", erkundigte er sich. „Könnt ihr euch das nicht teilen?"

„Doch, doch", antwortete sie, „aber Heinz wollte ein bisschen Urlaub machen und da habe ich ihm zuliebe …"

Irenäus nickte mit leicht verdrehten Augen, denn so wirkliches Verständnis besaß er dafür nicht.

Rita war das egal. Sie entzündete sich eine Camel und blies ungeniert den Qualm über den Küchentisch, während Irenäus abräumte. Die Hunde lagen rechts und links neben ihr und schliefen. Es war noch nicht sehr spät, aber vor den Fenstern war es inzwischen stockfinster.

Als sie die Zigarette ausgedrückt hatte, sagte Irenäus, der noch vor dem Herd stand: „Ich bin dafür, dass wir jetzt ins Bett gehen."

Sie erhob sich und umrundete den Tisch. Schweigend stellte sie sich vor ihn und schaute ihn grün an. Sie legte den Kopf ein wenig zur Seite, und er legte die Hände um ihre Taille. Ein bisschen größer als sie war er zugegeben. Langsam senkte sich sein Mund auf ihr Gesicht und küsste sie. Erst als seine Hände nach hinten glitten und ihren Hintern streichelten, überkam sie das Gefühl, dass sie wieder vor dem alten Irenäus stand. Er besaß eine große Zunge, die sich zwischen ihren Lippen hin und her bewegte. Ohne etwas zu sagen, führte er sie die Treppe hinauf in das Schlafgemach.

Stunden waren vergangen. Rita lag nackt neben Irenäus und atmete in tiefstem Schlaf. Plötzlich erfüllte unerträglicher Lärm die friedvolle Idylle. Ihr Piepser quiekte gellend, und aus der Hosentasche dudelte „Heil dir den Siegerkranz!". Sie konnte es nicht glauben und tastete sich dennoch aus dem Bett. Als sie das Handy endlich in Händen hielt, fragte sie benommen: „Ja, was ist denn los?"

„Oh, Frau Hauptkommissarin!", meldete sich die gleiche Stimme wie in der Vornacht. „Leider müssen Sie sofort kommen …"

„Das kann nicht wahr sein!", unterbrach sie den Polizisten heftig. „Was ist denn nun schon wieder los?"

„Es wurde ein Haus gesprengt! In der Amelungstraße", sprudelte der Polizist hervor. „Eigentlich gleich mehrere …"

„Was? Mann, sind Sie …", … betrunken, wollte sie sagen, beherrschte sich aber gerade noch. „Entschuldigung! Es ist also Ihr Ernst?"

„Ja, es ist mein Ernst", sagte der Mann etwas pikiert. Dann lachte er jedoch leise: „Es ist schon ein verrücktes Ostern, dieses Jahr. Also, ich habe bereits Feuerwehr, THW, Notarzt und alle Streifenwagen informiert. Die Anzeige kam gleich von einer Menge Nachbarn. Die waren alle sehr aufgeregt. Am besten, Sie fahren sofort dorthin. Ich bleibe mit Ihnen in Verbindung."

„In Ordnung!", stöhnte Rita. „Bin gleich dort!"

Leise vor sich hin fluchend, zog sie ihre im Zimmer verstreuten Klamotten an. Dabei registrierte sie peripher, wie Irenäus sich im Bett herumwälzte. Sie schaltete eine trübe Leuchte an. Der Mann hob den Kopf und blinzelte.

„Was ist denn nun los?“, entrang es sich gequält seiner Kehle.

„Einsatz!“, erwiderte sie barsch. „Wird wohl nichts mit schönem Ostern.“

Er wurde wacher: „Was ist passiert?“

„Ein Haus wurde gesprengt“, antwortete sie ungehalten. „Ich muss los. Otto nehme ich lieber mit!“

„Wo?“, schrie er ihr nach.

„Amelungstraße!“, schrie sie zurück und verfluchte sich auf der Stelle, diese Information preisgegeben zu haben.

XXI

Sie fuhr den steinigen Feldweg hinab zur Warnstedter Chaussee. Als sie den Abzweig nach Quedlinburg erreichte, bog gerade der erste Mercedes vom THW aus der Kratzensteinschen Mühle und kam mit Blaulicht auf sie zu gedonnert. Rita fuhr hundert Meter vor ihm. Verdammte Scheiße, sie musste auch Blaulicht anknipsen. Bei ihrem alten Golf konnte man das noch nicht aus dem Dach fahren. Gerade kam diese kurvenreiche Strecke unter der Altenburg. Der THW-Laster hatte sie fast eingeholt. Er blendete bereits auf und schaltete das Signalhorn ein. Ihr blöden Arschlöcher, ich bin euer Einsatzleiter, dachte sie und hatte endlich das Blaulicht hervorgefummelt. Nun musste sie nur noch in der Kurve, geblendet im Spiegel, die Scheibe herunterleiern und das Ding aufs Dach pappen. Wenn ihr jetzt noch ein verspäteter THW-Kamerad entgegenkam, erging es ihr wie dem Pickup-Fahrer bei Sternhaus.

Natürlich kamen ihr gleich drei verspätete THW-Kameraden entgegen, aber zum Glück war Rita dank der Weisheit des Irenäus Moll und ihrer eigenen Lebenserfahrung das Naturgesetz II. Ordnung geläufig.

Sie fuhr noch ein paar Meter und brachte auf der Geraden neben der Gärtnerei Fiedler ihren Golf mit laufendem Blaulicht auf Straßenmitte zum Stehen. Der THW-Laster hielt mit pfeifenden Luftdruckbremsen hinter ihr. Rita stieg aus und lief zur Fahrertür. Die Fensterscheibe war bereits unten. Das Gesicht des THW-Chefs persönlich schwebte über ihr: „Oh, Rita …!“

„Guten Morgen!“, sagte die Hauptkommissarin knirsch. „Ich werde in wenigen Minuten euer Einsatzleiter sein. Also bitte nicht mit Fernlicht!“ Sie tippte mit zwei Fingern an die Schläfe, drehte sich um und ging zu ihrem Golf zurück.

„Entschuldigung!“, rief ihr der Mann hinterher. Sie wusste, dass er ein netter Kerl war, aber irgendwo musste sie ihren Frust ja mal ablassen. Sie nahm eine kleine Abkürzung und kam wenig später am Ort des Desasters an.

Das Blaulicht hatte sie inzwischen wieder abgeschaltet, um die Batterie zu schonen. Es gab auch ohne ihre Beihilfe ein Gefunkel wie auf dem Weihnachtsmarkt von Las Vegas. Einige Menschen waren offensichtlich schneller als sie aus dem Bett gekommen.

Sie parkte hinter einer Feuerwehr und beschloss, erst einmal ohne größeres Begrüßungsritual die Lage zu sondieren. Die Amelungstraße war eine Sackgasse am Ufer der Bode. Sie endete mit einem kleinen Wendeplatz, auf dem Transporter der Firma Mobi rent standen. Jenseits einer Absperrung verlief die Oeringer Straße, die bis vor kurzem eine Bundesstraße gewesen war. Die Sprengung hatte nicht die Eckgebäude getroffen, sondern die Diagonale dahinter. Es war wie bei einer Fotoecke in einem alten Album. Die Eckhäuser waren unberührt, nur seitwärts und dahinter lag alles im Schutt. Mit vollem Bewusstsein hatte Rita diese Häuser noch nie wahrgenommen.

Sie stand nun vor einem aufgetürmten Haufen von Backsteinen und Balken, der von einem Suchscheinwerfer der Feuerwehr angestrahlt wurde. Sie hielt sich im Schatten und eilte auf die Oeringer Straße. Die Eckhäuser waren stehengeblieben, doch einige Nummern weiter erhoben sich die Reste eines total zerstörten Gebäudes. Manno, die haben aber zugeschlagen, dachte Rita. Oder war es technisches Versagen gewesen, vielleicht eine defekte Gasleitung?

Auf der Straße bewegte sich kein Verkehr, trotzdem parkten eine Menge Fahrzeuge kreuz und quer. Von den Seiten strömten Schaulustige aus der Dunkelheit.

Es wurde Zeit, dass sie sich einmischte. Vor der Gebäuderuine Oeringer Straße stand eine Personengruppe, die durch reflektierende Streifen an der Kleidung ihre Kompetenz signalisierte. Dorthin bewegte sie sich forschen Schrittes. Sie war die Letzte!

Zuerst begrüßte sie Mike Possekel, der Stadtwehrleiter: „Guten Morgen, Frau Hauptkommissarin! Schön, dass sie hier sind! Wir haben uns schon mal erlaubt, die Straße abzusperren und den Verkehr umzuleiten. Ansonsten sind wir etwas ratlos. Es brennt nicht, mehrere Gebäude sind eingestürzt. Das waren alles Ruinen."

„Es soll eine Explosion gegeben haben. Waren noch Menschen dort drin?", fragte sie und sah sich bereits nach weiteren bekannten Gesichtern um.

„Das wissen wir nicht", antwortete Possekel. „Die Leute aus der Nachbarschaft wissen auch nichts. Zwei Männer sind schon mal über die Mauerreste geklettert. Nichts. Aber Ihr Kollege holt gerade seinen Hund. Alles andere dauert zu lange."

„Hallo, Rita!", sagte der Notarzt, der etwas abseits stand. Heute war nicht Mariandl dran.

„Hallo, Martin!", sagte sie. „Bleib noch einen Moment hier. Vielleicht ist doch jemand verletzt worden."

In diesem Moment eilte der Bürgermeister, der gleich um die Ecke wohnte, herbei. Er gab einigen Leuten die Hand und rief: „Ach, wer macht denn so was?" Dann schlug er die Hände vors Gesicht: „Was dieser Einsatz wieder kostet!!"

Rita entfernte sich einige Meter, um in Ruhe denken zu können. Vielleicht sollten sie bis zum Hellwerden warten, denn blinder Aktionismus brachte hier nichts. Wenn allerdings doch jemand darunterlag, konnte jede Sekunde zählen. Sie wartete auf den Kollegen mit dem Hund, es war der Beamte mit den freundlichen braunen Augen, dem sie gestern um diese Zeit gerade am Sternhaus begegnet war.

„Junge Frau!", sagte plötzlich jemand neben ihr und zupfte sie am Ärmel. „Sie sind doch auch von der Polizei?"

Rita schaute zur Seite. Neben ihr stand ein etwas fülliger älterer Mann, der sich auf eine Krücke stützte. Seine Augen und die glatt zurück gekämmten Haare waren schwarz.

„Ich war früher der Marktmeister von Quedlinburg", erklärte er mit gedämpfter Stimme. „Mein Name ist Horst Kröger. Ich wohne hier nebenan in dem gelben Haus. In dieser Ruine hat schon jemand gelebt, den sieht man nur nicht, weil er alles zugehängt hat. Gestern war er noch da, und vorhin haben ihn auch Leute besucht."

„Haben Sie die Leute gesehen?", erkundigte sich die Hauptkommissarin misstrauisch.

„Nein, aber ich habe ihre Stimmen gehört und einen Automotor. Der Mann von Nebenan fuhr dort mit dem Auto rein, von hinten, von der Amelungstraße."

„Was war das für ein Wagen?“, fragte Rita, die nicht wusste, ob sie dem Mann trauen sollte.

„Das war so ein großer Geländewagen mit Ladefläche“, erklärte der Mann leise. „Ein japanischer, würde ich sagen. Aber Sie glauben mir nicht, was?“

„Doch, doch!“, beeilte sie sich zu antworten. „Ich komme heute noch mal zu Ihnen. Sagen Sie mir noch eins, Herr Kröger, liegt da vielleicht noch jemand drunter?“

„Das ist nicht unmöglich“, orakelte der Mann und stützte sich ab. „Auf jeden Fall habe ich vorhin hier noch Geräusche gehört, und das waren nicht die Waschbären.“

„Vielen Dank!“, sagte sie und wandte sich ab, denn gerade kamen der Polizist und sein Hund. „Morgen!“, sagte er und gab nur Rita die Hand. Der Hund schnupperte kurz an ihr. „Wo soll’s losgehen?“

„Der Mann hier sagte eben, dass heute Nacht noch Menschen in dem Gebäude waren“, erklärte sie und richtete sich dabei auch an die anderen.

„Welcher Mann?“, fragte der Chef vom THW, der sich jetzt dazugesellt hatte.

„Der …!“ Rita blickte sich um. Der Marktmeister war verschwunden. Geschickt überspielte sie ihr Erstaunen. „Wir müssen jedenfalls die Trümmer durchsuchen. Martin!“

Der Notarzt drehte sich nach ihr um.

„Ihr könnt noch nicht abfahren. Es gibt einen Hinweis, dass in den letzten 24 Stunden noch jemand im Gebäude war.“

„Der Bombenleger!“, lachte der Notarzt.

„Von hier aus geht das nicht“, waren sich Feuerwehr und THW einig. „Nur von der Amelungstraße aus. Hier stehen noch zu viele Mauern aufrecht. Wahrscheinlich ist der Schornstein draufgefallen.“

„Der Schornstein?“, fragte sie leise, mehr zu sich selbst. Sie fühlte sich überfordert. Dann sagte sie zum Kollegen mit den freundlichen braunen Augen: „Komm! Wir gehen um’s Eck!“

„Hat eigentlich jemand die Staatsanwaltschaft informiert?“, fragte er sie leise.

„Nee!“, bekannte Rita leise zurück. „Ich nicht.“

Er grinste: „Ich sage es meinem Einsatzwagen.“

Also begaben sich alle wichtigen Menschen um die Straßenecke. Dort, vor dem Haufen Ziegelmauersteinen, stand bereits eine ganze Traube Menschen. Rechts und links grenzten Glasveranden an das Haus, die nun nicht mehr ganz frisch aussahen. Rita hörte sich die Klagen jedoch nicht an, sondern konzentrierte sich auf den Einsatz. Der Polizist gab eine Anweisung an den Streifenwagen, dann trat er zu ihr. Sein Hund war ein Husky-Schäferhund-Mix, der sich seiner Bedeutung voll bewusst war und wie eine Stahlfeder neben seinem Herrchen stand.

„Wollen wir?", fragte das Herrchen.

„Los!", entschied Rita und hoffte, dass endlich die Sonne aufging. Diese Scheiß-Dunkelheit ging ihr auf den Nerv.

Feuerwehr und THW hatten inzwischen den gesamten Gartenzaun und das Gittertor beseitigt. Vor ihnen lagen die gewaltigen Mauerreste. An einer Seite gab es einen einigermaßen passablen Aufgang.

„Den nehmen wir!", meinte der Hundeführer.

„Wollen Sie das wirklich wagen?", fragte der Bürgermeister, der plötzlich von irgendwoher wieder da war. „Ich frage nur wegen der Haftung. Es gab da mal einen Amtskollegen ..."

„Bitte!", sagte Rita kalt. Sie konnte diesen Mann nicht ausstehen. Mehr sagte sie nicht.

Possekel und zwei seiner Männer ließen es sich nicht nehmen, mit auf den Schutthaufen zu steigen, um sie abzusichern. Rita und der Polizist tasteten sich Schritt für Schritt voran. Teilweise lagen die Steine einzeln zuhauf, teilweise ragten Mauerreste auf, dazwischen Balken und Fenster. Der Polizist musste ganz genau aufpassen, dass sein schönes Tier nicht in Nägel oder Glassplitter trat. Er sagte kein Wort, scheinbar wusste der Hund genau, was er zu suchen hatte.

Inzwischen war ein Hubsteiger der Feuerwehr aufgefahren und schwenkte seinen Arm über dem Trümmerhaufen. Starke Lampen hüllten alles in unwirklich gleißendes Licht. Ein Katastrophenfilm aus Hollywood war nichts gegen diese makabre Szenerie.

Vorsichtig tasteten sie sich voran. Der Hund blieb ruhig und gelassen und zerrte nicht an seiner Leine. Sie kamen ganz langsam weiter. Rita blendete alles um sich herum aus, um nur in Konzentration zu sein. Es dauerte einige Zeit, bis sie etwa zehn Meter hinter sich gebracht hatten. Da versperrte ihnen ein Gewirr aus Dachbalken den Weg. Einer von Possekels Männern trug eine Kettensäge. Während seine Kameraden von oben leuchteten, sägte der Mann Stück für Stück eine Lücke in das Gewirr. Alle wussten, wenn er ein unter Spannung stehendes Teil erwischte, konnte das seinen sicheren Tod bedeuten.

Endlich kamen sie noch einige Meter nach vorn. Das Trümmerfeld wurde immer undurchdringlicher. Possekel sagte gerade: „Wir müssen umkehren. Es wird zu gefährlich."

Da sträubten sich die Nackenhaare des Hundes, und er begann, sachte an der Leine zu rucken. Er steckte die Nase zwischen ein paar Balken und fing an, leise zu winseln. Sein Schwanz wedelte aufgeregt.

Rita schaute das Herrchen fragend an. Der sagte lapidar: „Da ist was. Ich würde sagen, ein Mensch!"

„Hm!", machte Rita. Eigentlich war sie für solche Abenteuer Polizistin geworden, nur waren die Umstände stets etwas zu garstig. Trotzdem meinte sie ganz ruhig: „Dann müssen wir da so schnell wie möglich runter!"

Possekel telefonierte bereits. Gleich darauf teilte er mit: „Das THW hat einen schweren Kran angefordert, er müsste gleich hier sein. Außerdem kommen zwei Leute aus Quedlinburg, die schon bei den Erdbeben in Bosnien und der Türkei dabei waren. Wir müssen diesen Augenblick warten."

Der erste Mann kam wenige Minuten später. Er sagte: „Wir können schon mal Stück für Stück sägen. Vorher rufe ich aber noch. Wenn dort unten noch jemand lebt und mit ganz viel Glück sogar bei Bewusstsein ist, kann er antworten, ehe wir ihm die Decke über dem Kopf zusammenklappen lassen."

Und er begann zu rufen, sensibel und ausdauernd. Der Hund stand daneben und wedelte verhalten mit dem Schwanz. Dann schaute er sein Herrchen an.

„Ich weiß nicht", sagte der Hundeführer leise zu Rita. „Benno benimmt sich fast so, als läge da unten nur eine Leiche oder so was. Man kann das ja nie intensiv üben, weil einem die Fälle fehlen. Man kann sich nur auf die Klugheit des Hundes verlassen."

„Na, ja!", erwiderte sie. „Versuchen müssen wir es trotzdem. Auch eine Leiche wäre wichtig. Vielleicht wurde deshalb überhaupt alles in die Luft gejagt."

„Guten Morgen!", ertönte plötzlich eine sonore Männerstimme hinter ihnen, so dass sich Rita und der Polizist erschrocken umdrehten. Hinter ihnen kletterte ein kurzhaariger, schwarzgekleideter Mann den Schuttberg empor, auf dessen Blouson die Aufschrift „Spurensicherung" prangte. Hinter ihm erklomm ein schlankes, blondes Mädchen mit ebensolcher Kleidung die Trümmer.

„Oh, das ging aber schnell!", begrüßte sie Rita. „Kommt ihr gerade von Halle?"

„Ja, wir sind zweihundert gefahren", grinste der Mann. Nachdem Rita ihn kurz aufgeklärt hatte, sagte er zu der jungen Frau: „Jutta, du schaust dich am besten etwas um. Ich übernehme hier die Suche nach unten, wenn Rita gestattet!"

„Aber gern!", lachte Rita von ganzem Herzen. „Ich bin froh, wenn ich etwas Arbeit abgeben kann."

Sie sah, dass sich am östlichen Himmel die Andeutung eines hellen Schimmers bemerkbar machte.

Als der Osthimmel in sattem Rot erstrahlte, gab der Mann von der Spurensicherung ein Zeichen. Der Kran vom THW schwenkte vorsichtig ein größeres, an Stahlseilen befestigtes Mauerstück zur Seite. Der Hund bellte zweimal aufgeregt und sein Herrchen trat einen Schritt näher. Auch Rita kraxelte zu dem Loch, das man inzwischen freigelegt hatte. Es roch ein wenig nach Verwesung.

„Da unten liegt tatsächlich etwas", erklärte der Mann von der Spurensicherung, „aber es lebt schon mehr als 24 Stunden nicht mehr. Der Kran kann jetzt erst mal die Seiten abheben, damit wir mehr Bewegungsfreiheit haben, und dann sehen wir weiter."

Als die Morgenröte verschwunden und die Scheinwerfer von Feuerwehr und THW erloschen waren, ging es an den vorerst letzten Akt der Suchaktion. Die blonde Mitarbeiterin war inzwischen zurückgekehrt und sagte mit ihrer sexy Stimme: „Das Haus zur anderen Seite wurde von einem Industrieschornstein regelrecht zerschlagen. Allem Anschein nach hat dort jemand drin gehaust."

„Okay!", sagte ihr Chef. „Dann heben wir mal die Bretterlage an. Darunter müsste dann das liegen, was wir riechen. Alle Leute mit zarten Mägen sollten sich etwas ins Abseits begeben."

Zentimeter für Zentimeter hob der schwere Kran eine Packung trockener Deckenbretter nach oben. Dreck rieselte dazwischen in den Hohlraum hinab. Der Verwesungsgeruch wurde intensiver. Rita hatte im Verlauf der letzten zehn Jahre einige Leichen in teilweise stark verwestem oder sonstwie ramponiertem Zustand gesehen. Sie hatte sich inzwischen an diesen Anblick gewöhnt. Es waren zwar die Überreste menschlicher Individuen, aber auch nur Materie.

Das erste, was sie im mittlerweile hellen Licht des anbrechenden Tages sahen, war eine behaarte, graue Masse, die in irgendeinen undefinierbaren Kopf überging, und ansonsten von noch feinerem Schutt bedeckt war.

„Was ist das?“, fragten mehrere der anwesenden Spezialisten.

„Eine Hirschkuh“, entfuhr es Rita. Das Wort kam aus ihrem Unterbewusstsein, und sie wusste zunächst nicht warum. Sie errötete verlegen. Die anderen gafften sie verwundert an.

Der Mann von der Spurensicherung schien völlig schmerzfrei zu sein. Nur mit seinem Latexhandschuh wischte er den Kalkmörtel von der Struktur, so dass zuerst ein Ohr, dann so etwas wie ein Auge und ein Maul zutage traten.

„Es ist tatsächlich eine Hirschkuh“, vermeldete er und schickte der Hauptkommissarin einen seltsamen Blick. „Woher wussten Sie das?“

„Reine Intuition, das graue Fell“, beeilte sich Rita zu sagen und beugte sich tiefer hinab, um ihr verwirrtes Gesicht zu verbergen. Blitzschnell formte es sich in ihrem Gehirn. Irenäus hatte gesagt, der Fahrer des Geländewagens hätte vielleicht eine Hirschkuh an Bord gehabt und der mysteriöse Alte vorhin hatte von einem großen japanischen Geländewagen gefaselt. Wenn man das kombinierte ... Aber es war unmöglich, dass dieser verfluchte Moll ihren Fall bereits wieder ... Scheiße, vielleicht war er deshalb so komisch gewesen.

„Frau Hauptkommissarin!“, weckte sie der Spusi Mann aus ihren Gedanken. „Hier gibt’s noch eine echte Leiche.“

Rita blickte in das sich langsam vergrößernde Loch. Ein größerer Dreckhaufen, der auf der Hirschkuh lag, entpuppte sich unter den Handschuhen des Experten nach und nach zur Schulter, zum Hinterkopf und zum Arm eines Menschen.

„Es hat ihn erschlagen!“, entfuhr es einem der Anwesenden.

„Ach, was!“, sagte der Spusi Mann, der inzwischen eine hellhäutige bleiche Männerhand freigelegt hatte. „Er ist schon fast ebenso lange tot wie die Hirschkuh, auf jeden Fall länger als seit der Explosion.“

„Da komme ich ja gerade richtig!“, platzte eine kratzige weibliche Stimme in die gespannte Atmosphäre rings um den Leichenfund. Rita fuhr herum und schaute der Staatsanwältin ins Gesicht, die mit halbhohen braunen Damenstiefeln den Berg emporgestolpert war. Ansonsten trug sie wieder ihren Jeans-Anzug mit halb geöffneter Jacke, aus der sich unter einem schwarzen T-Shirt ihre üppigen Brüste hervordrängten. Rita registrierte als nächstes, dass die langen Lockenhaare nicht mehr rot, sondern kastanienbraun aussahen.

„Guten Morgen, meine Damen und Herren!“, begrüßte sie jovial. „Da haben Sie ja schon eine ganze Menge geschafft.“ Dann machte sie einen allgemeinen Schlenker des Armes in die Luft und grüßte mit erhobenem Kopf: „Guten Morgen, Herr Moll!“ Dann beugte sie sich zu Rita: „Darf Ihr Lover jetzt schon in der Ersten Reihe sitzen?“

Die Hauptkommissarin war wie vom Blitz getroffen. Benommen folgte sie einer Kopfbewegung der Staatsanwältin.

Sie konnte es einfach nicht fassen. Auf der Dachveranda des gelben Nebenhauses standen zwei Gartensessel. In einem saß der ältere Herr von vorhin, im anderen saß Irenäus Moll …

XXII

Ein Haus gesprengt. In der Amelungstraße. So etwas sieht man nicht alle Tage, ging es Irenäus durch den Kopf, nachdem er klappende Türen und ein sich entfernendes Motorengeräusch wahrgenommen hatte. Wirklich schlafen konnte er nun auch nicht mehr, also erhob er sich in den Sitz auf der Bettkante und schaltete das Licht an. Einige Minuten später ließ er Titus an die frische Luft und vertröstete ihn auf eine baldige Heimkehr.

Für eine Nacht zwischen Karfreitag und Ostersonnabend war das Verkehrsaufkommen in Quedlinburgs Innenstadt nicht unerheblich. Dementsprechend fand Irenäus in der Nähe des Infernos auch nicht ohne weiteres einen Stellplatz.

Er näherte sich von der Amelungstraße, wie es seine Geliebte angegeben hatte. Diese Straße ist nachts weitgehend unbeleuchtet und wird daher im Volksmund „Kuss-Allee“ genannt. (Ein Begriff, der leider zu den Aussterbenden seiner Art gehört.) Es war noch finster, als er sich neben Feuerwehren und Einsatzwagen am Trümmerhaufen vorbeibewegte. Er sah die inzwischen hell erleuchtete Schuttoberfläche, auf der sich einige Menschen und ein Hund vorantasteten. Die langen roten Haare Ritas waren unschwer dazwischen auszumachen. Ein Mobilkran näherte sich gerade im tiefen Bass seiner Motoren, und die Polizisten begannen, die Menschen zurückzudrängen.

Irenäus umkreiste die Straßenecke und langte bei der vom Schornstein erschlagenen Villa an. Hier gab es weniger Action, aber dafür traf er dort Horst Kröger, seinen alten Bekannten, den Marktmeister, der gerade den absperrenden Kameraden seine Anweisungen gab.

„Hallo, Horst!“, begrüßte er ihn von der Seite und wurde in diesem Moment von einer genialen Idee beglückt.

„Guten Morgen, Irenäus!“, sagte der Marktmeister und gab ihm die Hand. „Wir haben uns ja schon ewig nicht mehr gesehen. Du machst dich sehr rar.“

„Ich habe immer viel zu tun. Die Schreiberei …“, sagte Irenäus und lächelte dem Mann zu. „Sag mal, Horst, wollen wir uns nicht auf deine Veranda setzen und zugucken? Dabei können wir dann gleich mal wieder gut erzählen.“ Er wusste, dass der Marktmeister ein wahrer Born Quedlinburger Anekdoten war, die er gerade ihm immer zu erzählen beabsichtigte.

„Na, ja …“, zierte sich Horst etwas. „Es ist ja noch mitten in der Nacht.“

„Ach, komm!“, sagte Irenäus. „Da vorn leuchtet schon das Morgenrot!“

„Das Morgenrot!“, äffte ihn der Mann nach und humpelte bereits zur Haustür. „Du bist mir schon ein Poet. Na, los! Komm!“

Sie drapierten ein paar Sessel auf der Dachveranda und ein Tischchen. Horst fragte: „Soll ich ein Weinchen holen oder ist es noch zu früh?“

„Noch viel zu früh!“, lachte Irenäus. „Aber an solch einem Tag kann man ja mal eine Ausnahme machen …“

Einige Minuten später saßen sie in ihren Sesseln. Zu den gefüllten Rotweingläsern hatte der Marktmeister noch eine Tafel „Mocca Sahne“ gelegt. Die Dachveranda lag etwas höher als der Schutthaufen, so dass sie das Geschehen wie aus einem Logensitz der Theaterempore aus beobachten konnten. Sie waren so dicht dran, dass sie sogar das Wort *Spurensicherung* deutlich auf dem Blouson eines der Akteure lesen konnten. Der blauweiße Kran des THW hob langsam schwere Trümmerstücke beiseite. Die Morgenröte bedeckte allmählich den gesamten Himmel dahinter. Irenäus bedauerte, dass er seinen Fotoapparat vergessen hatte.

„Sind die Häuser wirklich gesprengt worden?“, fragte Irenäus, nachdem sie sich zugeprostet hatten.

„Höchstwahrscheinlich“, sagte der ältere Mann mit seiner gewichtigen, ein wenig trägen Stimme. „Das Grundstück gehört irgendeinem Wessi, der es verkommen ließ. Der letzte vernünftige Mensch, der darin wohnte, war ein Archäologe. Dann hat sich so ein zwielichtiger Typ dort eingenistet. Der hat gedacht, das merkt keiner, aber ich …" Er grinste und zog mit dem Mittelfinger das rechte untere Augenlid herab. „Das ging schon lange. Ich habe nichts gesagt."

„Was hat er dort gemacht?", erkundigte sich Irenäus weiter, während er zusah, wie drüben ein zunehmend großes Loch im Schutt geöffnet wurde.

„Ich glaube, er hat Sachen verschachert", antwortete der Mann bedächtig und lutschte Mocca Sahne. „Er fuhr so einen großen Geländewagen mit Ladefläche. Er kam immer von hinten durch die Amelungstraße. Manchmal kamen auch andere Leute, aber meistens war er allein."

„Vielleicht gab es irgendwas Außergewöhnliches in den letzten Tagen zu sehen?", erwähnte Irenäus wie nebenbei. Drüben auf dem Trümmerberg brach jetzt eine nicht zu übersehende Aufregung aus. Man schien irgendetwas gefunden zu haben.

Auch der Marktmeister schaute interessiert zu, doch dann erzählte er: „In der vorigen Nacht waren zwei Frauen hier. Die müssen von der Oeringer Straße her über die Absperrung gekommen sein. Es war schon nach Mitternacht. Die sind zuerst in die Villa und dann in die Fabrik."

Drüben hatte sich das Gewusel der Experten weiterentwickelt. Eine neue Person näherte sich dem Ort der Handlung, in der Irenäus unschwer die Staatsanwältin erkannte, mit der er in jener mystisch-fatalen Nacht bei Volkmarskeller zusammengestoßen war. Langsam wurde ihm auf seinem Logenplatz ungemütlich, noch dazu, als der Morgen merklich heller wurde. Trotzdem musste er das noch wissen: „Wie konntest du die Frauen überhaupt sehen? Kannst du sie beschreiben?"

„Sag mal, Irenäus, du hast mir doch mal erzählt, dass du Privatdetektiv bist. Steckst du da etwa mit drin?", erkundigte sich sein Gastgeber misstrauisch. „Ich möchte da nämlich nicht mit reingezogen werden. Mit der Mafia ist nicht zu spaßen. Es stand gerade in der Zeitung, dass dieser Innenminister Stallknecht die Polizei zahlenmäßig drastisch reduziert. Ehe die dann da sind …"

„Stahlknecht heißt der", verbesserte ihn Irenäus und goss einen Schluck Rotwein nach. „Ich erzähle der Polizei prinzipiell nichts. Deshalb kannst du mir ruhig sagen, wie die beiden Frauen aussahen."

„Hach!“, stöhnte der andere, und sie stießen an. „Weißt du, ich kann bei Vollmond ganz schlecht schlafen. Und wenn das Wetter so mild wie jetzt ist, dann setze ich mich raus und schaue die Sterne an. Das war in der vorigen Nacht auch so, und deshalb sah ich die Frauen dort vor der Veranda stehen, voll beleuchtet.“

„Und wie sahen sie aus?“ Irenäus bemühte sich sehr, seine Stimme undringlich, ja gleichgültig klingen zu lassen.

Der Marktmeister blinzelte ihm zu, denn er hatte ihn durchschaut. Trotzdem gab er Auskunft: „Die eine sah aus wie ein blonder Engel, die andere war etwas kleiner und schwarzhaarig. Hilft dir das weiter?“

„Prost!“, sagte Irenäus und hielt ihm das Glas hin.

„Prost!“, lachte Horst verhalten. „Das Problem war nur, als die beiden Frauen noch da waren, muss auch der Typ zurückgekehrt sein.“

„Und da?“, erkundigte sich Irenäus gespannt.

„Keine Ahnung“, erwiderte der Marktmeister. „Ich glaube, die haben da was ganz Wesentliches gefunden.“

In diesem Augenblick rief die Staatsanwältin: „Guten Morgen, Herr Moll!“ Sie winkte ihnen zu. Die meisten Beteiligten hörten auf zu arbeiten und schauten ebenfalls suchend zur Dachterrasse empor. Ritas Gesichtszüge entgleisten, und Irenäus sagte: „Oh, Scheiße!“

„Kennst du die?“, fragte der Marktmeister misstrauisch.

„Sagen wir mal so: Die kennen mich“, gab Irenäus zurück.

„Dann kommen die hier bestimmt gleich hochscharwenzelt“, meinte der Mann. „Lass uns austrinken. Ich gehe jetzt lieber ins Bett, und du solltest auch verschwinden, ehe diese radikalen Weiber hier aufkreuzen.“

„Vollkommen richtig! Ich danke dir sehr, lieber Horst, für deine Bewirtung“, antwortete Irenäus und erhob sich. „Und eins noch: Ich sage denen nichts von den Frauen!“

Sie schüttelten sich die Hände. Der Marktmeister strahlte und versprach: „Ich auch nicht. Und besuch mich bald mal wieder, Irenäus!“

Der Privatdetektiv blickte sich beim Verlassen der Veranda um und sah, dass Rita und die Staatsanwältin dicht beieinanderstanden. Die Staatsanwältin telefonierte. Er eilte aus dem Haus des Marktmeisters. Auf dem Weg zum Daimler benutzte er den Trampelpfad an der Bode, der unterhalb der Kussallee verlief. Dort, wo sein Auto stand, brach er durchs Buschwerk – und stand genau zwei in schwarze Kombis gekleideten Frauen gegenüber. Auf den Kombis leuchtete der Schriftzug: Polizei!

„Herr Moll", sagte eine der Frauen, die wie neunzig Prozent ihrer Kolleginnen blond war. „Würden Sie bitte einen Moment bei uns warten?"

Die andere Frau sprach leise in ein Funkgerät. Dann drehte sie sich um und meinte: „Herr Moll, die Hauptkommissarin möchte Sie sprechen. Kommen Sie mit?"

Er wusste, dass er unnötiges Aufsehen erregen würde, wenn er sich weigerte. Trotzdem erkundigte er sich: „Die Staatsanwältin bestimmt auch, nehme ich an?"

„Wir nehmen es ebenfalls an", grinste die eine. Die Polizistinnen gingen leger neben ihm her, so dass er nicht wie ein abgeführter Verdächtiger aussah. Das rechnete er den beiden positiv an.

Unterhalb des Schuttberges erwarteten ihn bereits Rita und die Staatsanwältin. Sie gaben ein ausgesprochen attraktives Paar ab. In einer Nachtbar wären sie der Knaller gewesen.

Die Polizistinnen zogen sich ein Stück zurück. Inzwischen waren die Neugierigen von immer mehr anrückenden Polizeikräften bis auf die Oeringer Brücke gedrängt worden. Es war tatsächlich gefährlich im Schwenkbereich des Krans, der immer neue Trümmerteile auf der Amelungstraße ablegte. Gespannt linste Irenäus zum stetig größer werdenden Loch, aber aus seiner Perspektive war nichts zu erkennen.

Als sie einigermaßen ungestört neben einem Feuerwehrauto standen, war der Augenblick der Wahrheit gekommen. Noch vor einigen Minuten war er stinksauer gewesen und wollte Rita für diese Gemeinheit fertigmachen. Nun fragte er nur: „Musst du mich gleich der Staatsanwaltschaft vorführen, nur weil ich auf einer Dachterrasse sitze?"

Die Staatsanwältin gab Rita einen Wink zu schweigen und knarrte: „Herr Moll, das ist nicht lustig! Die Hauptkommissarin hat mir mitgeteilt, dass Sie bereits über eine wesentliche Information verfügten, die niemand ohne das entsprechende Vorwissen haben konnte. Und genau das möchte ich jetzt von Ihnen hören."

Rita blitzte ihn trotziggrün wütend an und schwieg. Er war echt überrascht, denn er konnte sich absolut nicht vorstellen, was er Rita zu diesem Fall offenbart haben sollte. Mit Tam und Lilly konnte es nicht zusammenhängen, und er würde sie auch jetzt mit keinem Sterbenswörtchen erwähnen. Dieses Problem musste er erst einmal selbst klären. Deshalb handelte es sich um eine zutiefst wahre Antwort: „Liebe Frau Staatsanwältin, ich weiß beim besten Willen nicht, wovon sie reden!"

Bei der Anrede „Liebe" verzog die Frau schmerzvoll das Gesicht, blieb aber auf ruhigem Niveau: „Die Hirschkuh, Herr Moll?"

„Die Hirschkuh?" Irenäus war jetzt völlig von den Socken. Doch plötzlich kam ihm siedendheiß Karls Verdacht ins Gedächtnis, Tam und Lilly hätten etwas mit dem Wilderer zu tun. Verdammt! Ziemlich konsterniert starrte er die Beamtinnen an.

Rita deutete das falsch: „Okay, du kannst das nicht wissen. Wir haben zuerst die Hirschkuh gefunden. Eben gerade! Und du wusstest bereits davon! Wie kannst du das erklären?"

„War es denn überhaupt diese Hirschkuh?", fragte er zurück und blickte die Frauen mit zusammengekniffenen Augen an.

„Nun beeilen Sie sich mal, Herr Moll!", fuhr ihn die Staatsanwältin unbeherrscht an. „Wir müssen da wieder rauf. Erzählen Sie endlich, warum Sie der Hauptkommissarin im Zusammenhang mit der Fahrerflucht am Sternhaus etwas von einer Hirschkuh erzählt haben! Mal los jetzt!"

Irenäus war plötzlich erleichtert: „Ach, darum geht es! Sie haben den Wilddieb gefunden?"

„Welchen Wilddieb, Herr Moll?", die Staatsanwältin reckte ihre Brust besonders heftig hervor und schaute verzerrt, als hätte sie Kreuzschmerzen.

„In der vorletzten Nacht", wurde Irenäus nun zügiger, „hat man im Selketal eine Hirschkuh gewildert. Ich saß gestern Morgen gerade mit dem Förster beim Frühschoppen", die Staatsanwältin verzog wieder schmerzlich das Gesicht, „da wurden wir von einem anderen Jäger dorthin gerufen. Die Innereien lagen noch vor Ort. Die Waidgenossen beschlossen aber, die Polizei nicht zu informieren, weil sie denen und sich selbst über Ostern Stress ersparen wollten. Außerdem wollten sie abwarten …"

„Abwarten …?", wiederholte die Staatsanwältin mit blasiertem Gesicht. „Herr Moll, hier geht es nicht um Kavaliersdelikte. Ich habe zunehmend den Eindruck, dass Sie ein Vertreter von Selbstjustiz sind …"

„Ja, ja!", unterbrach er sie. „Wollen Sie nun hören, wie's weiterging?"

„Erzählen Sie! Aber wir werden noch ein Pärchen!", drohte sie ihm.

„Von mir aus", sagte er so neutral wie möglich. Rita stieg die Zornesröte ins Gesicht. Schnell brachte er die Sache zum Abschluss: „Als mir die Hauptkommissarin gestern von dem Pickup-Fahrer bei Sternhaus erzählte, war für mich der Fall relativ klar. Wir hatten nämlich bei den Innereien der Hirschkuh die Spuren eines schweren Geländewagens gesehen. Ich habe sie sogar fotografiert. Die Zeit zwischen Abschuss und Sternhaus stimmte etwa überein. Er hat die Hirschkuh aufgeladen, ist vom Selketal nach Quedlinburg gefahren und wurde am Sternhaus erwischt. Möchten Sie mit einer gewilderten Hirschkuh im Auto in eine Polizeikontrolle geraten? Also hat er versucht durchzubrechen, was dann schiefgelaufen ist. Vielleicht hat sogar er die Gebäude gesprengt, um seine Tat zu vertuschen."

„Das wird er wohl kaum getan haben", schnauzte ihn Rita an und warf einen kurzen, fragenden Blick auf die Staatsanwältin, die unmerklich nickte. „Er liegt nämlich auf der Hirschkuh mit einem Messer im Rücken, und zwar eisekalt! Kannst du das vielleicht auch noch erklären, Herr Superdetektiv?"

Er hätte es können, aber er tat es nicht, sondern musste sich ganz schnell einkriegen. Was hatten Tam und Lilly da nur für einen Scheiß gebaut? Stattdessen sagte er: „Bedaure! Aber habt ihr dann wenigstens auch den Geländewagen gefunden? Dann wäre wenigstens der Sternhaus-Fall gelöst."

Rita schüttelte erbost den Kopf.

„Dann sucht nach Reifenspuren! Die Profile sind bekannt! Die Spurensicherung kann sie auch unter dem Schutt finden, wenn sie wissen, was sie suchen sollen. Vielleicht ist Dreck aus dem Schutzblech gefallen!", gab Irenäus aufgeregt Anweisungen.

Die Staatsanwältin schickte bereits eine der blonden Polizistinnen auf den Schuttberg, der inzwischen merklich kleiner geworden war. Dann drehte sie sich zu ihm um: „So, Herr Moll, das ist schon ganz schön frech, was Sie uns so bieten. Aber für heute lasse ich Sie erst mal laufen." Sie sah ihn forschend an und strich sich kurz mit der Zunge über die Lippen. „Nur vorher brauchen wir noch den Film mit den Profilspuren."

„Ich bringe ihn heute noch zum Entwickeln", versprach er und lächelte sie an.

Die Staatsanwältin hob die Brauen und neigte den Kopf um eine Nuance: „Das dauert zu lange. In unseren Labors geht das viel schneller."

„Es geht trotzdem nicht", erklärte er. „Es sind ja auch noch mehr Aufnahmen auf dem Film, und ich glaube, die Frau Hauptkommissarin würde es nicht begrüßen, wenn …"

„Du Arschloch!“, schrie Rita ihn ungehalten an.

„Also darauf können wir keine Rücksicht nehmen, Rita“, grinste die Staatsanwältin. Und während zwischen den beiden Frauen ein Disput ausbrach, schlich sich Irenäus schnell davon. Unbehelligt erreichte er seinen Daimler, der mittlerweile ganz allein in der Absperrung stand, und sah zu, dass er so schnell wie möglich wieder in den Wald kam.

Irenäus und Titus liefen im Wald herum. Dabei befasste er sich mit dem Sack voller Erkenntnisse, den ihm die Nornen in der letzten Nacht zum Geschenk gemacht hatten. Er wusste aus Erfahrung, dass er nicht vorschnell handeln durfte. Erste Impulse, sich Karl Wabenmond anzuvertrauen oder den beiden Frauen einen Besuch abzustatten, verwarf er auf der Stelle. Er hatte gerade erlebt, zu welchem Ergebnis selbst der kleine Wink mit der Hirschkuh geführt hatte.

Wieder zu Hause gab er dem Schwarzen feines Futter und begann anschließend mit dem Morgenritual: Holz hacken, Anheizen der Kochmaschine, Frühstück im Freien. Während er versonnen Kaffee trank, formte sich in seinem Geist ein erstes Resümeé.

Für ihn stand fest, dass es sich bei dem „blonden Engel“ und der etwas kleineren Schwarzen, die der Marktmeister beschrieben hatte, um Tam und Lilly handelte. Sie waren in der Nacht vor Karfreitag dort gewesen. Aber warum? Wahrscheinlich waren sie in dem Gebäudekomplex auf den Wilddieb getroffen, der gerade einen Bullen umgenietet und anschließend Fahrerflucht begangen hatte. Lilly besaß eine Wunde an der Arschbacke, „der alte Nagel“, und beide sahen sehr übernächtigt aus. Das ergab den Rückschluss, dass es zu einem Kampf gekommen sein konnte, bei dem Lilly verwundet und der Wilddieb getötet wurde.

Damit befanden sich die beiden Frauen natürlich in einer erheblichen Bredouille. Waren sie noch einmal zurückgekehrt und hatten das Haus gesprengt? Das wäre doch Irrwitz gewesen! Oder war noch jemand anderes dort gewesen? Der Marktmeister hatte erzählt, dass das Opfer krumme Geschäfte gemacht hätte. Mit wem? Wo war der Geländewagen geblieben? Falls er wirklich nicht mehr in den Trümmern gefunden wurde, hatte ihn der Wilddieb entweder selber versteckt oder irgendwer hatte ihn abgeholt. Waren das ebenfalls die beiden Frauen gewesen?

Sie hatten ihnen bereits am Karfreitag von dem Wilderer erzählt. Entweder stand zu diesem Zeitpunkt der Pickup schon in ihrer Garage oder noch bei dem toten Wilddieb ... Also, so kam er nicht weiter!

Weiterhin gab es da ja noch die Frage nach dem Motiv. Warum waren Tam und Lilly eigentlich dort gewesen? Was war das verbindende Glied? Plötzlich erinnerte er sich an den Satz des alten Marktmeisters, dass der letzte vernünftige Mensch, der dort wohnte, ein Archäologe war. Natürlich, das war es, das Stirnband des Recken Krrrsan! Der Archäologe, der dort wohnte, war höchstwahrscheinlich Jens Brauer gewesen, dessen Namen er den Frauen in der Schneenacht preisgegeben hatte. Und diese beiden Verrückten fanden das heraus und stürmten natürlich sofort in das verfallene Haus. Nur, woher wussten sie das?

Irenäus sprang auf und eilte an seinen Schreibtisch. Nach zehnminütigem Wühlen hatte er die Visitenkarte von Jens Brauer gefunden. Darauf stand dessen Hamburger Telefonnummer, die zwar zehn Jahre alt war, aber manche Menschen waren ja beständig. Er wählte und lauschte. Es klingelte mehrmals, dann sagte Jens Brauers Stimme: „Guten Tag! Hier spricht Jens Brauer. Ich befinde mich auf einer Reise und bin nach Ostern wieder zu erreichen. Auf Wiedersehen!"

Oh, ein gepflegter Anrufbeantworter, dachte Irenäus, so etwas gab es äußerst selten. Nur wirklich weiter half ihm diese Information gerade nicht.

Ein gewisses Bild schwebte ihm vor. Die Frauen suchen nach dem nicht existierenden Stirnreif. Sie werden vom Wilddieb überrascht. Es kommt zu einer Auseinandersetzung. Er stirbt dabei, Lilly wird verwundet. So weit, so gut! Nur, wo ist der Geländewagen abgeblieben, und wer hat das Haus gesprengt? Und vor allem: Wer ist Ingrid, nach der sie auf dem Brocken suchen sollen? Was hat diese Frau damit zu tun? Der Fall des gesprengten Hauses wird gewiss durch die Medien gehen. Wird Ingrid sich melden? Irgendwo auftauchen? Wenn dieser Wilddieb ein professioneller Verbrecher war, was wird man dann sonst noch bei ihm finden?

Irenäus trank den letzten Schluck Morgenbier aus. Eigentlich war er todmüde. Es war möglicherweise besser, sein Unterbewusstsein arbeiten zu lassen, als hier in der aufsteigenden Vormittagssonne zu grübeln. Karl von diesen Überlegungen zu informieren, hielt er noch für unklug. Wenn er den Frauen helfen wollte, sollten so wenige Menschen wie möglich über sein Wissen verfügen. Deshalb stieg er die Treppe empor und legte sich ins Bett.

XXIII

Lilly lag bis in die Vormittagsstunden im Bett und schlief nur wenig. Sie war körperlich ausgeruht, aber ihre Gedanken bewegten sich auf grottig schiefen Bahnen. Für einige Minuten überlegte sie sogar, ob sie nach Indien fliegen und Sieghard um Hilfe bitten sollte. Erst als die Sonne durchs Fenster schien, hellte sich auch ihre Stimmung auf, denn sie hatte an sich nichts verbrochen. Bei ihrer bedauernswerten Herrin sah das allerdings etwas anders aus.

A propos bedauernswerte Herrin; die Pilotin ging ins Bad und wagte erstmalig eine Begutachtung ihrer Wunde. Sie riss diese blöde Binde ab und stellte sich vor den Spiegel. Ihr Becken war schmal, aber der Hintern straff gewölbt. Der Schussverlauf saß horizontal. Es gab noch nicht einmal einen Kanal, sondern nur eine etwas tiefere Wunde. Sie atmete erleichtert auf. Tams Wundersalbe stand noch auf dem Bord. Sie bestrich damit die verkrustete Schmarre und kramte ein Wundpflaster hervor. Dann wackelte sie noch einmal probeweise mit dem Hinterteil und musste dabei merkwürdigerweise an Irenäus Moll denken.

In der Küche dachte sie an Frühstück, doch plötzlich fiel ihr Tussi ein. Sie schlich in Tams Wohnung. Die Afghanin kam ihr aufgeregt entgegengewuselt. Ihr Frauchen lag auf dem Bett wie eine gut erhaltene Leiche. Aber sie lebte.

Lilly nahm den Hund mit ins Freie. Sie hatte sich auf Ostern gefreut und wollte sich das nicht alles von einem albernen Stirnreif vermiesen lassen. Wenn das mit dem blöden Ding schon so losging, konnte es nur wie in dem Film „Die Affenpfote“ weitergehen. Ihr schauderte.

Als sie mit Tussi unter blühenden Kirschbäumen herumspazierte, wurde ihr endlich wieder leicht ums Herz. Eine Kriegerin wie sie konnten ein erstochener Wilderer und ein gesprengter Komplex morbider Häuserwracks nicht dauerhaft am Boden zerstören. Sie deckte den Frühstückstisch für zwei auf der Südveranda, unterließ es aber, Tam noch einmal in ihrem Gemach heimzusuchen. Sie war froh, wenn sie sich deren höchstwahrscheinliche Jammer- und Rechtfertigungstirade nicht anhören musste. Vielleicht aber hatte ihre Herrin das Problem inzwischen bereits verdrängt und würde in höchsten Tönen ihre eigene hervorragende Entscheidungsfreude und vor allem ihren Mut preisen.

Sie hätte sich auch eins der Transistorradios oder einen Minifernseher mit herausnehmen können, denn es konnte als sicher gelten, dass zumindest die lokalen Meldungen vollends auf dieses „Osterei" abfuhren. Aber nach alldem stand ihr der Sinn nicht.

Irgendwann mussten ihre Gedanken dennoch in die Wirklichkeit zurückkehren. Ihr fiel ein, dass noch eine Fahrt zum Regenstein auf dem Tagesprogramm ihrer harrte. Dort war sie bisher nie gewesen, aber es war dringlich. Die Leute, die hinter dem Wilddieb standen, schienen Personen zu sein, die man nicht einfach vernachlässigen sollte.

Es wurde Zeit, Tam zu wecken. Als sie leise in das Zimmer trat, lag ihre Herrin fast unverändert im Bett. Allerdings schlug sie diesmal die dunklen Augen auf und versuchte, Lilly anzuschauen. Der wurde dieses Theater langsam zu viel, aber nach außen hin machte sie immer noch gute Miene zum bösen Spiel.

„Hallo, Tam!", sagte sie. „Wie geht es dir?"

„Nicht gut!", stöhnte ihre Herrin leise. „Ich bleibe hier liegen."

„Willst du nicht lieber ein bisschen essen?", erkundigte sich die Pilotin. „Wir müssen nämlich bald auf den Regenstein fahren. Du weißt doch! Wir müssen diese Leute suchen."

„Setz dich zu mir aufs Bett, Lilly!", murmelte ihre Herrin und versuchte, eine Hand nach ihr auszustrecken. Die Pilotin setzte sich in Tams Hüftbeuge und ergriff die dargereichte Hand. Sie

fühlte sich warm und ganz normal an. Ihre Herrin zog sie ein Stück zu sich hinunter und sagte leise: „Du musst dort allein hinfahren, meine Kleine! Ich kann nicht. Vielleicht stehe ich nachher allein auf. Bitte tue mir den Gefallen."

Lilly schwieg. So verkehrt fand sie den Vorschlag gar nicht. Es kam ihr nicht so vor, als würde Tam ihr eine wesentliche Hilfe sein. Deshalb sagte sie leise: „Na, gut! Ich sondiere die Lage und komme dann zu dir zurück."

„Ja, bitte sondiere!", flüsterte Tam und zog sie zu sich hinab. Lilly widerstand nicht, als Tam ihr einen Kuss gab. Irgendwie fühlte sich das ziemlich anders an als bei Irenäus, aber nicht unangenehm. Wenn sie ehrlich zu sich war, hatte sie Lust nach mehr. Sie fuhr zaghaft mit der Zunge über Tams Lippen. Der Mund war üppig und ein wenig feucht. Nun kam auch Tams Zunge. Verträumt rieben sie aneinander. Für Sekunden gab Tam nach, sie ließ Lilly ein Stück weiter zu sich hinab und in sich eindringen.

Doch dann versteifte sie sich und schob Lilly sanft zurück. Die Lippen trennten sich. Beim Aufrichten berührte die Herrin für einen Moment die Brüste der Dienerin. Dann meinte sie leise: „Fahr jetzt zum Regenstein. Ich werde auf dich warten."

„Bis bald!", gab die Pilotin leise zurück und verließ die Wohnung.

Sie war beschwingt. Heute war unverhofft ihr freier Tag. Das gab es ganz selten. Irgendwie stand sie immer zur Verfügung. Also wollte sie auch etwas aus diesem Tage machen, ihn nicht einfach lapidar vorüberziehen lassen.

Eilig rannte sie in ihre Wohnung. Der Tag neigte sich bereits dem Mittag zu. Der Wundschmerz war vergessen. Sie riss den Kleiderschrank auf und sich die Klamotten vom Leibe. Dabei schweiften ihre Gedanken kurzzeitig zu Tam ab. Was war das eigentlich gerade gewesen? Hatte es Tam Ernst gemeint mit ihrer Forderung oder war das nur der Hilferuf einer von Gewissensbissen bedrängten Seele gewesen? Ihr hatte es in diesem Moment zwar Spaß gemacht, aber ein sexuelles Verhältnis zu ihrer Herrin war nicht das, was sie sich gerade wünschte.

Sie zog eine Bluejeans an, ein dunkelgraues T-Shirt, lederne Sportschuhe und eine Bundjacke aus schwarzem Nappa-Leder. Die Haare ließ sie offen.

Dann rannte sie, ohne Lärm zu erzeugen, die Treppe hinunter, verließ das Haus und wenige Minuten später das Grundstück. Sie benutzte ihren Subaru Forester.

Als sie endlich wirklich allein war – bis zum Schluss befürchtete sie, dass ihre Herrin sie zurückrief, weil sie sich das alles noch einmal anders überlegt hatte – atmete sie tief durch.

Eine Idee, die in ihr keimte, konnte sich nun ungehemmt Bahn brechen. Dieses Ostern war wie geschaffen dafür, sich ein wenig mit Irenäus Moll zu amüsieren. Der Mann hatte es ihr angetan. Ob er eine feste Partnerin besaß? Das hatte sie noch nicht gewagt, ihn zu fragen, obwohl sie sich zugegebenermaßen erstaunlich nahegekommen waren.

Sie kannte das Grundstück am Eselstall nur von Karten und aus der Luft, erreichte es aber ohne Probleme. Langsam fuhr sie an dem halb zugewucherten Eingangstor vorbei. Am Waldrand stellte sie den Subaru neben ein Gebüsch und ging zu Fuß zurück. Ihr Herz schlug etwas heftiger, denn sehr oft machte sie fremden Männern keine Aufwartung. Wenn er dort jetzt mit einer anderen Frau saß, konnte die Situation ziemlich peinlich werden. Vorsichtig bewegte sie sich durch das dichte, blühende Buschwerk bis auf den freien Platz. Das Häuschen stand im Sonnenschein vor ihr, aber niemand war zu entdecken. Ein Tisch und zwei Stühle langweilten sich. Der alte armygrüne Mercedes Kombi stand zurückgesetzt in einem Bretterschuppen. Alles sah so aus, als wäre niemand zu hause.

Leise ging Lilly am Haus vorbei und sah ein kleines Gärtchen und dahinter einige Obstbäume. Das mutete ein wenig romantisch an, ließ aber die Hand einer Frau vermissen. Sie kehrte um und fasste sich ein Herz. Eigentlich war es einfacher, in Kampfmontur mit Sturmgewehr im Anschlag in das Haus einer afghanischen Familie zu stürmen, als an die Tür eines Mannes zu klopfen, den man nur relativ flüchtig kannte. Deshalb klopfte sie auch nicht, sondern drückte ganz leise die Klinke der einzigen Tür herab, die es in diesem Haus zu geben schien. Sie war unverschlossen, stellte sie verwundert fest. Vorsichtig öffnete sie einen Spalt, um hineinzuspähen. Erschrocken zuckte sie zurück, als sich etwas Kalt-feuchtes in ihre Hand schob. Ihr Herz wollte gerade aussetzen, als sie noch rechtzeitig bemerkte, dass an dieser schwarzen Nase noch ein ganzer Hund hing, der freundlich wedelnd die ganze Tür aufstieß, so dass sie mit lautem Krach irgendwo gegen schlug.

Titus verhielt sich mitnichten wie ein guter Wachhund, sondern begrüßte als ausgemachter Frauenheld die ihm bereits bekannte Dame überschwänglich. Dies erzeugte einen unterschwellig außerordentlich wirksamen Lärmpegel.

Lilly stand plötzlich vor einer musealen Kochmaschine. Sie war erkaltet. Es roch nach Rauch und einer gegessenen Mahlzeit. Eine türlose Öffnung in der Wand führte in einen weiteren Raum, in dem offenbar eine sehr gelehrte Atmosphäre herrschte. Und eine Treppe wies hinauf in weitere Gefilde.

Neugierig sah sich um und überlegte, wie sie nun verfahren sollte. So lebte also der Schöpfer des Mythos um den sagenhaften Stirnreif des Recken Krrrsan, an dessen Existenz sie selber nicht glaubte, der allerdings in ihrem Leben einiges verändert hatte. Sie dachte an eine Anekdote über den großen Physiker Nils Bohr. Der bestritt absolut die Existenz jeglicher überirdischer Phänomene. Eines Tages wurde er gefragt: „Professor Bohr, wieso haben Sie eigentlich über Ihrer Labortür ein Hufeisen hängen?" Süffisant lächelnd, antwortete der Nobelpreisträger: „Ich habe mir sagen lassen, dass es auch wirkt, wenn man nicht dran glaubt."

Lilly kannte diese Geschichte, denn sie hatte noch bei einem guten alten Physikprofessor studiert. Und sie musste zugeben, dass zwei Indizien für eine Unregelmäßigkeit im Falle Krrrsan sprachen: Jens Brauer hatte bestätigt, dass jemand an dem frisch geöffneten Grab manipuliert hatte, und Lothar Bartel sprach in seinen Heften von „dem Relikt".

„Was ist hier eigentlich los?", fiel eine verschnorchelte Stimme in ihre Gedanken. Sie schaute die Treppe hinauf und konnte sich ein breites Grinsen nicht verkneifen. Der Held ihrer neuesten Träume stand auf der dritten Stufe von oben und blickte aus ziemlich verquollenen Schlitzaugen auf sie herab. Die langen Haare hingen sehr wirr drumherum. Bekleidet war er mit einem engen roten Slip, aus dem ihr seine behaarten, noch winterweißen Schenkel entgegen ragten. Der Oberkörper wurde von einem schwarzen, ärmellosen Shirt verhüllt. Lilly schwieg, um ihm die Chance zu geben, sie zu erkennen. Er stieg noch drei Stufen herab und blinzelte sie versonnen an: „Lilly, bist du das? Wo kommst du her?"

„Ja, ich bin es!", antwortete sie und warf ihm ein Lächeln zu. „Was ist mit dir geschehen? Hast du gefeiert?"

„Quatsch!", knurrte er und kam langsam herabgeklettert. „Ich habe mir die ganze Nacht mit ernsthaften Dingen um die Ohren geschlagen. Schön, dass du da bist! Aber wieso …?"

Er stand nun vor ihr und legte ohne Vorwarnung eine Hand um ihren Nacken, um sie an sich zu ziehen. Dann drückte er ihr einen Kuss direkt auf den Mund. Seine Zunge schmeckte nicht unangenehm. Dann fragte er: „Kommst du wieder mit in mein Bett?"

„Nein, jetzt nicht!", erwiderte sie und machte sich lachend von ihm frei. „Ich bin hier vorbeigefahren auf dem Weg zum Regenstein. Ich wollte dich gern mitnehmen."

„Regenstein?", brabbelte er und schien irgendetwas zu suchen. „Ich glaube, ich benötige gerade einen Ungarischen Wecker."

„Einen was?", fragte sie und blickte sich hilfsbereit in dem küchenähnlichen Raum um. „Kann ich dir helfen?"

„Nee!", meinte er und tappte schamlos in seinem Aufzug um sie herum. Er entnahm dem Küchenschrank eine Flasche Bourbon und goss sich ein kleines Kelchglas ein. „Ursprünglich ist ein Ungarischer Wecker ein Sto-Gramm-Wodka am Morgen, aber so weit möchte ich es in Gegenwart einer Dame nicht treiben."

„Trinken denn die Ungarn Wodka?", fragte Lilly und sah ihm beim Trinken zu.

„Bitte keine derart komplizierten Fragen, meine Liebe", grummelte Irenäus und nippte am Glase. „Darf ich dich zu einem Frühstück einladen?"

„Eigentlich nicht, es ist nämlich bereits früher Nachmittag", sagte sie. „Ich muss unbedingt zum Regenstein. Dort könnte ich dir irgendwas Schönes spendieren. Ich habe nämlich heute meinen freien Tag."

„Ach so. Dann verzichte ich eben", lächelte er und kam schon wieder näher. „Ich will sowieso dünner werden."

'Es geht noch', dachte sie, als er einen Arm um ihre Taille legte und sie langsam an sich zog. Sie ließ es zu, dass er sanft ihre Brüste an sich drückte und dabei versuchte, ihren Hals zu küssen. Ein gewisses Kitzeln breitete sich von dort über ihren Körper aus. Sie musste sich an ihm reiben und nicht nur die Brüste. Am liebsten hätte sie sich von ihm verführen lassen. Total. Aber mehrere Dinge sprachen dagegen. Vor allem hatte sie den Auftrag, auf den Regenstein zu fahren. Wenn sie jetzt mit ihm ins Bett ginge und sie so richtig miteinander ...

„Wir fahren jetzt mal!", bezwang sie sich und machte sich von ihm los. „Es ist trotzdem schön mit dir. Der Tag ist noch lang."

Irenäus gab ihr einen Kuss und streichelte ihre Verletzung. Sie zuckte etwas zusammen. Er erkundigte sich: „Tut es noch weh, der verrostete Nagel?"

Sie lachte: „Kaum noch! Und der Nagel war zum Glück nicht verrostet."

„Falls es überhaupt einer war", gab er zurück und schaute sie forschend an.

Sie fühlte sich plötzlich sehr irritiert. Was sollte diese Frage bedeuten? Aber sie überspielte die einsetzende Unruhe und meinte: „Kommst du nun mit zum Regenstein oder willst du weiterschlafen?"

„Natürlich komme ich mit", antwortete er. „Ich ziehe mir was an und nehme den Hund mit. Okay?"

„Warum hast du dein Auto dort oben geparkt?", fragte er grinsend, als sie den Weg hinaufliefen. „Das sieht nicht gerade nach unbedarftem Besuch aus. So hätte ich es auch gemacht."

„Ich bin tatsächlich an deinem verwildertem Eingang vorbeigefahren", erklärte sie. „Allerdings dachte ich auch daran, mich schnell zurückziehen zu können, falls ich ungelegen gekommen wäre."

„Du machst mir von Anfang an einen ziemlich professionellen Eindruck, meine Schöne", sagte der Mann, als sie im Subaru saßen. „Aber damit wir uns nicht missverstehen, ich finde dich sehr liebenswert. Warum fahren wir eigentlich zur Burg Regenstein? Wegen der Ritterfestspiele?"

„Indirekt ja", antwortete Lilly ernst. „Ich will dort etwas überprüfen, das auch dich interessieren könnte. Warte es ab! Meine Gegenfrage lautet: Wo warst du heute Nacht, wenn du jetzt noch im Bette lagst?"

Der Mann lachte leise auf: „Na gut! Ich sage es dir, denn du weißt ohnehin, dass ich Privatdetektiv bin. Ich habe mir den gesprengten Ruinenkomplex in Quedlinburg angeschaut. Es war recht beeindruckend."

Lilly versuchte, völlig beherrscht zu bleiben. Sie war eine Kriegerin der Lüfte, also konnte sie immer gelassen fragen: „Und? Waren viele Menschen dort?"

„Es waren sehr viele Leute dort", erwiderte Irenäus. „Einsatzkräfte und Schaulustige. Die ganze Nacht hindurch. Der Einsatz hat richtig Geld gekostet."

„Ach!" Sie grinste. „Erinnere dich an das, was ich dir in jener Schnee-Nacht über gebundenes Geld gesagt habe. Eine Katastrophe ist immer eine wirtschaftsfördernde Maßnahme. Daran verdient man sich dumm und dämlich. Deshalb werden so gern Kriege geführt."

„Und die Menschen, die dabei zu Schaden kommen oder ermordet werden? Was ist mit denen?", fragte der Mann, aber sie hörte schon, dass das nur eine rhetorische Frage war.

„Das weißt du doch genauso gut wie ich", erwiderte Lilly. „Die Menschen sind Evolutionsfutter in einem Prozess, wie es ihn im sonstigen Tierreich nicht gibt, jedenfalls nicht in dieser Perfektion und Intelligenz." Der Subaru fuhr bereits geraume Zeit, als sie das Gespräch wieder aufnahm: „Und sind denn nun heute Nacht Menschen zu Schaden gekommen?"

„Weiß ich noch nicht", antwortete er. „So lange ich dort war, wurden nur zwei Leichen geborgen."

„Doch zwei?", meinte sie ungezwungen und achtete auf den Verkehr.

„Ja!", grinste er. „Ein Mann mit einem Messer im Rücken und eine Hirschkuh."

„Ach so!", sagte Lilly und lächelte ihn an. „War das etwa euer Wilddieb? Wirst du das noch rauskriegen?"

„Die Wahrscheinlichkeit ist hoch, da es garantiert kein Jäger war, der dort lag." Er schaute sie von der Seite an. „Die Frage ist eher, wie er sich das Messer im Rücken zugezogen hat."

„Tja, das weiß ich auch nicht", meinte sie und fuhr rasant auf die Schnellstraße. „Vielleicht wird es ja dein neuer Fall ..."

„Wer weiß!" Er schien das Gespräch nicht wirklich voranbringen zu können. „Vielleicht löst es auch die Polizei. Morde sind nicht so mein Ding."

Sie fühlte, dass ihre Handflächen feucht wurden und fand, dass es an der Zeit war, das Thema zu wechseln: „Warst du schon einmal auf dem Regenstein? Ich nämlich nicht."

„Schon mehrmals", sagte er und sah sie wieder von der Seite an. „Wir sollten vor dem Wald anhalten und noch ein Stück zu Fuß gehen."

Mit Mühe und Not bekamen sie noch einen Stellplatz. Irenäus erhaschte Lillys Hand und ging mit ihr zum Wanderweg, ehe er sie wieder losließ. Er war wohl nicht so fürs Händchenhalten, dachte sie belustigt, registrierte dennoch die begütigende Geste. Irgendetwas ahnte dieser Mann, das war ihr längst klar geworden.

Inmitten vieler fremder Menschen erreichten sie das Burgtor. Offenbar kamen sie zu einer Zeit, zu der alle kamen. Die Burg Regenstein ist eine außergewöhnliche Burganlage, die einen natürlichen Felssporn, der hoch in die Landschaft ragt, mit einem baulichen Mauermantel komplettiert hat. Der relativ weiche Sandstein wurde weitläufig ausgehöhlt, so dass Gänge, Durchlässe, Räume, Treppen und ein Burggraben entstanden, die allerorts durch kompaktes Mauerwerk ergänzt wurden. Insbesondere die Raubgrafendynastie des Grafen Albrecht vom Regenstein machte diese Burg nachhaltig berühmt oder berüchtigt. Die Quedlinburger lieferten sich mit ihm jahrelange Streitigkeiten, die damit endeten, dass sie ihn gefangennahmen und in einen Käfig aus Eichenholz sperrten. Das soll im Jahre 1336 geschehen sein. Der sogenannte Raubgrafen-Käfig ist heute noch in der Welterbestadt zu besichtigen.

Irenäus erzählte Lilly, dass der Regenstein, was weniger bekannt ist, eine uralte, weithin sichtbare Kultstätte ist, die bereits mehrfach beschrieben wurde, und deren tiefere mythische Bedeutung zuletzt in Walter Diesings Buch „Der Himmel auf Erden" in größerem Zusammenhang dargestellt wurde.

Nach Südwesten erhebt sich eine trutzige Mauer mit einem Tor, zu dem man über eine Brücke gelangt, die den in den Sandstein geschlagenen Burggraben quert. In diesem Tor stand ein putziges Häuschen aus Pappe, in dem jemand saß und Eintritt kassierte. Irenäus steuerte darauf zu, aber die Frau hielt ihn zurück: „Einen Moment noch!"

Nun nahm sie seine Hand und zog ihn über die Eichenbohlen zurück auf die Zuwegung. Sie zeigte auf einen kleinen Vorplatz zwischen den Kiefern: „Dort möchte ich mir nochmal etwas anschauen, aber unauffällig, Herr Privatdetektiv!"

Fahrzeuge und Zelte standen auf einer rasigen Schotterfläche, teilweise von einem niedrigen Jägerzaun abgeschirmt gegen unbefugtes Betreten. Sie schmuggelten sich hindurch und standen zwischen einigen Transportern. Lilly sah sich prüfend um. Leise sagte sie: „Am besten ist, wenn uns hier niemand sieht."

„Was suchst du?", fragte er.

„Mal sehen!", erwiderte sie indifferent und schlenderte wie zufällig ein Stück weiter.

Die meisten Händler schienen nachts in ihren Transportern zu schlafen, einige hatten Zelte aufgestellt. Im Hintergrund befand sich ein größeres Zelt, das den Eindruck eines Arbeitsraumes machte, in dem zubereitet und verarbeitet wurde.

Lilly bewegte sich in diese Richtung. Niemand schien sich im Lager aufzuhalten. Sicherlich waren alle auf dem Mittelaltermarkt. Trotzdem war Vorsicht geboten, und außerdem durfte sie sich von Irenäus nicht in die Karten schauen lassen, jedenfalls nicht allzu
tief. Und plötzlich sah sie ihn. Groß und schwarz stand er hinter dem Zelt. Sie hatte gute Augen und sah schon aus der Entfernung das H im Nummernschild leuchten. Sie wartete, bis er direkt neben ihr stand, dann deutete sie mit dem Kopf auf den Pickup.

Irenäus kniff die Augen zusammen: „Ist das der Nissan des Wilderers?"

„Den habt ihr doch gesucht, oder?", sie schaute ihn aus blauen Augen an und wusste, dass es ein Wagnis darstellte, sich soweit zu offenbaren.

„Woher weißt du, dass er hier steht?", flüsterte der Mann und blickte sich sichernd um.

„Ich ahnte es nur, aber eigentlich suche ich nach etwas anderem", erklärte sie und bewegte sich auf das Wirtschaftszelt zu. Sie wurde durch die Leinwand abgeschirmt. Vorsichtig spähte sie um eine Zeltkante und sagte leise: „Na, also!"

Niemand war weit und breit auszumachen. Zwanzig Meter hinter ihnen liefen die Leute zwischen Burg und Unterland hin und her. Lilly trat hinter dem Zelt hervor und wartete darauf, dass Irenäus es nachmachte. Sie flüsterte jetzt ebenfalls: „Dieses Fahrzeug suche ich!"

Irenäus blickte auf den schwarzen VW-Bus mit getönten Fenstern und raunte: „Lass uns hineinschauen!"

„Das könnte gefährlich werden", grinste sie zurück und machte ein paar schnelle Schritte auf das Fahrzeug zu. Als sie es erreicht hatten, versuchten sie, einen Blick hineinzuwerfen.

Doch dazu kamen sie nicht, denn die seitliche Schiebetür wurde aufgerissen und ein Typ sprang in Kampfpose nach draußen. Zumindest sprang er – bekleidet nur mit einer schwarzen Jogginghose. Der tätowierte Oberkörper war frei, die Arme muskulös, der runde Schädel kahl rasiert und an etlichen Körperstellen waren Piercings oder klimpernder Silberschmuck auszumachen.

„Was wollt ihr hier?", schrie er mit verzerrtem Gesicht und rüttelte mit den Fäusten an einer unsichtbaren Stahlstange. „Wollt ihr uns beklauen? Ich rufe sofort die Security!" Er fing an, in einer Hosentasche zu kramen und zog ein Handy hervor.

„Pass nur auf, dass wir nicht die Security holen", erwiderte Irenäus und blieb gelassen stehen.

„Dann kannst du denen mal erklären, wo dieser Nissan in der vorletzten Nacht war!", sagte Lilly mit eiskalter Stimme.

Der Typ machte ein verdutztes Gesicht und richtete sich aus der angeberischen Kampfpose auf. Dann sagte er in wesentlich bescheidenerem Tonfall: „Hey, was wollt ihr von mir?"

„Nichts!", knurrte Irenäus und warf einen kurzen Blick durch die Schiebetür auf das zerknüllte Lager im Inneren des Van. „Schlaf weiter!"

„Hey, wer seid ihr?", rief der Mann und trat einen Schritt vor. Er packte Lilly am Arm und zeterte: „Ich habe damit nichts zu tun!"

Blitzschnell wirbelte sie herum – ein bisschen wollte sie zugegebenermaßen auch vor Irenäus angeben – und beförderte den Typen mit einem Stoß nach hinten, so dass seine Kniekehlen gegen die Schwellerkante des Busses schlugen und er durch die Schiebetür auf seine Bettstatt geschleudert wurde. Mit einem schnellen Griff schob sie die Unterschenkel hinterher und drückte die Tür seitlich zu. Dann blickte sie den Privatdetektiv an und meinte: „Komm! Lass uns gehen! Ich möchte mich nicht weiter rumstreiten."

Irenäus schwieg und blinkerte sie mit großen, prüfenden Augen an. Dann folgte er ihr. Sie hatte einen Plan.

An dem putzigen Häuschen kaufte sie eilig zwei Karten und strebte ins Innere der Burg. Dort standen jede Menge Holzhütten, Leinenzelte und Felltipis. Dazwischen lungerten malerisch gekleidete Menschen und verkauften Getränke, Fressereien oder kunstgewerbliche Artikel. Manche stellten auch Horoskope oder hockten nur an qualmenden Feuerkörben. In einem Streichelzoo meckerten junge Ziegen, und einige Pferde trampelten ungeduldig auf der Stelle.

„Komm!“, sagte sie und ging schnell zwischen den Menschen auf einen erhöhten Platz zu, der zur Befestigung gehörte. Hier blieb sie stehen: „Ich mache jede Wette, dass dieser Blödmann gleich zu irgendjemandem läuft, um diesem sein Erlebnis anzuvertrauen. Ich möchte sehen, zu wem.“

Irenäus war jetzt neben ihr und flüsterte: „Wer bist du eigentlich in Wirklichkeit?“

„Mein Gott, ich bin Miss Marple“, erwiderte sie leicht gereizt. „Aber hatten wir nicht ausgemacht, dass du keine blöden Fragen stellst?!“

Der Privatdetektiv schwieg betreten.

„Da kommt er schon!“, meinte sie gleich darauf. „Wir müssen ihm folgen.“

„Unauffällig!“, knurrte Irenäus sarkastisch und betrachtete im
Gehen ihren Hintern.

Der Typ bewegte sich zielgerichtet zwischen den Besuchern auf einen schattigen Platz unter Bäumen zu. Dort lagen mehrere dicke Holzklötze. Auf einem saß eine dicke, nicht sehr alte Frau in mittelalterlichem Bauernlook und redete mit einer Stimme, deren unangenehme Untertöne auf dem ganzen Burgplatz widerhallten, auf einen Mann in pludrig-bunter Hose und freiem Oberkörper ein. Der Mann sah irgendwie fremdländisch aus, was durch den aus schwarzen Haaren gebundenen, senkrecht stehenden Pferdeschwanz betont wurde.

Der tätowierte Typ aus dem Van eilte genau auf dieses Personenpaar zu. Lilly gab Irenäus einen überflüssigen Wink und ging unauffällig zum Regal eines Töpfers, um sich hinter dessen Tassen zu verstecken. Der Töpfer sah aus wie ein Indianer, wohnte aber im wirklichen Leben in Quedlinburg. Sie sah, dass Irenäus ihn freundschaftlich begrüßte. Dann gesellte er sich zu ihr. Sie beobachteten, dass sich die fette Marktfrau vom Zopfmenschen abgewandte und nun mit dem Hinzugeeilten diskutierte, und zwar wesentlich leiser.

Lilly sah, dass diese Frau trotzdem sehr wütend war und ihre Augen suchend durch die Menge glubschten. Der Bezopfte stand ein Stück abseits und tat, als interessiere er sich für bunte Batictücher, die er wohl selber verkaufte. In Wirklichkeit scannten seine schwarzen Augen die Umgebung jedoch wesentlich intensiver als die umherirrenden Stielaugen der Vettel.

Es verging auch nur noch eine Minute, bis die Blicke des Bezopften auf dem Töpferstand hängenblieben. Lilly konnte sich nicht so schnell wegdrehen, da sah sie schon ein wissendes Grinsen in seinem Gesicht aufflammen, ehe er den Kopf abdrehte, ohne dass dieses Grinsen verschwand.

Irenäus schien diese Szene nicht bemerkt zu haben. Erst jetzt sahen sie gemeinsam, dass sich die Dicke erhob, ihre Brüste raffte, das flachsblonde Haar ausschüttelte und mit dem tätowierten Typen zum Ausgang der Burg strebte.

„Hinterher?“, fragte Irenäus. „Oder Frühstück?“

„Frühstück!“, lächelte sie und strich kurz über seinen Arm.

Auf dem Regenstein wurde irgendwann vor vielen Jahren eine Gaststätte in das Burgensemble integriert. Eine weite Glasveranda bietet einen Panoramablick über das nordöstliche Harzvorland, der zu den besonderen seiner Art gezählt werden kann.

Aber es gibt auch einen kleinen Biergarten, von dem aus man denselben Blick unter freiem Himmel genießt. An herkömmlichen Tagen wird dieses schöne Restaurant oft nur von wenigen Menschen besucht, aber an besonderen Tagen muss sich das ältere Kneiperpaar schon Aushilfen nehmen.

Lilly und Irenäus hatten heute ihren Glückstag, denn soeben wurde im Biergarten ein Ecktisch direkt an der Mauer vor dem Abgrund frei. Eigentlich war sie es gewöhnt, sich so zu setzen, dass sie das gesamte Lokal im Blickfeld hatte, aber heute überließ sie dieses Privileg dem Meisterdetektiv. Dadurch entging ihr allerdings, dass sich der Magier im Hintergrund auf ein Mäuerchen setzte und so tat, als betrachte er das Marktgeschehen.

„Ach, wie schön!“, strahlte Irenäus. „Das sind also die spannenden Erlebnisse mit der Privatdetektivin Lilly.“

„Hör jetzt auf!“, sagte sie eindringlich und streichelte seine gebräunte Hand. „Du solltest diesen wunderschönen Tag nicht mit indirekter Bohrerei verderben. Jeder von uns hat gesehen, was er sehen wollte, und dabei sollten wir es bewenden lassen.“

„Danke!“, sagte er und schaute sie liebevoll an. „Ich bin manchmal etwas penetrant, aber nur selten. Ist es nicht schön hier oben?“

Sie kniff ihn in den Arm und wollte gerade eine schlagfertige Antwort geben, als ein altes, dünnes Männchen mit großen braunen Augen an den Tisch trippelte und sich nach ihrem Begehr erkundigte.

„Wir möchten Bier trinken und etwas essen“, erklärte Lilly.

„Essen knapp! So viele Leute“, sagte das Männchen in gebrochenem Deutsch. „Wir haben noch Halberstädter Würstchen oder wunderbare Hirschgulasch mit Kartoffel und Rotes Kohl.“

Lilly sah, dass Irenäus ihr einen bizarren Blick zuwarf und sagte: „Ich lade dich ein, Irenäus! Für mich bitte Hirschgulasch.“

„Das nehme ich auch!“, erklärte er dem Männchen und grinste sie dabei an. Als die Bedienung nicht mehr da war, musste sie sich vor Lachen über die Brüstung beugen.

„Bitte keine Anspielungen“, erklärte der Poet gespielt pikiert. „Wir hatten ausgemacht, jegliche Diskussion zu unterlassen, auch nonverbale.“ Nonverbale! Lilly musste noch mehr lachen.

Beim Essen und Trinken unterhielten sie sich in der Hauptsache über die malerische Landschaft, und Irenäus schlug ihr die fantastischsten Wanderungen vor. Als alles abgeräumt war, schauten sie hinaus in das nunmehr abendliche Land, und ihre Hände fanden sich über dem Tisch. Plötzlich fühlte Lilly, dass etwas anders war. Sie ließ die Hand los und drehte schnell den Kopf.

Wie aus dem Nichts erschienen, saß auf einem herbeigerücktem Stuhl der Mann mit dem aufgerichteten Zopf an ihrem Tisch.

„Oh!“, stieß sie hervor. Irenäus bemerkte den Fremden erst in diesem Moment.

„Ich möchte mit euch reden“, begann der Mann grußlos, „denn ihr seid auf einer Jagd, die euch leicht zum Verhängnis werden kann.“

„Wer bist du?“, fragten Irenäus und Lilly gleichzeitig.

Der Mann besaß ein rundes, sehr freundliches Gesicht mit überaus wachen, tiefbraunen Augen. Er lächelte breit und antwortete: „Ich bin hier der Magier. Ich habe gesehen, dass du ein Gote und sie eine Kriegerin ist. Die beiden Leute, die ihr jagt, sind böse Menschen. Ihr solltet sie nicht unterschätzen.“

Er hatte abwechselnd Irenäus und Lilly angeschaut. Sie fragte ihn schnell: „Woher weißt du das? Haben sie dir etwas erzählt? Wer sind diese Leute?“

„Ich kann nicht lange verweilen“, meinte der Magier. „Sie wird bald wiederkommen und muss mich nicht bei euch sehen. Die Vettel heißt Sonja. Sie ist die Geschäftsführerin. Ein Mittelaltermarkt ist ein Unternehmen. Es fließt viel Geld in einige Taschen. Damit kann man reich werden, denn die Leute tragen in Scharen ihr Geld hierher. Manche kriegen aber den Hals nicht voll. Dazu gehören Björn und Sonja. Björn ist dieser Blödmann, der sie schützt, ihr Guardian. Auch ihn dürft ihr nicht unterschätzen. Er ist feige, aber brutal.“

„Hier ist doch alles sehr lustig und entspannt“, warf Lilly ein. „Warum sind diese beiden so negativ?“

„Das Schöne ist nur die äußere Hülle“, sagte der Schamane versonnen und trank in einem Zug Irenäus’ halbvolles Bierglas aus. „Hier herrscht negative Mittelalter-Energie. Ich bin nur selten dabei. Sie kennen meine Ansichten und müssten mich eigentlich verbrennen. Ich weiß zum Beispiel, dass das, was ihr gerade gegessen habt, neulich noch auf einer Wiese im Elm graste. Du, Gote, hast doch sicherlich den Hirsch gesehen, der heute Nacht in Quedlinburg gefunden wurde und momentan auf allen Sendern erörtert wird. Und du bestimmt auch …“

Wieder schaute der Magier zwischen Irenäus und Lilly hin und her. Sie versuchte, ihren Schreck zu verbergen, was ihr auch ziemlich gut gelang.

„Ich muss gleich gehen“, fuhr er fort. „Ich spüre, dass sie nahen. Zu zweit werdet ihr sie nicht bezwingen. Ihr müsst vier sein! Außerdem solltet ihr ihnen jetzt nicht noch einmal begegnen. Danke für das Bier!“

Die brauen Augen zwinkerten ihnen zu. Er verneigte sich leicht. Neben ihnen fiel einem Kind mit lautem Knall ein volles Cola-Glas auf den Steinboden. Irenäus und Lilly sahen erschrocken dorthin und grinsten dann erleichtert. Als sie wieder aufblickten, stand an ihrem Tisch kein Stuhl mehr.

Bald darauf verließen sie die Burg auf einem schmalen Waldweg. Lilly fühlte sich gut, obwohl sie sich der dräuenden Wolken, die über ihr waberten, in jeder Sekunde bewusst war. Aber sie empfand den Privatdetektiv als einen so liebenswerten Menschen, dass sie nichts wirklich Bedrohliches von ihm erwartete. Irenäus wiederum hielt sich an seine Zusage, ihnen diesen schönen Tag nicht mit kleinlicher Befragung zu vermiesen, und zeigte sich von der allerbesten Seite.

Sie hatte keine Eile, der Abend war für die Jahreszeit viel zu mild. Sie setzten sich ins Gras und sprachen zwischen gelegentlichen Küssen über belanglose Dinge. Beide genossen diesen Schwebezustand, bis der inzwischen merklich gedellte Mond aufging. Als sie fühlte, dass ihr gegenseitiges Begehren eine gewisse süße Grenze zu überschreiten drohte, musste sie zu ihrem Bedauern wieder einmal die Notbremse ziehen. Sie legte zärtlich seine Hand zur Seite und flüsterte: „Es gibt ein Problem."

„Du willst kein Kind?", stöhnte Irenäus. „Oder wird es zu kühl?"

„Keins von beidem", erwiderte sie und setzte sich auf. „Aber wir müssen uns leider mit der mittelalterlichen Realität auseinandersetzen. Es nützt alles nichts. Diese bösen Leute werden jetzt dasitzen und hasserfüllt darüber grübeln, was wir von ihnen wissen. Und ich glaube nicht recht, dass sie so einfach dasitzen werden und warten ..."

„Was sollen sie tun?", fragte Irenäus. „Wir liegen hier neben dem Wald. Besser können wir uns gar nicht abtarnen. Ich habe nicht vor, sie aus irgendeinem Grunde aufzumischen, auch wenn es dieser Magier geweissagt hat."

„Glaubst du nicht an Magier?", fragte sie provokant und musste sich bezwingen, dabei nicht über seine ausgebeulte Hose zu streichen.

„Doch, ich glaube daran", gab er zurück, „aber wenn ich gar nichts beabsichtige, kann mir auch nichts passieren."

„So, so! Soll ich dir diese Illusion mal kappen?", fragte sie und machte eine kurze Kunstpause. „Diese Leute wissen, wo Tam und ich wohnen. Sie brauchen nur hinzufahren. Tam ist ganz allein."

„Die wissen das?", rief er und richtete sich ebenfalls blitzschnell auf. „Wie konnte das passieren? Okay, ich frage vorerst nicht weiter. Aber wieso sollten sie zu Tam fahren?"

„Erstens, weil sie uns vielleicht mit ihr in Verbindung bringen", erklärte Lilly unwillig, „und zweitens, weil sie der Meinung sein könnten, dass Tam wesentlich mehr über sie weiß, als ihnen lieb sein kann. Wenn diese Leute zu ihr fahren, dann wohl eher nicht am hellichten Tage. Und damit haben wir das nächste Problem: Die Nacht bricht gerade an. Scheiße! Ich würde so gern noch ein bisschen mit dir zusammenbleiben. Aber alleinlassen kann ich sie auch nicht."

„Dann rufe sie an und warne sie", sagte Irenäus und schaute nervös zum Himmel, an dem die ersten Sterne blinzelten. „So leicht ist ihre Festung doch nicht zu stürmen."

„Dann wird sie mich bestimmt sofort zurückbeordern“, schmollte sie. „Na, egal, wenn ich’s nicht tue, haben wir auch keinen Spaß mehr.“

Sie kramte ihr Handy aus der Nappaleder-Jackentasche und drückte Tams Nummer. Es dauerte. Dann erklang Tams aufgekratzte Stimme: „Hallo, Lilly, wo auch immer du bist, lass dir noch etwas Zeit. Ich habe gerade angenehmen Herrenbesuch.“

„Oh!“, konnte Lilly im ersten Moment nur von sich geben. Und dann: „Wer ist es?“

„Frag nicht soviel!“, rief ihre Herrin vergnügt. „Er hat ein grünes Hemd an. Und tschüss!“

Kopfschüttelnd und gleichzeitig lächelnd, drückte sie auf die AUS-Taste. Der Mann blickte sie fragend an: „Na, du siehst so verwundert aus?“

„Eigentlich geschockt, ich lasse es mir nur nicht ansehen“, gestand sie. „Ich darf noch nicht nach Hause. Tam hat nämlich Männerbesuch. Er hat ein grünes Hemd an …“ Sie kicherte.

„Karl!?“, schrie ihr Begleiter etwas zu laut.

„Ja! Bist du neidisch?“, fragte sie, denn sie war tatsächlich ein wenig konsterniert von seiner jähen Reaktion.

„Ach, hör auf!“, meinte er und nahm sie in den Arm. „Ich bin nur erstaunt; vor allen Dingen darüber, wie dieses tête-à-tête wohl zustande kam. Aber wenn sich die Dinge jetzt derart gestalten, könnten wir auch noch ein bisschen zu mir fahren. Es wird schon ziemlich feucht und kalt. Titus friert auch schon.“ Der Hund war den ganzen Nachmittag treu und brav neben ihnen hergetrottet.

Lilly stimmte nicht zu: „Nein, das geht nicht. Es wäre nichts Halbes und nichts Ganzes. Wenn ich bei dir bin, soll es auch richtig sein und nicht mit einer Hirnhälfte bei Tam und der über ihr lauernden Gefahr. Lass uns jetzt aber trotzdem aufbrechen. Wir sind die Letzten.“

„Du hast ja Recht“, antwortete er und erhob sich. „Aber dann möchte ich dich wenigstens in mein Stammlokal einladen zu einem Glas Sekt. Dort begann übrigens vor vielen Jahren mein erster Fall mit einer traurigen Frau. Die Leiche ihres Mannes habe ich dann einige Tage später gefunden.“

„O jeh!“, sagte Lilly, aber wirklich berührt war sie vom Schicksal dieses Mannes natürlich nicht. „Dann lass uns dorthin fahren. Ich hoffe nur, dass Karl meine Herrin beschützen kann, falls die Chaoten sie doch heimsuchen.“

„Dann rufe sie doch nochmal an und warne sie", meinte Irenäus eindringlich.

„Ach nee! Dann verderbe ich ihr den Spaß. Lass uns fahren!", entschied sie, denn sie hatte keine Lust auf irgendeine telefonische Debatte mit Tam.

XXIV

Das Irish Pub „Nase" liegt am Carl-Ritter-Platz, dem großen Parkplatz zwischen der südlichen Quedlinburger Stadtmauer und dem sogenannten Westendorf, einer Ansammlung von Fachwerkhäusern am Fuße des Burgbergs. Das Schloss und die romanische Stiftskirche liegen erhöht auf einem Sandsteinfelsen und sind von wuchtigen Stützmauern umgeben. Ein Stück entfernt davon befindet sich, wie gesagt, die Stammkneipe des Privatdetektivs Irenäus Moll.

An diesem milden Abend trafen sich hier eine größere Anzahl von Menschen, teils Touristen, vor allem aber bemerkenswerte Angehörige einer gewissen Quedlinburger Szene, in der fast jeder jeden kannte. Das Pub war eine ziemlich kleine Räumlichkeit, aber dafür interessant strukturiert. An der langen Bar gab es selbstverständlich irische Biere wie Guinness und Kilkenny und jede Menge verschiedene Whisky-Sorten. Das Irish Stew und andere auserlesene Fresschen stammten aus der hauseigenen Küche. Eine Treppe führte hinauf in einen weiteren Raum. Die Wände waren stilecht übersät mit allen möglichen Bildern und Accessoires, zwei Fernseher liefen im Hintergrund, und ein Dartautomat flimmerte fordernd. Diese Stätte von Gedankenaustausch jeglicher Couleur wurde von Jens und Jana betrieben, einem agilen Kneiperpaar, das voll und ganz im „Irish" aufging.

Als Lilly und Irenäus das Lokal betraten, war der Abend bereits fortgeschritten. Die Klänge von „Exile on Main St." erfreuten das Ohr des Kundigen. Selbst draußen im kleinen Biergarten tranken noch Leute, was zu Ostern normalerweise nicht vorkam. Vielleicht handelte es sich sogar um ein besonderes Jahr …

Zuerst wurde Irenäus von Gesine begrüßt, die immer dann hier im Einsatz war, wenn es so brechend voll war wie heute. Gesine hatte für ihn immer ein Küsschen übrig und ein wenig Schäkerei, denn die beiden konnten sich offensichtlich gut leiden.

Lilly bemerkte das sofort. Sie war hier natürlich zum ersten Mal. Ein Besuch in einem derartigen Szene-Treff wäre wohl nichts für Tam gewesen. Manchmal gingen sie gemeinsam essen, oder Lilly wurde auf eine Reichen-Fete mitgenommen. Deshalb freute sie sich im Stillen über dieses Erlebnis. Vorher hatte sie jedoch Irenäus eingebläut, keine Informationen über sie preiszugeben und sie allerhöchstens als seine Cousine vorzustellen.

Von Gesine wurde sie nur skeptisch angeschaut, aber dann kam die Chefin und begrüßte Irenäus. Jana mit langem blonden Zopf umarmte ihn ebenfalls und fragte gleich danach: „Und wer ist deine hübsche Begleiterin?"

Mehrere Männer, die augenscheinlich mit Irenäus gut bekannt waren, warfen hemmungslos neugierige Blicke auf Lilly.

„Das ist meine Cousine!", erklärte Irenäus gelassen und wie abgemacht. „Babette von Interlaken. Ein Überraschungsbesuch."

'Dieser blöde Spinner', dachte Lilly, machte aber lächelnde Miene zum albernen Spiel. Allerdings war dieser Abend nicht wirklich dazu angetan, dem Recken böse zu sein, und so ergab sie sich in die Rolle.

„Babette von Interlaken?", wiederholte einer der Männer. „Diesen Namen habe ich schon mal irgendwo gehört."

Natürlich waren alle Plätze besetzt, so dass sie sich auf zwei Hocker an der Bar quetschen mussten. Sie stellte befriedigt fest, dass ihr Begleiter keine Lust auf eine große Runde hatte, sondern sie für sich allein beanspruchte.

Jens, der Wirt, war ein schlanker, dunkelhaariger Mann. Er stellte Irenäus zur Begrüßung einen Whisky unter die Nase und ihr ein undefinierbares alkoholisches Damengetränk.

Hin und wieder mischte sich natürlich doch einer von den unzähligen Bekannten ihres Begeiters in ihr Gespräch, und sie erfuhr allerlei Neuigkeiten über Dinge, an die sie zuvor niemals einen Gedanken verschwendet hatte. Noch mehrmals stellte Irenäus sie als Babette von Interlaken vor, und sie fragte sich besorgt, wer das wohl gewesen sein mochte.

In gewissen Abständen schaute sie auf eine Uhr, die zwischen Flaschen und Spiegeln an der gegenüberliegenden Wand hing. Die Zeit verging schnell und kurzweilig. Jana und Gesine warfen ihnen immer wieder neckische Bemerkungen zu. Irenäus plauderte umwerfend mit ihr, und sie durfte nicht vergessen, auf ihren Alkoholpegel zu achten, denn sie musste sowohl noch ihren Begleiter in sein abseitiges Domizil bringen, als auch zu ihrer Herrin zurückkehren. Diese hatte sie für einige Zeit verdrängt, und nun überkam sie das Problem erneut siedendheiß. Es war eine Menge Zeit vergangen. Sollte sie anrufen, oder war die Herrin gerade im heißen Liebesspiel mit dem besten Freund? Und was vor allem war mit diesen durchgeknallten Mittelaltertypen? Würden die wirklich heute Nacht bei Tam aufschlagen oder handelte es sich nur um übervorsichtige Phantasie ihrerseits?

Besorgt wandte sie sich mit diesen Gedanken an Irenäus, der es bis jetzt tatsächlich geschafft hatte, sie von diesem Thema total abzulenken. „Tja!“, meinte dieser, „dann wird es wohl langsam ernst. Es gibt da mehrere Möglichkeiten, einfache und komplizierte. Du könntest jetzt zum Beispiel mit mir zusammen …“

Weiter kam er nicht. Die Tür des Lokals klappte, und ein sichtlich vergnügter Karl Wabenmond betrat den Raum. Als er sie beide erblickte, überzog Verwunderung und Freude sein Gesicht: „Ihr? Was macht ihr denn hier?“

„Wir warten darauf, dass ich nach Hause fahren kann“, antwortete Lilly. „Hast du Tam allein gelassen?“ Urplötzlich überkam sie ein sehr merkwürdiges Gefühl.

Gesine fiel dem Förster kurz mal um den Hals, und Jana reichte ihm einen Whisky, doch so richtig achtete er nicht darauf: „Wie jetzt? Ihr wisst, dass Tam und ich …?“

Erst jetzt wurde Lilly klar, dass Tams Auskunft am Telefon nur ihr gegolten hatte. Deshalb erwiderte sie auch nur kurz: „Ja, wir wissen es. Aber wieso bist du schon hier?“

„Schon?“, fragte der Förster entgeistert. „Ich war ziemlich lange dort. Tam hat mich nach Hause geschickt, denn sie war noch von der vorigen Nacht sehr müde.“

„Kann ich mir vorstellen“, murmelte Irenäus.

‘Was sollte das wieder heißen’, fragte sie sich, ‘was spielen diese beiden abgefuckten Kerle hier eigentlich für ein Spiel?’ Doch ein heftiger Stich durchzog ihre Brust. Sie sah ihren Begleiter an, der plötzlich eine Miene aufgesetzt hatte, als schaue er in sich hinein.

„Wir müssen sofort zu Tam!“, sagte Lilly in hartem Ton und kramte bereits Geld hervor. „Ich fühle das! Die Gaukler sind bereits bei ihr!“

„Welche Gaukler?“, fragte Karl mit gerunzelten Brauen.

„Los, Männer, kommt!“, rief sie eindringlich. „Wir dürfen keine Zeit verlieren!“

„Beeile dich!“ Irenäus sprang auf und packte seinen Freund bei der Schulter.

XXV

„Lassen Sie ihn laufen, er entkommt uns nicht", sagte die Hauptkommissarin zur Staatsanwältin. „Wir sollten lieber sofort mit der Spurensicherung zusammenarbeiten, sonst geht uns noch ein wichtiger Fakt durch die Lappen."

„Wenn Sie meinen", erklärte die Staatsanwältin. „Ihr rasanter Freund hat uns ja doch schon ein ganzes Stück weitergeholfen. Ist der immer so?"

„Interessiert Sie das sehr?", schnappte Rita zurück. „Ich kann ihn Ihnen ja mal zum Tee vorbeischicken!"

„Ich komme darauf zurück", grinste die Frau. „Aber jetzt sollten wir uns wieder der Arbeit zuwenden. Das mit den Reifenspuren war kein schlechter Tipp."

„Ich habe sie ebenfalls fotografiert", sagte Rita unwirsch. „Wir benötigen den Film von diesem Deppen also höchstens zum Abgleich."

Das vordere Backsteingebäude war nun zur Hälfte voll eingestürzt. Hier führte der „Pfad" hinauf, den die Ermittler benutzten. Die Fabrikhalle lag etwas zurückgesetzt und war auf ganzer Breite eingestürzt.

Der Mann von der Spurensicherung kam ihnen entgegen gekraxelt und sagte: „Also, meine Damen, folgender Sachstand: Einen Geländewagen haben wir bis jetzt noch nicht gefunden. Die Suche nach Reifenspuren wird sich im Bereich der Lagerhalle extrem schwierig gestalten, weil der ganze Schlamassel bis auf den Fußboden gefallen ist. Besser könnte es in der Durchfahrt aussehen, weil das Vorderhaus noch teilweise steht. Doch es kann jeden Moment zusammenbrechen. Wir sind jetzt überhaupt an dem Punkt angekommen, an dem wir die Trümmer auf Dumper verladen müssen. Der Oberbürgermeister hat bereits lamentiert, wer ihm den ganzen Dreck wieder von der Straße räumt."

Der Hundeführer war jetzt auch herabgeklettert und stand bei ihnen: „Da drüben gibt's doch gleich eine Firma 'Schilling Krane'. Die rufe ich an. Ich glaube, bei denen fahren auch ein oder zwei Kipper. Sonst dauert das doch hier noch ewig."

„Und ich schaue mir jetzt die Einfahrt etwas näher an", sagte der SpuSi-Mann.

„Warten Sie!", rief Rita und klärte ihn auf. „Sie kennen doch die neuesten Informationen noch gar nicht!"

Nachdem sie eilig von dem Wilddieb berichtet hatte, meinte der Forensiker: „Sie könnten ja tolle Informanten haben! Die lösen wohl die Fälle bereits selber. Also, ich gehe da jetzt vorsichtig ran, während Sie Ihren Fotoapparat holen."

„Nein, nein!", mischte sich die Staatsanwältin ein. „Sie haben selbst gesagt, dass das jeden Moment zusammenbrechen kann."

„So lange hält es noch", antwortete der Mann und drehte sich um. „Ich habe da Ahnung!"

Otto lag auf dem Fahrersitz und schlief, als Rita leise den Fotoapparat aus dem Golf nahm. Sie dachte an Irenäus. Er war jetzt bestimmt stinksauer auf sie. Aber wenn er doch unbedingt der große Privatdetektiv sein wollte! An sich war ja die verschwiegene Wilddieberei eine Lappalie und dass er sie in dieser Nacht (Oh, Gaia! Es war immer noch die gleiche Nacht!) lieber im Bett haben wollte, als über flüchtige Autofahrer zu diskutieren, war auch noch tolerabel. Allerdings gab es da irgendwas, das ihr sagte, dass Irenäus noch viel mehr über diesen Fall wusste. Es war wohl unerlässlich, ihn noch einmal so richtig in die Mangel zu nehmen.

Bei ihrer Rückkehr kam der tollkühne Fährtensucher schon wieder durch die Reste der Toreinfahrt spaziert, so als würden sich nicht mürbe Backsteinmauern über seinem Haupte neigen. Es war inzwischen taghell und das Gebiet vollständig abgesperrt, denn zu viele vor- und zurückrollende Großgeräte gefährdeten selbst die Einsatzkräfte. Alle schauten mit gekrausten Mienen auf
den SpuSi-Mann, dem dieser Auftritt offensichtlich Spaß machte.

„Es war einfach", erklärte er und steckte die Schutzkappe auf seine Kamera. „In der Durchfahrt war noch Schlamm vom letzten Tauwetter. Ich schlage vor, wir gleichen die Bilder in unserem Wagen ab."

Sie gingen zu einem dunkelblauen Kleinbus. Die Staatsanwältin, Rita und der Hundeführer durften sich mit vor den großen Bildschirm des PC drängen. Jutta musste solange draußen Benno halten. Mit wenigen Griffen stöpselte der Mann seine und Ritas Kameras an den PC. Dann erschienen die Bilder nebeneinander. Man musste nicht bei der Spurensicherung sein, um zu sehen, dass es sich mit hoher Sicherheit um die gleichen Reifen und damit um dasselbe Fahrzeug handelte.

„Sehr schön!", konstatierte die Staatsanwältin und blickte auf Rita. „Dank unserer guten Arbeit, einschließlich der Recherchen unseres Freundes Herrn Moll, können wir den ersten Teil des Falles als geklärt ansehen."

„Es ist mit an Sicherheit grenzender Wahrscheinlichkeit anzunehmen, dass Ihr Herr Moll die gleichen Spuren fotografiert hat“, grinste der Forensiker. „Das können wir aber später klären.“

„Die Frage ist nur“, begann Rita und fuhr schnell fort, als die Staatsanwältin tief Luft holte, „wer dem Mann das Messer in den Rücken gesteckt hat, wer dieser Mann überhaupt war und …“

„… wer diese Häuser gesprengt hat!“, fuhr ihr die Staatsanwältin knarrend ins Wort.

„Nun gut!“, lachte der SpuSi-Mann. „Dann haben wir ja alles geklärt. Bevor ich weitermache, frühstücke ich erst mal. Können Sie mal einen Ihrer Männer belegte Brötchen holen lassen? Hier ist doch bestimmt gleich irgendwo ein Bäcker.“

„In der Mauerstraße, zweihundert Meter weiter, gab es bis vor kurzem einen. Aber die Leute kennen da keine Gnade“, sagte der Hundeführer zu den ratlos dreinblickenden Frauen. „Ich kümmere mich darum!“

Als sie den engen Bus der Spurensicherung verließen, stand die Sonne am Himmel, und Schillings erster Kipper rollte an.

„Die können jetzt hier erst mal nicht mehr viel machen“, sagte der Forensiker. „Eigentlich können alle nach Hause gehen, bis auf die Absperrung, den Kran und ein paar THW- und Feuerwehrleute.“

Einige Zeit später frühstückten sie im Freien. Sie hätten nichts kaufen müssen, denn die Leute aus den direkt angrenzenden Häusern brachten ihnen frischen Kaffee und vieles mehr. Von denen erfuhren die Beamten dann auch in bequemer Frühstücksrunde, dass der einzelne Mann hier schon seit vielen Monaten hauste.

Die Leute fanden den Schandfleck neben ihren Häusern schlimm, deshalb ließen sie den Eindringling unbehelligt, denn sie gönnten es dem wahren Besitzer. Der Eindringling wiederum merkte davon offenbar nichts, er dachte, niemand wüsste von seinem Treiben. Eigentlich war an ihm auch nichts auszusetzen, denn er war immer allein und extrem ruhig. Nur hin und wieder wurde er von Leuten besucht, die in einem schwarzen VW-Bus kamen, eine dicke Blonde und ein Rechter oder so was in der Art. Das geschah aber selten. Am letzten Abend hatte niemand etwas gesehen. Sie guckten schon lange nicht mehr hin. Ja, der Eindringling fuhr einen schwarzen Nissan-Pickup mit einem Kennzeichen aus Hannover.

„Na, also!“, sagte die Staatsanwältin, als sie wieder allein an dem improvisierten Frühstückstisch der Feuerwehr saßen. „Der

Selketal- und Sternhausfall dürfte geklärt sein. Wir müssen nun verstärkt den Hannoveraner Nissan suchen und abwarten, was die Spuren bringen. Außerdem kann es doch nicht so schwer sein herauszubekommen, wer der illegale Bewohner war."

Gerade setzte sich der Hundeführer wieder mit an den Frühstückstisch: „Das haben wir gerade ermittelt. Es handelt sich vermutlich um einen Kleinkriminellen namens Lothar Bartel. Er ist den Behörden zwar wohlbekannt, wurde aber niemals strafrechtlich verfolgt. Er war sozusagen ein sehr cleverer Gangster." Seine lustigen braunen Augen blickten dabei Rita an.

„Okay, ich fahre dann vorerst nach Hause", röhrte die Staatsanwältin und erhob sich abrupt. Sie schwenkte die lockigen, kastanienbraunen Haare. „Rita, Sie bleiben sicher noch einen Augenblick, und Sie machen weiter, wenn genug Schutt weggeräumt ist. Tschaou!" Damit rauschte sie vondannen.

Rita streckte sich auf ihrem Sitz und schaute die beiden übriggebliebenen Männer und die blonde SpuSi-Frau an. Dann fragte sie: „Und? Was machen wir nun?"

„Warten!", empfahlen alle drei gleichzeitig. Otto saß inzwischen zu Ritas Füßen und schloss die Augen. Er kannte das Wort.

Später ging Rita mit ihm an der Bode spazieren. Anschließend saßen sie im Auto. Sie wollte nicht nach Hause fahren, weil jeden Moment etwas Aufragendes passieren konnte. Doch der Kran und ein herbeigeholter Bagger fraßen sich schneckenlangsam durch die Trümmer. Nur das Forensiker-Pärchen war pausenlos im Einsatz und wuselte in halsbrecherischem Einsatz zwischen den Maschinen umher.

Rita ging der weiterführende Verdacht gegen Irenäus nicht aus dem Kopf. Die Wilddieberei war nur die Spitze, wusste ihr Gefährte auch etwas über den Eisberg darunter? Es war inzwischen Nachmittag. Rita ließ den Motor an. Bald darauf erreichte sie das einsame Gehöft. Sie wollte doch mal sehen, was es hier zu verbergen gab!

Doch sie sah nur den armygrünen Daimler, der einsam im Unterstand hockte, und ein unverschlossenes Haus. Auch Titus war zu Ottos größtem Leidwesen nicht zu Hause. Rita war sauer. Waren die beiden auf einem Hundespaziergang oder bei ihrem gemeinsamen Freund Karl Wabenmond?

Rita fuhr zum Forsthaus. Auch dort war niemand zu Hause. Waren die Männer mit ihren Hunden gemeinsam unterwegs? Rita wurde nun zunehmend sauer. Dieser Idiot hatte natürlich kein Handy, da er ein freier Mensch war und nicht pausenlos überwacht werden wollte, weder von ihr, noch von der NSA. Auch auf Karl Wabenmonds Handy kam nur diese völlig absurde Ansage: „Der gewünschte Teilnehmer meldet sich nicht." Hätte sie nur die Macht, derartigen Schwachsinn zu verbieten! Sie fuhr zurück in die Amelungstraße.

Die Sonne neigte sich dem Untergang zu. Für einen Ostersonnabend war der Tag extrem warm gewesen. Im Wetterbericht sprach man allerdings von einem Temperatursturz zu Ostern. Polare Kaltluft sollte auf die warme Mittelmeerluft treffen.

Als sie bei den gesprengten Ruinen ankam, fuhr gerade der letzte Dumper mit Schutt ab. Die übriggebliebenen Einsatzkräfte saßen erschöpft an der morgendlichen Frühstückstafel, an der es nunmehr Abendbrot gab, zuletzt kamen der Forensiker und Jutta aus der Brache, die sich inzwischen merklich verändert hatte. Verstaubt ließen sie sich auf zwei freie Stühle fallen. Rita ließ sie erst einmal zur Ruhe kommen. Der Mann von der Spurensicherung trank ein Bier, Jutta schlürfte brav eine Cola. Alle blickten gespannt auf die beiden. Natürlich wollten die noch anwesenden Einsatzkräfte wissen, was sie hier von früh bis spät freigeschaufelt hatten. Auch einige Nachbarn saßen an der Tafel. Niemand verscheuchte sie, denn sie waren schließlich Betroffene, und vieles auf dem Tisch stammte von ihnen. Die Presse war zwischendurch mal hier gewesen und der Landrat, aber die waren längst alle zum Abendbrot zu Hause.

Nachdem der Forensiker ein Gehacktesbrötchen und eine Flasche Bier vertilgt hatte, schaute er in die Runde und sprach: „Zuerst möchte ich euch allen herzlich danken. Es war wirklich grandios, mit welchem Einsatz ihr hier geschuftet habt."

Die Leute klopften mit den Gläsern auf die Tischplatte. Rita sah sich veranlasst, ebensolches von sich zu geben, was ihr nicht unangenehm war: „Vielen Dank auch im Namen der Quedlinburger Polizei!"

Gerade in diesem Moment hielt vor ihnen ein Streifenwagen und der braunäugige Polizist und sein Spürhund stiegen aus. Eitel Freude wurde lautstark bekundet, die reinste Volksfeststimmung. Es fehlte nur die Musik.

„Meine Kollegin Jutta", fuhr der SpuSi-Mann ernsthaft fort, „hat inzwischen ermittelt, dass in der Villa im rückwärtigen Teil eine kleine Wohnung existierte, wie es aussieht illegal und vom geborgenen Opfer. Sie fand sehr viel Literatur über das Mittelal-

ter, und es liegt nahe, dass es einen Bezug gibt, wie wir noch sehen werden, möglicherweise zu Mittelalter-Märkten. Es geht aus den Funden auch eindeutig hervor, dass der Tote Lothar Bartel heißt und keiner offiziellen Beschäftigung nachging. Er besaß ebenso kein Fahrzeug, das auf seinen Namen gemeldet war. Außerdem wurde er irgendwann erkennungsdienstlich erfasst, und die daraus stammenden Fingerprints stimmen mit denen im Umfeld überein. Bis hierhin haben wir das alles am Nachmittag recherchiert. – Moderne Technik!" Er grinste. „Meine Ermittlungen ergaben", ging seine Rede sofort weiter, „dass dieser Lothar Bartel eindeutig der Tote ist. Er wurde mit einem Waidmesser erstochen und war bereits mindestens zwanzig Stunden vor der Explosion tot. Er kann sie also nicht ausgelöst haben. Das waren dann zwei aufgedrehte Propangasflaschen, die über eine Elektroherdplatte ferngezündet wurden. Ursprünglich sollte wohl nur der Lagerkomplex gesprengt werden. Dass der Schornstein auf die Villa fiel, war ein Kolateralschaden. In den Nebenräumen befand sich ein Lager, das kurz vor der Explosion ausgeräumt wurde. Die Blut- und Wasserreste in den Kühltruhen waren noch ganz frisch. Das heißt wiederum, dass kurz vor der Explosion jemand hier war und alles leergeräumt hat, um anschließend das Haus zu sprengen. Weitere Fingerabdrücke haben wir bis jetzt nicht gefunden. Es gab auf jeden Fall ein Fahrzeug, das jedoch vorher entfernt wurde, höchstwahrscheinlich der Nissan-Pickup mit
H-Kennzeichen."

„Vielen Dank! Das war ein sehr guter Bericht", lobte Rita, als er mit der Rede zu Ende war.

Der Mann lachte: „Das Beste kommt jetzt erst, liebe Rita! Wir haben ein Handy gefunden, das allerdings von einem Mauersegment ziemlich ramponiert wurde. Wir haben es schon auf die Reise geschickt und hoffen, dass unser Super-IT-Experte daraus neue Erkenntnisse saugt. Alles weitere ist dann Ihre Aufgabe, Rita. Ich schicke meinen Bericht, und Sie müssen herausfinden, wer hier noch mit im Spiel war. So, das war's wirklich. Jetzt trinke ich noch ein Bier, und dann fährst du mich nach Hause. Ja, liebe Jutta?"

„Ja!", krähte die junge Blonde, und alle lachten.

Es war inzwischen dunkel. Teelichter standen auf der Tischplatte. Rita überlegte einen Moment, ob sie Kontakt zu Irenäus aufnehmen sollte. Sein Schweigen war untypisch. Dann jedoch siegte ihre Müdigkeit. Sie nutzte die allgemeine Aufbruchstimmung, um sich mit Otto davonzustehlen. Ins Bett …

XXVI

Nach dem Mittag desselben Tages saßen Karl Wabenmond und die Alpenländische Dachsbracke Birka auf dem Hof des Forsthauses im Halbschatten und langweilten sich. Bei diesem milden Wetter hätte man allerlei unternehmen können. Immer wieder ertönten die Stimmen wandernder Menschen von den umliegenden Waldwegen, aber er wusste nicht, was es denn genau werden sollte. Im Revier herumstreifen war etwas für den Abend. Irenäus anrufen, wollte er nicht. Die fünf Kilometer nach Quedlinburg zu fahren, wäre eine Überlegung wert gewesen ...

Da klingelte in der Küche lautstark das Telefon. Der Förster sprang auf und eilte über Treppchen und durch Türen. Beim sechsten Klingeln nahm er ab: „Wabenmond!"

„Oh, da bist du ja!", sagte eine angenehme Frauenstimme. „Bist du allein oder störe ich gerade?"

Einerseits konnte er anonyme Anrufe nicht leiden, andererseits war der Ruf einer Dame meistens verlockend, besonders wenn man gerade nichts mit sich anzufangen wusste.

„Du störst nicht und ich bin ziemlich allein", antwortete Karl demzufolge, versäumte aber nicht, sich recht gleichgültig zu geben.

„Ich wollte fragen ..., ja, fragen", die Frau zögerte es offenbar

genüsslich hinaus, und Karl begann bereits zu ahnen, um wen es sich am anderen Ende handelte, „ob bei dir noch ein gefrorenes Stück Reh lagert, das wir schnell auftauen und uns bei einem netten Rotwein brutzeln könnten?"

„Na, ja!", dehnte er es in die Länge. „Für einen guten Rotwein käme möglicherweise ein zarter Rücken vom Schmalreh infrage. Der wäre auch weitgehend aufgetaut, bis ich bei dir angekommen bin. Eigentlich ist das nur was für Weihnachten."

„Oh, ja! Es ist immerhin Ostern und vielleicht wird ja auch noch Weihnachten. Bis bald ...", sagte die Frau beschwingt und legte auf.

Karl zuckte zurück und starrte auf den Hörer. War das jetzt ... Tam gewesen? So wirklich sicher war er sich nicht. Er schaute auf das Display: Unterdrückt.

Na, prima. 'Ja doch, es war Tam', redete er sich ein und fand sich kurz darauf vor einer seiner Kühltruhen wieder. Bedacht suchte er ein gutes Stück Rehrücken hervor und legte es in seinen Jeep. Dann sagte er zu Birka: „Wir fahren jetzt mal zu Tam."

Die Dachsbracke wedelte verhalten, und Karl zog sich ein paar rustikale, frisch gebügelte Klamotten an, vom Slip bis zur Schulterklappe, alles Jäger. Wenn es sich wider Erwarten bei der Anruferin um eine ganz andere Frau handelte, würde er eben trotzdem Tam damit beglücken.

Eine Minute, nachdem er unter den Gegensteinen ankam, fuhr das Gittertor fast lautlos zur Seite. Er fühlte sich bestärkt und fuhr bis vor die Veranda. Dort standen bereits Tam und Tussi als malerisches Ensemble.

Karl stieg aus und Birka sprang zurückhaltend wedelnd auf die Afghanin zu. Tam kam ihm zwei Schritte entgegen. Sehr viel Zeit hatte er nicht, die Frau zu begutachten.

Immerhin sah er die zierliche Gestalt, gehüllt in ein enges, helles Kleid aus dünnem Stoff, das ihren Körper gut zur Geltung brachte. Der unregelmäßige Saum ließ genau noch die gebräunten Unterschenkel hervorschauen. An den Füßen trug sie weiße Riemchen-Sandalen. Sie umarmte ihn, die schwarzen Haare fielen ungezwungen auf die Schultern hinab. Ihre dunklen Augen blitzten ihn schelmisch an. Karl legte eine kräftige Hand um die schmale Taille und zog mit der anderen ihren Kopf leicht an sich. Prompt gab sie ihm einen Kuss auf den Mund, und er ließ die Hand über ihren runden Hintern gleiten.

Tam löste sich von ihm und lächelte: „Willkommen!“

„Bin ich hier richtig?“, fragte er mit leichtem Mecklenburger Akzent.

Sie kicherte: „Ich glaube schon. Hast du uns etwas Schönes mitgebracht?“

„Für zwei Personen“, tastete sich Karl vor, denn er war immer noch nicht echt Herr der Lage.

„Mehr sind wir nicht“, beschwichtigte ihn die Hausherrin. „Los, komm rein! Ich habe Hunger!“

Sie führte ihn in die ebenerdige Küche, die eine Flügeltür zur Südveranda besaß und die er bereits vom Vortag kannte. Die Tür war weit geöffnet und der Raum sonnendurchflutet. Tam sagte: „Ich hätte zur Begrüßung einen kühlen Champagner zu bieten.“

„Das wäre fein“, erwiderte er und schaute ihr beim Füllen der Gläser zu. Sie trug keinen BH unter dem dünnen Stoff, wie er gerade feststellte, allerdings hätte sie den auch nicht unbedingt benötigt. Sie stießen an und die Frau behielt die ganze Zeit diesen schalkhaften Ausdruck auf ihrem Gesicht. Als sie das Glas abgestellt hatte, ergriff er ihren sehnigen, braunen Arm und drehte sie zu sich. Tam blickte ihn einen Moment prüfend an, dann warf sie sich kurz an seine Brust und drückte den weichen Mund auf seine Lippen, ihre Zunge suchte gierig. Sie zog ihren Körper gegen den des Mannes. Karl nahm es eher gelassen und strich mit der Hand über ihren Rücken. Er war gut bemuskelt wie bei einem Reh. Seine Fingerspitzen glitten durch die Rückgratrinne bis hinunter zum Hintern. So standen sie eine Weile und küssten einander, bis Tam sich sanft abstieß und flüsterte: „Ich habe wirklich Hunger!"

Irgendwann war es dann endlich soweit. Sie saßen sich auf der Veranda gegenüber und aßen das zart geschmorte und in Merlot gedünstete Rehfilet, dazu einige frische Kartoffeln, die bereits eine längere Flugreise hinter sich hatten, und ein Kellchen Pilze. Karl hatte gekocht und Tam ihm assistiert. Sie tranken den Rest der Merlot-Flasche und zum Abschluss einen starken Kräuterschnaps, der sehr bitter war und fast schwarz aussah.

Anschließend schlug Tam vor, ihm das Haus zu zeigen. Karl fühlte sich zwar in ihrer Nähe wohl, trotzdem wusste er nicht, wie er diese Situation bewerten sollte. Er gehörte zu den Männern, die in ihrem Leben immer wieder von Frauen zu irgendeinem mehr oder weniger inspirierenden Techtelmechtel verführt wurden. Das geschah jedoch stets auf Augenhöhe mit der jeweiligen Frau. Diesmal war alles irgendwie anders, denn diesmal schien die Frau aus einer überragenden Sphäre zu kommen, die nichts mehr mit dem kleinkarierten Quedlinburger Klüngel-Mix zu tun hatte. Was also wollte Tam von ihm?

Sie tänzelte vor ihm her von Raum zu Raum, und er sah, dass hier alles nicht von armen Eltern stammte. Nach einiger Zeit erreichten sie wie unbeabsichtigt ein Zimmer, das ausgesprochen individuell eingerichtet war, mit zierlichen Möbeln, einem chinesischen Wandschirm, einigen Pflanzen, einem Kleiderständer voller Klamotten und vielem mehr. An einer Wand stand ein etwas breiteres Bett mit cremefarbenem Laken und zwei Kissen, die Bettdecke lag zerknautscht an einem Ende.

„Das ist mein Zimmer", erklärte Tam. „Ich bin ziemlich viel allein und halte mich dann zusammen mit Tussi hier auf."

„Bist du denn immer hier?", erkundigte sich Karl und schaute aus dem Fenster auf den Gegenstein.

„Nein, ich besitze noch mehr Liegenschaften", antwortete die Frau. „Manchmal ist auch Sieghard hier oder dort. Aber darüber brauchen wir jetzt nicht zu reden."

Aha, Frage-Verbot angesagt; dachte Karl belustigt. Scheinbar in Gedanken versunken, stellte er sich vor das Bett.

„Was denkst du?", fragte Tam und setzte sich auf die Bettkante. Sie ließ sich nach hinten sinken und stützte sich nur noch auf den Ellenbogen und mit den Oberarmen ab. Ihre Unterschenkel baumelten über die Bettkante.

„Ich überlege, ob ich mich neben dich legen sollte", gestand er lächelnd.

Tam lachte hell auf: „Das wäre direkt eine Idee! Du müsstest dann aber deine Hose ausziehen."

„Und die Schuhe", meinte Karl und streifte sie ab. Dann öffnete er die schwere Messing-Gürtelschnalle. Tam bekam einen faszinierten Gesichtsausdruck. Er zog Hose und Hemd aus und warf sie über einen Stuhl. Nun trug er nur noch ein dunkelgrünes Shirt und eine eng anliegende Unterhose der gleichen Farbe, aus der seine zugegebenermaßen blütenweißen Beine schauten. Dabei hatte er nicht die geringsten Skrupel oder Schamgefühle. Er legte sich einfach zu der Frau aufs Bett und zwar seitlich, so dass er sie, auf einen Arm gestützt, ansehen konnte.

„Ist das Jäger-Unterwäsche?", fragte sie provokant und schaute ihn dabei freundlich an. „Die sieht ganz schön scharf aus."

Sie richtete sich ein Stück auf und strich mit einer Hand über seine Taille. Er fühlte sofort, wie ihm das Blut in die Leistenregion flutete (und dabei teilweise aus seinem Gehirn entwich). Doch sie zog die Hand wieder zurück und ließ sich nach hinten sinken: „Lass uns ein bisschen träumen!" Auch Karl träumte ein wenig, doch dann bekam er Angst, in dieser entspannten Situation einzuschlafen.

Deshalb schlug er die Augen wieder auf und schaute auf Tam. Langsam legte er eine Hand auf den Stoff ihres Kleides über dem Bauch. Die Frau gab ein leises, wohliges Stöhnen von sich und blieb entspannt liegen. Der Bauch fühlte sich warm und fest an. Die Hand entfaltete nach einer Weile ein Eigenleben und massierte zuerst in winzigen Kreisen, dann wurde das Gebiet nach und nach größer. Sie blieb solange bewegungslos, bis die Finger des Försters über ihre Schambehaarung harkten. Da hob sie das Becken an und begann mitzuspielen. Die Augen ließ sie geschlossen, aber sie gab ein schnurrendes Stöhnen von sich.

Es war nur eine Frage der Zeit, bis beide völlig entkleidet waren und sich in ekstatischem Rhythmus miteinander vereinten. Tam entpuppte sich als nimmermüde Katze, die mal auf ihm saß, sich unter ihm wand oder vor ihm kniete, zwischendurch ein kaltes Getränk holte oder den müden Kämpfer mit Lippen und Zunge wieder zum Stehen brachte.

Als sie irgendwann verschwitzt und erschöpft im zerwühlten Bett lagen, fragte Tam schalkhaft: „Und was geht dir jetzt durch den Kopf?"

Er streichelte mit zwei Fingern ihre linke Brustwarze und meinte: „Ich komme mir vor wie Lady Chatterleys Wildhüter."

Tam lachte versonnen.

Als es draußen bereits dunkel war, klingelte ihr Handy. Tam ging in einen Nebenraum und kam nach einiger Zeit wieder. „Das war Lilly. Ich habe ihr gesagt, dass sie sich mit der Heimkehr noch etwas Zeit lassen kann. – Ich möchte noch ein bisschen in unserer Traumwelt verharren, ehe ich mich wieder mit den Dämonen der Realität auseinandersetzen muss."

Sie küsste seinen mäßig behaarten Bauch und fuhr dann mit der Zunge langsam abwärts.

Noch vor Mitternacht verabschiedeten sie sich voneinander. So, wie es Tam wollte, geschah es. Sie brachte ihn zum Subaru und sagte: „Nimm mich und Tussi noch ein paar hundert Meter mit. Wir machen einen kleinen Spaziergang zurück."

Zum Schluss hing sie an ihm und schluchzte: „Es war einer der schönsten Tage meines Lebens. Vielen Dank, liebster Karl!"

Auch dem Förster war etwas flau im Magen, denn es hatte wirklich unerhört viel Spaß gemacht mit dieser Frau, die sich für einige Stunden von einer ganz natürlichen Seite gezeigt hatte. Allerdings war ihm irgendwann auch endgültig klargeworden – so meinte er jedenfalls – dass er eben nur der Förster, der Wildhüter der Lady Chatterley war.

Auf der langen Geraden nach Quedlinburg beschloss er deshalb spontan, zum Abschluss im Pub „Nase" ein kaltes Bier zu trinken. Möglicherweise blieb er ja dort ungestört, um darüber nachzudenken, welch dunkle Gedanken in diesem reichen Köpfchen herumspukten, die er unter Volleinsatz seines edelsten Körperteils angeblich für einige Zeit vertrieben hatte. Waren diese Frau und auch ihre Dienerin in irgendetwas Schlimmes oder gar in ein Verbrechen verwickelt, das ihnen wie Blei auf der Seele lag?

War er nur ein Mittel zur zeitweisen Verdrängung gewesen?

Karl betrat das Pub „Nase“. Er sah schon von weitem, dass er nicht besonders allein sein würde. Na, egal! Ureigentlich war seine Grundstimmung immer noch freudige Erregung, als er durch die Tür ins Innere trat. Auf seinem Gesicht stand ein befriedigtes Schmunzeln.

Und genau in diesem Moment stand er Irenäus und Lilly gegenüber, die ihn erstaunt anstarrten. Karl war über diese Begegnung erfreut und gleichzeitig verwundert: „Ihr? Was macht ihr denn hier?“

XXVII

Tam und die Afghanin gingen auf der dunklen, leicht bergab führenden Teerstraße zum Anwesen zurück. Die Frau fühlte sich einerseits beschwingt und andererseits wehmütig. Es war ein wunderschöner Tag gewesen und nach den Horrornachrichten aus Quedlinburg am Vormittag im regionalen Radio die beste Entscheidung, die sie treffen konnte. Sie wollte sich mit dem Geschehen der letzten Nacht einfach nicht auseinandersetzen.

Aber nun war Karl weg. Und er hatte ja Recht gehabt, Lady Chatterley ließ grüßen. Wollte sie das jetzt zur Gewohnheit werden lassen? Nun gut, bei Sieghard ging es fast ausschließlich um Geld, wovon er eigentlich schon Unmengen besaß. Außerdem war er nie da. Eines Tages würde er zwar wieder nach Hause kommen, dachte sie, aber wann …?

Als das Tor in Sichtweite kam, rannte Tussi etwas schneller voraus, so als hätte sie auf dem kleinen Parkplatz für Wanderer auf der rechten Seite irgendetwas entdeckt. Tam lief ebenfalls, denn sie wollte nicht, dass ihre Hündin dort fette, zurückgelassene Wurstbrote fraß.

„Tussi!“, rief sie und schritt auf das noch offene Gittertor zu. Neben ihr tauchte ein dunkles Wesen aus den Büschen auf. Es war die Hündin. Ein silberner Lichtreflex des Mondlichts erweckte kurzzeitig Tams Aufmerksamkeit, aber gerade jetzt flog eine Wolke vor der kosmischen Lichtquelle vorbei. Also beeilte sie sich, das Eingangstor zu durchqueren und zum Haus zu eilen. Routinemäßig bediente sie die Fernbedienung und hörte, wie sich das Rollgitter im Hintergrund in Bewegung setzte. Gemeinsam sprangen sie die Stufen zur Nordveranda empor und waren wenige Sekunden später durch die offene Haustür im Inneren verschwunden.

Der untere Mittelgang traf hier mit dem Treppenhaus in einem natürlichen Kreuzungspunkt zusammen. Tam schaltete per Knopfdruck den Lichtschalter, und es wurde hell im Vestibül. Sie wollte hinauf in ihre Zimmer eilen, bemerkte aber, dass Tussi vor ihr in der Hausmitte stand und sich höchst merkwürdig benahm. Ihre Ohren waren leicht angehoben und die Rückenhaare gesträubt, soweit das bei einem afghanischen Windhund möglich ist. Sie knurrte leise und schaute abwechselnd nach rechts und links in die dunklen Quergänge.

„Tussi! Was ist los?", sagte Tam zu ihr mit der befehlsgewohnten Domina-Stimme, die sie bei Karl nicht zum Einsatz gebracht hatte. Sie ging bis zur Hündin und stellte sich neben sie. Begütigend redete sie auf sie ein, doch der Hund ließ sich nicht beruhigen. Endlich warf Tam einen Blick in die Korridore zu beiden Seiten. Diese lagen weitgehend im Dunkeln. Ein eisiger Schreck durchfuhr sie. Das konnte doch nicht sein! Warum war Karl nicht mehr hier …? Und Lilly?

Auf jeder Seite stand ein Mensch und schaute interessiert mit an, wie sie reagieren würde. Eine Frau und ein Mann gerieten jetzt schweigend in Bewegung und kamen auf sie zu. Tam wollte etwas

sagen, doch sie brachte kein Wort über die Lippen. Die Situation war derart gelagert wie in ihren schlimmsten Träumen. Tussi schien ähnlich zu fühlen und stieß ein leises Winseln aus.

„Halten Sie den Hund gut fest!", empfahl ihr die Frau mit knirschender Stimme. „Ansonsten haben Sie nicht mehr lange Freude an ihm."

Instinktiv griff Tam zum Halsband der Hündin, die sich an sie drückte. Sie schaute zwischen den beiden Personen hin und her. Die Frau war einfach fett, auch unter einem schwarzen Kleid zu erkennen. Sie hatte dicke Brüste und kam in einem Watschelgang daher, der anzeigte, dass die Oberschenkel kaum Platz nebeneinander hatten. Der Kopf war rund und von langen blonden Locken umgeben. Blaue Augen glubschten Tam feindselig an.

Tam überlegte krampfhaft, was sie nun tun könnte. Die Afghanin knurrte immerhin ein zweites Mal drohend. Da knallte es von rechts. Tams Kopf flog in diese Richtung. Von dort nahte ein Mann, der versprach, noch schlimmere Albträume wahr werden zu lassen. Gesicht und Kopfhaut waren tätowiert. Er trug ein schwarzes Wams, schwarze Hosen, weiche Lederstiefel und sah sehr stark aus. Mit der einen Hand schwang er so etwas wie eine Kutscherpeitsche, die in diesem Moment noch einmal knallte. Er stolzierte auf sie zu wie ein Mega-Macho.

Tussi presste sich zitternd an Tams Beine und zog den Schwanz ein. Sie war schon immer ein feiger Hund, deshalb hieß sie ja Tussi. Ihr Frauchen versuchte mit aller Gewalt, sich wieder einzukriegen. Für einen Moment spürte sie intensiv, wie sie mit der Hündin im Takt zitterte. Doch dann überwog endlich die russische Erziehung. Wären doch nur die Leute ihres Vaters hier, dann würden diese beiden Monstergestalten bereits als Freskenmalereien an den Wänden kleben. Aber wie sagte Oberst Markow immer: „Wenn keiner da, musste machen alleine!"

„Was wollen Sie hier?", konnte Tam nun endlich mit halbwegs fester Stimme hervorwürgen, kurz bevor die beiden sie erreicht hatten. Nicht besonders originell, aber immerhin, die eigentliche Frage der Situation.

„Wir müssen dich was fragen, Schätzchen!", sagte die unangenehme Stimme der Fetten. „Zeig uns mal dein Zimmer. Ich habe keine Lust auf dieses muffige Treppenhaus."

„Kommt nicht infrage!" Tams Stimme wurde etwas bestimmter. „Machen Sie sofort, dass Sie hier rauskommen!"

„Die Polizei kannst du ja schlecht holen", meinte die Fette und lachte unangenehm trocken. „Na los! Hoch mit dir! Geh voran! Oder müssen wir erst …?"

Der fiese Typ war jetzt nahe herangekommen und stach sie ohne Scheu über Tussi hinweg mit dem Peitschenstiel in den Oberarm.

„Sind Sie verrückt geworden?", schrie Tam und versuchte, sich von ihm wegzudrehen. Doch ein Blick in seine dunklen Augen ließ ihren Widerstand zusammenbrechen.

Sie wandte sich in Richtung Treppe. „Kommen Sie!" Krampfhaft überlegte sie, wie sie vor diesen Leuten fliehen könnte, aber ihr fiel keine vernünftige Lösung ein. Der Kerl war dicht hinter ihr, und der Hund war nicht die geringste Hilfe. In irgendein Zimmer zu rennen, selbst wenn sie es schaffen würde, ohne vorher gepackt zu werden, war auch sinnlos. Selbst wenn sie sich dort für wenige Minuten verbarrikadieren konnte, käme sie nicht aus dem Fenster des ersten Stocks bis auf den Boden, vor allem nicht mit Kleidchen und Sandalen. Und wohin sollte sie dann im Dunkeln fliehen, falls sie sich nichts gebrochen hatte?

Sie kamen vor ihrem Zimmer an, und sie öffnete. Die beiden Leute hatten bis jetzt kein weiteres Wort gesagt. Tam fragte sich, was diese Menschen von ihr wissen konnten …

Nun war es ja nicht so, dass sie ein ganz süßes, schwächliches Puttchen war. Sie trieb viel Sport und versuchte, ihren Körper straff und elastisch zu erhalten. Zwar war sie keine Kriegerin wie Lilly, aber immerhin steckte doch mehr Kraft in ihr, als es auf den ersten Blick schien. Darauf baute sie nun und hoffte auf eine Chance.

„Wir sind da!“, sagte sie kurz und knapp. „Sie können mir jetzt erzählen, was Sie von mir wollen. Aber über eins müssen Sie sich im Klaren sein, ich habe auch andere Möglichkeiten, mich zu schützen, als die Polizei und diesen Hund.“

„Drohe uns nicht, Schätzchen!“, krakelte die Dicke und ließ sich so auf Tams weißes Sofa plumpsen, dass dies kreischend aufschrie. „Setz dich dort in den Sessel!“

„Ich stehe lieber!“, gab Tam mit stolz erhobenem Haupt zurück.

„Du sitzt!“, herrschte sie unverhofft der Tätowierte an und stieß sie mit der Hand vor die Brust, so dass sie rückwärts in einen ihrer großen Sessel krachte.

„Lass sie noch leben“, sagte die Frau mit dieser bizarren Knirschstimme. Tams Widerstand war nun weitgehend gebrochen. Tussi verzog sich mit eingeklemmter Rute auf ihr Lager.

„Wir wollen folgendes von dir wissen“, begann nun endlich die Vettel. „Was hattest du bei Lothar zu suchen?“

„Sie meinen Lothar Bartel?“, konnte sich Tam nicht enthalten zu fragen, obwohl sie genau wusste, dass diese Antwort nicht die erwünschte war. Prompt schlug der Typ mit seiner Kutscherpeitsche auf die Sessellehne. Der Schlag kam klatschend genau neben ihrer Hand auf. Die Dicke glubschte sie drohend an. Tam merkte, dass es ernst wurde.

Deshalb lenkte sie ein: „Ich selber kannte den Mann nicht persönlich, aber ich musste ihm eine Frage stellen. Und da ich erfuhr, dass er öffentlich eher nicht zu erreichen wäre, haben wir ihn nachts aufgesucht.“

„Na, siehst du!“, meinte die Frau. „Und was wolltest du von ihm wissen? Spann uns nicht auf die Folter! Damit kennen wir uns besser aus.“

Das geht Sie gar nichts an, wollte Tam erwidern, aber als die Kutscherpeitsche über ihren Unterarm strich, sagte sie: „Er hat vor zehn Jahren an einer archäologischen Grabung teilgenommen. Dabei hat er ein Artefakt entwendet. Das wollte ich ihm abkaufen."

„Was war das für ein Artefakt?" Die Glubschaugen begannen zu funkeln.

„Ich weiß es selber nicht genau", log Tam. „Der damalige Grabungsleiter Jens Brauer erzählte mir von dem Grabraub. Da ich mich für derartige Artefakte interessiere ..."

„Hör auf zu schwafeln!", keifte die Vettel sie plötzlich an. Tussi legte die Ohren an und drehte den Kopf weg. „Was war es?"

Tam überlegte zu lange. Ein fürchterlicher Schmerz durchzuckte ihre Schulter, als der Typ sie mit der Reitpeitsche schlug. Wut packte sie, und sie sprang auf, aber da erhielt sie einen Schlag auf das Schultergelenk, der sie wie ein Sofakissen in den Sessel zurückschleuderte.

„Nicht so heftig!", fuhr die Dicke ihren Begleiter an.

„Ich kann diese reiche Kuh nicht ausstehen!", zischte der Typ mit hasserfüllter Stimme. Offenbar stand er auf fette Weiber, fuhr es Tam durch den Sinn, und war obendrein noch unberechenbar. Deshalb sagte sie schnell: „Okay! Es ging möglicherweise um einen Stirnreif, den der Tote in einem Steinkistengrab trug. Bartel soll ihn entwendet haben. Sicher ist sich da aber niemand. Deshalb wollte ich den Mann ja fragen. Leider hatte ich keinen Erfolg."

„Hm!", machte die Frau im schwarzen Ballonkleid und trommelte mit den Wurstfingern auf der gläsernen Tischplatte. „Wahrscheinlich, weil du ihn vorher erstochen hast?"

„Woher wollen Sie das wissen?", konnte sich Tam nicht enthalten zu fragen. Dann kam ihr die Erleuchtung: „Ach so! Sie waren letzte Nacht auch dort und haben den Jeep abgeholt. Es war Notwehr. Bartels wollte meine Begleiterin erschießen. Das habe ich verhindert."

„Du weißt eine ganze Menge", stieß die Frau durch ihre wulstigen Lippen. „Das ist gar nicht so gut. Aber wenn du uns wenigstens etwas milder stimmen willst, dann sagst du uns jetzt ganz schnell, was es mit diesem Stirnreif auf sich hat."

Tam merkte langsam, dass diese Leute rigoros waren und dass es für sie nicht allzu viel Spielraum gab. Deshalb antwortete sie gehorsam: „Angeblich soll der Stirnreif magische Kräfte besitzen. Wer ihn trägt, dem stehen viele Tore offen ..."

„Und du glaubst daran?" Die Frau glotzte sie skeptisch an.

„Ich halte es für möglich“, antwortete Tam zögerlich. „Es gibt allerdings niemanden, der diese Ansicht mit mir teilt.“

„Wir schon“, krächzte die Frau. „Und bestimmt weißt du auch, wo man diesen Stirnreif suchen muss. Es könnte zum Beispiel in den Heften stehen, die du bei Lothar geklaut hast. Die wollen wir unbedingt haben. Wir sind nämlich seine gesetzlichen Erben. Wo hast du sie? Du musst sie uns nur geben, und dann gehen wir.“

„Ich weiß von keinen Heften“, sagte Tam so gelassen wie sie nur konnte. „Wie soll ich etwas von diesem Bartel haben?“

„Du hast seinen Schreibtisch durchsucht und die Hefte gefunden“, konstatierte die Dicke. „Das war ziemlich einfach. Und sie waren auch nicht mehr dort, als ich nachgesehen habe. Nach dir, Schätzchen! Und deshalb wirst du sie uns jetzt ganz schnell geben!“

„Ich habe eure Hefte nicht!“, fuhr Tam trotzig auf.

„Doch, du hast sie!“, meinte die Frau mit keifender Stimme.

„Nein! Wirklich nicht!“, rief Tam.

Im nächsten Moment sah sie Sterne. Der Brutalo hatte ihr einen vollen Faustschlag aufs Jochbein verpasst. Ihr war, als würde ihr Gehirn einmal im Schädel umgedreht. Sie keuchte panisch. Ehe sie halbwegs zu sich kommen konnte, stieß der Typ ihr den Griff der Kutscherpeitsche wie einen Speer in die Magengrube. Das tat fürchterlich weh. Ihr Magen bäumte sich auf und schickte den gesamten Rehrücken in Merlot-Tunke auf den hellen Teppich und die Sessellehne.

„Hör auf, du Idiot!“, kreischte die Dicke. „Willst du sie umbringen? Wir brauchen sie noch! Du bist auch für alles zu blöd!“

„Ich kann sie nicht ausstehen!“, schrie der Mann zurück.

Tam öffnete langsam die Augen. Der Schmerz ließ nach. Sie hatte den Geschmack nach saurem Braten im Mund. Ihr Kopf schmerzte.

„Na, bist du wieder da, Schätzchen?“, fragte die Vettel. „Ich muss meinen Mann manchmal etwas zur Ordnung rufen. Er ist so impulsiv. Wo sind Lothars Hefte?“

Tam schüttelte benommen den Kopf. Sie stand am Rande des Stadiums, in dem einem alles egal ist.

„Na gut!“, grunzte die Frau. „Dann schneidet mein Mann deinem Hund jetzt die Ohren ab. Los, Björn, tue es!“

Der Mann zog einen Hirschfänger hervor und sah sich zögernd nach Tussi um. Tams Lebensgeister kehrten mühsam zurück. Das durfte nicht sein! Der Typ näherte sich dem Lager der Hündin, die ihn aus ängstlichen Augen anstarrte. Er zögerte.

„Na, mach schon!“, keifte die Frau. „Hau dem Köter die Löffel ab!“

„Ich kann so was nicht!“, murrte der Tätowierte plötzlich und ließ die Hand mit dem Messer sinken.

Tam sah, dass die Augen der Frau herausfuhren bis auf den letzten Gewindegang: „Du feiges Arschloch! Du bist zu nichts zu gebrauchen, als zum Frauen schlagen. Gib mir das Messer, damit ich es tue!“ Sie war wütend und wuchtete sich aus Tams Sofa empor, um zwischen Tisch und Tams Sessel ihren Macker zu erreichen. Die Glubschaugen glotzten wild entschlossen. Tussi starrte ihr angstvoll entgegen.

Das konnte Tam nicht ertragen. Sie war eine Sibirianka! Also schnellte sie wie eine Furie empor und erhaschte die flatternden Lockenhaare der Frau. Mit einem Ruck riss sie sie nach hinten. Die Dicke kreischte unartikuliert auf. Tam griff mit der anderen Hand nach. Sie musste ihre herzinnig geliebte Tussi retten!

Die Vettel schlug mit Armen, die größer waren als Tams Beine, plump um sich, ohne etwas zu treffen. Tam packte jetzt den Kopf der Frau. In diesem Augenblick rutschte diese auf Tams ausgekotztem Rehrücken aus und krachte in den Sessel. Jetzt biss Tam zu. Sie war außer sich. Sie packte mit den Zähnen ein Ohr der Frau und biss und biss und biss. Sie fühlte die Knorpel zwischen ihren Zahnleisten knirschen. Die schmale, sehnige Frau kniete über der anderen wie ein Marder über einer Weihnachtsgans. Sie zerrte
ihr die Haare büschelweise aus und spuckte Blut und Fleischstücke von sich. Die Frau schrie wie ein abgestochenes Schwein.

Aber in diesem kritischen Moment des absoluten Blutrausches trat ihr der Typ von hinten mit voller Wucht in die Nieren, so dass sie von der anderen herab bis auf den Teppich flog. Es tat zwar grässlich weh, aber sie verlor nicht das Bewusstsein. Deshalb sah sie auch, wie sich der Tätowierte mit dem gezogenen Hirschfänger auf sie stürzte. Eigentlich hätte sie nur noch wenige Sekunden zu leben gehabt, wenn in diesem Augenblick die Afghanin nicht über sich selbst hinausgewachsen wäre. Ein uralter Rudelinstinkt musste im Gehirn der Hündin die Oberhand gewonnen haben, zumindest für kurze Zeit.

Mit einem eleganten Sprung und flatternder Mähne setzte sie über den Sessel mit der schreienden Dicken hinweg und landete auf dem Rücken des Mannes, der gerade voller Jähzorn mit seinem Messer zum finalen Stoß ausholte. Ohne zu zögern, biss die Afghanin mit den gut ausgebildeten Zähnen in den muskulösen

Nacken und begann dort sofort zu schütteln. Dies ist die meist angewandte Tötungstechnik großer Raubtiere. Sie schütteln den Kopf der Beute solange, bis dieser die Halswirbelsäule bricht.

Tussi stand auf dem Rücken des über ihr Frauchen gebeugten Mannes, die langen gelbbraunen Haare legten sich rauschend über die schwarze Kleidung. Für einige Sekunden erinnerte das Bild an eine Szene aus dem Kultfilm „Das Relikt".

Im ersten Moment gelang es dem Mann nicht, sich unter dem Gewicht des Tieres aufzurichten, doch dann stieß er einen fürchterlichen Schrei aus und schleuderte den Hund von sich. Tussi flog durchs ganze Zimmer und nachdem sie jaulend aufschlug, verließ sie ihre kurze Mutanwandlung schlagartig. Weil sie die Kunst beherrschte, die Zimmertür zu öffnen, zog sie es vor, schleunigst diesen Fluchtweg einzuschlagen und sich unsichtbar zu machen.

Allerdings war Tam nun mit zwei verletzten Monstern allein im Zimmer. Obwohl inzwischen jede Stelle ihres Körpers schmerzte, versuchte sie, der unmittelbaren Gefahrenzone zu entkommen. Sie kroch auf die Wand zu, um sich daran emporzurichten.

Doch der Unhold richtete sein Augenmerk nun auch wieder auf sie. Durch die Hundeattacke noch erregter, glühte in seinen Augen die blanke Mordlust. Er kam mit dem gezückten Messer auf sie zu. Sein kahler Schädel und der Hals waren blutbesudelt,

aber etwas Lebenswichtiges schien der Hund leider nicht erwischt zu haben. Er hob das Messer bereits erneut.

„Björn!", schrie die Frau mit schriller Stimme. „Lass doch endlich diese verfluchte Scheiße! Willst du wegen dieser Sau lebenslänglich in den Knast kommen?"

Sie taumelte ungelenk an ihn heran und schob ihn kraft schierer Körpermasse zu Seite. Dann stellte sie sich breitbeinig vor die an der Wand kauernde Tam. Sie sah ebenfalls aus wie der Apokalypse knapp entronnen. Das Ohr schien ziemlich stark zu bluten. Ihre Haare waren zerzaust und schwarzrot von Blut verklebt. Das Blut tropfte auf das Sackkleid herab und bildete auf ihren abstehenden Brüsten bizarre Muster.

Trotzdem schien diese Frau einen erstaunlich klaren Verstand zu bewahren, denn ihr musste klar sein, dass sie sich mit dieser Aktion in immer tiefere Abgründe hineinritten.

„Also, entweder du sagst uns jetzt, wo die Bücher sind, oder wir machen irgendwas ganz Böses mit dir", keuchte sie und schwankte vor Tam hin und her. „Ich zähle bis drei!"

Ehe sie jedoch damit beginnen konnte, flüsterte Tam, der diese Angelegenheit nun endgültig leid war: „Da drüben auf dem Schränkchen neben meinem Schreibtisch. Sie liegen die ganze Zeit vor eurer Nase. Wenn ihr nicht so versessen wärt auf Hass und Gewalt …"

Die beiden drehten sich schlagartig um und stierten auf das Schränkchen. Der Mann machte drei Schritte und nahm die Quarthefte herunter. Er grinste blöde.

„Du hast uns verarscht, du Mistsau!", grunzte die Monsterfrau. Dann schlug sie Tam ins Gesicht. Zum Glück hatte sie selbst kaum noch Kraft, und ihre Hand war gut gepolstert. „Wo ist dieser Stirnreif?"

„Fragt die Schwester!", stöhnte Tam.

In diesem Moment ertönte das laute auf- und abschwellende Summen im ganzen Raum und auf Tams Schreibtisch nahm ein Flachbildschirm seinen Betrieb auf. Die beiden Leute blickten sich erschrocken im Zimmer um, bis sie das angezeigte Bild wahrnahmen. Sie starrten einige Sekunden auf die Lichter von zwei näherkommenden Fahrzeugen.

„Scheiße!", röchelte die Dicke. „Wir müssen sofort verschwinden. So ein Mist! Hast du die Bücher? Los, komm!"

Mit diesen Worten war die Frau schon zur Tür gewankt. Der Mann schaute etwas zögerlich auf Tam, so als wolle er sie doch lieber noch kaltmachen. Aber dann drehte er sich um, weil aus dem Treppenhaus eine Stimme kreischte: „Komm endlich, du Idiot!"

Gleich darauf herrschte im Zimmer himmlische Ruhe. „Gott sei Dank!", flüsterte Tam und sank langsam auf den Fußboden.

XXVII

„Los, Männer, kommt!", rief Lilly eindringlich. „Wir dürfen keine Zeit verlieren!"

„Beeile dich!" Irenäus sprang auf und packte seinen Freund bei den Schultern.

„Sagt mal, spinnt ihr?", fragte Karl halblaut und nahm von Jana ein Bier entgegen.

„Es geht um Tam. Sie ist in höchster Gefahr! Komm jetzt! Lass das Bier stehen!", zischte Irenäus, der sah, dass sich immer mehr Anwesende interessiert in ihre Richtung neigten.

„Ich habe mich so darauf gefreut!", nörgelte der Förster und trank das Glas in einem Zuge halbleer.

Die Wirtsleute und Gesine kullerten mit den Augen, als Lilly ihnen einen 20-Euro-Schein zuwarf und sich zwischen den Leuten zum Ausgang drängte. Irenäus und der Förster fuhren in ihrem Kielwasser. Als sie zwanzig Meter vom Pub entfernt waren, fiel Lilly in leichten Trab.

„Was ist denn nur los?", klagte Karl. „Ich war bis eben bei Tam. Alles war ruhig und sehr schön."

„Ja, ja!", sagte Irenäus, der keine Lust verspürte, seinen Freund im Laufschritt über dieses hochkomplizierte Thema aufzuklären. „Da gibt es ein paar Bösewichte, die nur darauf gewartet haben, dass du endlich abhaust. Wahrscheinlich haben sie Tam inzwischen beim Wickel. Ich spüre das! Und Lilly auch. Der neue Fall! Vertraue uns!"

„Der neue Fall?", fragte Karl, der neben ihm herjoggte. „Ich denke, das ist der Wilderer ..."

„Stell dich nicht blöd", seufzte Irenäus. „Du weißt doch: Alles hängt mit allem zusammen. Los, fahr hinter uns her!"

Lilly sprang bereits in ihren Subaru. Sie fuhr exakt das gleiche Modell wie der Waidmann. Irenäus hangelte sich neben sie und hatte noch nicht die Tür geschlossen, als die Frau bereits anfuhr. Er schwieg, während sie durch die stillen Straßen kurvte. Zum

Glück wurden sie nicht von der Polizei kontrolliert, die um diese Zeit besonders gern an der Stadtausfahrt in Richtung Harz auf Kunden wartete.

Als sie vor dem Rolltor hielten und aus den Geländewagen sprangen, sahen sie auf Anhieb das Malheur.

„Dort liegt ein Stein!", rief Karl und zeigte auf einen größeren Brocken, der das Tor daran hinderte, vollständig zu schließen.

„Wie war es vorhin beim Abschied?", fuhr Lilly ihn an.

„Weiß ich nicht!", sagte Karl. „Ich habe Tam mitgenommen, noch ein paar hundert Meter, weil sie mit Tussi zurücklaufen wollte. Dann bin ich weitergefahren. Zu euch!"

„Scheiße!", knurrte Irenäus. „Darauf haben diese Gaukler gewartet. Seid vorsichtig! Sie könnten noch hier sein."

Er ging auf die Lücke zu und drückte gegen das Gitter, das sich ein Stück zurückschieben ließ, denn es sollte ja nicht dazu in der Lage sein, einen Menschen zu zerstückeln. „Seht ihr?"

Lilly folgte ihm. Nur Karl wandte sich um und schaute zu den Büschen, hinter denen der kleine Stellplatz lag: „Wartet mal!

Dort ist etwas!" der Jäger drehte sich um und strebte in diese Richtung.

Lilly konnte gerade noch aufschreien: „Pass auf, Karl!"

Da heulte gleichzeitig ein Motor auf, Scheinwerfer wurden wach, und ein Fahrzeug raste mit durchdrehenden Rädern vom kleinen Stellplatz auf die Zufahrtsstraße. Karl konnte im letzten Moment zur Seite springen, fast hätte es ihn ereilt. Natürlich handelte es sich um den schwarzen Kleinbus, den Irenäus und Lilly bereits kannten. Die Leute darin, über deren Identität bei Irenäus keine Zweifel bestanden, wählten die Flucht. Er atmete auf. Sie hätten auch den Kampf wählen können.

Karl rannte zu seinem Subaru und schrie: „Kommt! Denen zeigen wir's!"

„Und Tam?", schallte Lillys klare Gegenfrage.

Der Förster hielt inne und wandte sich ihnen wieder zu: „Hast Recht. Aber ihr müsst mir jetzt bald mal erzählen, was hier läuft."

Die Frau hatte sich bereits umgedreht und sprintete voller Sorge auf die Nordveranda zu. Irenäus und Karl folgten ihr in schnellem Schritt.

„Wir erzählen es dir gleich. Okay?", keuchte Irenäus. „Ich dachte, Tam hätte dir vielleicht schon einiges gebeichtet."

„Was soll sie gebeichtet haben?", erkundigte sich Karl mit naiv angestrengter Stimme.

„Ach, du Scheiße!", brummte Irenäus vor sich hin und dachte, das kann ja lustig werden. Für ihn lag der Fall inzwischen offen. Das Problem war nur, wenn sie darüber sprachen, musste auch eine Entscheidung herbeigeführt werden. Bisher hatten alle Beteiligten nur gepokert, und zwar ziemlich hoch.

Lilly hielt ihnen die Haustür auf und herrschte sie an: „Nun macht doch mal, ihr alten Säcke! Wir müssen Tam retten!"

„Nicht in diesem Ton!", maulte Irenäus.

Sie beugte sich kurz zu ihm und deutete einen Luftkuss an. Dann rannte sie vor ihnen die Treppe empor, und die Männer folgten ihr. Aus einem dunklen Gang erfolgte ein klagendes Mieksen. Tussi kam ihnen entgegengehumpelt und wandte sich Hilfe suchend an Lilly. Diese nahm den Kopf der Hündin in beide Hände und fragte: „Oh jeh, oh jeh! Was haben sie denn mit deinem Frauchen gemacht?"

Nun stürmte Tussi hinkend voran und Lilly hinterher. Die Männer verfielen in Schritt, um sich für das Grauen zu wappnen.

Die Tür stand etwas offen und wurde von der Afghanin gänzlich aufgestoßen. Lilly sprang ihr nach, und man hörte ihren Schrei: „Tam!!“

Die Männer sahen sich betroffen an und betraten den Raum gleichfalls. Beide stöhnten unterdrückt auf und kniffen die Augen zusammen. In Irenäus wuchsen schlagartig Rachegelüste, bei Karl war es eher schlimmer. Sie sahen nicht nur das Chaos, sondern vor allem Tam! Tussi stand bereits neben ihrem Frauchen und stupste sie aufgeregt mit der Nase an, doch diese gab kein Lebenszeichen von sich.

Irenäus versuchte, die komplexe Szene zu verarbeiten. Tam lag auf dem Fußboden direkt an der Kante zur Wand. Sie lag zusammengekrümmt auf der Seite. Ein krampfhaftes Zucken durchlief ihren Körper. Im Zimmer stank es nach Erbrochenem. Der helle Teppich war rotbraun besudelt von einem Gemisch aus Kotze und Blut. Ein Sessel stand quer im Raum und sah ebenfalls übel zugerichtet aus. Ansonsten hielt sich die Zerstörung in Grenzen.

Lilly schob den Hund zur Seite und beugte sich vorsichtig über ihre Herrin: „Oh, Gott, Tam! Hörst du mich?“

Ein leises Röcheln antwortete, ohne dass ihnen direkt klar wurde, ob Tam bei Bewusstsein war oder nicht.

Behutsam drehte Lilly sie herum, um sie auf den Rücken zu legen. Irenäus sah sofort, dass sich die Frau auch hier souverän auskannte. „Kissen!“, wies sie kurz an. Karl brachte sofort ein zusammengerolltes Tuch. Menschen, die ständig mit Waffen hantieren, kennen sich auch mit Erster Hilfe aus. Karl kniete sich hinter die Hausherrin und legte ihr vorsichtig die Lage unter den Kopf. Lilly fuhr ihr mit einem Finger in den Mund, um die Atemwege nach Resten von Erbrochenem zu überprüfen. Irenäus konnte nur danebenstehen und warten, ob ihm jemand eine Anweisung gab. Aber das tat niemand.

Er schaute auf die liegende Frau, die zwar schwer atmete und immer noch zuckte, aber langsam zur Besinnung zu kommen schien. Die eine Gesichtshälfte war angeschwollen und begann, sich leicht grün zu verfärben. An einem Arm hatte sie einen schweren Striemen, ansonsten war ihr Kleidchen von oben bis unten mit Blutflecken und anderem übersät.

Karl stöhnte leise: „Wir müssen sofort einen Arzt holen!“

„Auf gar keinen Fall!“, antworteten Irenäus und Lilly wie aus einem Munde. Die Freundin sah ihn einen Moment fragend an, dann kümmerte sie sich wieder um Tam.

Irenäus hielt den Zeitpunkt nun für unweigerlich gekommen, zumindest ein gewisses Maß an Aufklärung zu betreiben, denn er hatte Angst, dass Karl in einem unbeobachteten Augenblick im Alleingang zur Tat schreiten würde. Immerhin trug er ein Handy bei sich.

Der Privatdetektiv wandte sich deshalb an den Förster, der Tams verklebte Haare aus ihrem Gesicht strich: „Solltest du jetzt einen Notarzt holen, würde dieser automatisch die Polizei benachrichtigen. Und – ich muss es dir leider sagen, lieber Freund – dann könntest du unsere liebe Tam mit hoher Wahrscheinlichkeit irgendwann in der U-Haft besuchen – und ich Lilly vielleicht gleich mit."

Lilly zuckte von ihrer Herrin zurück und fixierte ihn hart: „Was weißt du, Irenäus?"

Er schaute sie etwas müde an und sagte: „Alles!"

Sie wurde bleich: „Was soll das? Seit wann weißt du das?"

„Seit der letzten Nacht", meinte Irenäus.

„Und dann bist du den ganzen Tag mit mir herumgelaufen, so als wäre nichts?", rief sie erstickt, und Tränen stürzten in ihre Augen. „Es war so schön mit dir!"

„Eben deshalb!", erwiderte er. „Für mich gibt es keinen Anlass, euch zu verurteilen. Warum sollte ich uns diesen wunderschönen Tag versauen? Ich bin kein Bulle. Wir alle – außer Karl – haben hoch gepokert und wie es aussieht, die erste Runde verloren. Es liegt nun an uns, was wir daraus machen. Also beruhige dich, meine Liebe. An meinen Gefühlen ändert das nichts."

Er sah, wie Lilly verzweifelt schluckte.

„Okay, Irenäus!", sagte der Förster mit kaum unterdrückter Wut in der Stimme, wie ihn sein Freund noch gar nicht kannte. „Klärst du mich möglicherweise nun auch mal auf?"

„Wenn du es unbedingt wissen willst", antwortete der Privatdetektiv. „Dein Wilddieb aus dem Selketal war der Mann, der vor zehn Jahren das Steinkistengrab gestört hat, ein kleiner Krimineller. Das haben Tam und Lilly herausbekommen und ihm einen Besuch in der Ruine Oeringer Straße abgestattet. Dabei kam es zu einer Auseinandersetzung, bei der Lilly an der Arschbacke verletzt wurde. Daraufhin haben sie den Wilddieb getötet.

Dieser Mann hatte Mittelaltermärkte beliefert, deren Veranstalter ein sehr rabiates Pärchen aus Hannover ist. Um ihre Spuren zu verwischen, hat Tam den Gebäudekomplex gesprengt. Offenbar hatten die beiden Frauen wirklich etwas gefunden, das ihnen die Marktbetreiber nun wieder abjagen wollen. Wir beide haben diesen Leuten heute übrigens einen Besuch auf der Burg Regenstein abgestattet, während du bei Tam warst. Deshalb wussten wir auch, dass sie kommen."

„Woher weißt du das alles?", flüsterte Tam, die unbemerkt die Augen geöffnet hatte.

„Weil ich heute Nacht kurz nach der Sprengung vor Ort war", gestand Irenäus. „Ihr seid übrigens von einem Nachbarn beobachtet worden – fast die ganze Zeit."

„Verdammt!", sagte Lilly, doch dann kriegte sie sich wieder ein. „Tam, du bist aufgewacht. Wie geht es dir?"

„Ich weiß es nicht", stammelte diese. „Alles tut weh …!"

„Okay!", sagte die Freundin. „Du musst jetzt nacheinander alle Glieder bewegen, so, wie ich anweise. Zuerst den linken Fuß, das linke Bein …"

Irenäus und Karl schauten zu, wie Lilly provisorisch die Funktion der Wirbelsäule untersuchte. Sie machte das vollendet profihaft. Für Irenäus stand inzwischen fest, dass diese Frau über eine Spezialausbildung verfügte. Erst nachdem sie auch ihre Schleimhäute überprüft hatte, die bei inneren Blutungen fahl werden, fragte sie: „Hast du größere Wunden am Körper, oder woher stammt das ganze Blut?"

„Das ist nicht mein Blut", erwiderte sie mit festerer Stimme. Sie wurde von Karl sanft gestreichelt. „Ich habe mich kräftig gewehrt und Tussi hat tapfer geholfen. Der Frau habe ich ein Ohr abgebissen, und Tussi hätte fast den Kerl kaltgemacht. Es waren schreckliche Leute!"

„Oh, Mann! Wir kennen sie!", sagte Lilly ernst und sah Tam mitfühlend an, während die Männer über die Aufzählung der Heldentaten lachen mussten. Selbst die Hausherrin grinste schief.

Schließlich trugen sie Tam vorsichtig in ihr Schlafzimmer und legten sie aufs Bett. Lilly gab den Männern einen Wink. Zu Tam sagte sie: „Ich ziehe dir mal was Frisches an."

Als die beiden Freunde wieder im ramponierten Wohnzimmer standen, fragte Karl: „Wenn das, was du erzählt hast, wahr ist, können wir nicht einfach so zur Tagesordnung zurückkehren. Was tun wir aber dann?"

„Ich weiß es nicht, auf jeden Fall nichts überstürzen", schlug Irenäus vor. „Der Wilderer-Fall ist übrigens geklärt." Karl starrte ihn konsterniert an. „Nun ja, ich wollte das Geheimnis zwar wahren, aber die Staatsanwältin und Rita haben mir schlimme Dinge angedroht, wenn ich ihnen nicht verrate, woher ich die Hirschkuh kenne. Damit ist gleichzeitig der Fall mit dem angefahrenen Polizisten gelöst. Die Damen konnten meiner Argumentationskette folgen. Und das wiederum ist sehr vorteilhaft für unsere beiden neuen Freundinnen. Hätte man dort eine ermordete Frau über ihrem toten Kind gefunden, wäre bestimmt bereits der Teufel los. Aber dieser Bartel war überhaupt kein Sympathieträger."

„Ich verstehe hauptsächlich Bahnhof!", schimpfte der Förster. „Früher hast du mich wenigstens aufgeklärt, aber das scheint nun wohl passé zu sein."

„Fräulein Wabenmond! Ich erzähle es Ihnen gerade", feixte Irenäus. „Das ist alles weniger als 24 Stunden alt! Sollte ich dich heute dabei stören, Tam zu vögeln?"

In diesem Moment wurde die Tür zum Nebenzimmer geöffnet. Irenäus verstummte erschrocken. Wenn Lilly die letzten Worte gehört hatte, ließ sie sich zumindest nichts anmerken. Lächelnd sagte sie: „Ihr könnt reinkommen!"

Drinnen lag Tam in einem frisch gemachten Bett und schaute ihnen abwartend entgegen. Ganz sicher hatten sich die beiden Frauen über das weitere Vorgehen abgestimmt, nachdem Irenäus ihnen seinen Erkenntnisstand preisgegeben hatte. Tam war mit leichtem Bettzeug zugedeckt. Sie lag halb aufgerichtet. Die schwarzen Haare lagen offen und kaschierten teilweise die weiterhin anschwellende Gesichtshälfte. Ein Auge mutierte langsam zum Schlitz
und die Gesichtsfarbe einseitig ins Bläulichgrünbraune.

Die Männer standen ziemlich verlegen vor ihr, und Karl versuchte, ihre Hand zu erhaschen. Lilly sprach als erste: „Tam hat Glück. Es sah schlimmer aus, als es ist. Sie scheint keine inneren Verletzungen zu haben, und gebrochen ist auch nichts. Sie wird demnächst wieder fit sein." Ob sie Ärztin ist, ging es Irenäus durch den Kopf.

„Danke, liebe Lilly!", sagte die Herrin schlicht und wandte sich dann an die Männer. „Eigentlich könnte ich mich darüber sehr freuen, dass Irenäus ein so brillanter Detektiv ist und Karl so ein angenehmer Liebhaber." Diese Bemerkung induzierte vier sehr verschiedene Gesichtsausdrucke. Die Frau fuhr schnell fort: „Doch in noch ungeklärter Weise ist dadurch eine neue mentale Konstellation zwischen uns entstanden. Wir, Lilly und ich, werden jetzt keinesfalls eine Generalbeichte ablegen, im Gegenteil bleibt die Bedingung bestehen: Keine Fragen der persönlichen Art. Ihr beide müsst euch nun entscheiden, ob ihr weiter für mich arbeiten wollt oder nicht. Ganz egal, was passiert, winkt euch eine sehr gute Gage, die bereits an einem sicheren Ort hinterlegt ist." Sie tastete vorsichtig an ihre geschwollene Wange, eine Übersprungsreaktion. „Gib uns bitte allen einen Whisky, Lilly! Dass ich darauf noch gar nicht gekommen bin."

Die Angesprochene warf Irenäus beim Hinausgehen einen vertrauten Blick zu, auf den er nicht schnell genug reagieren konnte. Drei Minuten später hielt jeder einen Drink in der Hand.

„Prost! Das tut gut!", fing Tam wieder an. „Solltet ihr weiter für mich arbeiten, muss ich den Auftrag erweitern, damit auch eure Provision. Diese beiden unsäglichen Menschen haben mir heute Nacht eine Reihe von Quartheften gestohlen, die ich unbedingt wiederhaben muss. Sie sehen schwarzrot aus und gehörten diesem Unglücksraben von einem Wilddieb. Diese Aufgabe ist gefährlich, und ich kann euch Lilly nicht mitgeben. Aber ihr wisst ja, wo ihr sie findet.

Die zweite Aufgabe bleibt bestehen, nur ihre Erfüllung ist dringlicher geworden. Ihr müsst unbedingt diese Ingrid finden, bevor euch diese fette Frau zuvorgekommen ist!"

„Wissen diese beiden Leute etwa auch von Ingrid?", erkundigte sich Karl skeptisch.

„Wenn sie die Hefte richtig studieren, ja", erwiderte Tam. „Aber vorher werden sie wohl erst ihre Wunden lecken müssen."

„In Ordnung!", meinte Irenäus. „Wir werden es nicht lange schleifen lassen. Trotzdem müssen wir wohl vorher noch ein bisschen schlafen und uns vorbereiten. Angeblich kann man diese Leute nicht zu zweit überwältigen, sagte uns zumindest der Magier."

„Ach was! Ihr schafft das schon!", feuerte sie Tam an und ließ sich von Karl ein bisschen streicheln. „Ich habe diese Arschlöcher bereits geschwächt. Wir müssen uns nun verabschieden."

„Nein, noch etwas!", fuhr Irenäus hastig dazwischen. „Trotz aller Geheimhaltung wäre es gut, wenn wir eine Telefonnummer von euch hätten. Es kann etwas eintreten, dass es dringend notwendig macht, eine Botschaft zu übermitteln."

„Das kann ich nachvollziehen", antwortete Tam. „Lilly wird dir eine Nummer geben, die ihr aber nur im Notfall anwählen könnt. Und nun viel Glück, Irenäus!" Sie gab ihm die Hand, und er hauchte einen Kuss darauf. Dann wandte sie sich Karl zu: „Komm auch her!"

Während Karl auf ihre Bettkante eilte – anders konnte man es kaum nennen – verließen Lilly und der Privatdetektiv das Zimmer.

Auf dem Flur legte die Frau einen Arm um seine Schulter und sagte: „Du bist ein ganz schön hintertückischer Kerl, mein Lieber!"

„Das kann man so nicht sagen!" Irenäus gab ihr einen Kuss, den sie gierig entgegennahm. „Wie viel Zeit haben wir jetzt?"

„Leider nur 15 Minuten", stöhnte Lilly traurig. „Tam ist da knüppelhart."

„Genau wie mein Schwanz!", murmelte er.

Aber sie hatte es trotzdem verstanden: „Ach, Irenäus! Musst du immer so vulgär sein? Es geht jetzt wieder nicht. – In so kurzer Zeit." Sie drängte ihn in ihr Zimmer.

Dort konnte sie gerade noch eine Schummerbeleuchtung einschalten, dann lag sie in Irenäus' Armen. Er begehrte diese Frau schon die ganze Zeit über, immer mehr und mehr. Das an diesem turbulenten Tage angestaute Testosteron ließ sein Oberbewusstsein in nebelhafte Gefilde entschwinden. Er zog Lillys schwarzes T-Shirt nach oben, so dass die schönen Brüste heraushüpften und lutschte sie mit heißen Küssen. Sie warf das Kleidungsstück in die Dunkelheit und massierte mit einer Hand heftig zwischen seinen Beinen. Das war für ihn das Signal. Sie zogen sich in Windeseile aus und umschlangen sich gegenseitig im Stehen. Ihre warmen Körper pressten sich wollüstig aneinander. Sein Penis traf auf ihre blonde Schambehaarung. Sie griff danach mit schlanken, sensiblen Fingern, deren Spiel ihn in einigen Sekunden verrückt gemacht hätte.

Aber Irenäus schob sie hinüber zum Bett. Scheiß auf die fünf-
zehn Minuten. Er fühlte, dass auch Lilly nun alles um sie herum einerlei war. Sie wollte ihn in sich spüren und warf sich rückwärts aufs Bett. Ihr Becken war schmal, und sie reckte die Beine auseinander, so dass ihre Muschi rosig hervortrat. „Komm schon!", schrie sie, und er drang mit diesem ganz besonderen Wonnegefühl in sie ein, ohne irgendein Vorspiel oder Zeit für Raffinessen.

Lilly bäumte sich auf und gab ein heiseres Schluchzen von sich. Er küsste ihr Gesicht, streichelte ihre Brüste, die prall nach oben standen, und nahm sie mit zarter Gewalt, ohne einen Gedanken an irgendwelche Risiken zu verschwenden. Die Frau stöhnte laut und rieb sich schweißnass an seinem Körper.

Irgendwann kamen sie langsam zur Ruhe, und Irenäus befreite sie von seinem Gewicht. Die Frau hatte völlig verträumte Augen: „Das war sehr schön. Es sind bereits 25 Minuten vergangen, und niemand hat uns gerufen …"

Er lachte: „Vielleicht geht es den beiden anderen genauso. Komm her! Lass dich streicheln!"

Schließlich wurde es sogar eine ganze süße Stunde, aber dann sagte Lilly: „Es ist nun soweit, der Abschied naht, mein lieber Irenäus. Ich gebe dir meine Telefonnummer – aber bitte wirklich nur im äußersten Notfall anrufen. Sollten wir uns wiedersehen, müssen wir uns viel mehr Zeit lassen." Sie blinkerte ihn spitzbübisch an und streichelte ihn an einer besonders empfindlichen Stelle. „Dann nehme ich dich mir vor, dass dir Hören und Sehen vergeht!" Sie schenkte ihm dabei noch einmal diesen besonderen Augenaufschlag. „Vielleicht sehen wir uns aber auch niemals wieder."

„Warum nicht?", fragte er traurig und stieg aus dem Bett.

„Frag nicht so dumm, Herr Privatdetektiv!", gab sie zurück. „Wie dicht ist denn die Polizei bereits hinter uns?"

Dieses Problem hatte er tatsächlich für einen Moment ausgeblendet. Nun sagte er: „Sie wussten noch gar nichts von euch. Aber du hast Recht. Das kann sich sehr schnell ändern. Am besten wird es auf jeden Fall sein, wenn ihr schon eure Notpäckchen packt. Ach, ich mag gar nicht dran denken ..."

Lilly brachte die Männer bis vors Haus. Sie umarmte beide wortlos und Irenäus ganz besonders. Dann drehte sie sich um und eilte ins Innere zurück. Und Irenäus hatte wieder nicht gefragt, wer sie denn nun eigentlich wirklich sei ...

XXVIII

Als sie eine gewisse Strecke zwischen sich und das Schicksalsgrundstück gebracht hatten, brach Irenäus das bedrückte Schweigen: „Was machen wir denn nun? Lass uns mal überlegen!"

„Was gibt es da zu überlegen?", erwiderte der Förster mürrisch. „Wir fahren zu diesen Leuten und nehmen ihnen die Bücher wieder ab. Du weißt doch, wo sie sich aufhalten."

„Ich bin nicht sicher, ob diese Idee so vernünftig ist", sagte Irenäus. „Dieses Pärchen ist nicht von Pappe. Es ist sehr fraglich, ob wir mit ihnen fertig werden. Jedenfalls hat uns ein Magier gesagt, dass wir das nur zu Viert schaffen. Die Alternative wäre, jetzt nach Hause zu fahren und sich auszuschlafen. Danach sollten wir dann auf den Brocken und mit Ingrid Kontakt aufnehmen, falls es sie denn gibt."

„Ich kann jetzt nicht schlafen", seufzte Karl und hielt den Subaru an. „Ich glaube, diese Leute sind geschwächt genug, dass wir mit ihnen fertig werden. Wir hauen ihnen richtig eins aufs Maul und nehmen ihnen diese Hefte wieder weg. Dann ist Tam gerächt, und wir haben den ersten Teil der Aufgabe erfüllt. Danach kann auch ich schlafen, und später gehen wir auf den Brocken."

„Das wird viel zu spät", widersprach Irenäus vehement. „Wir kommen gar nicht wieder runter vom Brocken, wenn wir vorher erst noch alles mögliche andere abarbeiten wollen."

„Wir können auch mit der Bahn fahren oder auf dem Brocken übernachten", hielt Karl dagegen. „Genug Geld haben wir nämlich. Tam hat mir für jeden von uns einen Briefumschlag mit Geld gegeben. Ich glaube, da ist eine Menge drin!"

„Hm!", brummte der Privatdetektiv. „Du lässt dich wohl nicht von deinen Rachegedanken abbringen?"

„Nee!", antwortete der Förster. „Ich wäre allerdings zu einem Vorschlag zur Güte bereit. Vielleicht sollten wir uns nur anschleichen und die Lage auskundschaften. Entweder ergibt sich dabei eine gute Gelegenheit zum Angriff, oder wir kennen zumindest bereits die örtliche Situation und ziehen uns wieder zurück. Das geht doch ganz schnell! Ich fahre jetzt einfach zum Regenstein!" Karl ließ den Motor an und fuhr mit hohem Tempo weiter. Irenäus schwieg und starrte vor sich hin.

Bald waren sie auf der Zubringerstraße zum Regenstein angekommen. Karl preschte auf der schmalen Straße zur Burg hinauf.

„Halt an!", rief Irenäus. „Wenn wir hier mitten in der Nacht vorfahren, bemerken uns gleich alle im Lager, einschließlich unserer Klienten. Fahr dort in die schmale Spur! Die letzte Strecke schlagen wir uns zu Fuß durch, hast du Taschenlampen dabei?"

Der Förster nickte und fuhr in einen Waldweg. Die Kiefern standen hier ziemlich weit auseinander, und überhaupt schienen die vielen Besucher der Burg auch viele kleine Trampelpfade angelegt zu haben.

Karl zog zwei dicke Briefumschläge hervor und klemmte sie in einen unteren Riss der Innenverkleidung: „Das ist Tams Provision für uns. Sie sollte uns nicht abhanden kommen."

„In Ordnung!", grinste Irenäus. „Das Lager ist hier in der Nähe. Wenn alles so ist wie am Nachmittag, befindet sich die Unterkunft dieser Leute ganz hinten, der Zufahrt abgewandt. Wenn wir uns von dort aus anpirschen, müssten wir sie haben, ohne dass alle anderen etwas merken. Dort steht so ein großes Aufbereitungszelt, hinter dem wir in Deckung sind. Aber denke daran: Nur sondieren!"

„Ja, ja", meinte Karl und machte sich als erster auf den Weg. Sein Freund folgte ihm unmittelbar. Möglichst leise und mit wenig Licht kämpften sie sich durch das Unterholz. Sehr weit war es nicht, dann konnten sie das größere Zelt schemenhaft erkennen. Direkt vor ihnen befand sich eine lichte, runde Stelle, von der aus man das Lager gut einsehen konnte. Dorthin strebten sie.

Irenäus war ihre nächtliche Verfolgungsaktion von Anfang an unangenehm. Er wollte diesen Leuten nicht zu Zweit und nicht unvorbereitet gegenübertreten. Eigentlich war er deshalb sauer auf Karl. Außerdem konnte er sich einer unguten Ahnung nicht erwehren, deren Intensität zunahm, je näher sie diesem Nachtlager kamen. Bestimmt hatte der Jäger Tam versprechen müssen, diese doppelt geklauten Bücher so schnell wie möglich zurückzubringen. Und nun krochen sie hier wider besseres Wissen herum.

Sie hatten mittlerweile den runden Fleck erreicht, der wie gemäht aussah und tatsächlich eine gute Übersicht auf das umliegende Terrain gewährte. Beide blieben darauf stehen, um die Lage zu sondieren.

„Siehst du dort den Pickup stehen? Die müssen ziemlich in der Nähe sein", flüsterte Irenäus.

„Und wo ist der Van?", fragte der Förster und beugte sich ein Stück vor. „Hier ist ein Seil!"

Irenäus erahnte, wie der Förster es berührte. Im nächsten

Augenblick fühlte er, wie etwas auf sie herabflatschte. Dann erfolgte ein raschelndes Geräusch, etwas surrte leise. Er spürte sich gegen Karl gepresst und in die Luft geschleudert. Irgendwelche starken Bänder umschlangen plötzlich Arme und Beine. Sie drückten in sein Gesicht. Leichte Panik befiel ihn, aber er blieb leise. Dann hing er in der Luft, vielleicht zwei Meter über dem Erdboden, dicht gezwängt an den Körper des anderen. Das, was sie umschloss, schwankte ein wenig und drehte sich langsam.

„Scheiße!", raunte Irenäus. Er klebte mit dem Kopf an Karls Schulter. „Was ist das?"

„Eine Großtierfalle", flüsterte der Förster zurück. „Ich glaube, wir hängen in einem Netz. Hatte dummerweise vergessen, dass wir uns an ein Mittelalter-Camp anschleichen. Ich komme nicht an mein Messer."

Irenäus tastete mit einer Hand, die noch einen gewissen Spielraum besaß, um sich und fand ein dickes Seil und einen Knoten. „Das wirst du wohl kaum durchschneiden, es ist nämlich ein dickes Nylonseil, wahrscheinlich zum Fang von Hammerhaien."

„Ich finde das gar nicht lustig", knurrte Karl. „Wenn uns hier wer mitkriegt, sind wir geliefert."

„Du wolltest doch unbedingt hierher", gab Irenäus zurück und versuchte emsig weiter, in diesem Netz irgendein Ausbruchsschema zu finden. Karls Hirschfänger steckte in einer Lederscheide, die am Gürtel befestigt war. Die Männer mussten bald einsehen, dass keiner von ihnen da herankam. Bis jetzt war im Lager noch alles totenstill. Auch machte sich ein leichter Wind auf, der ein allgemeines Rascheln verursachte, das alle anderen Geräusche überlagerte. Gleichzeitig versetzte dieser Luftzug das Netz in eine leichte Pendelschwingung.

„Es tut langsam weh", sagte Irenäus leise. „ich weiß nicht, ob wir das bis Sonnenaufgang hier drin aushalten."

„Wir müssen es vorher schaffen, hier herauszukommen", schimpfte Karl und schüttelte sich unbeherrscht.

„Das schafft ihr nicht!", sagte eine leise Stimme unter ihnen. Irgendwie kam sie Irenäus bekannt vor. Das Netz drehte sich langsam, und er sah eine dunkle Gestalt im Schneidersitz am Boden hocken und zu ihnen aufschauen. Vage nahm er den gen Himmel ragenden Pferdeschwanz wahr. Konnte er erleichtert sein? „Hallo, Magier!", flüsterte er durch das Säuseln des Windes. „Hast du uns hier gefangen? Bist du Freund oder Feind?"

„Weder – noch, ich bin Schamane", kicherte der Mann. „Aber ich lasse euch wieder herunter. Ihr habt wirklich Glück gehabt, dass ich gerade hier vorbeikam."

„Du hast auf uns gewartet. Gib es zu!", erwiderte Irenäus mit erleichterter Stimme.

„Ich sag es ja, du bist ein Gote", sagte der Mann. „Hättest vielleicht auch Magier werden können."

„Lässt er uns nun endlich runter?", zischte Karl ins Ohr von Irenäus. „Mein Unterschenkel stirbt gerade ab."

Das Netz begann sich daraufhin ziemlich schnell zu senken, und sie landeten nicht besonders sanft auf der Grasnarbe. Als der Magier das Netz öffnete, fragte Irenäus: „Hast du hier die ganze Zeit gestanden?"

„Nein, nein! Das Netz ist mit einem Glöckchen in meinem Zelt verbunden", schmunzelte der Mann. Dann fuhr er fort: „Ich habe doch vorhin gesagt, dass ihr nicht zu Zweit kommen dürft. Gegen die beiden hättet ihr wahrscheinlich nicht bestanden. Du unterschätzt die negative Mittelalter-Energie, Gote! Aber ihr braucht euch keine Sorgen zu machen, die beiden sind nicht hier."

„Nicht hier?", fragte Karl. „Wo sind sie?"

„Bei ihrem Bruder", erwiderte der Magier. „Der ist Arzt. Sie lassen sich wieder zusammenflicken, nachdem ich ihnen die Erste Hilfe gegeben habe. Also, wer auch immer, hat sie ganz schön zugerichtet!"

„Es war eine Frau", erklärte Karl stolz. „Kommst du noch ein Stück mit in den Wald? Ich möchte hier nicht doch noch erwischt werden."

Sie bewegten sich einige Meter in Richtung Subaru. Das Netz blieb liegen. Der Mann brachte sie zu einer Bank, die sicherlich für Wanderer bestimmt war. Er ließ sich darauf plumpsen und meinte: „So, bis hierhin komme ich mit. Ich wollte euch nur noch einige Dinge erklären. Hört gut zu!

Die Mittelalter-Energie nimmt gegenwärtig auf der ganzen Erde zu. Viele merken das nicht oder denken, es wäre längst überwunden. Aber so etwas ist gekoppelt mit Gier und Angst. Die Leute, die ihr gerade verfolgt, sind von diesen Dämonen schon besonders stark besessen. Deshalb stehe ich auch auf eurer Seite. Sie sind Menschenfeinde. Seht euch vor!

Sie werden in einigen Stunden wieder hier sein. Sie werden dann die Bücher, die ihr von ihnen haben wollt, gelesen haben. Auch ihr werdet diese Bücher in Händen halten, aber nur sehr kurz, denn sie gehören jemand anderem. Geht nachher auf den Zauberberg, dann werdet ihr diesen Fall lösen."

„Welchen Zauberberg meist du?", erkundigte sich Karl.

„Den dort!", grinste der Mann und zeigte in die westliche Dunkelheit. „Die Götter mögen mit euch sein! Wir sehen uns wieder!"

„Danke!", antwortete Irenäus. „Du hast uns sehr geholfen. Es war angenehm, dich kennenzulernen."

„Und grüßt die Kriegerinnen von mir!", lachte er zum Abschluss. Dann drehte er sich um und verschwand in der Finsternis.

Irenäus und Karl kletterten gleich darauf in den Subaru. Sie beeilten sich, nach Hause zu kommen. Unterwegs schwiegen sie ermüdet, obwohl Karl noch eine Menge Erklärungsbedarf verspürte.

Vor dem Grundstück von Irenäus trennten sie sich. Karl sagte: „Um wieviel Uhr wollen wir uns zur Brockenwanderung treffen?"

„Oh, Gaia!", stöhnte der Privatdetektiv. „Schaffen wir das?"

„Wir müssen!", gab Karl zurück. „Mit leichtem Gepäck."

XXIX

Um vierzehn Uhr traf Karl bei seinem Freund ein. Der wälzte sich aus dem Bett und schaute finster drein: „Ich muss noch einen Happen essen." Er trat vor die Haustür. „Es ist ja auf einmal so kalt draußen ..."

„Das ist der Temperatursturz", erklärte der Förster und blickte prüfend auf seinen Freund. „Wir dürfen nicht zu lange bummeln, damit wir noch rechtzeitig auf den Gipfel kommen."

„Was soll das heißen?", fragte Irenäus und aß einen Happen Brot mit Schinken. „Verheimlichst du mir etwas?"

„Es könnte sein, dass es dort ein bisschen schneit", meinte der Förster und streichelte Titus.

„Schnei – heit?", entsetzte sich Irenäus. Er wusste nicht, ob er bei solchem Wetter ausgerechnet auf den Brocken laufen sollte. Andererseits hatten sie das Honorar von Tam bereits bekommen, und die legte offenbar größten Wert darauf, dass sie diese Ingrid so bald wie möglich fänden, insbesondere auch, bevor dies die beiden Mittelalter-Gaukler taten. Deshalb sagte er: „Weißt du auch, wann es schneit und wie heftig?"

„Also, laut Wetterkarte müssen zuerst die warmen Luftmassen auf die kalten treffen und das wird wohl bei Einbruch der Dunkelheit sein."

„Na prima!", meinte Irenäus. „Dann müssen wir uns auch noch beeilen. Aber ein Gutes hat es unter Umständen, wir können möglicherweise oben bleiben, weil wir dort festsitzen. Das wollte ich schon immer mal. Trotzdem ist es Blödsinn ..."

„Wir haben dann auch optimale Bedingungen bei der Suche nach Ingrid", fügte Karl hinzu. „Wir müssen dort übernachten! Vergiss nicht, genug Kohle mitzunehmen!"

Irenäus war bereits dabei, sich anzuziehen und einen kleinen Rucksack zu packen: „Und von wo laufen wir?"

„Von Drei Annen Hohne?", fragte der Förster zurück. „Dort sind wir am schnellsten mit dem Auto, und der Glashüttenweg ist die schönste Strecke."

„Aber auch die weiteste", gab Irenäus zu bedenken. „Das sind fast fünfzehn Kilometer und da laufen wir drei Stunden. Nehmen wir eigentlich einen Hund mit?"

„Ich habe Birka zu Hause gelassen", erwiderte Karl. „Aber Titus ...? Ein Hund erregt Mitleid!"

Der Schwarze schaute abwechselnd zwischen den Männern hin und her und klopfte mit der Rute auf den Boden.

Eine Stunde später parkte Karls Subaru auf dem Touristenparkplatz von Drei Annen Hohne. Dieser Ort besaß kaum wirkliche Wohngehöfte. Er fungierte hauptsächlich als Anlaufpunkt für die Ski- und Wandergebiete der östlichen Brockenflanke und als Bahnhof der Harzer Schmalspurbahn. Zu Zeiten der DDR lag er am Rande des Sperrgebietes zwischen Ost und West. In der Regel wurde man hier mindestens einmal pro Tag von bewaffneten Grenzern kontrolliert und musste stets ein wenig aufpassen, sich nicht ins ausgewiesene Grenzgebiet zu verlaufen, denn das konnte mit einem Aufenthalt in der U-Haft enden.

Um Punkt vier Uhr machten sich die beiden Männer und der Hund auf den Weg zum Brocken. Die Entfernung wurde mit 12,5 Kilometern ausgewiesen, und 600 Meter betrug der Höhenunterschied. Die Außentemperatur lag merklich unter zehn Grad Celsius und fiel weiter stetig ab. Der Beginn des Weges weist einen relativ starken Anstieg auf, eine Abkürzung durch den Wald verkürzt die Strecke merklich. Noch vor fünf Uhr erreichten sie eine markante Klippe, die man mit Hilfe von Stahlleitern besteigen konnte, worauf sie verzichteten. Vielmehr setzten sie sich auf das kalte Brett einer schmalen Bank und nahmen jeweils ein Glas Rotwein zu sich. Dieses Ritual gehörte für sie zu jeder Wanderung.

„Ich war etwas verwundert, dass du heute so bereitwillig dabei bist", sagte Karl und teilte eine Heidschnuckenwurst aus eigener Produktion auf.

„Ich weiß nicht, was Tam dir alles offenbart hat, als ihr allein ward", antwortete Irenäus bedächtig und überlegte, wie viel reinen Wein er dem Freund nun eigentlich einschenken durfte. Immerhin war Karl ein Staatsdiener und konnte in ernste Gewissenskonflikte geraten. Das war bei Irenäus etwas anders gelagert, denn er war keinem darüber Rechenschaft schuldig, was in seinem Kopfe vorging.

„Wenn die Polizei den Pickup findet, kommt sie auch schnell auf die Spur dieser beiden Arschlöcher. Wenn man die ergreift, werden sie als erstes Tam und Lilly denunzieren, um sich reinzuwaschen. Vielleicht können wir diese Typen aber noch auf dem Brocken abfangen, falls stimmt, was uns der Magier gesagt hat …"

„Und was willst du dann mit ihnen anstellen?", wunderte sich Karl.

„Das weiß ich noch nicht“, bekannte Irenäus und reichte Titus ein Leckerli. „Aber wir wissen dann vielleicht schon, wer diese Ingrid ist und welche Rolle sie bei Tams Suche nach dem Stirnreif spielt.“

„Sie hängt mit diesem Wilddieb zusammen“, erklärte Karl. „Soviel hat Tam mir angedeutet. Und sie hat etwas mit dem Relikt zu tun, das sie für den Stirnreif des Recken Krrrsan hält. Darüber steht sicherlich etwas in den Heften.“

„Und wenn das jetzt die Mittelalter-Freaks lesen, wollen sie es Ingrid ebenfalls abjagen“, ergänzte Irenäus. „Darum befinden wir uns sozusagen auf einem Wettlauf zum Brocken. Los, lass uns weitergehen.“

Es gibt ein Stück weiter eine Wegkreuzung, bei der man den richtigen Aufstieg nicht verpassen darf und aus Versehen zu den Zeterklippen läuft. Doch schließlich erreicht man die Brockenstraße, die in letzter Zeit nagelneu asphaltiert wurde. Anschließend nahm die Zahl der schweren Fahrradunfälle dramatisch zu. Doch heute befand sich auf dieser Straße fast kein Mensch oder Fahrzeug mehr, obwohl Ostersonntag war. Die paar Leute, die abwärts liefen, warfen ihnen befremdete Blicke zu.

Dann fielen die ersten Schneeflocken. Zuerst tanzten sie einzeln vom Himmel, bald aber bildeten sie einen Reigen und eine erste Schneeschicht auf der Teerdecke. Es war noch hell, aber die überwiegend toten Fichten am Wegesrand winkten mit ihren kahlen Ästen. Sie waren komplexe Opfer von Umweltgiften, Trockenstress und Borkenkäfern.

Als sie die dritte Warnbake des Bahnübergangs erreichten, tanzten die Flocken nicht mehr, sondern sie wehten. Ein unangenehmer Wind hatte zu blasen begonnen. Kurz vor dem Übergang sahen sie den letzten Zug der Brockenbahn talwärts rollen. Ihre Schuhe versanken bereits mehrere Zentimeter tief im Schnee.

Am Bahnübergang traf der Weg von Torfhaus auf die Brockenstraße, er wäre nur acht Kilometer weit gewesen. Aber wie auch immer, ein Schild zeigte an: Brocken 1.000 Meter.

„Das schaffen wir!“, keuchte Irenäus. Trotz des inzwischen eisigen Windes schwitzten die Männer vor Anstrengung, denn sie hielten maximale Wandergeschwindigkeit vor.

Auf diesem letzten Kilometer wurde die Straße noch einmal richtig steil. Auch Titus lief nur noch mit gesenktem Kopf in den Fußstapfen seines Herrn. Er sah auch nicht mehr schwarz aus, sondern weiß.

Sie hatten die 1.100-m-NN-Markierung am Straßenrand noch nicht erreicht, als der Wind stürmisch wurde und sie die Gebäude auf dem Brocken nur noch schemenhaft durch den Schnee sehen konnten.

„Wir werden hier doch nicht noch verrecken", stöhnte der Förster und übernahm das Treten der Spur. Sie gingen jetzt im Gänsemarsch und erinnerten bereits an die berühmten Bilder der Erstbesteigung des Mount Everest durch Sir Edmund Hilary und seinen getreuen Sherpa.

Schließlich passierten sie doch noch die Höhe des Bahnhofs und befanden sich endlich auf dem eingeschneiten Brockenplateau. Sie sahen das Brockenhaus, das Hotel und die riesengroße, rotweiße Sendeanlage in greifbarer Nähe vor sich liegen.

Zum Glück waren der Schnee pulvrig, die Temperaturen frostig, und es stapfte sich noch relativ gut. Mittlerweile war es fast stockfinster, nur im Westen leuchtete noch ein rötlicher Schein durch die Wolkenbank, die jetzt immer kompakter wurde. Bei etwas mehr Muße hätten sie das Aufeinanderprallen der warmen und kalten Luftmassen aus 1.142 Metern Höhe fantastisch miterleben können. In ihrem Fall waren sie jedoch froh, als sie endlich auf den Stufen des achtgeschossigen Brockenhotels standen und sich und dem Hund den Schnee abschüttelten.

Seitwärts befand sich ein Selbstbedienungsrestaurant für den Massentourismus, das den herben Charme einer ehemaligen MITROPA besaß. Hier brauchten sie gar nicht erst nachzusehen, denn dunkel gähnten die Panoramafenster. Kein Mensch war zu sehen. Auch der Showtrakt des Brockenhauses ragte finster in den Sturmwind. Nur dieses oder jenes Fenster des Brockenhotels schimmerte hell und die roten Warnlichter des alles überragenden Sendemastes waren durch das Schneetreiben zu erkennen. Vom Unterland sah man praktisch gar nichts, denn der Berg lag in einer Wolke.

„Irgendeine Tür muss offen sein", befand Irenäus und öffnete gleich darauf die Glastür, die ins Hotel führen sollte. Sie standen in einem kleinen Durchgang, dessen hintere Flügeltür verschlossen war. Aber es existierten noch zwei Fahrstuhltüren, auf die die beiden Männer nun ihre Hoffnung richteten.

Der eine Fahrstuhl war für die Bewirtschaftung ausgewiesen, auf der anderen Tür standen jedoch zu ihrer großen Erleichterung Anweisungen zum Erreichen der Hoteletagen und insbesondere der „Hexenbar". Diese Etage befanden sie für besonders anstrebenswert. Tatsächlich traf auf Knopfdruck eine Kabine ein und beförderte sie einige Stockwerke nach oben.

Der nicht abgeschüttelte Schnee in ihren Haaren und anderswo begann nun zu tauen, und alle drei sahen zunehmend abenteuerlich aus, als sie aus dem Lift in ein Treppenhaus traten. Eine der Türen war offensichtlich der Einstieg zur „Hexenbar". Beherzt drückte Irenäus die Klinke herab. Er trat in einen relativ kleinen Raum, der von hellem Mobiliar dominiert wurde. Direkt vor ihm erstreckte sich die Theke einer Bar, hinter der ein blondes Mädchen stand, das ihn aus blauen Augen anstarrte.

„Guten Abend!", sagte Irenäus. „Wir sind gerade angekommen. Dürfen wir uns …?"

„Sie sind bestimmt die Extremsportler, die für heute Nacht ein Zimmer reserviert haben", lachte plötzlich das Mädchen und kam hinter der Thekenbar hervor. Es musste wohl etwas aufpassen, dass es nicht weiter zunahm, registrierte er nebenbei.

Karl stand inzwischen neben ihm, und Titus war brav an der Leine. Irenäus erwiderte schnell: „Nein, ich glaube, das sind wir nicht. Wir sind nur eben gerade hier angekommen und werden es heute wohl nicht mehr ins Tal zurück schaffen,"

„O jeh! Was machen Sie denn für Sachen?", fragte das Mädchen und schüttelte altklug den Kopf. „Und dann noch mit Hund! Ich glaube, Sie sind ein Fall für Ingrid. Die löst mich um Acht ab."

„Da haben wir aber Glück", meinte Irenäus zweideutig.

Das Mädchen warf ihm einen leicht missbilligenden Blick zu: „Am besten, Sie setzen sich solange hin. Möchten Sie irgendwas zu sich nehmen?"

Sie wies auf eine kurze Reihe von hellen Tischen, an denen einige Leute saßen, die sie neugierig ansahen. Es handelte sich um ein rüstiges älteres Ehepaar, eine Familie mit erwachsenen Kindern und einige sehr sportlich aussehende Männer.

„Dürfen wir uns auch an die Bar setzen?", erkundigte sich Karl Wabenmond. Das war eine sehr gute Frage, denn die Bar war die rechtwinklig angesetzte Fortsetzung des Tresens zur anderen Seite des hufeisenförmigen Raumes und von den Tischen aus nicht einsehbar.

„Na gut!", meinte das Mädchen widerwillig. „Da stört auch der Hund nicht."

„Wir nehmen bitte zwei Bier und zwei Whisky", sagte Irenäus und lächelte sie freundlich an. „Es war doch ganz schön frisch draußen. Gibt es noch was zu essen?"

„Nur noch Wiener Würstchen mit Brot ohne Beilage", grinste das Mädchen und zapfte das Bier. „Für den Hund auch etwas? Sie dürfen nicht denken ... Ich habe zu Hause auch einen. Nur der Chef ist sehr streng. Eigentlich darf er nicht hoch in die Bar."

„Ist der Chef da?", fragte Karl.

„Ich glaube, nicht ...", antwortete sie ausweichend. Sie verließen dieses Thema schnell, denn es schien nicht besonders positiv belegt zu sein.

Irenäus und Karl warfen sich tiefsinnige Blicke zu, während das Mädchen in einem kleinen Küchenabschlag die Würstchen erwärmte und für Titus offenbar sehr gute Fleischreste des Tages auf einen Teller schnitt. Das wäre ja der Hammer, wenn sie in wenigen Minuten dieser sagenhaften Ingrid gegenübersitzen würden. Im Kopf von Irenäus kreiste bereits das Konzept seiner Annäherung.

Versonnen tranken sie ihr Bier und lauschten dem Pfeifen des anschwellenden Sturmes, der inzwischen den Schnee in dichten Fahnen jenseits der Fenster entlang trieb. Das Mädchen stellte ihnen die Würstchen auf den Bartresen. Titus stellte sie einen Teller mit Fleisch unter die Nase. Der Schwarze wedelte und ließ sich den Kopf kraulen. Dann schlang er gierig sein Mahl hinunter.

„Sie haben vielleicht Nerven", sagte sie, „hier bei diesem Wetter rauf zu laufen. Das hätte auch schiefgehen können. Wissen Sie das?"

„Wir hatten uns verspätet", tat Irenäus reuemütig. „Es war so herrliches Osterwetter, und wir hatten die Wanderung geplant. Dass es so wird, konnten wir ja nicht wissen."

„Na, Sie müssen mal den Wetterbericht gucken, bevor Sie auf den Brocken laufen!", lachte das Mädchen, das zusehens auftaute. Dann musste sie jedoch die anderen Gäste bedienen und entfernte sich eilig.

„Ich kann's nicht fassen", raunte Karl mit vollem Munde. „Falls tatsächlich in wenigen Minuten Ingrid kommt, überlasse ich das Feld erst mal dir. Abgemacht?"

„Abgemacht!", antwortete Irenäus und fügte kopfschüttelnd hinzu. „Was die Götter bloß damit wieder bezwecken? Wir haben ja mehr Glück als Verstand."

„Lobe den Tag nicht vor dem Abend!", warf Karl ein. „Mir machen noch die beiden Extremsportler Sorgen, die demnächst hier auftauchen werden. Wenn das bloß nicht ..."

Die Tür zum Treppenhaus wurde geöffnet, und eine weitere Person erschien im Raum. Die Uhr über der Bar zeigte kurz vor

Acht an. Das Mädchen hatte wohl gerade einen Tisch abkassiert, denn die Familie mit den erwachsenen Kindern verließ die Bar. Nun saßen nur noch das ältere Ehepaar und die sportlichen jungen Männer hier oben.

Die Detektive versuchten, ein Bild von der neu hinzugekommenen Person zu erhaschen. Zuerst sahen sie eine dunkelhaarige Frau in einem violetten Kleid, die sich temperamentvoll an das Mädchen wandte. Die beiden kamen hinter die Theke, und sie hörten, wie die Neuangekommene sagte: „Hey, Kleine, jetzt hast du's geschafft! Heute Abend laufen ein paar schöne Filme im Fernsehen. Mach es dir gemütlich! Gibt es irgendwas Besonderes hier oben?"

Erwartungsvoll legten die Männer ihr zweites Wiener auf die Teller zurück und schauten verhalten zu den Frauen, die sich halb über Eck unterhielten. Alles lag jedoch räumlich sehr nah beieinander.

„Ja!", sagte das Mädchen etwas verlegen.. „Vor einer halben Stunde kamen noch zwei Herren hier an. Im Schneesturm! Mit Hund! Ich glaube, das müssen Sie übernehmen."

Die Neuangekommene drehte sich um und machte einige Schritte um das Zentrum der Bar, so dass sie erst jetzt für die Männer richtig sichtbar wurde.

Vor ihnen stand eine schlanke Frau mit langen tiefschwarzen Haaren und leicht gebräunter Haut. Sie besaß ein ausgemacht schönes Gesicht mit dieser Mischung aus ästhetischer und herber Prägung. Sie trug ein dunkelviolettes, togaähnliches Kleid, das wie ein antiker Umhang oberhalb ihrer linken Brust von einem recht großen und auffallend fremdartigen Schmuckstück zusammengehalten wurde. Die schlanken, bräunlichen Arme waren unbedeckt.

Sie schaute die Männer mit forschendem Ausdruck ihrer großen, schwarzen Augen an.

XXX

„Wenn du Idiot nicht solange gemährt hättest, wäre es jetzt nicht schon dunkel!", keifte Sonja und stierte auf das Schneegestöber vor ihnen über der schmalen Harzstraße zwischen Wernigerode und Drei Annen Hohne. Das Thermometer zeigte wenige Grad über Null, und der Schnee begann, auf der Fahrbahn liegen zu bleiben.

„Nun bin ich wieder schuld“, gab Björn erregt zurück. „Du brauchtest noch eine Narkose und hast noch ewig in diesen Heften gelesen. Das hat solange gedauert. Und außerdem hätten wir auch noch morgen mit der Brockenbahn fahren können.“

Sie waren sofort in der vorigen Nacht zu Sonjas Bruder nach Braunschweig gefahren. Björn konnte vor Schmerz kaum lenken. Doch einen regulären Arzt getrauten sie sich mit diesen Wunden nicht aufzusuchen. Der Bruder war frei praktizierender Mediziner und gab sich alle Mühe, sie so gut wie möglich zusammenzuflicken. Besonders bei Sonjas Ohr, das halb zerbissen am Kopfe hing, musste er all seine Kunst aufwenden. Dabei räsonierte er fortlaufend darüber, wie bescheuert man eigentlich sein müsse, um solch ein Leben wie Sonja und Björn zu führen.

„Nein, das ginge nicht!“, fuhr sie ihn an. Inzwischen hatten sie Drei Annen Hohne hinter sich gelassen. Der Schnee bildete nun eine komplette Schicht von mehr als einem Zentimeter. „Der Hinweis zu dem Relikt ist eindeutig. Diese verdammte Nutte, diese Ingrid, hat den Stirnreif. Und das weiß diese blöde Geldtussi genauso gut wie wir. Und sie wird genauso schnell jemanden dorthin schicken, bestimmt dieses Pärchen vom Regenstein. Denen müssen wir zuvorkommen! Und deshalb habe ich uns dort oben ein Zimmer reserviert, das wir hoffentlich noch erreichen werden. Wir sind Extremsportler! Merke dir das! Diese Nacht ist wie geschaffen dafür, Lothars Schwester hoppzunehmen.“

Sie waren jetzt bei Schierke auf die Brockenstraße eingebogen. Zwar wiesen Schilder daraufhin, dass sie das nicht durften, aber das war ihnen egal. Es war schon weit nach acht Uhr, und der Pulverschnee lag hier fast zehn Zentimeter hoch.

„Du hättest dir aber nicht noch diesen ganzen Sex-Kram durchlesen müssen“, schimpfte Björn und schaute krampfhaft auf die Seitenpfosten der Straße.

„Ach, halt doch die Klappe und pass auf den Weg auf!“, schnauzte sie zurück und verschränkte die Arme über der Brust. Ihre blonde Haarpracht schaute unter einer kunstvollen Haube hervor, die den Verband über dem halben Ohr verdeckte.

Die Fahrbahnverhältnisse wurden in der Tat immer niederträchtiger. Sie fuhren in dem großen dunklen Nissan-Pickup mit Allradantrieb und guten Stollen auf den Reifen. Aber selbst er fing so langsam an, auf der glatten Teeroberfläche unter dem Schnee zu kämpfen.

Der Mann trug ein Muskelshirt, einen dicken schwarzen Pullover und schwarze Hosen mit Stiefeln. Er hatte Mühe, das Fahrzeug richtig in der Spur zu halten.

„Scheiße!“, stöhnte er und bewegte mühsam den Kopf, der auf einer halb sichtbaren Bandage saß. „Hätte ich diesen blöden Köter nur erschlagen und diese bescheuerte Frau gleich mit! Weißt du, wie weh das tut?“

„Ach, nun reg dich ab!“, motzte die Dicke. „Ich bin auch nicht schmerzfrei. Sie froh, dass ich dich davon abgehalten habe, sonst würdest du jetzt wegen Mordes gesucht.“

„Wir müssen uns an diesen Ärschen rächen!“, knurrte er und geriet aus dem Takt. Der Nissan stellte sich quer. Die Frau schlug ihm unbeherrscht auf den Oberarm. Björn kurbelte am Lenkrad und kam wieder frei. Auf dem Bahnübergang bei „1.000 Meter bis zum Brocken“ lag der Schnee fast einen halben Meter hoch. Er häufte sich auf der Frontscheibe, und die Wischer schafften es kaum. Sie fuhren noch einige Meter, dann schrie Sonja: „Wir schaffen es nicht! Hast du die Ketten noch im Wagen? Leg sie auf! Da drüben ist eine Hütte!“

Tatsächlich stand dort am Stellplatz für Pferdewagen ein offener Unterstand für Menschen. Ohne weitere Widerrede lenkte der Mann den Geländewagen dorthin, bis die vordere Stoßstange gegen die Rückwand stieß. Hier war es ein wenig geschützt. Der inzwischen heulende Wind hüllte die Sonstwelt in Undurchsichtigkeit.

Björn sprang mit einem Schmerzensschrei aus dem Fond und kramte die Schneeketten hervor. Sie ließen sich relativ leicht auflegen. Die Frau ließ sich dazu herab, ihm zu leuchten. Sie trug ein dunkelbraunes Kleid mit einem ebenfalls schwarzen Pullover darüber. An den Beinen saßen klobige Wanderschuhe in dicken Wollstrümpfen. Mit ihrer Haube auf dem Kopf nahm sie sich in dem momentanen Szenario ausgesprochen deplatziert aus.

Als sie endlich aus dem Unterstand zurückhaken konnten, zeigte die Uhr fast halb Zehn. Die Frau sollte jedoch Recht behalten. Die letzten 1.000 Meter waren noch einmal besonders steil. Mit hochtourigem Motorengedröhn kämpfte der sich nun kettenbewehrte Nissan durch die vom Sturm aufgetürmten Schneeberge. Nur die gelbschwarzen Stangen am Straßenrand zeigten noch den Weg an. Sonja schwieg, und Björn schwitzte. Endlich sahen sie das Rotlicht der Brocken-Antenne durch den Schneesturm blitzen. Die Steigung wurde flacher. Der Motor beruhigte sich etwas, aber dafür heulte der Wind immer stärker. Sie fuhren bis kurz vor den im Finsteren hockenden Gebäudekomplex. Irgendwo sahen sie einen Lichtschimmer. Björn beugte sich über das Lenkrad und atmete schwer,

Sonja raffte die kleine Tasche, in der sie das Nötigste zusammengepackt hatte, als sie noch einmal auf dem Regenstein gewesen waren, um die Fahrzeuge zu tauschen. Natürlich waren auch die Hefte darin, der erbeutete Schatz!

Dann nölte sie: „Nun hab dich nicht so! Steig aus! Wie kommen wir denn hier überhaupt rein?"

XXXI

Ostersonntag. Eine milchige Morgensonne schien durchs Fenster, als Rita die Augen aufschlug. Otto strahlte sie freudig vom Fußende her an. Sie hatte sehr lange geschlafen. Der gestrige Tag, das stundenlange Herumklettern auf einem gefährlichen Schutthaufen und die Kommunikation mit Scharen von Menschen hatten selbst eine durchtrainierte Hauptkommissarin wie sie an den Rand der totalen Erschöpfung getrieben.

Da sie seit ihrem Aufbruch von der abendlichen Tafel in der Amelungstraße niemand zu erreichen verlangt hatte, ging sie davon aus, dass es den übrigen Akteuren nicht wesentlich anders ging als ihr. Also blinzelte sie Otto zu und blieb liegen. Diesen Ostermorgen hatte sie sich eigentlich völlig anders vorgestellt, zum Beispiel mit Irenäus und Titus bei der Vorbereitung eines feinen Osterfrühstücks im Freien. Es hätte Russische Eier gegeben, Lachs, etwas Schinken, vergorenes Milchdrüsensekret großer Wiederkäuer, gefärbte Eier, neue Radieschen, aufgebackene Brötchen, einen ungarischen Wecker, ein Morgenbier und ganz viel Kaffee.

Und nun lag sie hier allein im Bett, weil ein paar Idioten ein baufälliges Haus sprengen mussten. Prima!

Was aber war mit diesem verrückten Moll? Eigentlich hätte er ja jetzt trotzdem hier liegen können. Warum waren er und auch sein Freund Karl gestern nicht erreichbar gewesen? Hatte sie es übertrieben mit der Vorführung vor der Staatsanwältin?

Aber so etwas war er doch gewöhnt, und es war doch auch eher locker abgelaufen. Allerdings hatten die Staatsanwältin und Irenäus sich gegenseitig ziemlich angemacht. Sollte er etwa bei der ...? Nein, diesen Gedanken verwarf sie.

Widerstrebend angelte sie nach dem Handy, das heute griffbereit auf dem Nachttisch lag. Sie blickte zögernd auf Otto, der zustimmend mit den Ohren wackelte, (wie er es stets tat, wenn sie ihn suggestiv ansah), und wählte die Festnetznummer von Irenäus. („Was das wieder kostet!", würde der Bürgermeister labern.)

„Der angerufene Gesprächspartner ...!" Arschlöcher! Wütend zappte sie die Handynummer von Karl Wabenmond – wollen wir doch mal sehen!

„Der angerufene Gesprächspartner ...!"

„Scheiße!", schrie Rita und knallte das Handy auf die Holzplatte zurück. Was trieben diese Burschen? Langsam nervte sie diese österliche Gesamtsituation. Tief durchatmen. Sie ließ sich zurück aufs Kopfkissen sinken und überlegte.

Den Fall der Wilddieberei und des angefahrenen Polizisten hatte der große Privatdetektiv plausibel gelöst. Es fehlten zwar noch einige Details des Fundes im Selketal und anderes, aber im Großen und Ganzen schien festzustehen: Der illegal im Gebäude hausende Kleinkriminelle Lothar Bartel hatte in der Nacht des Gründonnerstag im Selketal eine Hirschkuh gewildert, war durch eine Polizeistreife gebrochen und nach Hause gefahren. Er hatte das Tier aus seinem Geländewagen auf eine Schlachtbank gewuchtet. Dabei wurde er von hinten erstochen. Der Mörder ließ ihn zurück und nahm den Geländewagen mit. In der Nacht vom Karfreitag zum Ostersonnabend kam jedoch wieder irgendwer in dieses Anwesen und sprengte es mit Hilfe mehrerer Propangasflaschen.

Inzwischen war Ostersonntag, und sie, Rita, wusste noch nicht viel mehr, außer dass in der Halle ein zertrümmertes Handy gefunden wurde, dass der Geländewagen ein hannoversches Kennzeichen besaß, dass Lothar Bartel sich offenbar mit der Mittelalter-Problematik befasste und dass es so etwas wie ein ausgeräumtes Warenlager in der Halle gegeben hatte. Außerdem existierte der Hinweis des alten Marktmeisters, dass öfters dubiose Leute aus- und eingingen, insbesondere kurz vor der Sprengung, wobei es sich dabei allerdings letztendlich um eine Binsenwahrheit handelte.

Nunja, es war auch nicht anzunehmen, dass sich ein Mann eine Hirschkuh schoss, um sie zu verspeisen oder große Mengen Fleisch für Wochen und Monate einzufrieren. Der Mann von der Spurensicherung hatte auf Mittelalter-Märkte hingewiesen. Dort wurden größere Mengen von Fleisch zu Geld gemacht. War es tatsächlich der Fall, dass sich diese Leute ihre Ware von irgendeinem Wilderer anliefern ließen? Möglich wäre es immerhin. Wenn dieser Lothar Bartel allerdings ein derartiger Zulieferer war, weshalb wurde er dann umgebracht? Wusste Irenäus womöglich darüber mehr, war er deshalb so reserviert?

Rita ließ sich zurücksinken. Sie musste wohl auf die Analyse des zertrümmerten Handys warten. Das war zumindest eine konkrete Spur. Es war noch so gemütlich im Bett!

Es klopfte. Irgendetwas klopfte. Sie riss die Augen auf. War sie weggedämmert? Die Sonne stand gar nicht mehr vorm Fenster. Und Otto guckte auch nicht mehr lustig, sondern als würde seine Blase gerade einem Zerreißtest unterworfen. Oh, verdammt!

Es klopfte! An der Tür! Wer konnte das sein? Eigentlich nur Irenäus, der Scheißkerl, der ihr das ganze Osterfest versaut hatte. Okay! Er nicht allein …

Sollte sie ihn überhaupt hereinlassen?

Rita rappelte sich aus dem Bett und eilte in grünem Unterhemdchen und moosfarbenem Slip zur Wohnungstür. 'Nicht aufreißen', befahl sie sich und öffnete einen Spalt.

„Hey, was machst du denn hier?“, schrie sie gleich darauf und riss die Tür auf. „Das gibt's doch nicht!“

Ein Mann trat in die Wohnung, ein etwas unterkühltes Lächeln auf dem fahlblassen Gesicht, die graublonden Haare streng nach hinten gekämmt. Im Kontrast zu seiner eher farblosen Gesichtskulisse trug er ein Hemd in österlichen Farben und Bluejeans in hellbraunen Boots.

„Ich denke, du bist im Osterurlaub!“, rief die Hauptkommissarin und fiel ihm kurz um den Hals. „Komm rein!“

„Hast du jemand anderen erwartet?“, fragte er und schaute sie leicht lächelnd an.

„Nö!“, grinste Rita und schloss die Wohnungstür. „Komm rein! Wir machen Osterfrühstück!“

„Frühstück …?“, wiederholte er. „Sag mal, hast du heute schon Nachrichten gesehen – oder gehört?“

„Nein, Heinz!“, sagte Rita etwas ernüchtert. „Aber jetzt lasse ich erst mal Otto raus. Kommst du mit runter?“

Während Otto die Treppe hinunterhechtete, sagte der Mann: „Meine gute Rita, du hast also noch nicht gehört von dem großen Quedlinburger Osterei, dem Knall, der Häuser fallen lässt. Quedlinburger Supergau in der Karfreitagsnacht! Wer ist der ominöse Tote mit der Hirschkuh? Quedlinburger Kripo tappt im Dunkeln ...!“

Rita musste lachen: „Ach, Heinz, sei doch nicht immer so pedantisch! Erzähle mir lieber mal, wieso du eigentlich hier bist.“

„Das fragst du noch?“ Jetzt musste er allerdings selber lächeln. „Wir wollten gerade ganz geruhsam Ostern feiern, Helena und ich, da kamen all diese Horrornachrichten. Aus Quedlinburg! Wohlgemerkt! Und da hat Helena gesagt: ‘Heinz, fahre da hin! Rita kann dich bestimmt gebrauchen!’ Und nun liegst du hier im Bett und schläfst!“ Er sah sie noch vorwurfsvoller an, als es vor zehn Minuten Otto getan hatte.

Rita lächelte und strich dem Hauptkommissar über die blasse Wange: „Wenn dieser kleine Hund jetzt gepinkelt hat, mache ich uns ein zweites Osterfrühstück. Und dabei erzähle ich dir alles. Vielen Dank, dass du gekommen bist!“

Hauptkommissar Heinz Schropel war seit über zehn Jahren Ritas Partner bei der Aufklärung von Straftaten im Landkreis Harz. Eigentlich war Schropel ein eher griesgrämiger Typ, der vor Jahren nur in grauen Popeline-Hosen und Kunstfaser-Jacketts herumlief. Trotzdem hatten sich die beiden als ein gutes Team eingeschossen. Allerdings gab es einen immerwährenden Streitpunkt: Irenäus Moll, den Heinz Schropel prinzipiell nicht akzeptieren konnte.

Vor einigen Jahren nun hatte Heinz Schropel eine hohe Mitarbeiterin des Umweltdezernats vom Landeskriminalamt Magdeburg kennengelernt. Niemand hielt es für möglich, aber beide wurden ein Paar, und Heinz war damit zumindest optisch wie ausgewechselt. An seiner inneren Gleichgewichtslage musste er allerdings nach wie vor arbeiten.

Rita kochte Eier und ordnete allerlei Leckereien auf einem Tisch an, der auf dem Balkon stand, auch eine bauchige Flasche Single Malt und viel Kaffee. Inzwischen war es früher Nachmittag, und die Luft hatte sich merklich abgekühlt.

„Das ist der bevorstehende Wettersturz“, erläuterte Heinz, der ihr beim Tischdecken half. „Die Meteorologen sagen an, dass es heute Nacht noch bis in die Niederungen schneit.“

„Oh je!“, erwiderte Rita und schenkte Kaffee ein. Dann endlich konnte sie ihren und Ottos hängende Mägen beruhigen. Auch Heinz hatte inzwischen Hunger. Während sie einen schottischen Whisky tranken, erzählte sie ihrem Amtspartner die gesamte Story vom Sternhaus bis zum gestrigen Abend.

Als erstes fragte der Hauptkommissar natürlich: „Und dein Liebhaber ist also auch wieder mit von der Partie?“

„Nun fang doch nicht wieder so an!“, ereiferte sich Rita. „Er bekam die Information über den Wilddieb auch nur von Karl Wabenmond.“

„Ach, der ist auch beim Ermitteln?“, spottete Schropel.

Rita ging darauf nicht ein, sondern sagte: „Es macht mir langsam Sorgen, dass sich niemand meldet. Der SpuSi-Mann wollte sofort Bescheid sagen, wenn er etwas hat.“

In diesem Moment klingelte ihr Telefon. Rita rannte vom Balkon in die Wohnung und hob ab.

„Hallo, Rita!“, meldete sich eine sonore Männerstimme. „Es hat etwas gedauert, denn es ist Ostern, und da wollen sich alle ihre Eier kraulen … Verzeih, ich bin auch schon ewig im Dienst. Jedenfalls hat unser Spezialist jetzt alle noch zugänglichen Daten aus dem zertrümmerten Handy gefummelt. Momentan warten wir auf die Zulassung der Telekom, den Handy-Besitzer erkennungsdienstlich zu erfassen. Da bei der Telekom auch Ostern ist,

kann das noch einen Moment dauern. Ich wollte dir nur einen kurzen Zwischenbericht geben.“

„Oh, vielen Dank, wir sitzen hier schon und warten“, gab Rita dem Mann von der Spurensicherung zurück. „Aber wieso noch Telekom? Könnt ihr das nicht selber?“

„Wir sind nicht die NSA“, lachte der Mann. „So etwas muss heute alles abgesichert sein. Wenn wir den Handy-Halter haben, erfassen wir von ihm ein allgemeines Suchprofil, das wir dann an euch weitergeben. Es kann sich nur noch um wenige Stunden handeln.“

„Ach, Manno!“, meinte die Hauptkommissarin. „Wir wollten uns endlich an die Arbeit stürzen!“

„Vielleicht geht's auch schneller“, beruhigte er sie. „Ich habe schon eine gewisse Datenlandschaft aufgebaut. Du musst dir das vorstellen wie ein wogendes Nebelfeld. Und auf einmal taucht daraus eine Bergspitze auf. Machs gut! Bis bald!“

„Tschüss! Viel Erfolg!“, rief Rita und legte auf.

Die Sonne berührte schon fast den Horizont, als das Telefon erneut klingelte. Rita drückte eine Camel aus und griff zum Hörer.

„Schneller ging es nicht“, sagte der Mann von der Spurensicherung. „Die Handy-Halterin ist eine gewisse Sonja Liebeskind aus Hannover. Sie ist Betreiberin von Mittelalter-Märkten. Wie wahr, wie wahr! Auf ihren Namen sind zwei Fahrzeuge zugelassen: Ein schwarzer, poppig bemalter VW-Kleinbus und ein Nissan Geländewagen, schwarz grünlicher Pickup.

Damit haben Sie Ihre Leute! Gratuliere! Momentan veranstaltet die Frau einen Mittelalter-Markt auf der Burgruine Regenstein. Heute sind dort Ritterwettspiele. Achtung! Diese Frau ist liiert mit einem von der niedersächsischen Polizei als sehr aggressiv erfasstem Typen, einem gewissen Björn Hosang.“

„Wundervoll!“, lobte ihn Rita. „Wir werden uns sofort auf die Socken machen. Vielen Dank! Ach so, die Kfz-Kennzeichen?“

Der Mann gab die Daten durch, dann lachte er: „Bei mir ist jetzt Schluss. Für euch viel Erfolg und frohe Ostern!“

Rita legte auf und wandte sich ihrem Kollegen zu, der alles mitgehört hatte. Da klingelte das Telefon. Etwas widerwillig nahm sie ab. Eine wohlbekannte Stimme sagte am anderen Ende: „Guten Tag, Frau Hauptkommissarin! Ja, ich bin es immer noch. Eben hat uns ein Kollege angerufen, der mit seiner Familie auf dem Regenstein Ritterwettspiele anguckt. Er hat den gesuchten Geländewagen entdeckt. Er steht im Lager der Veranstalter. Der Kollege hat die Nummer …“

„Ich kenne sie!“, unterbrach ihn Rita. „Die Spurensicherung hat gerade vor Ihnen angerufen. Hauptkommissar Schropel und ich werden sofort auf den Regenstein fahren. Schicken Sie uns einen Streifenwagen dorthin!“

„Das geht schlecht“, druckste der Beamte. „Wir haben nämlich über Ostern nur einen im Einsatz, seit der Innenminister befohlen hat …“

„Na, schicken Sie diesen einen!“, befahl Rita ungeduldig.

„Das geht nicht so einfach“, antwortete der Mann. „Er ist gerade in Siptenfelde. Dort steckt ein Kind mit dem Kopf im Treppengeländer. Seit dem Ostergottesdienst.“

„Oh, Mann!“ Rita flippte fast aus. „Sägen Sie das Kind frei, das kann doch nicht so schwer sein!“

„Es ist das Treppengeländer der historischen Dorfkirche“, erklärte der Polizist.

„Rufen Sie sofort den Streifenwagen zur Burg Regenstein!", schrie die Hauptkommissarin. „Das hat höchste Priorität. Um das Kind sollen sich der Notarzt kümmern oder der Pastor. Die Eltern kriegen wir wegen Verletzung der Aufsichtspflicht und Behinderung der Polizeiarbeit dran. Machen Sie schon! Das ist ein Befehl!"

Sie knallte den Hörer auf. Dann lachte sie. Ihr Kollege schüttelte grinsend den Kopf.

„Na los! Fahren wir!", sagte Rita.

Es war bereits sehr dämmrig, als sie die Straße zur Burgruine hinauffuhren. Fröstelnde Menschen in leichter Bekleidung kamen ihnen in Grüppchen entgegen. Offenbar hatten nur wenige die Ansage vom Temperatursturz zu Ostern wirklich ernst genommen. Aus den abendlichen Ritterwettspielen würde wohl nicht viel werden. Rita besaß in ihrem uralten Dienstgolf noch keine Anzeige der Außentemperatur, aber sie hatte beim Aussteigen das Gefühl, dass die Luft nach Schnee roch. Vorsorglich hatte sie ihren grünen Parka mitgenommen. Heinz Schropel lief immer noch im österlich farbigen Sommerhemd herum.

Der Golf stand am Straßenrand vor dem Burgtor. Rita und ihr Kollege gingen zuerst in das nicht zu übersehende Lager der Händler und schauten sich dort diskret um. Fast auf Anhieb sahen sie den dunklen Van mit der hannoverschen Nummer. Alles stimmte, nur der Geländewagen war nirgends zu entdecken.

„Komm, wir gehen erst mal rein!", sagte Schropel und drehte sich um. An der Kasse im Burgtor saß bereits niemand mehr. Zwischen den Zelten und Buden zitterten einige Menschen umher. Die meisten standen um die Holzfeuer herum, die an mehreren Stellen unterhalten wurden. Etliche Ritter hielten sich bei ihren schnaubenden Pferden auf und sahen auch nicht besonders entschlossen aus.

„Wir müssen irgendwen finden, der sich hier auskennt", sagte Rita und blickte sich suchend um.

Heinz Schropel antwortete nicht und schlenderte zu einer Holzhütte, in der eine hochgewachsene Frau in mittleren Jahren stand. Lange weiße Haare hingen um ein zerfurchtes Gesicht. Sie trug „typische" Mittelalter-Kleidung, braun eingefärbtes Leinenkleid und helle Schürze, auf dem Kopf eine weiße Haube. Besonders freundlich schaute sie nicht drein.

„Guten Tag!", sagte der Hauptkommissar. „Wir suchen die Frau Liebeskind. Können Sie uns da weiterhelfen?"

„Die Sonja?", fragte die Frau nach. „Die sind weggefahren! Vor ein paar Minuten."

„Hm, gibt es so etwas wie einen stellvertretenden Marktbetreiber?", hakte Schropel nach und schaute sich nebenbei die ausgelegten magischen Steine und Mineralien an.

„Nee, so was haben wir hier nicht", gab die Frau widerwillig zur Antwort und beobachtete seine Finger. „Sind Sie von irgendeiner Behörde?"

„Ach was!", sagte Schropel und wandte sich grußlos ab.

Rita war schon ein Stück vorausgegangen. Sehr anheimelnd sah das hier heute Abend nicht mehr aus. Einige Budenbetreiber begannen bereits einzupacken. Zwei Ritter stellten sich gerade zu einem Wettkampf auf. Das war jenseits einer Umzäunung. Die Hauptkommissarin hielt Ausschau nach einer Person, die ihnen weiterhelfen konnte.

Plötzlich fühlte sie sich beobachtet und sah sich forschend um. Etwas abseits, unter einem großen Baum mit neuen Blattknospen, quiemelte ein mageres Feuer in einem Drahtkorb. Von dort aus schauten sie ein Paar sehr schwarze Augen an. Sie gehörten einer Person, die ihr gerade ein diskretes Handzeichen gab. Jedenfalls kam ihr das so vor. Es handelte sich um einen untersetzten Mann mit dunkel gesprenkelten Hosen, Sandalen und einem umgehängten Wolfsfell, aus dem für die Jahreszeit sehr braune Hautpartien hervorlugten. Die braunen Augen saßen in einem markanten, rundlichen Gesicht. Die rabenschwarzen Haare waren zu einem senkrechten Zopf nach oben gebunden. Rita ging auf diesen Typen zu. Er sah ihr erwartungsvoll entgegen und rieb die Hände über dem Feuer.

„Möchten Sie etwas von mir?", fragte sie den Mann statt einer Begrüßung.

„Nein! Aber du von mir", erwiderte der Typ. „Du läufst hier im Lager herum wie Falschgeld und dieses Osterei dahinten genauso." Er lachte lautlos und rieb sich immer noch die Hände.

„Ich suche tatsächlich die Marktbetreiberin", erklärte sie und versuchte, den Typen zu fixieren, aber dieser reflektierte so perfekt, dass sie schnell einlenkte. „Wissen Sie, wo wir die finden?"

„Ja, klar weiß ich das", grinste der Typ. „Ich bin der Magier des Lagers. Ich weiß alles, auch dass ihr beide Bullen seid."

„Magier gibt es nicht", provozierte ihn Rita. „Also, sagst du mir, wo wir uns mit ihnen unterhalten können?"

Heinz Schropel schien sie nicht zu sehen. Er strich unschlüssig von Hütte zu Hütte. Der Magier sagte: „Heute wirst du nicht mehr mit ihnen sprechen. Sie sind auf den Zauberberg gefahren. Dort liegt schon Schnee. Aber prinzipiell hast du Recht. Sie konzentrieren negative Mittelalter-Energie. Nur aus diesem Grund erzähle ich dir das. Komm etwas näher, es fängt schon an zu schneien!"

Tatsächlich sah sie dicke weiße Flocken herabsegeln. Der Wind hatte aufgefrischt. Es war stockdunkel. Der Magier warf irgendetwas in das quiemelnde Feuer, das sofort lichterloh brannte.

„Was ist der Zauberberg?", fragte sie ungeduldig und streckte ihre langgliedrigen Hände ebenfalls nach dem Feuer aus. „Meinst du etwa den Brocken? Was wollen sie dort?"

„Sie suchen das Relikt", schmunzelte er. „Aber sie werden's wahrscheinlich nicht kriegen. Da warten nämlich schon der Gote und der Jäger auf sie. Die beiden sind euch allen etwas voraus."

„Was für ein Gote und Jäger?", fragte Rita aufgeregt. „Ein großer Langhaariger und ein Blonder aus Quedlinburg etwa?"

„Du liebst den Goten, stimmt's?", erkundigte sich der Magier mit wissendem Blick. „Ja, ja, sie sind auch auf dem Zauberberg, aber du kannst nicht mehr eingreifen. Lass ihnen Zeit für eine Nacht …"

Heinz Schropel hatte sie jetzt entdeckt und steuerte auf das Feuer zu. Rita bohrte weiter: „Waren die beiden Männer etwa auch schon hier? Beschreibe sie etwas näher!"

In diesem Moment setzte hinter ihr ein mörderisches Spektakel ein. Zwei Hunde, ein Dobermann und ein Rhodesian Ridgeback wollten sich gegenseitig an die Kehle. Sie heulten auf, ihre Herrchen schrien wild. Alle Leute drehten sich um und glotzten. Rita natürlich auch. Sie sah außerdem, dass der Streifenwagen gerade durch das Burgtor fuhr und hinter den Hunden stoppte. Den Besitzern gelang es, die Tiere auseinanderzureißen und sich zu entfernen.

Rita wandte sich wieder dem Magier zu. Sollten Irenäus und Karl wirklich bereits hier gewesen sein? Sie brauchte Gewissheit. „Also, nochmal …!", begann sie und schaute auf das quiemelnde Feuer. Dort war niemand. Aufgeregt schaute sie sich um. Den Magier hatte der Erdboden verschluckt.

„Was hast du?", fragte Heinz Schropel, der jetzt hinter ihr stand. „Es ist saukalt. Ich glaube, lange halte ich es nicht mehr aus."

„Ein Staatsbeamter friert nie!", belehrte ihn Rita unwirsch. „Sage den Leuten, sie können unten am Berg warten. Am besten, du fährst gleich mit. Ich komme in fünf Minuten hinterher." Ohne eine Antwort abzuwarten, drehte sie sich um und stolzierte davon. Es schneite nun verhalten, und der Wind frischte weiter auf. Rita fand das alles gar nicht österlich. Zauberer, Marktweiber und Privatdetektive – zum Kotzen!

Sie ging schnell an einigen mittelalterlichen Fresshütten vorbei. Hirschgulasch, Wildschwein am Spieß, Hirschbuletten. Sie bekam Hunger und fragte einen schlaksigen Burschen im Lederwams: „Wie frisch war der Hirsch, aus dem die Buletten sind?"

Der Mann blickte sie kritisch an: „Vor zwei Tagen mit der Armbrust erlegt! Frischer geht's nicht!" Er grinste ihr ins Gesicht.

„Gut! Ich nehme vier Hirschbuletten mit Brötchen!", orderte die Hauptkommissarin. „Aber nur, wenn Sie sie mir einpacken."

Schweigend machte ihr der Typ eine Ladung zurecht und sagte beim Einstreichen des Geldes: „Guten Appetit, edle Dame!"

Rita zwinkerte ihm zu und ging zu ihrem Auto, das allein vor dem Burgtor stand. Otto lag auf dem Beifahrersitz und streckte die Nase bis zum Anschlag nach dem Fresschen-Paket.

Zwei Minuten später hielt sie neben dem Streifenwagen. Sie stieg aus und sagte: „Ich habe was für euch!"

Es war schon wieder der Polizist mit den freundlichen braunen Augen. Auch er schien sich das Osterfest um die Ohren zu schlagen. Neben ihm saß heute die lockige, blonde Polizistin mit der Nickelbrille und dem schwachen Magen.

„Ich habe was zu Essen gekauft, weil Ostern ist", wiederholte sie feierlich und bot jedem ein Brötchen mit heißer Bulette an. Gierige Augen strahlten sie dankbar an.

Rita biss herzhaft hinein und sagte: „Es ist Hirschfleisch!"

„Schmeckt ausgezeichnet!", lobte Heinz Schropel kauend und der Polizist nickte lächelnd.

Nur die blonde Polizistin mit der Nickelbrille presste hervor: „Hirschfleisch? Von gestern Morgen …?"

Rita warf ihr einen warnenden Blick zu, aber die Frau wandte sich ab und ging zur Seite. Die Bulette legte sie auf die Motorhaube des Streifenwagens, was wiederum von Otto aufmerksam registriert wurde. Rita und die Männer warfen sich Blicke zu. Otto bekam die Bulette.

Nach dem Essen erklärte Rita kurz die Sachlage. Der Einsatz wurde abgeblasen. Einige Informationen behielt sie für sich. Ehe sie sich trennten, erkundigte sie sich: „Was ist aus dem Kind in Siptenfelde geworden?“

„Es steckt noch im Geländer“, antwortete der Kollege und konnte sich das Lachen nicht verbeißen.

Die blonde Polizistin sah ihn mit gerunzelter Stirn an: „Der Pfarrer war gerade auf die Idee gekommen, es mit Schmierseife zu versuchen.“

„Oh!“, sagte Rita und tat so, als ob sie das noch interessierte.

„Es gab nur das Problem“, fuhr die Frau eifrig fort, „woher man in Siptenfelde Schmierseife kriegt.“

Als der Golf endlich in Richtung Quedlinburg raste, sagte Rita zu Heinz Schropel: „Ich habe nur die Hälfte erzählt. Dieser Magier hat berichtet, dass die Gesuchten zum Brocken aufgebrochen wären.“

„Welcher Magier?“, fragte der Hauptkommissar und sah sie komisch an.

„Es war ein Mittelalter-Markt, da gab es natürlich auch einen Zauberer“, beharrte Rita. „Er befand die Gesuchten für negativ und hat mir deshalb Informationen geliefert. Wie gesagt, zum Brocken!“ Sie entschloss sich, ihrem Partner vorerst nicht mitzuteilen, dass Irenäus und Karl möglicherweise ebenfalls in diesen Fall involviert waren. Sie hielt das nicht für gut, eigentlich konnte sie es ja kaum selber glauben.

„Bei dem Wetter?“, rief Schropel und zeigte auf die Frontscheibe, vor der jetzt leichter Schneesturm tobte.

Rita hielt vor ihrer Haustür, und ihr Kollege folgte ihr unaufgefordert in die Wohnung.

„Ich überlege dauernd, wie wir auf dem Brocken nachfragen können“, meinte Rita. „Wenn die da wirklich hinauffahren, müssten sie eigentlich ein Zimmer reserviert haben oder sich etwa um diese Zeit einchecken. Kann man so etwas nicht herauskriegen, ohne gleich alle dort oben verrückt zu machen?“

„Weißt du was?“, sagte der Hauptkommissar. „Ich rufe jetzt Helena an. Die haben beim LKA ganz andere Möglichkeiten als wir in der Provinz.“

Rita schaltete auf Lautsprecher und auf die Nummer der LKA-Frau. Helena meldete sich nach dem dritten Klingelzeichen. Ihr Partner Heinz erklärte ihr die Sachlage und fragte: „Kommt das LKA oder gar du in den Rechner des Brockenhotels? Oder hältst du es für besser, wenn wir dort direkt anrufen? Wir haben da nämlich Zweifel.“

„Gott sei Dank, dass ihr Zweifel habt", rief Helena lustig. „Es bringt nämlich gar nichts, irgendwem während eines Schneesturms zu erzählen, dass bei ihm ein paar potenzielle Mörder sitzen. Kennt ihr den Film 'Hotel zum Verunglückten Bergsteiger' nach den Gebrüdern Arkadi und Boris Strugatzki? In ihm ergibt sich genau diese Situation, nur dass die Mörder dort auch noch Außerirdische sind." Sie lachte, und Heinz flüsterte auf der anderen Seite: „Sie ist nämlich SF-Fan!"

„Na, jedenfalls", fuhr Helena im Lautsprecher fort, „werde ich jetzt kurz recherchieren, und dann melde ich mich gleich wieder."

Während sie recherchierte, schauten sich die beiden Kriminalisten im Fernsehen eine Sondersendung über das österliche Schneechaos an. In Norddeutschland und im Harz ging auf den Straßen zunehmend gar nichts mehr. Die Temperaturen lagen zwar nur um den Gefrierpunkt, aber der Schnee blieb in der Nacht liegen.

„Was machen wir eigentlich, wenn diese Leute tatsächlich auf den Brocken gefahren sind?", sagte Rita. „Ich frage mich schon die ganze Zeit, was die dort eigentlich wollen – vor uns fliehen?"

„Das wäre sehr kurzsichtig", erwiderte Heinz. „Ich glaube eher, dass dieser Magier dir die Hucke voll geschwafelt hat. Pass mal auf!"

Helena meldete sich fast sofort wieder: „Es ging ganz schnell,
meine Lieben! Also, vorhin haben sich ein Paar Sonja Liebeskind und Björn Hosang auf dem Brocken für eine Übernachtung angemeldet. Beruf: Extremsportler. Und was machen wir nun?"

„Scheiße! Ja, was machen wir denn?", fragte Rita verärgert. „Nehmen wir mal an, die schaffen es mit dem Pickup, dann werden sie dort übernachten. Irgendetwas haben sie dort vor, und ich ahne, dass das nichts Gutes ist. Wir müssen dabei wahrscheinlich Zuschauer bleiben und hoffen, dass die sich dort oben selbst wehren können. Oder habt ihr einen besseren Vorschlag?"

„Nein", sagte Heinz Schropel. „Falls es überhaupt zu einer Eskalation kommt, rufen die Brockenleute ja wahrscheinlich die Polizei an. Dann können wir auch nur gute Ratschläge geben. Wenn alles ruhig bleibt, müssen wir morgen so früh wie möglich hochfahren."

„Mit dem Hochfahren wird es wohl so früh nichts werden", dämpfte Helena. „Aber man könnte bei Tagesanbruch mit einem Hubschrauber dort hoch fliegen. Der Schneesturm soll in der

Nacht aufhören. Ich müsste mal sehen, ob ich einen umlenken kann. Streife fliegen die ja sowieso."

„Das würdest du tun?", freute sich Rita. „Dann können wir uns ja endlich auch die letzte Osternacht um die Ohren schlagen."

„Ich muss nicht …", meinte Helena.

„Es war ein Scherz", beruhigte sie die Hauptkommissarin, „wenn auch ein wahrer. Das wäre toll mit dem Hubschrauber. Ich stelle mir schon eine Landung auf dem Zauberberg im Schein einer rot aufgehenden Morgensonne vor!"

XXXII

„Guten Abend, die Herren!", begrüßte die schöne Frau die beiden Wanderer. Ihr Blick wurde etwas weniger forschend, und sie ließ ein angedeutetes Lächeln auf ihrem Gesicht zu. „Sie wollen mir heute Abend hier Gesellschaft leisten? Ich komme gleich zu Ihnen, wenn ich bei den anderen war."

Den Männern blieb nichts weiter über, als lächelnd zurückzugrüßen. Irenäus war ein wenig aus dem Konzept gebracht. Er hatte sich im Geiste unter der Zielperson jemanden völlig anderes vorgestellt. Karl grinste nur und sagte kein Wort, bis die Frau

endlich wieder zurückkam.

Sie zapfte jedem unaufgefordert ein Bier und fragte, während sie die Gläser abstellte: „Sie sind also tatsächlich eben erst angekommen? Macht das einen Sinn bei dem Wetter?"

Irenäus wollte eigentlich mit der Übernachtungsfrage anfangen, aber da die Frau gleich so direkt wurde, sagte er: „Ich bin Schriftsteller und mein Freund ist Jäger. Wir müssen uns ab und zu in derartige Situationen begeben, damit ich darüber glaubhaft schreiben kann."

„Verstehe!", meinte die Frau mit leichter Skepsis in der Stimme. „Und worum geht es in ihren Büchern?"

Eine bessere Frage hätte die Schöne gar nicht stellen können. Zwanglos konnte Irenäus erklären: „In meinem letzten Buch habe ich über ein Steinkistengrab geschrieben, und zwar über ein bestimmtes. Haben Sie schon einmal von Steinkistengräbern gehört?"

„Oh Ja! Ich habe mich sogar eine Zeit lang damit beschäftigt, besonders mit dem von Börnecke", berichtete die Frau und lachte jetzt offener. „Und wenn ich Sie mir nun so anschaue, möchte ich fast meinen, dass Sie diesen Fantasy-Roman darüber geschrieben haben. Ist das möglich? Wie heißen Sie gleich? Moll?"

„Irenäus Moll!", stellte er sich vor und nippte am Whisky-Glas. „Und Sie heißen Ingrid und Ihr Bruder war an der Grabung beteiligt?"

„Woher wissen Sie das?" Ihre Augen wurden wieder dunkler und ernster.

„Gehen Sie erst mal zu den Leuten!", meinte Irenäus. „Die wollen zahlen. Wir laufen Ihnen nicht weg."

Mit nachdenklich gesenktem Kopf drehte sich die Frau um. Irenäus nutzte ihre Abwesenheit, um mit Karl einen abstimmenden Blick auszutauschen. Der Jäger nickte bedächtig mit dem Kopf. Das ältere Ehepaar verabschiedete sich, und nur noch die Sportler unterhielten sich gedämpft weiter.

Ingrid kam wieder an die Bar und sah die Männer fragend an, von einem zum anderen: „Sie sind doch heute nicht nur wegen der Schriftstellerei hier hoch gekommen! Ist irgendetwas geschehen, was ich wissen sollte?"

„Haben Sie heute schon mal Nachrichten gesehen oder gehört?", fragte sie Irenäus, obwohl er es selber nicht getan hatte.

„Nein, ich interessiere mich nicht so sehr dafür", antwortete sie gespannt, „außerdem habe ich den halben Tag lang am Schneepflug montiert. Nur der Küchenjunge hat geholfen."

„Am Schneepflug?" Irenäus lächelte sie anerkennend an. Das Gerät war bei dieser Wohnlage bestimmt nicht klein. „Sie haben einen Bruder, der Lothar Bartel heißt und in Quedlinburg wohnt?"

Ingrid nickte besorgt.

„Standen Sie sich nahe?", erkundigte sich Irenäus vorsichtig, denn er war noch nie im Leben der Todesbote gewesen.

„Fast gar nicht. Er ist mein Stiefbruder. Oder, war …?"

„Er ist tot", sagte er schlicht. „Trotzdem unser Beileid!"

Er wartete eine Weile. Die Frau schluckte und schaute zur Seite. Dann goss sie ihnen drei Whiskys ein und sagte mit belegter Stimme: „Geht aufs Haus! Was ist passiert?"

Sie prosteten sich schweigend zu, dann begann Irenäus: „Ich fange mal von hinten an, denn ich glaube, die Zeit drängt allmählich. Heute Nacht werden hier noch zwei Leute ankommen, die sich wohl als Extremsportler angekündigt haben. Das sind sie zwar nicht, aber sie werden den Gipfel wahrscheinlich trotzdem erreichen. Das sind ziemlich rabiate Typen, um nicht zu sagen, sie sind sehr gefährlich. Eine gute Bekannte von uns wurde von ihnen gerade brutal zusammengeschlagen, um eine Information zu erpressen. Diese Information führt genau zu Ihnen. Wenn diese Leute kommen, dürfen sie mich nicht sehen, denn sie kennen mich. Für meinen Freund trifft das nicht zu. Das nur als Mitteilung vorab."

„Und was haben die mit Lothar zu tun?", drängte Ingrid und nippte aufgeregt an ihrem Whisky.

„Die beiden sogenannten Extremsportler betreiben Mittelalter-Märkte", sprach Irenäus schnell und ziemlich leise. „Einer ihrer Zulieferer von illegalen Waren war Lothar Bartel. Er bekam dafür wohl allerlei Technik zur Verfügung gestellt, unter anderem einen großen Geländewagen. Mit dem war er in der Nacht des Gründonnerstag im Selketal und hat einen Hirsch gewildert. Anschließend hat er dummerweise einen Polizisten überfahren und ist geflohen. Er hauste in Quedlinburg in einer Ruine, die in der vergangenen Nacht gesprengt wurde. Unter den Schuttmassen fand die Polizei die tote Hirschkuh – und Ihren Bruder. Mit einem Messer im Rücken! Das war natürlich die regionale Pressesensation. Deshalb fragte ich Sie vorhin danach …"

Irenäus verstummte, um der Frau Gelegenheit zu geben, diese Informationen zu verdauen. Sie trank die Whiskyneige aus und schaute traurig vor sich hin. Dann richtete sie große schwarze

Augen auf die Männer und fragte: „Woher wissen Sie das alles? Sind Sie vielleicht doch nur Polizisten?"

Irenäus lächelte sie an: „Nein, nein! Wir sind tatsächlich Schriftsteller und Förster, nur treten wir hin und wieder auch als Privatdetektive an."

„Ach so!", meinte die Frau, und ihr dunkler Blick wurde fragend. „Und wer ist diesmal Ihr Auftraggeber?"

Irenäus seufzte: „Das ist dann der zweite Teil der Geschichte. Er ist etwas diffiziler. Sie haben mein Buch gelesen?" Die Frau nickte schweigend. „Darin bekommt der Recke Krrrsan von den Hyperboräern, die oben im Norden hinter dem Polarkreis leben, einen Stirnreif geschenkt. Er besteht aus einem Fragment Mammutzahn, das mit magischen Runen besetzt ist und in seinem Träger außerordentliche Fähigkeiten freisetzt.

Diese literarische Fantasie hat eine sehr reiche Frau für wahr gehalten und befindet sich seit einiger Zeit auf der Suche nach diesem Stirnreif. Sie denkt, für viel Geld kann man Wirklichkeit kaufen.

Lothar Bartel wiederum hat vor zehn Jahren das Steinkistengrab in der ersten Nacht nach der Öffnung gestört. Das weiß ich von einem der ehemaligen Grabungsleiter. Theoretisch könnte er also diesen Stirnreif gefunden haben. Er hat ihn aber nicht behalten, sondern weitergereicht.

Natürlich ist das alles Quatsch, denn es gab dort nichts. Der gesamte Fund ist dokumentiert. Das Grab steht heute in Halle im Museum für Ur- und Frühgeschichte. Trotzdem haben wir beide den Auftrag, diesen Stirnreif zu suchen. Und die Spur führt, wie gesagt, genau zu Ihnen!"

Die Frau lachte ziemlich laut auf: „Lieber Herr Moll! Sie schreiben in Ihrem Buch soviel über Magie, dass man sich als Leser direkt für das Überirdische begeistern kann. Und dann glauben Sie selbst nicht daran? Das enttäuscht mich jetzt aber!" Sie schenkte noch drei Whiskys ein. „Geht auf Kosten des Hauses! Wir verdienen hier genug Kohle."

Die Männer stießen mit ihr an. Irenäus runzelte konsterniert die Stirn: „Wollen Sie damit sagen, es gab diesen Stirnreif?"

„Ich will damit sagen, dass Lothar Bartel das Grab wirklich gestört hat", erwiderte sie und schmunzelte belustigt. „Und er hat dabei etwas gefunden, eigentlich das wesentlichste Objekt, eben das Relikt. Aber woher wissen Sie das eigentlich?"

Irenäus verkniff sich die naheliegende Frage nach der Art dieses „Reliktes" und erklärte: „Ihr Stiefbruder hat über sein Leben minutiös Buch geführt. Es gibt eine Reihe dicker Hefte, in denen alle seine Machenschaften, Frauengeschichten und eben auch Sie dargestellt werden. Ingrid bekam das Relikt, Ingrid ist auf dem Brocken … Übrigens haben wir diese Hefte noch nicht gesehen. Unsere Auftraggeberin hat sie aus der Wohnung Lothar Bartels geholt und gelesen, anschließend sind sie ihr von den beiden Extremsportlern mit massiven Schlägen wieder abgenommen worden, weil die Geschäfte mit den Mittelalter-Märkten darin ausführlich dokumentiert werden. Die beiden haben jetzt also die Bücher, die eigentlich Ihnen, Ingrid, gehören. Und sie wollen auch noch den Stirnreif, denn sie glauben daran. Das ist zugegebenermaßen eine recht komplizierte Story. Es ist aber wichtig, dass Sie wissen, welches Motiv die beiden haben, während einer Schneesturm-Nacht auf den Brocken zu kommen. Die werden wahrscheinlich bereits von der Polizei gesucht, denn man wird inzwischen wissen, wer sie sind. Deshalb wäre es wunderbar, wenn Sie uns glauben könnten und wenn wir uns abstimmen würden, wie wir der nahen Zukunft begegnen."

Sie strahlte ihn an: „Ach, wie poetisch Sie das sagen, Irenäus, selbst in solch einer gefährlichen Situation. Aber wer Schneepflüge reparieren kann …“

„Sagen Sie das nicht!“, mischte sich Karl plötzlich ins Gespräch. Er hatte bis jetzt schweigend daneben gesessen und Whisky geschlürft. „Diese Leute sind wirklich nicht zu unterschätzen. Und wir sollten uns mit unserem Schlachtplan ein wenig beeilen. Sie kommen nämlich gerade!“

Durch die Fenster der Hexenbar konnte man die Auffahrt von Schierke zum Brocken beobachten. Der Förster hatte die Situation die ganze Zeit im Auge behalten. Zwar heulte der Schneesturm nach wie vor unvermindert, aber ein schwacher Abglanz der Fernlichter eines Fahrzeuges war trotzdem auszumachen.

„Sie werden demnächst hier oben sein“, stellte Karl pragmatisch fest. „Vorher sollten wir uns schnellstens über unser Vorgehen einig werden. Wir bleiben an der Bar, aber Irenäus sollte sich in diese ganz schattige Ecke setzen. Falls Sie Vertrauen zu uns haben, Ingrid, sollten sie nun alles so lancieren, dass diese Leute möglichst weit entfernt von uns sitzen. Außerdem ist das weitere Vorgehen wichtig. Wo schlafen die, wo schlafen wir? Es ist eindeutig damit zu rechnen, dass die den Stirnreif haben wollen, und zwar um jeden Preis. Nur aus diesem Grund können sie hier überhaupt hinaufgekommen sein. Wenn sie einigermaßen vernünftig sind, müssen sie allerdings die Nacht abwarten, damit sie am Morgen durch diese verschneite Landschaft wieder abhauen können. Wohlgemerkt, nachdem sie Ihnen das Relikt abgenommen haben. Arbeiten Sie mit uns zusammen, Ingrid?“

Die Frau schaute sie abwechselnd an. Ihre Stirn war gekraust und die Augen nach oben geschwenkt. Dann sagte sie schnell: „Ich vertraue euch. Und wehe, ihr enttäuscht mich! Ich bin übrigens Ingrid!“

Die Männer lachten befreit und hoben die Gläser. Irenäus und Karl! Damit war diese Vertrauensangelegenheit zum Allerbesten geregelt.

„Ich werde sie auf Zimmer 710 legen“, entwarf nun Ingrid das Szenario und lächelte schalkhaft. „Und ihr? Geht ihr wieder ins Tal oder möchtet ihr auch hier schlafen?“ Sie wartete die Antwort nicht ab, sondern fuhr fort: „Ihr habt bestimmt Recht! Wir müssen erst mal vom schlimmsten Fall ausgehen. Sie werden versuchen, mir das Relikt zu entreißen. Andererseits möchte ich auch diese Bücher haben, denn ich bin die wahre rechtmäßige Erbin. Aber darüber können wir uns später unterhalten.

Das Beste wäre, ihr würdet in meiner Wohnung schlafen. Ich würde fast sagen, wir stellen ihnen eine Falle. Wenn sie gegen Morgen angreifen, schlagen wir zurück. Sollten sie wirklich von der Polizei verfolgt werden, vorausgesetzt, dass man überhaupt weiß, wo die sind, kann der Zugriff höchstens mit einem Hubschrauber erfolgen, denn anders kommt man momentan nicht mehr auf den Brocken, es sei denn mit einem Panzer."

Karl hatte sich vor einigen Minuten erhoben und war zur anderen Fensterfront gegangen. Dort saßen immer noch die sportlichen jungen Männer und erzählten. Nun kam er langsam zurück und berichtete: „Sie parken gerade. Es ist der Geländewagen. Also, du gibst den Leuten ein Zimmer, und wir schlafen bei dir. Ich hoffe, dass die sich nicht noch sehr lange an die Bar setzen. Das könnte anstrengend werden.

Wir müssen ein Zeichen vereinbaren, falls sie sofort angreifen oder du dringende Hilfe benötigst."

„Ich werde sie zu ihrem Zimmer bringen", erwiderte Ingrid, die überhaupt keine Furcht zu haben schien. „Sollten sie mich angreifen und wirklich so stark sein, mich einzupacken, dann komme ich einfach nicht wieder. Sagen wir, nach fünfzehn Minuten. Okay, das sind die beiden Szenarios, bei mir oder bei ihnen. Nun müssten sie sich gleich bemerkbar machen."

Genau in diesem Moment klingelte ein Telefon hinter dem Tresen. Ingrid hob ab und sprach leise hinein. Sie erklärte offenbar, wie man den Fahrstuhl zur Bar erreicht. Währenddessen zog sich Irenäus mit seinem Hocker sehr weit nach hinten zurück. Karl setzte sich abschirmend vor ihn. Ingrid legte wieder auf und flüsterte ihnen zu: „Sie kommen! Also, Männer, ich vertraue euch. Wahrscheinlich müssen wir die Sache operativ angehen!"

Sie hörten nun zum ersten Mal den Fahrstuhl arbeiten. Das Geräusch drang bis in die Hexenbar. Kurz darauf öffnete sich die Tür. Irenäus wusste nicht, ob er lachen sollte über das makabre Bild, das sich ihnen bot.

Er kannte dieses Pärchen ja bereits und beobachtete die Reaktionen der anderen noch Anwesenden. Zuerst trat die Frau ein. Der tauende Schnee erzeugte nasse Spuren auf ihr. Die blonden Haare quollen plustrig unter der Haube hervor. Man erahnte den Verband. Weiter abwärts sah alles an ihr sehr mächtig aus. Der schwarze Pullover spannte über dem Oberkörper.

Der Mann, fast im Partnerlook, gab eine athletische Gestalt ab. Er schüttelte sich und rief „Puuh!" und „Aach!" Dann blickte er auf. Sein kahlrasierter Kopf war frei, denn er hatte vergessen, eine Mütze einzupacken. Die Tattoos und Piercings glitzerten im Licht der Bar.

Die Frau grüßte mit einer herrischen Quak-Stimme: „Guten Abend! Haben Sie hier ein Sauwetter!"

„Guten Abend!", erwiderte Ingrid und sah sie abschätzend an. „Ich denke, deshalb sind Sie heute Nacht hier raufgekommen?"

Die Dicke glubschte sie einige Sekunden lang tückisch an, dann sagte sie: „Ja, ja, haben Sie auch wieder Recht. Besonders mein Mann interessiert sich für sowas. Geht das mit der Übernachtung klar?"

„Ja, natürlich, Ihr Zimmer ist schon bereitet", antwortete Ingrid. „Wollen Sie es sofort sehen?"

„Nun warten Sie mal, Kindchen!", nörgelte die Frau. „Vielleicht trinken wir doch erst noch einen Glühwein mit viel Rum. Was, Björni?"

„Können wir machen!", sagte der Mann und verschränkte die Arme auf dem Tresen. „Haben Sie Glühwein?"

Ingrid nickte: „Zwei?"

Erst jetzt setzte die Frau ihre Tasche ab, die etwa die Größe

einer Einkaufstüte besaß und recht voluminös aussah. In ihr hoffte Irenäus, die Hefte zu finden. Er saß ziemlich versteckt hinter einem Glasständer mit Utensilien zum Verkauf und konnte die beiden einigermaßen gut sehen. Er hoffte, dass sie nicht näher rückten. Karl saß vor ihm und tat so, als würde er die Leute nicht beachten. Die sportlichen jungen Männer waren für Irenäus nicht mehr einsehbar, schienen sich aber nach wie vor nur mit sich selbst zu beschäftigen.

Ingrid bereitete den Glühwein in einer Nische zu und stellte dann zwei Gläser vor den Extremsportlern ab. Danach schüttete sie Rum nach Anweisung hinzu. „Danke, so reicht es!", befahl die Dicke mit unterschwellig durchdringender Stimme. „Und wie dürfen wir Sie ansprechen, Kindchen?"

„Jedenfalls nicht weiterhin mit Kindchen!", erwiderte die Bardame harsch. „Nennen Sie mich Ingrid!"

„Na, mal nicht gleich so unfreundlich", knirschte die Marktfrau. „Sonst müssen wir uns noch bei deinem Chef beklagen. Und das wollen Sie doch nicht, Ingrid?" Die Frau lachte heiser auf.

„Sie können sich gern beschweren“, meinte Ingrid mit einem tiefgründigen Lächeln. „Nur zu! Ich bin der Chef!“

„Aua!“, grunzte die Dicke und wackelte mit dem Kopf vor sich hin. Irenäus erhielt eindeutig den Eindruck, dass sie unter einer beginnenden Erkrankung des ZNS litt.

So dümpelte der fortgeschrittene Abend vor sich hin. Die sportlichen jungen Männer gingen auf ihre Zimmer. Irenäus und Karl unterhielten sich leise, obwohl sie unter leichter Hochspannung standen. Irenäus musste aufpassen, dass Titus nicht nach vorn lief, denn zumindest dieser Björn kannte den Altdeutschen bereits. Endlich hatte das skurrile Paar seinen Glühwein ausgenuckelt und beschloss zur großen Freude der Privatdetektive, auf sein Zimmer zu gehen. Auch Ingrid schien darüber sehr erfreut und expedierte die beiden mit gepflegter Korrektheit aus dem Raum.

„Das wurde ja Zeit!“ Karl atmete auf. „Es scheint zu klappen, zumindest der erste Akt. Schau auf die Uhr!“

Aber schon nach weniger als zehn Minuten kam Ingrid wieder in die Bar. Sie lachte die Männer an und vollführte ein paar Tanzschritte, wobei sie beide Daumen nach oben reckte. Sie war ebenfalls sichtlich erleichtert. „So, nun gibt's noch einen aufs Haus!“, sagte sie und schenkte ein. „Das ist ja eine Nacht! Man könnte daraus einen Film machen.“

„Den gibt's schon!“, lachte Irenäus und hob sein Glas. „Das Hotel zum Verunglückten Bergsteiger. Leider kennt den kaum jemand. Prost, Ingrid! Auf eine gute Nacht!“

„Also, passt auf, Jungs!“, lächelte die Frau. „Ich habe diesen Leuten gezeigt, wo meine Wohnung ist, falls sie etwas benötigen. Damit ist der Köder gelegt. Sie befindet sich nahe bei deren Zimmer. Wir nehmen den Gang von der anderen Seite her, damit wir nicht an ihrer Tür vorbei müssen. Wenn wir bei mir sind, sollten wir die Details besprechen. Anschließend können wir nur noch wie der edle Recke Krrrsan abwarten, …“

„… was die Götter mit uns vorhaben!“, ergänzte Irenäus lachend den Satz.

„Sie könnten auch schon jetzt in deiner Wohnung sein“, überlegte Karl. „Was machen wir dann?“

„Das geht nicht“, erklärte Ingrid. „Momentan ist die Tür noch gesichert. Kommt jetzt! Leise!“

Nachdem Titus noch einmal hinuntergefahren werden musste, denn er konnte ja nicht aufs Klo gehen, war es endlich soweit.

Irenäus hatte aus diesem Anlass feststellen können, dass der Schneesturm bereits im Abflauen begriffen war. Vielleicht sollten die Meteorologen Recht behalten, und es würde ein wundervoller Morgen werden.

Sie huschten über den Flur und erreichten Ingrids Zimmer. Niemand war zu sehen. Ingrid öffnete hastig die Tür und ließ die Männer und den Hund ein. Sie kamen in eine gemütlich eingerichtete Suite mit modernen Möbeln aus Holz. Zwei Zimmer, Bad und eine kleine Küche.

„Wohnst du hier allein?", fragte Karl die Frau.

Sie schaute die Männer wieder mit diesem dunklen Blick an: „Hier ja, aber obendrüber existiert eine gemeinschaftliche Wohnung, im obersten Geschoss wohne ich auch noch."

„Du sagtest vorhin, du wärst der Chef", meinte Irenäus und lächelte freundlich. „Darf man fragen, wer du wirklich bist?"

In ihren Wangen bildeten sich leichte Grübchen, aber die Augen blieben ernst: „Ich bin die Frau vom Brockenwirt."

Irgendwie erschien es den Männern nicht schicklich, weitere diesbezügliche Fragen zu stellen. Sie schluckten. Dann raffte sich Irenäus doch auf und hakte noch einmal nach: „Und wo ist dieser Brockenwirt heute?"

„Er ist am Nachmittag ins Tal gefahren", antwortete die Frau mit widerwilligem Gesicht. „Er hatte Angst vor dem Sturm. Ich halte ja hier die Stellung. Aber jetzt lasst uns von etwas anderem sprechen. Wir müssen noch etwas schlafen."

„Okay! Natürlich!", beeilte sich Irenäus zu versichern, den ihre Aussagen etwas schockiert hatten. Was für ein Schicksal bedrängte diese wunderschöne Frau? Aber er beherrschte sich und fuhr fort im eigentlichen Thema: „Diese Leute werden gezwungen sein, vor dem Morgen ihr Ding abzuwickeln. Ich bin so gut wie sicher, dass die Polizei gestern noch ihre Identität geknackt und sie bestimmt bis zum Regenstein verfolgt hat. Irgendwie haben die Bullen bestimmt auch von dem Trip zum Brocken gehört. Da sie in der Nacht nicht mehr durchkommen, werden sie es sofort am Morgen versuchen."

„Warum sollten sie es so eilig haben?", erkundigte sich die Frau arglos.

„Weil sie davon ausgehen, dass die Leute im Zimmer gegenüber deinen Bruder ermordet und den Komplex gesprengt haben, und jetzt hier sind, um weiteres Unheil anzurichten."

„Und war es denn nicht so?", fragte Ingrid mit großen Augen.

Irenäus sah sich nun genötigt, ihr die wahre Geschichte aufzutischen, soweit er und Karl sie zu kennen meinten. Er berichtete von den beiden Freundinnen, die bei der Suche nach dem Stirnreif die Hefte fanden. Wahrscheinlich hatte Lothar Bartel sie dabei überrascht. Dabei könnte es zu einem Kampf gekommen sein, bei dem eine der Frauen möglicherweise angeschossen wurde, während die andere wiederum ihren Bruder dabei erstochen hatte. Allerdings gab es dafür keine Beweise, und die Marktbetreiber wussten wohl auch nicht viel mehr. Immerhin mussten sie soviel mitbekommen haben, dass sie ihre Mutmaßungen am kommenden Morgen der Polizei erzählen könnten, um sich selber reinzuwaschen.

„Und wie werdet ihr euch verhalten?", fragte Ingrid und sah die Männer erwartungsvoll an.

„Wenn alles nach Plan verläuft, nehmen wir denen die Bücher ab und machen sie versandfertig", erklärte Irenäus. „Anschließend müssen wir zusehen, dass wir so schnell wie möglich wieder zu unserem Auto kommen und die Auftraggeberinnen warnen können. Dann ist unsere Arbeit getan. Um alles weitere müssen sich die Betroffenen kümmern"

„Hm!", machte Ingrid und schaute dunkelskeptisch drein. „Und was habt ihr mit mir vor?"

„Keine Angst!", lachte Irenäus. „Mit dir würden wir gern einen Deal machen."

„Was für einen Deal?", rief sie noch skeptischer.

„Wir helfen dir, diese Leute zu bezwingen und die Bücher wiederzubekommen", erklärte Irenäus und lehnte sich an einen Tisch, „denn sie gehören tatsächlich dir. Und du gewährst uns wenigstens einen Blick auf das Relikt und bringst uns bei Sonnenaufgang mit dem Schneepflug nach drei Annen Hohne. Was sagst du dazu, Karl?"

Der Förster nickte bedächtig: „Das wäre ein gutes Geschäft. Und wir würden uns gegenseitig wirklich helfen."

„Na, ihr macht mir Spaß!", rief Ingrid impulsiv. „Für euch ist das ein guter Deal, aber was geschieht mit euren beiden Auftraggeberinnen?"

„Ich bin überzeugt davon, dass sie deinen Bruder nicht ermordet haben", sagte Karl Wabenmond. „Wenn man gerade illegal eine Hirschkuh getötet und anschließend einen Polizisten schwer verletzt hat, liegt die Hemmschwelle niedrig, auch auf einen Menschen zu schießen. Es besteht kein Zweifel daran, dass

Lothar Bartel all dies in einer Nacht verübt hat. Dafür bekam er das Messer, und dafür müssen sich die Frauen verantworten. Nur – wir sind nicht die Zeugen, und wir wollen weder ihre Häscher noch ihre Richter sein."

Man konnte sehen, dass Ingrid nach dieser Argumentation mit sich rang. Doch endlich hob sie den Kopf und sagte: „In Ordnung, ich bin einverstanden. Lasst uns jetzt einen Plan machen und dann etwas ruhen."

Irenäus und Karl atmeten erleichtert auf. Dann begann der Privatdetektiv: „Wir müssen zwei Fälle durchspielen. Sie kommen zu uns, oder wir gehen zu ihnen. Die Aktion muss so oder so bis Sonnenaufgang beendet sein."

„Sie muss spätestens um fünf Uhr beendet sein", warf Ingrid ein, denn da stehen die Leute hier auf! Sie wollen alle den Sonnenaufgang sehen. Und der ist etwas nach sechs Uhr, denn wir haben bereits Sommerzeit, und der Frühlingsanfang ist schon seit Tagen vorbei. Wir können uns keine Zuschauer leisten, die bereits auf den Fluren herumturnen."

„Dann sollten wir maximal bis 3.30 Uhr warten!", schlug Karl vor.

XXXIII

Irenäus lag angekleidet auf einem breiten Bett und konnte nicht schlafen, während der Förster neben ihm leise schnarchte. Er hoffte, dass die Operation in dieser Nacht reibungslos über die Bühne gehen würde. Verletzte konnten sie sich nicht leisten, immerhin waren sie nicht die Polizei.

Was sie in Bezug auf Tam und Lilly ohnehin auf sich nahmen, war ebenfalls nicht legal. Sie konnten sich allenfalls damit herausreden, selbst mit allen Regeln der Kunst an der Nase herumgeführt worden zu sein. Zumindest hatten sie sich noch eine Geschichte zur Entlastung Ingrids ausgedacht, denn auch die schwebte in Gefahr, mit dem Gesetz in Konflikt zu geraten.

Plötzlich klingelte das Telefon, und gleichzeitig klopfte es leise an der Tür. Irenäus hörte es im Nebenraum rascheln, als sich Ingrid erhob. Ein Lämpchen leuchtete auf, das Licht fiel durch den türlosen Durchgang in den Raum der Männer. Irenäus schüttelte Karl, der grunzend aus dem Schlaf kam.

Ingrid stellte den Telefonapparat auf laut und nahm den Hörer ab: „Ja!?"

„Ingrid! Sind Sie es?", fragte die unverkennbare Stimme der Dicken.

„Ja! Was gibt's denn?", fragte Ingrid.

„Entschuldigung!", sagte die Dicke mit unterwürfiger Stimme. „Aber ich habe ein ganz gewaltiges Problem. Können Sie bitte mal kommen?"

„Nein! Kommen Sie rein!", blieb Ingrid hart. „Dann können Sie mir erst mal erzählen, um was es geht."

„Es wäre wohl besser, Sie kämen heraus! Dann zeige ich es Ihnen", beharrte die Frau mit Ungeduld in der Stimme.

„Nein, nein, Frau Liebeskind", sagte Ingrid mit ruhiger Stimme. „Ich schließe Ihnen jetzt auf und dann können Sie mir das Problem hier drin schildern."

Die Frau am anderen Ende schwieg.

Ingrid ging zur Tür. Sie hatten hin und her überlegt, ob man abschließen sollte oder nicht. Hoffentlich behält sie die Nerven, dachte Irenäus, der selber sehr aufgeregt war. Sie hatten der Frau eingeschärft, nicht in die geöffnete Tür zu treten und nach dem Aufschließen sofort zurückzuspringen, denn beim Öffnen der Tür ergeben sich bereits sehr viele Gefahrenmomente.

Doch Ingrid blieb viel nervenstärker als der Privatdetektiv. Mit ausgestrecktem Arm drehte sie den Schlüssel, der noch steckte und zog ihn blitzschnell ab. Karl Wabenmond verfolgte die Aktion mit leicht zusammengekniffenen Augen, als warte er gespannt darauf, dass irgendein Beutetier aus der Deckung tritt.

Ingrid sprang keine Sekunde zu früh zurück, denn die Tür wurde mit einem Tritt so heftig geöffnet, dass sie bis gegen die Wand krachte. Das konnte nur der Chaote sein, raste es Irenäus durch den Kopf. Der Typ sprang dann auch mit einem Satz ins Zimmer und warf eine Wurfschlinge aus einer metallhaltigen Schnur nach der Frau. Wäre sie wie jeder normale Mensch hinter der Tür stehen geblieben, wäre sie entweder vom Blatt hart getroffen worden oder die Schlinge wäre ihr über Kopf und Hals gefallen. Endlich begriff Irenäus, warum der Magier sie vor diesem Typen gewarnt hatte. Offenbar war er versiert in mittelalterlichen Kampftechniken.

Mit zwei weiteren Sprüngen rettete sich Ingrid hinter den großen Holztisch in der Zimmermitte. Sie stellte sich, wie mit ihren Mitstreitern abgesprochen, derart auf, dass ihre Angreifer denen den Rücken zuwenden mussten. Irenäus und Karl hatten nun längst die Köpfe zurückgezogen, denn der Kerl ließ einen schnellen Suchblick durch das Halbdunkel schweifen. Hinter ihm rollte die Vettel in den Raum und schlug die Tür hinter sich zu. Dann ging sie mit drei Watschelschritten neben ihren Partner.

In diesem Moment war die Konstellation genau so, wie Irenäus und Karl sie haben wollten. Nur hatte man vereinbart, diese Leute erst noch zu Wort kommen zu lassen.

„So, Kindchen!", sagte die Frau, die jetzt nur im Sackkleid war und ohne Pullover. „Du kannst dir viel Leid ersparen, wenn du uns das Relikt aushändigst, das dir dein Bruder gegeben hat."

Ingrid stand aufrecht hinter dem Tisch. Ihr Gesicht lag im Halbschatten der Lampe, die Augen blickten konzentriert auf die Eindringlinge. Sie hatte inzwischen das violette Kleid ausgezogen und an einen Schrank gehängt. Nun trug sie einen knallblauen Overall, der ihr ebenso prächtig stand.

„Ich weiß nicht, wovon Sie sprechen", antwortete sie mit provokantem Unterton. „Ein Relikt kenne ich nicht, schon gar nicht von meinem missratenem Bruder."

„Schimpfe nicht auf ihn, er ist tot", sagte die Dicke mit erhobener Stimme, und dann legte sie noch zu: „Verarsche uns hier nicht! Wir wollen das Relikt haben, und zwar sofort! Es gehört uns!"

Doch Ingrid ließ sich nicht beirren: „Verlassen Sie jetzt am besten meine Wohnung und packen Sie Ihre Sachen!" Sie machte beim Sprechen eine zur Tür weisende Armbewegung.

Das hätte sie lieber nicht tun sollen, denn in einer Sekunde sauste die Schlinge des Unholds über ihren Unterarm. Er griff sofort nach und wollte sie über den Tisch zerren. Doch die Frau, die Schneepflüge reparierte, war offenbar auch sonst sehr kräftig. Sie winkelte blitzschnell den Arm an. Zum Glück spannte das Seil über dem Ärmel der Kombi und nicht direkt auf der blanken Haut. Sie begegnete dem Zug des Mannes mit einem kräftigen Gegenruck, der für sie sehr schmerzhaft sein musste. Der Typ hatte damit nicht gerechnet und landete seinerseits mit Brust und Bauch auf der Tischplatte. Er stieß einen Wutschrei aus und wollte sich wieder aufrichten, doch Ingrid hielt ihn unten und schrie: „Kommt!"

Irenäus und Karl hatten sich vorher abstimmend angeschaut und lagen bereits wie zwei Wolfsrüden in der Luft. Aus der Anordnung ergab sich, dass Irenäus hinter dem Mann stand, während sich Karl mit der Vettel beschäftigen musste. Die Ausgangsstellung war außerordentlich günstig, genauso, wie sie es sich vorgenommen hatten. Der Mann versuchte, sich von der Tischplatte zu befreien und bot Irenäus den ungeschützten Rücken dar. Der Privatdetektiv holte schon im Sprung aus und gab dem Typen einen fürchterlichen Faustschlag auf Tussis Bisswunde, mit anderen Worten, zwischen die Schulterblätter. Der Mann stieß einen röchelnden Schrei aus und ließ die Schlinge los, so dass Ingrid einen Schritt zurücktaumelte. Irenäus setzte einen zweiten Schlag in die linke Niere des Typen, doch er war derartig martialische Arbeit nicht gewöhnt.

Dem Tätowierten gelang es deshalb, nach oben zu kommen und beim Herumschnellen Irenäus einen sehr derben Schlag auf dessen sensible Leber zu versetzen.

Irenäus sah wirbelnde Nebelhaufen, und es hätte für ihn vielleicht noch ein bitteres Ende genommen, wenn nicht Ingrid in die Tasche ihres Overalls gegriffen und einen schwarzen Hartgummistab hervorgezogen hätte, den sie dem Typen mit kalkulierter Wucht auf die Halsschlagader drosch.

Der Mann hielt wie von der Axt getroffen in seiner Bewegung inne. Irenäus, der gerade überlegte, wo er den finalen Schlag platzieren sollte, ebenfalls. Der Blick des Typen wurde stier, dann knickten seine Knie ein, und der Privatdetektiv musste zur Seite springen, weil er sonst gegen ihn gefallen wäre. Woher konnte Ingrid so was, ging es ihm durch den Kopf, wahrscheinlich war sie tatsächlich eine Nutte …

Karl hatte es mit der Vettel auch nicht so einfach wie gedacht. So musste sich Birka etwa beim Kampf mit einer kapitalen Bache fühlen. Der erste Sprung hatte die Frau zwar gegen die Wand neben der Tür geschmettert, aber sie war viel zu gut gepolstert. Der Folgeschlag auf die Kinnspitze führte auch nicht zum Knockout, insbesondere deshalb, weil Karl eine in diesem Falle vollkommen unangebrachte Hemmung gegen das Schlagen von Frauen besaß.

Die Maschine schrie gerade auf und wollte zum Angriff übergehen, da sah sie den Zusammenbruch ihres Mitstreiters. In diesem Augenblick überlegte sie es sich anders, was aber nicht verhinderte, dass Karl ihr einen groben Schlag auf den Ohrenverband versetzte. Wahrscheinlich war ihm nun endlich die Erinnerung an den malträtierten Zustand seiner neuesten Liebschaft Tam gekommen.

Bis jetzt war die Auseinandersetzung noch ohne viel Lärm vonstatten gegangen, nun aber schrie die Vettel los wie eine Sirene. Das lag nicht im allgemeinen Interesse. Deshalb griff Karl zu einem x-beliebigen Gegenstand, in diesem Falle einem Fußabtreter, und presste ihn der Frau aufs Gesicht. Man möchte nicht für möglich halten, wie weit bei manchen Menschen die Augen hervortreten können.

Karl zischte der Frau ins heile Ohr: „Hör sofort auf zu schreien, sonst stirbst du den Heldentod, fette Sau!" Dann nahm er den Fußabtreter probeweise vom Gesicht.

Ingrid hatte offenbar die Aktion perfekter vorbereitet, als die Männer ahnten. Zügig rollte sie mit Irenäus' Hilfe den Typen auf den Bauch und legte ihm ein paar Handschellen an. Als sie den verwunderten Blick von Irenäus sah, grinste sie nur. Dann wandte sie sich der leise wimmernden Dicken zu: „Los, umdrehen!"

Widerwillig gehorchte die Vettel. Bei ihren Wurstarmen ließen sich die Handschellen nur mit Mühe überstreifen. Ingrid übernahm endgültig die Regie: „Zuerst der Mann, solange er noch bewusstlos ist. Beeile dich, Irenäus! Ins Bad! Karl passt auf die Tante auf!"

Irenäus und die Frau griffen den Typen unter den Achseln und schleiften ihn ins Bad. Ingrid wies mit dem Kopf aufs Klobecken: „Behindertengerecht!"

Zuerst verstand Irenäus nicht, aber als sie den Typen am Edelstahlgriff daneben anschellten, war ihm alles klar. Er lachte. Diese Frau war umwerfend!

Als nächstes zwangen sie die Vettel, sich in die Badewanne zu legen. Das war zwar nicht so einfach, aber es funktionierte. Diesmal mussten ihre Arme nach vorn an den fest in der Mauer sitzenden Haltegriff geschellt werden.

Der Typ wachte nun auf und blinzelte mit verständnislosen Augen um sich. Dann verzerrte sich sein Gesicht vor Hass, und er wollte los schreien, aber Ingrid hielt ihm nur schweigend den Stab ans Gesicht und holte aus. Da verstummte er schlagartig. Wie hatte der Magier gesagt: brutal, aber feige.

„Brauchen wir sie noch?", fragte Ingrid und ging bereits zur Tür. Die Männer schüttelten die Köpfe.

Nachdem Ingrid das Bad abgeschlossen und den Schlüssel draußen steckengelassen hatte, setzte sie sich schwer atmend im vorderen Zimmer auf die Tischplatte.

„Wollen wir uns noch einen letzten Scotch genehmigen?“, fragte sie und grinste die Männer an. „Auf den bestandenen Kampf! Gehst du bitte mal dort an die Bar, Irenäus!“

Der Privatdetektiv tat wie ihm geheißen und goss ziemlich reichlich in die Gläser. Es war ein erstaunliches Phänomen, wie hübsch diese Frau noch aussah, obwohl sie soviel trank.

„Ich trinke sonst ganz wenig“, lachte Ingrid, als hätte sie seine Gedanken erraten. „Aber heute fühle ich mich richtig gut. Das muss euer Einfluss sein!“

„Oder der fehlende Einfluss deines Mannes“, gab Karl zurück.

„Es wird wie immer alles mit allem zusammenhängen, würde der Gelehrte Ptah zum Recken Krrrsan sagen“, lachte sie und stieß mit den Männern an.

„Es ist schon ganz schön spät“, begann Irenäus mit den weniger angenehmen Pflichten des beginnenden Tages. „Zuerst sollten wir diese Hefte von Lothar Bartel sicherstellen. Wenn wir Glück haben, schleppen diese Leute sie mit sich herum, und sie sind in der Tasche der Fetten.“

Sie hatten Glück. Die Hefte fand Ingrid im Hotelzimmer der anderen praktisch sofort und stellte sie sicher. Es handelte sich um annähernd zwanzig schwarzrote Quarthefte, die voll und eng beschrieben waren. Nun lagen sie auf Ingrids Tisch. Mit leicht angeekelter Miene blätterte sie darin und las hier und dort ein paar Zeilen.

Dann ordnete sie den Stapel wieder und verstaute ihn in einem Leinenbeutel. Etwa traurig sagte sie: „Ihr könnt sie haben. Ich glaube, von dem, was dort drinsteht, bekomme ich eine Depression. Lothar und ich waren nicht verwandt. Der zweite Mann meiner Mutter hat ihn mit in die Ehe gebracht. Beide waren Arschlöcher. Als meine Mutter starb, haben die ihren Besitz geplündert. Für mich blieb praktisch nichts. Ich musste mich durchschlagen. Lothar war immer ein mieser, kleiner Gauner. Deshalb hege ich auch keinen Groll gegen die Frau, die ihm das Messer in den Rücken gestoßen hat. Gebt ihr die Hefte! Vielleicht helfen sie ihr vor dem Richter.“

„Das ist sehr nobel“, antwortete Irenäus gerührt und ergriff ihre schlanken Hände. „Vielen Dank, liebe Ingrid! Ich glaube, es ließe sich auch ein gutes Arrangement für eine gemeinsame Nutzung finden.“ Er gab ihr einen angedeuteten Kuss. Dann sagte er blinzelnd: „Nun gibt es noch unseren Herzenswunsch: Das Relikt!“

Draußen auf dem Flur hörte man leise Stimmen. Die Männer blickten erschrocken auf. Ingrid lachte: „Es ist schon spät. Das sind die ersten Frühaufsteher, die den Sonnenaufgang nicht erwarten können. Wir müssen uns ebenfalls schon beeilen.

Ihr werdet das Relikt heute noch sehen und anfassen, das verspreche ich euch. Aber es wäre zu profan, es hier in Hast und Eile zu zeigen. Nehmt jetzt eure sieben Sachen und die Bücher! Wir fahren hinunter und holen den Schneepflug raus. Dann instruieren wir das Mädchen. Sie soll die Polizei informieren, denn wir können diese Leute dort auf dem Klo nicht verhungern lassen. Aber das Relikt werdet ihr sehen. Nur Geduld, meine Herren!"

Sie lachte ihr dunkles Lachen und erhob sich. Irenäus und Karl warfen sich einen etwas ratlosen Blick zu, dann folgten sie ihrem Beispiel. Diese Frau spannte sie ganz schön auf die Folter. Wie wollte sie ihnen das Relikt überhaupt präsentieren?

Ingrid lief noch einmal von Raum zu Raum und wühlte in irgendeinem Schubfach. Außerdem warf sie einen Blick ins Bad und kam dann zurück: „Sie leben noch. Aber wir haben uns eine lebenslange Feindschaft eingehandelt." Mit diesen Worten verließen sie die Wohnung und schlossen fest ab. Hinter einigen Türen waren bereits Stimmen und andere Geräusche zu vernehmen. Sie eilten zur Rezeption. Dort richtete das Mädchen von gestern Abend gerade ihren Arbeitsplatz ein. Ingrid begrüßte sie herzlich. Es war bereits halb sechs. Die Männer standen etwas abseits, während die Chefin dem Mädchen den Fall erklärte. Sie hörten nicht, wie ihre Version der Geschehnisse klang.

Anschließend fuhren sie mit dem Fahrstuhl bis zur Etage Null. Unterwegs erzählte Ingrid: „Das Mädchen soll der Polizei mitteilen, dass ihr mir geholfen habt, zwei Kidnapper festzusetzen. Dabei wurde angedeutet, dass diese Leute mich in Zusammenhang mit meinem Stiefbruder Lothar Bartel brachten. Ich werde jetzt die Straße nach unten freischieben, damit diese Leute abgeholt werden können. Auf Wunsch habe ich euch, meine Retter, die ihr ja übrigens wirklich seid, mit ins Tal genommen. Ist euch diese Version recht?"

Während sie dies fragte, traten sie durch eine Eisentür von den Wirtschaftsräumen aus in einen Treppenaufgang. Sie waren jetzt vom Brockenhotel hinüber zu einem Hangar gewechselt, der zwischen der „MITROPA" und dem rotweiß gestreiften Antennenmast lag. Gleich darauf langten sie bei dem Schneepflug an.

Irenäus war sofort begeistert von diesem Fahrzeug, das noch aus alten NVA-Beständen stammte. Es handelte sich um einen TATRA 148 im stilechten armygrün matt. Diese Fahrzeuge sind fast unverwüstlich. Sie besitzen das spezielle TATRA-Fahrwerk und einen luftgekühlten V8-Motor, der das charakteristisch pfeifende TATRA-Motorengeräusch verursacht, an dem Kenner derartige Fahrzeuge auf immense Entfernungen erkennen. Das TATRA-Werk in der ehemaligen CSSR wurde nach deren Eingliederung in die EU von einem westlichen Konzern geschluckt.

Das vor ihnen stehende Modell war ein Kipper mit einigen Betonteilen als Zusatzgewicht auf der Mulde und einem vorgesetzten Schneepflug. Irenäus gab seiner Begeisterung regen Ausdruck und bewunderte die Frau, die eine derartige Maschine lenken konnte.

Und wirklich kletterte Ingrid in die Kabine und ließ den Motor an. Der pfeifende Sound hallte durch den eiskalten Hangar, und langsam setzte sich der Pflug in Bewegung. Das Tor fuhr selbstständig auf, und die Männer sahen nun zum ersten Mal, wie hoch sich der Schnee in den letzten Stunden aufgetürmt hatte. Es handelte sich allerdings hauptsächlich um Verwehungen, die an einigen Stellen schier undurchdringliche Wälle aufgeschüttet und an anderen fast bis auf die Steinoberfläche freigeblasen hatten.

Scheinbar mühelos fuhr der TATRA einige Meter in diese Landschaft und hakte dann ein Stück zurück, damit die beiden Männer und der Hund einsteigen konnten. Der Sturm hatte sich nun völlig gelegt, so dass nur noch ein leichter Luftzug herrschte. Auch der Himmel schien klar zu sein, wenn auch ohne funkelndes Sternenmeer. Die Morgendämmerung setzte bereits merklich ein. Irenäus und Karl waren sich darin einig, dass sie den Sonnenaufgang auf hoch verschneitem Brocken nicht missen wollten und stellten bei Ingrid den gleichlautenden Antrag.

„Das habe ich befürchtet!“, lachte die Frau und fuhr den Pflug langsam auf die Fläche zwischen Brockenhaus und Hotel. Danach überquerte sie den freien Platz, bis sie auf der Zufahrt oberhalb der Geleise stand. Von hier aus hatte man einen wundervollen Blick nach Osten ins Harzvorland bis Ilsenburg, Wernigerode, Halberstadt und Quedlinburg, theoretisch sogar bis Magdeburg. An diesem Morgen war die Luft völlig frei von Wasserdampf geblasen und die Sicht grandios. Langsam flammte über dem weiten Horizont eine blutrote Linie auf, die allmählich breiter wurde.

Die Männer und die Frau stiegen aus dem Fahrzeug, um die Sicht frei genießen zu können. Ingrid in ihrem blauen Overall war ein bestechender Farbtupfer im satten Weiß der Landschaft. Sie ließ sich von der Euphorie der Männer anstecken, die sich mit Ah- und Oh-Rufen im Kreise drehten. Selbst Titus, der in der Nacht einen etwas verstörten Eindruck gemacht hatte, tollte nun mit ihnen im Schnee umher.

Jetzt begannen die großen, weißen, kugelförmigen Lauschantennen von BND und NSA im roten Licht zu erglühen. Sie wurden als erste angestrahlt und gaben ein bizarres Bild ab.

Die sportlichen jungen Männer kamen aus dem Hotel gerannt und ergossen sich johlend in den Schnee. Sie waren noch etwa hundert Meter entfernt. Irenäus merkte, dass die Frau unruhig wurde, und sah sie fragend an.

Ingrid sagte: „Ich wollte eigentlich verschwunden sein, wenn die alle aufkreuzen. Dass wir hier einfach abhauen, sollte natürlicher wirken."

„Du hast Recht", meinte der Privatdetektiv. „Schau, da taucht der obere Rand des Sterns auf. Wir sind sofort dabei. Noch zwei Minuten! Wer weiß, ob ich so was jemals wiedersehen werde!"

„Ich dachte, du kommst jetzt öfter mal hier rauf!", sagte sie ziemlich leise und neigte den Kopf etwas. „Vielleicht können wir uns das ja mal in Ruhe anschauen."

„Oh, das wäre eine wundervolle Option", lächelte Irenäus zurück. „Danke, Ingrid, mit einer so außergewöhnlichen Frau wie dir würde ich mich gern öfter unterhalten."

„Dann tue es!", erwiderte sie mit ihrem dunklen Zauberblick.

Die Sonnenscheibe war nun bereits zur Hälfte über den Horizont gekrochen. Sie war blutrot. Die Außentemperatur lag bei minus zehn Grad. Irenäus begann zu frieren. Sie waren immerhin bei äußerst mildem Wetter aufgebrochen. Er wechselte einen Blick mit der Frau und machte eine Kopfbewegung zum TATRA. Sie nickte.

In diesem Moment mischte sich leichter Motorenlärm in die Geräuschkulisse der rufenden jungen Männer. Das Getön wurde schnell intensiver und flatternder. Direkt vor der nun voll emporgetauchten Sonnenscheibe war ein kleiner dunkler Punkt zu erkennen.

„Die Bullen!", rief als erster Karl. Ingrid und Irenäus standen schon neben dem Lastwagen. Sie sprangen hinein und Titus hinterher. Als letzter schlug der Förster die Tür ins Schloss. Da heulte bereits der V8-Motor auf vollen Touren. Der Laster rollte an und fuhr ziemlich schnell durch die nächste Schneewehe.

XXXIV

Am Morgen des Ostermontags brachte ein Streifenwagen Rita und ihren Amtskollegen vor Tagesanbruch zu einem Platz außerhalb der Stadt. Otto musste zu Hause bleiben, denn die geplante Operation hätte seine zarten Hundesinne vielleicht doch überstrapaziert.

Natürlich wurde der Streifenwagen von dem Polizisten mit den freundlichen braunen Augen gefahren, und Rita fragte sich insgeheim, womit das wohl zusammenhängen mochte.

Die B 79 war fast nicht geräumt, denn der kurzfristig vorhergesagte Einbruch des Siebten Winters hatte die bereits auf Sommer eingestellte Straßenverwaltung im wahrsten Sinne des Wortes kalt getroffen. Noch kälter erwischte es allerdings Unmengen von Autofahrern, die sich schon mit Sommerreifen über Ostern im Harzgebiet tummelten.

Also schlingerte selbst der Streifenwagen aus der verschneiten Stadt, die vom Schneesturm mit einer Schicht von etwa fünfzehn Zentimetern und vielen romantischen Verwehungen verwöhnt worden war. Die Temperatur lag kaum merklich unter dem Gefrierpunkt, so dass die Natur wahrscheinlich ziemlich unbehelligt davonkam. So gesehen barg das Ereignis keine wirkliche Dramatik in sich, einzig der moderne Mensch und seine Technik hatten gewisse Mühe, damit zurechtzukommen.

Gegenüber der B6n-Auffahrt in Richtung Wernigerode begann eine schmale Plattenstraße, an die ein ebenes Blumenfeld der Firma P.J. Schmidt Samenzucht grenzte. Es lag ebenfalls unter einer weißen Schicht. Dorthin brachte sie der Streifenwagen.

Es war nun fast hell und bis zum astronomischen Sonnenaufgang noch eine gute halbe Stunde Zeit.

„Wenn wir auf dem Brocken jemanden festnehmen müssen, brauchen wir einen Geländewagen“, überlegte die Hauptkommissarin. „Können wir den vielleicht schon mal bestellen lassen?“

„Ich setze mich sofort mit denen in Verbindung“, erklärte der Polizist. „Nur, meint ihr denn, dass ein Geländewagen dort hochkommt?“

„Wir werden sehen“, antwortete Rita. „Es ist nicht anzunehmen, dass die Bergspitze am Ostermontag sehr lange von der Außenwelt abgeschnitten bleiben wird. Wenn ein Fahrzeug in Schierke bereitsteht, wäre das eine ziemliche Erleichterung.“

Dort, wo sie anhielten, befand sich eine Bitumenfläche, auf der sich der Streifenwagen in den verwehten Schnee gewühlt hatte. Die Kriminalisten stiegen aus. Rita hatte sich warm eingekleidet mit einer grünen Hose über lindgrüner Wollstrumpfhose, einem warmen grünen Polizeipullover und ihrem Parka, an den Füßen Schnürstiefel mit groben Profilen. Heinz Schropel musste sie erst ausstaffieren, denn im Osterhemd konnte sie ihn nicht auf den Zauberberg lassen. Auch er trug eine Strumpfhose unter der Jeans und Ritas Wattejacke, an den Füßen allerdings seine Sommerboots. Damit musste er sich durchschlagen.

Es war nun taghell, ein leichter, kalter Wind wehte noch, und sie genossen an einem wolkenlosen Morgen einen sagenhaften Ausblick in die Umgebung, das Nördliche Harzvorland. Auf der Straße fuhr kein einziges Auto.

Unvermittelt lag ein leises, dröhnendes Motorengeräusch in der Luft, das schnell näher kam. Alle drehten die Köpfe dem nahenden Hubschrauber entgegen. Als der Osthimmel in zartem Rosa lag, landete ein größeres Modell der Landespolizei Sachsen-Anhalt neben ihnen auf dem verschneiten Blumenfeld. Nachdem sich die Wolken von Schneestaub herabgesenkt hatten, öffnete sich die Seitentür der grünweißroten Maschine. Ein Mann in schwarzer Montur nahm seinen Helm ab und winkte ihnen auffordernd zu.

„Alle Achtung!“, sagte Heinz Schropel zu seiner Kollegin. „Was Helena so zuwege bringt!“

Sie verabschiedeten sich von dem braunäugigen Polizisten und wollten zum Hubschrauber laufen, bei dem ein kleines Treppchen ausgefahren wurde, als im Streifenwagen das Funkgerät lief. Die blonde Polizistin schrie aus dem Wagenfenster: „Für euch! Vom Brocken!“

„Oh!“, sagte Rita und lief zu ihr. „Ja, Mann, was gibt's denn?“, rief sie ins Mikro.

„Guten Morgen, Frau Hauptkommissarin!“, begrüßte sie die inzwischen wohlbekannte Stimme des Beamten in der Zentrale. Er musste wohl eine Wette verloren haben, so dass er über das gesamte Ostern Bereitschaft schob. „Schön, dass ich Sie noch erreiche. Vom Brocken kam ein Notruf. In der Nacht versuchten zwei Personen, die Frau des Brockenwirts zu überfallen. Sie konnte sich allerdings mit Hilfe zweier Gäste erfolgreich zur Wehr setzen. Nun bitten sie dort oben um polizeiliche Hilfe. Die mutmaßlichen Straftäter wurden festgesetzt."

„Wie festgesetzt, von wem?", entfuhr es Rita, die Schlimmes ahnte.

„Das weiß ich nicht!", meinte der Polizist. „Aber Sie fliegen doch sowieso dorthin. Ich wollte Sie nur vorinformieren, dass dort unter Umständen jemand festgenommen werden muss."

„Ich danke Ihnen!", lachte Rita. „Wir fliegen sofort los. Und noch Frohe Ostern!"

„Soll das ein Witz sein?", fragte der Mann zurück. „Viel Glück!"

Zwei Minuten später hob der Hubschrauber ab. Der Himmel hinter ihnen war blutrot. Der Kurs hieß Westen. Rita klärte alle Mitglieder der Mannschaft über Helmfunk vom neuesten Sachstand auf. Im Innenraum saßen vier in martialische Sturmanzüge gekleidete Beamte, deren Helmvisiere empor geklappt waren, so dass man ihre Gesichter frei sehen konnte.

Das Dröhnen im Innenraum war laut. Die Maschine flog mit hoher Geschwindigkeit auf den höchsten Berg Norddeutschlands zu, der direkt vor ihrer Frontscheibe hockte. Der Blick über die weite Landschaft war wunderschön, nur leider konnte Rita ihn nicht genießen. Die Aufbauten auf dem Berg lagen jetzt in orangerotem Glühlicht, das wie eine Soße über das Weiß der Felder floss. Hinter ihnen ging nun schnell die Sonne auf. Kurz bevor sie das Ziel erreicht hatten, stand der glutrote Ball direkt hinter ihnen und tauchte alles in sattes Blut.

Der Pilot drosselte die Fluggeschwindigkeit. Sie erreichten das Plateau und flogen eine Schleife. Unter ihnen ragten viele tote Fichten in den Morgen. Dazwischen führte die Brockenstraße. Der Pilot zeigte schweigend nach unten. Dort fuhr ein Schneepflug mit scheinbarer Leichtigkeit bergab. Er wirbelte Wolken von Schneestaub auf und hinterließ eine freie Fahrbahn.

Also wird es der Polizei-Geländewagen von Schierke aus schaffen, war Ritas erster Gedanke, ihr zweiter ging allerdings in eine andere Richtung: Wer saß in dem Schneepflug? Besser konnte man an diesem Morgen gar nicht vom Brocken fliehen … Sie behielt den Gedanken für sich.

Nach der Landung des Helikopters auf einer unspektakulären Freifläche vor dem Eingang des Hotels gingen die beiden Kriminalisten und drei Männer des Einsatzkommandos auf die Vortreppe zu. Rechts vor dem Brockenhaus stand der vom Schnee überschüttete Pickup. Der Sturm hatte ihn sozusagen zugeblasen, so dass nur noch eine Ecke hervorschaute..

„Da steht der Geländewagen!“, sagte Heinz Schropel. „Die sind also wirklich noch hier hochgekommen.“

Einer der Männer vom Einsatzkommando watete unaufgefordert durch den Schnee und legte mit bloßen Händen das Kennzeichen frei. Es handelte sich um die gesuchte Nummer.

Die gläserne Eingangstür zum Brockenhotel stand offen. Ein junges Mädchen in leichter weißer Kleidung erwartete sie und sagte ein wenig schüchtern: „Guten Morgen! Sie sind aber schnell! Ich habe die Anzeige vorhin durchgegeben.“

Dutzende Augen richteten sich auf die Ankömmlinge, und besonders Mutige gruppierten sich direkt um sie herum. Rita fand diese Situation bescheuert und antwortete knapp: „Guten Morgen! Danke! Können wir uns irgendwo ungestört unterhalten?“

„Am besten in der Bar“, sagte das Mädchen aufgeschlossen. „Da fing sowieso alles an.“

Die Männer vom Einsatzkommando wiesen die Neugierigen zurück. Dann fuhren sie alle zur Hexenbar. Dort war die Atmosphäre entspannt. Sie standen vor dem Bartresen, und Rita übernahm die Befragung: „Sind Sie die Geschäftsführerin, oder sind Sie allein?“

Das Mädchen lächelte verlegen: „Ich bin allein hier. Die Frau vom Chef ist gerade mit dem Schneepflug ins Tal gefahren. Vorher hat sie …“

„Moment!“, befahl Rita. „Die Frau ist ins Tal gefahren? Und wo ist der Chef?“

„Ingrid fährt immer den Schneepflug“, erklärte das Mädchen mit begeisterten Augen. „Der Chef – na ja, der ist vor dem Schneesturm abgehauen …“

Was ist denn hier los, dachte Rita und fragte weiter: „Was genau hat Ihnen die Frau vom Chef gesagt?“

„Ingrid hat gesagt, sie wurde kurz vor dem Morgen von zwei Leuten überfallen, die in ihre Wohnung eingedrungen sind“, erklärte das Mädchen mit heller Stimme, „und sie würde mit dem TATRA die Straße freimachen, damit die Polizei hochkäme.“

„Aha! Sie hat diese Straftäter überwältigt mit Hilfe von zwei Gästen“, fuhr die Hauptkommissarin fort, obwohl sie die Antwort bereits zu kennen glaubte. „Was waren das für Gäste?“

„Das war so“, sagte das Mädchen mit gerunzelter Stirn. „Es hatten sich noch zwei Extremsportler für die Nacht angemeldet. Ich stand gerade an der Bar, und es war schon dunkel. Der Sturm hatte begonnen. Da kamen zwei Männer und fragten nach einer Übernachtung. Das waren aber nicht die Extremsportler. Ich konnte sie natürlich schlecht wegschicken. Sie hatten auch noch einen Hund dabei ...“

„Doch nur einen Hund“, unterbrach sie Rita sarkastisch. „Wie sah der aus?“

Das Mädchen klimperte verunsichert mit den Augen: „So ein Schäferhund mit langen schwarzen Haaren.“

„Scheiße! Das geht zu weit!“ Schropel schlug mit der Faust auf den Tresen, und die Polizisten grinsten. „Wo sind sie jetzt?“

„Sie sind mit Ingrid ins Tal gefahren!“, rief das Mädchen mit klagender Stimme.

Rita hob versöhnlich die Hand und zog etwas aus der Tasche des Parkas. Es handelte sich um ein Foto. „Sahen sie so aus?“

Das Mädchen richtete kurz die blauen Augen auf die Fotografie und lächelte: „Ja, das sind sie. Hätte ich mich fürchten müssen?“

„Nein!“, antwortete Rita mit resigniertem Unterton. „Und wo sind nun die bösen Buben?“

„In Ingrids Wohnung. Sie hat mir den Schlüssel gegeben“, erwiderte das Mädchen eifrig und zog das Teil aus der Hosentasche.

„Na, dann wollen wir mal schnell nachsehen“, meinte die Hauptkommissarin. „Sie führen uns!“

Nachdem die schwarz uniformierten Beamten die Neugierigen auf dem Flur verscheucht hatten, standen sie vor Ingrids Tür. Das Mädchen drehte den Schlüssel und wollte öffnen.

„Warten Sie!“, sagte Heinz Schropel und zog einen Revolver aus dem Halfter unter seine Wattejacke. Die Leute vom Einsatzkommando nickten und stießen die Tür auf.

Vor ihnen lag eine rot überflutete, angenehme Wohnung, in der einige Spuren der Unordnung auf eine Auseinandersetzung hindeuteten. Ansonsten herrschte Stille.

„Sie sind im Bad“, flüsterte das Mädchen der Hauptkommissarin zu.

Rita zeigte auf die einzige Tür, die infrage kam. Die Männer wiederholten dort die gleiche Sicherheitsübung und stießen die Tür auf. Ein viehischer Schrei ertönte. Alle verzogen erschrocken die Gesichter.

Ein tätowierter und gepiercter Glatzentyp klebte neben dem Klobecken und schrie: „Machen Sie mich sofort los!"

Rita und Heinz Schropel warfen einen kurzen Blick auf ihn. Schropel verzog angeödet das Gesicht. Dann sahen sie die Frau in der Badewanne. Sie füllte das Gefäß völlig aus und lag ruhig mit geschlossenen Augen. Ihre Hände waren in Handschellen und sahen mittelbläulich aus.

„Macht sie los!", befahl Rita und dachte, ein wenig mit Bewunderung: 'Was sich der Moll nur immer für einen Scheiß einfallen lässt.'

„Ich habe die Schlüssel", sagte das Mädchen schüchtern und hielt sie den Polizisten hin.

Einer der Männer befreite die Frau, die immer noch regungslos dalag. „Nun macht endlich mich los!", schrie der Typ und rollte wild mit den Augen.

„Nun halt doch mal endlich die Fresse, du Idiot!", herrschte die Frau in der Badewanne den am Klobecken an und schlug die tränenden Glubschaugen auf. „Helfen Sie mir bitte heraus?"

„Einen Moment!", sagte Heinz Schropel. „Sie sind Frau Sonja Liebeskind?" Die Dicke nickte und rieb sich die geschwollenen Hände.

„Okay!", sagte der Hauptkommissar pragmatisch. „Dann werden Sie vorläufig festgenommen wegen des Verdachts auf ein Tötungsdelikt, Hehlerei, schwere Sachbeschädigung, Einbruch und Nötigung mit versuchter Körperverletzung."

Die Frau stierte sie wütend an und ließ sich aus der Wanne helfen. Dann sagte sie beherrscht: „Trotzdem habe ich eine wesentliche Information für Sie. Ich weiß nämlich, wer Lothar Bartel getötet und die Fabrik gesprengt hat und für wen dieser langhaarige Spinner arbeitet. Ich möchte in dieser Sache sofort angehört werden."

Schropel warf Rita einen fragenden Blick zu, dann erwiderte er: „Frau Liebeskind, Sie gehen jetzt mit einem Beamten ins Nebenzimmer und warten dort, bis wir Ihren Partner befreit haben. Dann sehen wir weiter." In diesem Moment ertönte der Sound von „Heil dir im Siegerkranz". Erschrocken griff Rita in eine Tasche ihres Parkas und verzog sich aus dem Bad.

„Seid ihr schon auf dem Brocken?", fragte die Stimme des SpuSi-Mannes ohne Übergang.

„Ja, erst mal guten Morgen!", antwortete Rita. „Was gibt es denn Wichtiges?"

„Guten Morgen!“, lachte der Mann. „Es ließ mir keine Ruhe, und da habe ich nochmal bei Big Data recherchiert. Lothar Bartel hatte eine Stiefschwester. Das ist die Frau vom Brockenwirt!“

„Oha!“, konnte Rita da nur sagen. „In deren Wohnung sind wir gerade und nehmen die beiden Mittelalter-Chaoten fest.“

„Viel Glück!“, wünschte der Mann. „Ich lege mich jetzt endlich hin!“

„Vielen Dank!“, rief Rita. „Gute Nacht. Grüße vom Brocken bei Sonnenaufgang!“

Einer der Männer brachte die dicke Frau in den Raum und wies ihr einen Stuhl an. Die Frau schwieg und starrte vor sich hin. Inzwischen hatten die anderen beiden Polizisten den chaotischen Mann von seiner Klostange befreit und behielten ihn scharf im Auge. „Das wurde ja mal Zeit!“, rief dieser und taumelte in dem kleinen Raum umher. Seine Augen schauten dabei wild um sich. „Legt ihm wieder Bandagen an!“, entschied Heinz Schropel lapidar. Die Männer hatten nur darauf gewartet und griffen sofort zu.

„Ihr Idioten! Ich habe nichts getan!“, schrie der Glatzkopf und wand sich in ihrem Griff. Als er dann wirkliche Handschellen trug, sagte Schropel: „Herr Hosang, hören Sie mir zu! Sie werden der gleichen Delikte beschuldigt, wie Ihre Partnerin. Aber weil Sie sich auch noch hyperaggressiv benehmen, werden Sie arretiert. Haben Sie das verstanden?“

„Du …!“, stieß der Mann hervor, und es schien, als fletsche er die Zähne.

„Schweigen Sie lieber!“, belehrte ihn Schropel. „Sonst kriegen wir Sie auch noch wegen Beamtenbeleidigung ran.“

„Er ist ein Chaot“, raunte die Frau der Hauptkommissarin zu. „Wenn ich nicht so fett wäre, würde ich mir einen anderen nehmen. Aber die Ärzte haben gesagt, mein Herz wäre zu schwach, da läuft das Wasser nicht richtig ab.“

„Frau Liebeskind!“, raunte Rita zurück. „Ihr Herz ist nur deshalb so schwach, weil sie ständig einen Zentnerrucksack mit sich herumschleppen. Das würde mein Herz auch nicht mitmachen.“

Die Frau glubschte sie halbwissend an. Doch Rita fuhr jetzt in normaler Lautstärke fort: „Frau Sonja Liebeskind und Herr Björn Hosang! Sie wurden durch unsere Ermittlungen in Zusammenhang gebracht mit mehreren schweren Delikten, die in den letzten Tagen verübt wurden …!“

„Ist doch Scheiße!“, schrie der Typ dazwischen und warf den Kopf hin und her wie ein gefangenes Huftier.

Ehe die Hauptkommissarin weitersprechen konnte, rief die Dicke: „Halt doch endlich mal deine blöde Klappe! Man kann ja keinen klaren Gedanken fassen!"

„Das will er doch!", fuhr die Hauptkommissarin fort. „Mit Ihrem Nissan Pickup wurde in der Nacht zum Gründonnerstag im Selketal eine Hirschkuh gewildert, anschließend eine Polizeistreife durchbrochen, wobei ein Beamter lebensgefährlich verletzt wurde …"

„Das waren wir nicht!", schrie nun zur Abwechslung die Frau und glubschte wild.

'Mein Gott', dachte Rita, 'was sind das nur für Verrückte.' „Ich habe auch gesagt, mit Ihrem Fahrzeug. Immer gut zuhören! Dieses Fahrzeug wurde anschließend in einer unbewohnten Industrieruine in Quedlinburg abgestellt und der Hirsch entladen. Wie wir inzwischen ermittelt haben, handelte es sich um ein Hehlerlager für Mittelaltermärkte. Sie betreiben einen solchen Markt, und das Fahrzeug gehört Ihnen." Rita blickte in die Runde. Auch die Chaoten starrten sie nur wütend an. „Allerdings wurde der Pickup dann von jemandem abgeholt, und wer das war, dürfte wohl ebenfalls geklärt sein", erzählte Rita langsam und eindringlich. „Dann wurde der gesamte Gebäudekomplex gesprengt, und darunter fanden wir den Wilderer Lothar Bartel tot mit einem Messer im Rücken. Es liegt nahe, dass wir Sie dieser Straftaten

beschuldigen, noch dazu, als Sie nun auch noch im Schneesturm auf den Brocken fahren und versuchen, die Stiefschwester von Herrn Bartel in Ihre Gewalt zu bringen. Das wiegt alles ganz schön schwer, finden Sie nicht?"

„Ich sage jetzt dazu nichts", antwortete die Frau beherrscht. „Das klären wir zusammen mit unserem Anwalt. Aber zu dem zweiten Teil haben wir eine sehr wichtige Gegeninformation, der Sie unbedingt sofort nachgehen sollten. Den Lothar hat jemand anderes ermordet, und das war eine Frau. Diese Frau hat eine Nacht später das Gebäude gesprengt. Wie wir das herausbekommen haben, will ich jetzt nicht erklären …"

„Sie haben wahrscheinlich gerade Ihren Pickup geholt", fiel ihr Rita ins Wort. „Wissen Sie auch, wer diese Frau war?"

„Eine stinkreiche Trulle!", rief der Mann, der sich auf einen Stuhl setzten durfte. „Wenn ich die sehe, schlage ich sie, bis sie lacht!"

„Sei doch endlich still!", sagte die Dicke zornig und wandte sich wieder der Hauptkommissarin zu. „Wir wollten diese Frau zur Rede stellen bei ihr zu Hause. Sie wohnt in Ballenstedt. Und falls Sie es immer noch nicht glauben. Hier!“

Sie schob sich vorsichtig die Haube vom Kopf und zog den blutigen Verband zur Seite: „Sie hat mir fast das Ohr abgebissen! Und bei meinem Björn! Machen Sie ihm mal das T-Shirt hinten auf! Da hat sie diesen scheiß Köter draufgehetzt! Die müssen Sie festnehmen! Sie ist auf der Suche nach dem Relikt …“

„Schweig, Alte, das braucht keiner zu wissen!“, fuhr Björn sie an und neigte gleichzeitig den Kopf nach vorn, damit sein Nacken frei wurde. Einer der Polizisten zog vorsichtig den Kragen des T-Shirts nach unten. Darunter kamen ein blutiger Verband zum Vorschein und schwere schwarzblutige Schrammen an Schultern und Hals.

Rita warf einen Blick darauf und sagte: „Okay, wir glauben es. Und wo finden wir diese Frau?“

„Es sind wohl mehrere“, erklärte Sonja Liebeskind. „Der Langhaarige, der uns widerrechtlich gefesselt hat, war auch auf dem Regenstein mit einer blonden Frau. Die hat den Björn geschlagen!“

„Und? Haben Sie zurückgehauen?“, erkundigte sich Rita.

„Keine Chance“, knurrte der Mann wütend.

„Die muss ja sehr taff gewesen sein“, meinte die Hauptkommissarin spöttisch. „Und wo wohnen diese Frauen denn nun?“

„Und Männer!“, betonte das Marktweib. „Sie wohnen in dieser Segelflugschule bei Ballenstedt, unterhalb dieser großen Felsen.“

„Aha!“, sagte Rita. „Und bei der waren Sie auch, ebenso wie hier?“

„Dazu sage ich nichts mehr“, knurrte die Dicke. „Das andere ist wahr. Dies Frau ist die Haupttäterin.“

In diesem Moment kam Heinz Schropel ins Zimmer zurück: „Der Geländewagen ist unterwegs. Die Straße bis Schierke ist freigeschoben. Er müsste gleich hier sein.“

„Sehr gut!“ antwortete Rita. „Solange warten wir noch. Die Beamten nehmen Sie dann mit, Sie müssen das alles nochmal der Staatsanwältin erzählen. Sie können auch Ihren Anwalt benachrichtigen.“

Die Hauptkommissarin erhob sich, ehe die Dicke etwas erwidern konnte, und ging ins Nebenzimmer. Dort rief sie die Staatsanwältin an und gab einen Bericht.

„Wunderbar!“, meinte diese am anderen Ende. „Wenn ihr einmal einen Hubschrauber habt, können wir uns auch gleich in Ballenstedt treffen. Ich fahre dort sofort hin. Motorsportschule!“

„Bis dann!“, verabschiedete sich die Hauptkommissarin und ging wieder zurück zu den anderen.

XXXV

Viel erzählen konnten sie nicht, denn das Motorengeräusch des TATRA tönte dominant. Ingrid konzentrierte sich auf die Fahrbahn, die durch gelbschwarze Stangen markiert war. Früher war diese Straße eine Schotterpiste mit wenigen Betonplatten-Einlagen gewesen, vor einigen Jahren hatte man sie durchgängig asphaltiert. Der Pflug schob den Schnee relativ leicht zur Seite, nur im oberen Teil der Strecke gab es einige Verwehungen. Die Männer schauten über die breite Schnauze des LKW auf die Baumleichen am Straßenrand. Die Frau blickte sehr aufmerksam und kurbelte sensibel an dem großen, alten Lenkrad. Sie kamen bald in Schierke an. Das schöne Gesicht der Frau entspannte sich, und sie lächelte die Männer an: „So, das wäre geschafft. Es naht der Augenblick des Abschieds.“

„Wir müssen bis Drei Annen Hohne“, antwortete Irenäus ein wenig verunsichert. „Fährst du uns das Stück noch?“

„Ich weiß gar nicht, ob ich das noch darf“, grinste die Frau.

„Neue deutsche Haftungsfragen. Niemand darf nichts. Aber ich tue es trotzdem!“

Natürlich begegneten sie dem Schneepflug der Straßenmeisterei. Der Fahrer freute sich und war von den anmaßenden Sicherheitsbestimmungen noch unbeleckt. In Drei Annen Hohne fuhr Ingrid bis an den Parkplatz. Dann stieg sie aus. Die Sonne stand nun bereits ein Stück hoch am Himmel. Sie sagte: „Beeilt euch! Die Polizei kam schneller als gedacht.“

Irenäus und Karl standen vor ihr und hatten die Hoffnung schon fast aufgegeben, da fuhr die Frau fort: „Das Relikt! Ich hatte versprochen, es euch zu zeigen. Trennen möchte ich mich davon allerdings nicht, denn es ist magisch positiv!“ Sie lächelte charmant. „Ihr habt es fast die ganze Zeit über gesehen. Es ist kein Stirnreif.“

Sie schlug den Kragen der blauen Kombi zurück. Darunter heftete das gleiche Schmuckstück, das am Abend zuvor die Toga zusammengehalten hatte. Ingrid nahm es ab und gab es den Männern in die Hände.

Zuerst nahm es Irenäus. Ehrfurcht überkam ihn. Er hielt ein fast rundes, relativ großes Stück Metall in Händen, das er am vergangenen Abend ständig an ihrer Brust gesehen hatte. Es handelte sich um eine wahrscheinlich gehämmerte Blechscheibe aus heller Bronze. Darauf waren komplett fremdartige Zeichen eingestanzt, die Irenäus als gebildeter Laie keiner Schriftsprache, die er jemals in irgendeinem archäologischen Buch gesehen hatte, zuordnen konnte. Außerdem befanden sich darauf in einer musterhaften Anordnung glasurartige Tupfer in Lapislazuli, die ziemlich direkt an Sterne erinnerten.

Die Rückseite war glatt mit winzigen Bearbeitungsbeulen. Darauf war eine kupferne Anstecknadel gelötet. Ingrid sah den fragenden Blick und erklärte knapp: „Die habe ich angelötet!"

Irenäus glaubte ihr aufs Wort und gab die Fibel an Karl weiter. Auch der Förster begutachtete sie eingehend und sagte dann: „Dieses Stück ist mindestens so wertvoll wie die Himmelsscheibe von Nebra …"

Er schaute das Artefakt genau an und meinte nebenbei: „Hier ist eine Öse. Bestimmt wurde es an einem Riemchen um den Hals getragen."

„Du hast Recht", erwiderte Ingrid, „aber mir war der Anstecker lieber. Mein Stiefbruder hat es zweifelsfrei in dem Grab gefunden. Mir bringt es Glück. Es hat euch zu mir geführt und vor den Eindringlingen geschützt. Aber das war nur eine seiner Taten!
Das Relikt hat mir schon oft geholfen, und es birgt noch eine weitere Information."

„Krrrsania!", bemerkte Irenäus melancholisch.

„Du hast es erfasst, lieber Irenäus", sagte Ingrid und strich ihm über den Arm. Dann nahm sie die Fibel zurück und befestigte sie wieder am Overall. „Wir müssen uns jetzt trennen. Ihr wollt sicherlich mit euren Auftraggeberinnen in Kontakt treten. Bestellt ihnen, dass ich möglicherweise bereit wäre, mit ihnen Erkenntnisse auszutauschen." Sie zwinkerte ihnen zu. „Die Polizei ist schon recht lange auf dem Berg. Ich muss da jetzt auch hin. Ich würde mich sehr freuen, wenn ihr mich bald einmal erwandert! Lebt wohl!"

Sie umarmte Karl, anschließend gab sie Irenäus einen Kuss. Dann kletterte sie schnell in den TATRA. Die Männer schauten ihr nach, als sie mit pfeifendem Motorenlärm über den Bahnübergang der Schmalspurbahn fuhr und noch einmal das Signalhorn erklang. Sie winkten ihr nach, bis sie hinter den wenigen Gebäuden von Drei Annen Hohne verschwunden war.

Dann drehten sie sich um und stiegen mit Titus in Karls verschneiten Subaru. Unverzüglich nahmen sie Kurs in Richtung Tam und Lilly auf. Die Straße nach Elbingerode war erst von höchstens drei Fahrzeugen befahren worden, aber der Förster kämpfte sich wacker durch den Pulverschnee. Zwischendurch meinte er: „Wir müssen die Frauen unbedingt anrufen. Ich glaube, sie werden nicht mehr allzu viel Zeit haben, sich zu entscheiden. Am besten wäre eine Telefonzelle."

Irenäus nickte nur.

Das Telefonhäuschen in Siptenfelde war glücklicherweise ebenfalls ein Relikt. Hastig warf Irenäus einen Euro ein und wählte Lilly Nummer. Die Frau meldete sich fast sofort: „Irenäus!"

„Hallo, Lilly! Woher weißt du das?", erkundigte er sich beglückt.

„Wer sollte es sonst sein?", fragte sie zurück.

„Wir sind auf dem Weg zu euch!", berichtete der Privatdetektiv. „Mission erfüllt. Wir haben die Hefte, und wir haben Ingrid gefunden. Die Hefte haben wir bei uns, das Relikt ist nicht der Stirnreif. Tam muss von dieser Vorstellung leider endgültig Abschied nehmen. Aber sie soll nicht traurig sein, es existiert trotzdem ein fantastisches Relikt. Ingrid und Tam müssen sich darüber unterhalten. Ansonsten solltet ihr euch startklar machen. Die Polizei kam mit einem Hubschrauber auf den Brocken. Möglicherweise fliegen sie auch zu euch, denn wir mussten ihnen die beiden Bösewichte überlassen. Und die werden euch sicherlich denunzieren. Deshalb beeilen wir uns. Vielleicht sehen wir uns noch. Ich würde dich so gern küssen."

„Das wird wohl nichts werden, mein Lieber", erwiderte Lilly mit ernster Stimme. „Wir werden bald aufbrechen. Viele Grüße von Tam an euch beide. Ich hoffe, dass wir uns noch einmal wiedersehen, mein Irenäus!"

„Das hoffe ich auch sehr!", rief er und sah, dass der eingeworfene Geldbetrag schnell schrumpfte.

„Ach, noch etwas!", fing Lilly wieder an: „Du bist der einzige, der ins Grundstück kommt. Der Code ist das Datum des schönsten Tages, den wir beide hatten und danach die Anzahl deiner Öffnungen, mit Eins beginnend. Vergiss nicht die Jahreszahl. Auf dem Emporentisch liegt ein Brief für euch. Ich küsse dich und könnte mich …"

Die Münze war verbraucht. Er hörte es im Apparat rasseln. Mehr Kleingeld hatten sie nicht dabei. „Ich Depp!", murmelte Irenäus und ging zum Subaru zurück. Während der Fahrt berichtete er dem Freund vom Inhalt des Telefongesprächs. Beide waren sie deprimiert, denn die Frauen waren ihnen sehr ans Herz gewachsen. Dieses Zusammentreffen hatte den Charme einer jugendlichen Romanze gehabt. Wer hätte gedacht, dass so etwas im Alter noch passieren konnte!

Zum Glück konnten sie sich diesen sentimentalen Gedanken nicht hingeben, denn die Straßenverhältnisse wurden auch im Flachland nicht wesentlich besser. Schnee und Sturm hatten hier offenbar ebenso gewütet wie auf dem Brocken. Nur die Temperatur bewegte sich nur kurz unterhalb des Gefrierpunktes. Die Sonne war ein Stück gestiegen, und ihre Farbe hatte sich in Gelb verwandelt. Trotzdem war es noch früher Ostermontagmorgen, und die Straßen fast leer und größtenteils ungeräumt.

Karl fuhr so schnell er konnte nach Ballenstedt, und sein Freund bangte mit ihm in jeder Kurve. Selbst Titus versuchte, aus dem Fenster zu schauen und hechelte aufgeregt.

„Ich bin vor ziemlich vielen Jahren einmal von Quedlinburg zum Brocken gewandert“, sinnierte Irenäus. „Vielleicht sollten wir das wiederholen, wenn es wärmer wird.“

„Ich könnte mich mit dieser Idee anfreunden“, erklärte der Förster mit konzentriertem Blick geradeaus. „Auf welcher Route seid ihr gelaufen?“

Irenäus schwieg. Endlich näherten sie sich ihrem Ziel und
bogen sofort in die kleine Straße zur Motorsportschule ein. Der Schnee lag mindestens zwanzig Zentimeter hoch. Vor ihnen hatte bereits jemand eine Spur gezogen.

„Wer war das?“, fragte Irenäus besorgt. „Sollten sie schon abgefahren sein? Mit dem Auto?“

„Mit was sonst?“, gab Karl genervt zurück. „Eigentlich haben sie überhaupt keine echte Chance bei dem Wetter. Sie können sich nur ergeben oder verbarrikadieren.“

„Ich hoffe immer noch, dass Tam bei all ihrem Reichtum irgendeinen geheimen Ausweg hat“, räsonierte Irenäus und klopfte nervös auf das Armaturenbrett. „Die beiden können sich doch hier nicht einfach so fangen lassen …“

„Wir können ihnen auch nicht zur Flucht verhelfen“, knurrte der Förster, „selbst wenn wir die ersten sein sollten.“

„Sind wir aber nicht!“, sagte Irenäus resigniert. Sie sahen beide das gleiche. Alles war jedoch noch nicht verloren. Ein Fahrzeug war von der schmalen Straße abgekommen, vielleicht 250

Meter vor der Einfahrt zu Tams Grundstück. Es handelte sich um einen schwarzen Audi Kombi, der in eine seitliche Senke gerutscht war, und nun offenbar verzweifelt versuchte, da wieder herauszukommen. Das Kennzeichen besaß an zweiter Stelle ein SA. Beim Näherkommen sahen sie eine Frau mit langen, gelockten, kastanienbraunen Haaren hinter dem Lenkrad sitzen und das Auto quälen. Langsam quetschte sich der Subaru daran vorbei.

Nun wurden sie auch von der Insassin bemerkt, die zu gestikulieren begann und mühsam die Tür aufstieß.

„Fahr ja weiter!", rief Irenäus. „Dieser Kirsche brauchen wir jetzt nicht zu helfen!"

„Oh, ich erkenne sie gerade", grinste Karl und blickte stur nach vorn. „Hätte die bei uns auch nicht gemacht."

Das Tor war verschlossen, der Subaru stoppte etwas seitlich davor. „Ich könnte es öffnen", überlegte Irenäus, „aber ich denke, es wird besser sein, einen Moment innezuhalten."

„Das sehe ich auch so", meinte der Jäger und blinzelte mit den Augen. „Ich würde Tam zwar sehr gern wiedersehen – vielleicht zum letzten Mal. Aber möglicherweise wären wir dann diejenigen, die die ganze Bagage hereinlassen. Und das will ich nicht!"

Lange mussten sich die beiden Männer nicht mit der Entscheidungsfindung plagen, denn sie blieben nur wenige Minuten

allein. Auf der Fahrspur des Subaru stakste die Staatsanwältin durch den Schnee auf sie zu. Ihr Gesicht sah nicht besonders amüsiert aus. Und am Himmel war ein leises, schnell näherkommendes Dröhnen zu vernehmen.

Es war der Hubschrauber vom Brocken. Sie waren ihm gerade noch zuvorgekommen, ohne allerdings irgendetwas bewirkt zu haben. Er zog eine kurze Kurve über der Motorsportschule. Die Staatsanwältin fuchtelte aufgeregt mit den Armen gen Himmel.

'Entweder sind die Frauen schon weg', dachte Irenäus betrübt, 'aber wohin? Und wie? Oder sie sitzen jetzt tatsächlich in der Falle.' Eine weitere Autospur existierte jedenfalls nicht und eine weitere Ausfahrt ebenso wenig.

Sicherlich aus Gründen des bundesdeutschen Rechts und zu seiner großen Erleichterung landete der Hubschrauber nicht im Grundstück, sondern senkte sich langsam auf den Parkplatz hinab, auf dem sie standen. Karl und Irenäus traten ein Stück in die Büsche und sahen zu, wie sich die Maschine millimetergenau zu Boden sinken ließ. Es musste ein sehr guter Pilot sein.

Durch den Staudruck wurde eine sie vollständig einhüllende Schneewolke aufgewirbelt. Titus presste sich winselnd an die Beine seines Herren. Dann liefen die Rotorblätter aus, der Schneesturm legte sich. Die Schiebetüren des Hubschraubers wurden geöffnet. Als erste kam Rita heraus. Drei martialische Gestalten folgten ihr, zum Schluss erschien Heinz Schropel.

Die beiden Privatdetektive warfen sich einen bezeichnenden Blick zu. Von der Straße her nahte die Staatsanwältin, die ebenfalls in Deckung gegangen war. Langsam traten Irenäus und Karl aus dem Gebüsch und warteten vor dem Stahlgittertor. Rita und die Staatsanwältin begrüßten sich. Dann kamen sie, mit ziemlich unangenehmen Gesichtern bewaffnet, auf die beiden Männer zu.

Ehe sie allerdings zum Zuge kommen konnten, geschah etwas Unerwartetes. Mit einem leise knirschenden Geräusch fuhr das Stahlgittertor auf. Keiner sagte ein Wort. Die drei schwarz gerüsteten Beamten blickten fragend auf ihre Kollegen

„Wir gehen hinein!", wies die Staatsanwältin barsch an. „Wollen wir doch mal sehen, was uns dort erwartet!"

Irenäus, Karl und Titus waren ohnehin schon einige Schritte durch den tiefen Schnee gelaufen. Die anderen mussten ihnen notgedrungen folgen. Das schien der Staatsanwältin gar nicht zu passen. Sie rief: „Herr Moll! Herr Wabenmond! Vielleicht hätten Sie mal die Freundlichkeit, stehenzubleiben! Das ist eine Polizeiaktion! Da haben Sie überhaupt nichts zu suchen!"

Doch sie kam wiederum nicht zum Zuge, denn nun überstürzten sich die Ereignisse. Tam und Lilly kamen aus dem Haus und gingen zügig über die Nordveranda auf die Plattenstraße. Tussi wuselte aufgeregt neben ihnen her. 'Was haben die denn jetzt vor', schoss es Irenäus durch den Kopf. Die Entfernung betrug etwa 150 Meter. Strahlende Sonne beleuchtete die spannende Szenerie. Die Frauen eilten in schnellem Schritt quer über die Zufahrt in Richtung Flugplatz. Sie schauten zu ihnen herüber und winkten.

Irenäus und Karl winkten zurück. Titus riss sich los und rannte auf die Frauen zu. Keiner hätte ihm so schnell folgen können. Winselnd begrüßte er die Afghanin und vollführte mit ihr einen kurzen Freudentanz. Dann hörte man, wie Lilly ihn mit einem Befehl zurückschickte. Die Staatsanwältin rief den Frauen etwas zu von Befragung und Warten, doch Irenäus empfand das alles wie in einem jener Träume, bei denen man nicht weiß, ob es ein Alb- oder ein Wonnetraum ist.

Die Polizisten standen unentschlossen da und wussten, dass sie die Frauen eigentlich nicht mehr einholen konnten. Rita und die Staatsanwältin, Heinz Schropel sowieso, warfen den Privatdetektiven bitterböse Blicke zu, weil diese den Frauen, als die sich noch einmal umdrehten, heftig zuwinkten. Alle bewegten sich ein Stück voran und sahen nun, dass die Frauen auf einem schon ausgetretenen Pfad im Schnee liefen. Sie erreichten eine Tür im Zaun, die sich unverzüglich wieder hinter ihnen schloss.

„Wo wollen die hin?", fragte einer aus dem Einsatzkommando mit tiefer Stimme. „Die kriegen wir noch! Keine Angst, meine Damen!"

„Und wenn sie ein Flugzeug haben?", knarrte ihn die Staatsanwältin an. „Wollen Sie dann Abfangjäger spielen?"

„Selbst wenn die eins hätten", antwortete der Mann lässig, „kämen sie nicht hoch. Die Bahn ist ja nicht mal geschoben. Vergessen Sie's!"

Irenäus und Karl bangten schweigend um das Schicksal ihrer Liebhaberinnen. Was taten die, um Odins Willen? Rita würdigte die beiden keines Blickes und starrte mit zusammengekniffenen Augen den Flüchtenden hinterher.

Tam und Lilly verschwanden hinter einem Hangar. Alle warteten gespannt, was nun passieren würde. Auch die beiden Privatdetektive hatten nicht den blassesten Schimmer. Sie konnten

es sich einfach nicht vorstellen.

„Gehen wir hinterher!", befahl einer der Schwarzgekleideten. „Oder wollen wir hier Wurzeln schlagen? Immerhin sind wir deshalb extra hergeflogen."

Aber ehe sich irgendwer in Bewegung setzen konnte, ertönte aus dem Hangar ein schweres Dröhnen, das ausgesprochen stark klang. Alle Köpfe schwenkten genau in eine Blickachse. Sie mussten nicht lange warten.

Langsam schob sich hinter der Hangarkante eine spitze, weiße Nase hervor. Sie wurde schneller, und den erstaunten Blicken enthüllte sich ein schneeweißes Düsenflugzeug, das in der Morgensonne blitzende Spots reflektierte. Mit Ohren betäubendem Triebwerks-Sound schob sich die Maschine durch den hohen Schnee und wurde dabei schneller. Hinter ihr stiebte eine Wolke von Pulverschnee und heißen Abgasen in die Luft. Das Flugzeug pflügte bis zum äußersten Westende der Startbahn und drehte dann in einer kurzen Kurve die Nase genau nach Osten der Morgensonne entgegen.

„Das wollen die doch nicht etwa wirklich machen!", schrie der Polizist und ging Irenäus mittlerweile zunehmend auf den Geist. „Das schaffen die doch nie, diese wahnsinnigen Weiber!"

„Können Sie nicht mal die Schnauze halten?", erkundigte sich Irenäus in ruhigem Ton. „Wir werden auch ohne Sie gleich mehr wissen!"

Der Polizist schnappte mimisch fast über, aber die Staatsanwältin gab ihm einen herrischen Wink, sich zu mäßigen, ehe er losbrüllen konnte. Doch alle Blicke konzentrierten sich jetzt ohnehin auf den Learjet, dessen Triebwerke kräftig aufheulten. Wie ein elegantes Urtier begann er, sich in Bewegung zu setzen. Mit schnell zunehmender Geschwindigkeit raste er durch den annähernd knietiefen Schnee, am Anfang in seiner eigenen Spur, dann durch das reine Weiß. Die Betrachter nahmen direkt wahr, dass die Maschine gegen den Widerstand anzukämpfen hatte. Die Räder der drei Fahrwerke schaufelten den Schnee in Fontänen zur Seite. Die beiden Rumpftriebwerke dröhnten immer wilder und pressten schwärzlichen Qualm hinter sich.

„Der Weiße Jet!", hauchte Irenäus fassungslos und fühlte, dass sich Karls Finger in seinen Arm verkrallten. Der Jet raste auf die westliche Umzäunung zu. Dahinter befand sich eine Landstraße mit Bäumen. 'Wenn sie da reinkrachen', dachte Irenäus, 'sehen wir sie nie wieder.'

Wahrscheinlich dachten das alle hier Versammelten, denn die Gesichter waren nun durchweg aufs äußerste angespannt. Irenäus zitterte. Er musste sich zwingen, weiter hinzuschauen.

Und dann, etwa fünfzig Meter vor dem Ende der Piste, hob sich plötzlich das vordere Fahrwerk aus dem Schnee. Alles lief blitzschnell ab. Die Maschine bäumte sich in einem 45-Grad-Winkel zur Oberfläche auf. Die Triebwerke bliesen direkt über den Boden und wirbelten eine gewaltige Schneestaubwolke auf, in der man schemenhaft das Abheben des hinteren Fahrwerks erkennen konnte. Dann wurde der Anstiegswinkel noch steiler, und die Maschine flog in wenigen Metern Höhe über den Zaun, um Sekunden später die Wipfel der Straßenbäume fast zu streifen. Gleich darauf raste das Flugzeug in den blauen Morgenhimmel der Sonne entgegen. Der Förster hatte das Gesicht abgewandt und starrte in den Himmel. Das Flugzeug zog eine weite Kurve nach Norden und glitzerte dabei in Schräglage am Himmel. Dann kam es genau auf sie zu gedonnert. Es flog kaum mehr als hundert Meter hoch. Irenäus bildete sich ein, die lachenden Gesichter der beiden Frauen hinter der Frontscheibe zu sehen. Spontan schwenkte er die Arme in der Luft und sah, dass Karl das gleiche tat.

Mit wahnsinnigem Lärm jagte der Learjet über den Gebäudekomplex und die Menschengruppe. Es war sehr deutlich zu sehen, wie seine Flügel zum Abschiedsgruß wackelten. In Sekunden befand er sich über den Felsen des Gegensteins und war nicht mehr zu sehen. Eine knappe Minute vernahmen sie noch das Geräusch der Triebwerke, dann war der „Weiße Jet" für immer im Süden verschwunden.

Trotz der anrührenden Szene war Irenäus dazu in der Lage, die Gesichter der Anwesenden zu studieren. Rita sah gestresst aus und schaute mit einer Gefühlsmischung aus Wut, Eifersucht und Enttäuschung an ihm vorbei. Heinz Schropel dagegen grinste anerkennend, ihm hatte die Vorstellung offenbar sehr imponiert.

Die Polizisten des Einsatzkommandos schauten verbissen und kleinlich drein wie Raubtiere, die sich nicht über die Kunstfertigkeit einer entgangenen Beute freuen konnten.

Nur die Staatsanwältin lachte wissend und erklärte mit tiefer Stimme: „Es hätte mich, ehrlich gesagt, enttäuscht, wenn es nicht so geendet hätte." Alle, auch die beiden Privatdetektive, drehten ihr erstaunt die Gesichter zu. „Ich habe mich heute in aller Frühe, gleich nach Ihrem Anruf, liebe Rita, ganz schnell in Big Data eingeloggt", erklärte sie mit einem leichten Grinsen. „Über

den Kaufvertrag für dieses ungewöhnliche Gelände kam ich sofort auf die Identität seiner Bewohner. Unsere Kunstfliegerin hört auf den Namen Elisabeth Altendorf, genannt 'Lilly', Hauptmann a. D. der Bundesluftwaffe. Sie genoss eine umfangreiche Ausbildung auf US-Flugzeugträgern und flog jahrelang Tornados über Afghanistan. Heute arbeitet sie als freischaffende Jet-Pilotin."

Irenäus wurde schwindlig, er fühlte plötzlich so eine Leere im Kopf, die Gesichter der Beamten begannen, sich vor seinen Augen zu drehen, entgegen dem Uhrzeigersinn. Seine Knie wurden schwach, und er hatte das dringende Bedürfnis, sich in den Schnee zu legen. Aber dann bezwang er sich und befahl seinem Kopf, mit dem Unfug aufzuhören. Er schaute zur Seite, damit man ihm den Schwächeanfall nicht ansah. Langsam begannen sich die Gesichter, wieder zu positionieren. Es waren nur Sekunden vergangen. Das war der Schock – seine liebe, kleine, sensible Lilly war eine Kriegsmaschine gewesen. Das hatte ihm ja bereits der Magier auf dem Regenstein gesagt – und er selbst bemerkte so oft, wie perfekt sie extreme Situationen meisterte. Wenn Liebe blind machte, musste er sie wohl geliebt haben.

„Und Tam? Wer war das?", erkundigte sich Karl geradezu wagemutig, als er wieder in die Wirklichkeit zurückkehrte.

„Tam?", lachte die Staatsanwältin rau. „Sie meinen bestimmt Tamara Sukova? Das ist eine der reichsten Frauen Europas. Sie und ihr Mann sind im Geschäft mit Staudämmen und Wasserkraftanlagen in der sogenannten Dritten Welt. Die Frau besitzt eine doppelte Staatsbürgerschaft, Russisch – Deutsch, und stammt aus Sibirien."

„Und was machen diese Frauen hier in dieser finsteren Einöde?", erkundigte sich Heinz Schropel provokant.

Die Staatsanwältin zuckte die Schultern: „Vielleicht können uns das die Herren Privatdetektive erzählen? Es würde mich ebenfalls interessieren."

Irenäus strich sich über die Stirn: „Wenn ich einen Erklärungsversuch wagen soll – diese Frauen waren lebenslustig, aber frustriert von der Welt des befohlenen Reichtums, vom globalisierten Einheitsbrei. Wenn man sich alles kaufen kann, ist man nicht mehr an den Dingen interessiert, denen Milliarden Menschen hinterherhecheln, nur weil ihnen die Gier danach von Medien, Politikern und Kaufleuten ins Gehirn gepflanzt wird. Wir sind hier zwar auch keinesfalls ursprünglich, aber irgendetwas muss ihnen bei uns gefallen haben, in dieser vergammelten Motorsportschule am Rande eines mythischen Gebirgsstockes. Ja, Tam suchte auch Mystik, und die hat sie hier gefunden. Karl und ich haben diese Frauen nur oberflächlich kennengelernt. Wir waren von ihrer lebensfrohen Andersartigkeit fasziniert. Was sie über die beiden in Erfahrung gebracht haben, ist auch uns neu."

„Nun stapeln Sie mal nicht zu tief, Herr Moll!", sagte die Staatsanwältin. „Wie können Sie den Zusammenhang zwischen Ihrer Brockenbesteigung und diesen beiden Frauen erklären?"

Irenäus überlegte ein paar Sekunden und entschloss sich dann zur Preisgabe von relativen Wahrheiten: „Es war eine Kette von Zufällen, ob sie es nun glauben oder nicht. Herr Wabenmond und ich wurden wegen Wilderei ins Selketal gerufen. Rita musste einen Fall von schwerer Fahrerflucht aufklären, und der Tote im gesprengten Haus lag auf einer Hirschkuh. Diese Spur führte direkt auf Lothar Bartel.

Die beiden reichen Damen hatten uns damit beauftragt, auf dem Brocken eine Frau namens Ingrid zu suchen. Mehr wussten wir über diese Person nicht. In der Nacht nach der Sprengung wurde Tamara Sukova von diesen beiden Mittelalter-Chaoten fast totgeschlagen. Nur weil sie dieser fetten Schlampe das Ohr abbiss und ihr Hund den Mann anfiel, konnte sie sich retten.

Doch es war bald klar, dass diese abartigen Typen auch bei Ingrid aufkreuzen wollten, um sie in die Mangel zu nehmen. Deshalb sind Karl und ich auf den Brocken geeilt. Es stellte sich heraus, dass wir keine Sekunde zu früh kamen. Erst dort erfuhren wir, dass Ingrid, übrigens eine sehr wesentliche Frau, die Stiefschwester von Lothar Bartel ist. Wir haben ihr geholfen, diese Monster festzusetzen und haben Rita informiert. Indirekt! Danach sind wir hierher geeilt, weil wir uns denken konnten, dass diese beiden fiesen Säcke unsere reichen Damen denunzieren würden. Den Rest haben Sie eben selber miterlebt. Und Ende, Frau Staatsanwältin!"

„Okay, Herr Moll, so kommen Sie mir nicht aus der Affaire, und Sie auch nicht, Herr Wabenmond", ereiferte sich die Frau und reckte die Brüste in Karls Richtung, wobei sie leicht mit der Zunge schnalzte. „Mir fehlt das Motiv für die Kernproblematik. Sie haben wie immer nur eine Verschleierungsrede gehalten. Wie war es denn nun wirklich?"

„Vielleicht sollten wir mit deinem Besuch auf dem Regenstein anfangen in Begleitung dieser Pilotin", mischte sich jetzt Rita

in das Verhör und blitzte grün um sich. „Wie hingen denn zum Beispiel die beiden reichen Damen mit den Mittelaltermärkten zusammen?"

„Liebe Rita und verehrte Frau Staatsanwältin, lieber Heinz!", begann Irenäus mit ernster Miene. „Ihr müsst euch endlich mal entscheiden, was ihr eigentlich von uns wollt. Ihr beschimpft uns, zum Teil auf üble Weise, wenn wir als Privatdetektive auftreten oder andere Leute beraten.

Aber wenn wir mehr wissen als ihr, dann kommt ihr alle und wollt vom Nektar unserer Erkenntnisse saugen. So geht das nicht, liebe Damen und Herren! Ihr müsst euch da langsam entscheiden. Und verschanzt euch nicht hinter dem bundesdeutschen Recht! Und was speziell diesen Fall betrifft, waren wir euch immer voraus. Ihr seid uns nur nachgelaufen, um das mal klarzustellen." Irenäus hatte sich total in Rage geredet: „Und noch eins: Ich werde einen Teufel tun und in das Horn dieser miesen Vettel und ihres durchgeknallten Chaoten blasen. Die beiden Frauen, die eben über unsere Köpfe flogen, haben tausendmal mehr im

Kopf als ganze Eisenbahnzüge voller dieser ewig klagenden Bürger! So! Mehr sage ich dazu nicht!"

„Sie hat's ja ganz schön erwischt, Herr Moll!", bemerkte die Staatsanwältin und wandte sich dem Förster zu: „Und Sie, Herr Wabenmond? Wie sehen Sie das?"

„Ganz genauso!", erwiderte Karl stur. „Kümmern Sie sich selbst um Ihre inneren Zusammenhänge. Diese Frauen haben unseres Wissens nichts verbrochen. Eine Hilfe können wir Ihnen allerdings noch geben. Vielleicht bringt Sie das weiter."

„Was ist das, Herr Wabenmond?", lächelte ihn die Staatsanwältin an und trat noch einen Schritt näher an ihn heran. 'Eigentlich geben sie gar kein schlechtes Pärchen ab', dachte Irenäus.

Karl warf ihm einen kurzen Blick zu, dann fuhr er fort: „Die Hirschkuh wurde ja mit einer Waffe erlegt. Und diese Waffe muss noch irgendwo sein. Wenn sie nicht unter den Trümmern lag, befindet sie sich bestimmt im Pickup oder im Mittelalter-Lager. Wenn Sie sich beeilen, können Sie die möglicherweise noch sicherstellen."

„Oh, Scheiße!", sagte einer vom Einsatzkommando. „Sollen wir das sofort in die Wege leiten? Pickup und Regenstein?"

„Ja, bitte!", rief die Staatsanwältin. „Eigentlich könnt ihr auch abfliegen. Wir haben ja genug Männer hier, die mein Auto wieder freibekommen!"

Karl und Irenäus runzelten zweifelnd die Stirn, grinsten dabei jedoch. Dann fragte Irenäus: „Als kleine Gegenleistung würde uns in Kurzfassung interessieren, wie es auf dem Brocken zu Ende ging."

„Das geht euch gar nichts an!", sagte Rita trotzig, lächelte dann aber zum ersten Mal wieder: „Aber ich sage es euch trotzdem. Die Brockenwirtin kam bald wieder oben an und wurde von uns befragt. Sie konnte bestätigen, dass diese Leute gewaltsam bei ihr eingedrungen sind und so weiter.

Bei der Frage nach dem Warum, blieben ihre Aussagen vage. Sie sprach von einem urtümlichen Relikt, das sie angeblich von ihrem Bruder besitzen sollte, was allerdings nicht der Wahrheit entspräche. Dieses wundersame Ding hätten diese Leute angeblich unbedingt haben wollen."

„Und wie haben sich die Mittelalter-Chaoten dazu geäußert?", fragte der Privatdetektiv.

„Gar nicht", antwortete die Hauptkommissarin. „Sie haben fortan geschwiegen und wurden vorübergehend festgenommen und nach Halberstadt gebracht. Sollten wir bei ihnen das Gewehr finden, haben sie schlechte Karten. Und die Frage an euch beide: Was wurde denn nun wirklich auf dem Brocken gesucht?“

„Ingrid hat euch die Wahrheit gesagt“, gab Irenäus zur Antwort. „Der Tipp mit dem Brocken kann doch nur vom Magier auf dem Regenstein gekommen sein?“ Rita nickte. „Und er sprach bestimmt von der negativen Mittelalter-Energie, die diese beiden Leute beseelte?“ Rita nickte wieder. „Das Mittelalter war gar nicht negativ. Die Abschlachtung von Hunderttausenden durch die Conquista, die Hexenjagden und grausamen Kriege gehören bereits in die beginnende Neuzeit, in der wir bekanntlich immer noch leben. Diese beiden Leute glaubten an Magie und wundersame Dinge, deshalb waren sie tatsächlich auf der Jagd nach diesem uralten Relikt. Das stammt jedoch aus einer Zeit, Jahrtausende vor dem Mittelalter, genauer gesagt aus Zep Tepi, der Ersten Zeit, dem Goldenen Zeitalter. Sicherlich ist das Relikt positiv besetzt, und deshalb werden die beiden es auch niemals bekommen …!“

„Ach, das ist doch wieder dein Hokuspokus, Irenäus“, meinte Heinz Schropel verdrossen. „Kannst du uns nun zur Abwechslung mal was Genaueres sagen?“

„Genauer geht`s nicht, Heinz!“, lachte der Privatdetektiv. „Mehr haben wir auch momentan zu diesem Fall nicht zu sagen.“

Der Hauptkommissar setzte zu einer widermüpfigen Erwiderung an, aber da startete der Hubschrauber. Als man wieder etwas hören konnte, war die Situation verflogen. Der Kriminalist winkte resigniert ab.

Irenäus fand die Stimmung nach dem Abflug der vier Spezialisten, die vor Kraft nicht laufen konnten, wesentlich entspannter. Sie unterschieden sich nicht wirklich von Björn und Sonja. Wahrscheinlich trainierten diese Beamten ihren Geist an etwas zu vielen Mittelalter-Computerspielen …

Als er sich umsah, stellte er fest, dass die Staatsanwältin dicht neben dem Förster am Subaru stand. Sie hatte eine Hand auf seine Schulter gelegt. Beide kicherten halblaut. Was war denn das nun wieder? Die beiden stiegen in Karls Fahrzeug und fuhren grinsend an ihnen vorbei rückwärts den Berg hinauf.

Irenäus schaute verwundert Rita an. Diese lächelte zum zweiten Mal an diesem Morgen: „Er zieht bestimmt ihren Audi aus dem Schnee …“

„Wenn das mal gut geht!“, feixte Irenäus.

Zu dritt standen sie in der strahlenden Morgensonne. Es war immer noch sehr früh.

Irenäus hatte plötzlich eine Eingebung: „ Ich habe einen Vorschlag zu unterbreiten, auch damit ihr seht, dass Karl und ich nicht prinzipiell gegen euch arbeiten oder euch nicht mehr leiden können." Dabei lächelte er Rita an. „Wir haben uns alle das Osterfest mehr oder weniger komplett um die Ohren geschlagen. Und bestimmt seid ihr jetzt genau so müde wie wir. Deshalb schlage ich vor, dass wir am nächsten Wochenende das Osterfest nachfeiern – von früh bis spät! Ihr seid bei mir eingeladen und braucht nicht einmal etwas mitzubringen. Du, Heinz, sollst natürlich Helena mitbringen! Und wenn ich mir diese Rettungsaktion so anschaue, darf die Staatsanwältin auch mitkommen."

Karl zog den Audi gerade auf den kleinen Vorplatz, wo der Hubschrauber gestanden hatte. Er fuhr einen Kreis und sprang dann aus dem Subaru, um eifrig das Abschleppseil zu lösen. Die Staatsanwältin eilte ihm zu Hilfe und wäre ihm fast (aus Versehen) in die Arme gefallen.

Selbst Heinz Schropel konnte ein leichtes Grinsen nicht verbergen. Als sie anschließend zusammenstanden, wiederholte Irenäus seinen Vorschlag und fügte hinzu: „ Ihr habt bis dahin sicher einige neue Erkenntnisse, und wir wissen auch mehr. Außerdem gelingt es mir vielleicht einen Special Guest zu …"

„Oh, ja!", rief die Staatsanwältin. „Dann sehen wir uns ja alle wieder! Also privat war das gar nicht so übel." Sie streckte den Rücken, so dass ihre Brüste aus dem Ausschnitt der Jeansjacke blickten.

„Mal sehen, was wir so ermitteln", erklärte Rita mit tragischem Augenaufschlag. „Wir fahren jetzt nach Quedlinburg. Was werdet ihr tun?"

XXXVI

„Möchtest du das wirklich wissen?", fragte Irenäus und sah sie nachdenklich an.

Rita schaute sehr grün genau in seine Augen. Leise sagte sie: „Ja, ich möchte es wissen!" Sie war traurig, das sah er ihr deutlich an, und es bekümmerte ihn. Trotzdem führte daran jetzt kein Weg vorbei. Er wollte nun keine weitere Heimlichtuerei und erklärte: „Wir werden jetzt allein in dieses Grundstück gehen, um dort …, sagen wir, einen Scotch Whisky zu trinken. Anschließend fahren wir nach Hause, um den verlorenen Schlaf nachzuholen. Soll ich dich anrufen?"

„Eher nicht", antwortete die Hauptkommissarin und schaute ihn ein letztes Mal forschend an. Dann drehte sie sich um und strebte den anderen nach. Die Staatsanwältin und Heinz Schropel waren bereits auf dem Weg zum Audi.

„Bis Samstag!", rief Irenäus ihnen so laut hinterher, dass es alle drei gut hören konnten. Nur die Staatsanwältin drehte sich noch einmal um und wedelte mit der Hand. Kurz darauf hatten sie gewendet und waren hinter der nächsten Anhöhe verschwunden.

„Die Frau ist irgendwie beeindruckend", kommentierte Karl und blickte der Staatsanwältin nach. Dann trat wieder Normalität in seinen Blick: „Wie war das mit dem Scotch Whisky?"

Irenäus grinste: „Richtig! Lass uns schauen, ob Sesam öffne dich funktioniert!"

Sie lachten erleichtert und gingen schnell auf die Treppe der Nordveranda zu. Endlich waren die Problemträger hinter dem Horizont. Langsam brauchten die Männer eine Erholungspause. So lieb Tam und Lilly auch gewesen sein mochten, aber besonders erholsam war das Zusammensein mit ihnen bisher nicht gewesen, von den Behördenvertretern ganz zu schweigen.

Die Sonne kletterte nun unentwegt am Firmament empor und brachte die nach dieser Sturmnacht ersehnte Wärme. Falls die alte Volksweisheit stimmte, dass jedes Jahr sieben Winter besaß, so war das soeben der Siebte der letzten Winterzeit gewesen. Sie standen nun vor der Haustür. Irenäus tippte den nur ihm bekannten Code zum ersten Mal ein. Karl, der diskret weggeschaut hatte, drückte auf die Klinke. Lautlos öffnete sich die Tür.

Die Freunde stiegen in den ersten Stock und eilten in den „Empore" genannten Freiraum. Schweigend standen sie vor dem kleinen Tischchen zwischen den Diwanen. Darauf lagen zwei große braune Briefkuverts und eine Flasche Scotch Whisky nebst Gläsern.

„Hast du die bestellt?", flüsterte Karl berührt.

„Ach was! So gut kannten uns die beiden Frauen mittlerweile schon!", erwiderte Irenäus und schenkte ihnen ein. Er hob sein Glas: „Prost Karl! Das war ja mal wieder ein Abenteuer. Aber irgendwie habe ich das Gefühl, dass es noch nicht zu Ende ist."

Nachdem sie schweigend ein Schlückchen verkostet hatten, richteten sie das Augenmerk auf die Umschläge. Auf ihnen stand jeweils mit akkurater Schrift „Irenäus Moll“ und „Karl Wabenmond“. Vorsichtig öffneten sie die ziemlich voluminösen Kuverts. Dann tranken sie gegen die Aufregung noch einen Scotch. Anschließend vertieften sie sich in den Inhalt der Unterlagen und Briefe.

Für Irenäus gab es von Lilly Zeilen zum Abschied, die er vorsorglich zur Seite legte, um sich zuerst den überreichten Unterlagen zu widmen.

Diese befanden sich sozusagen in einem Zwiebelbrief, der unter bestimmten Umständen nacheinander zu entfalten war. In einer Einleitung wurde den Männern synchron offeriert, gemeinsam die Verwaltung der Liegenschaft zu übernehmen bis zur Rückkehr von Tam oder deren Widerruf. Unterstützt würden sie dabei von der Kanzlei einer Quedlinburger Rechtsanwältin, die Irenäus wohlbekannt war. Insbesondere die die Liegenschaft betreffenden Rechtsfragen konnten die Männer schließlich nicht allein entscheiden. Sollte einer von ihnen oder beide bereits in diesem Stadium der Kenntnisnahme von dem Angebot Abstand nehmen, brauchte er den Rest des offiziellen Teils nicht mehr weiter zu verfolgen.

Irenäus warf Karl einen fragenden Blick zu. Der Förster lächelte auffordernd und jeder öffnete die nächste Zwiebelschale. Danach alle weiteren. Es ging um die detaillierte Betriebsanleitung des Sicherheitssystems und um viele das Grundstück betreffende technische Details, einschließlich der Kooperation mit den Freunden der russischen Militärlastwagen. Nachdem sie das alles einem nicht wirklich tiefgreifenden Studium unterzogen hatten, tüteten sie die Akten zwecks späterer Lektüre wieder ein, falls nicht …

„Wollen wir es übernehmen?“, fragte Irenäus schlichtweg seinen Försterfreund.

„Prinzipiell habe ich nichts dagegen“, erwiderte dieser. „Allerdings würde ich vor einer endgültigen Zustimmung gern noch einige wichtige Fragen mit dir klären.“ Er hob das Glas. Der Stress war mit diesen Briefen zurückgekehrt.

Irenäus schaute ihn halb fragend an: „Meinst du damit, wie wir uns in nächster Zeit gegenüber den Behörden verhalten werden? Und gegenüber den Frauen?“

Karl nickt: „Die Frauen haben zweifelsfrei gegen Gesetze verstoßen. Offenbar wissen wir beide nicht genau, wie es sich wirklich zugetragen hat. Wir können über sie auch kein Urteil fällen.

Aber wir beide sollten da mindestens einigermaßen an einem Strang ziehen und dasselbe Lied singen."

Nachdenklich schwenkte Irenäus den Scotch und lächelte: „Das Ganze erinnert mich an einen späten Teil der Dune-Reihe von Frank Herbert. Auf dem Wüstenplanet geht man dazu über, das Zuchtprogramm auf die Abhängigkeit von individueller Sexualität und Machtverhalten bei Menschen auszudehnen. Dieser Gedanke ist natürlich schon sehr alt, Paradebeispiel dafür sind Kleopatra und Marcus Antonius. Wir hatten sehr tiefe sexuelle und mentale Erlebnisse mit den beiden Frauen. Oder?" Karl nickte zustimmend. „Wir müssen uns nur im Klaren darüber bleiben, dass dadurch eine nicht zu vernachlässigende Bindung zwischen ihnen und uns entstanden ist. Ich für meinen Teil würde diese Abhängigkeit tragen und den Frauen helfen. Das würde auch beinhalten, ihnen gegenüber irgendwelchen Behörden beizustehen. Ich persönlich kokettiere zwar manchmal mit der Bezeichnung Privatdetektiv, aber eigentlich bin weder ich noch du ein solcher, denn wir verfügen eben nicht über Lizenz und Waffe."

„Das ist genau das Problem", sagte Karl. „Ich will mich nicht auf eine völlig gesetzlose Ebene begeben. So wenig ich diese Fette und ihren Macho leiden kann, möchte ich doch nicht dabei helfen, ihnen einen Mord anzulasten, den sie nicht begangen haben. Ich möchte auch Tam zuliebe keinen Meineid schwören. Andererseits möchte ich die beiden Frauen auf gar keinen Fall ins Gefängnis bringen. Ich bin mit anderen Worten ziemlich ratlos in Bezug auf mein weiteres Verhalten."

„Das hatte ich befürchtet", erklärte Irenäus, „und, ehrlich gesagt, hätte ich dir deshalb diese Problematik am liebsten verschwiegen." Karl warf einen pseudotheatralischen Blick zur Zimmerdecke. „Ich hoffe, dass dir Tam nicht die ganze Wahrheit gebeichtet hat. Oder?" Karl schüttelte den Kopf. „Also beruht alles, was du zu wissen meinst, nur auf Mutmaßungen, auf detektivischen Kombinationen, die zum Teil auch noch von mir stammen. Bist du gezwungen, diese einem Gericht aufzutischen? Ich meine, nein! Selbst Lilly hat mir absolut nichts Klares erzählt. Sie hat zwar durch ihre Verwunderung angedeutet, dass ich mit meinen Kombinationen dicht an der Wahrheit lag, aber ein privates Geständnis gab es absolut nicht. Dazu waren die Damen viel zu clever. Die Auswertung aller vorliegenden Indizien aber überlasse ich der Staatsanwaltschaft und dem Gericht. Warten wir erst einmal ab, ob die Polizei die Jagdwaffe findet. Im positiven Fall wäre dann der Wilderer-Fall weitgehend abgeschlossen und auch die Zusammenarbeit mit dem Chaotenpärchen eindeutig bewiesen. Es bliebe dann nur noch die bleierne Frage nach dem Messer im Rücken des Lothar Bartel und nach der Sprengung der Fabrik. Ich lehne es jedenfalls ab, mich in die Beantwortung zu Ungunsten unserer Freundinnen mit irgendwelchen Ahnungen in vorauseilendem Gehorsam einzumischen."

„Deine Argumentationskette ist ziemlich schlüssig", stimmte der Förster zu. „Aber wenn es nun noch härter kommt? Was sollen wir dann machen?"

„Das werden wir sehen!", entschied Irenäus. „In den Papieren steht, dass wir einseitig von der Verwaltung der Liegenschaft zurücktreten können, beide oder einzeln! Was willst du mehr? Ich fände es jedenfalls gut, wenn du mit im Boot wärst. Du bist schließlich der Praktikus von uns beiden."

„Ich bin fast überzeugt", sagte Karl. „Trotzdem bitte ich mir bis morgen Bedenkzeit aus! Wenn wir allerdings einmal so in Ruhe beim Plaudern sind: Was war denn nun mit Lillys Arschbacke?"

„Du könntest Fragen stellen!", lachte Irenäus laut auf. „Um dich noch weiter mit Wissen zu belasten, ich hatte Gelegenheit, ihre überaus liebreizende Arschbacke für kurze Zeit in Augenschein zu nehmen. Ich bin zwar kein Arzt, aber für mich handelte es sich um eine gerade verheilende Wunde von einem Streifschuss mit höherem Kaliber. Vielleicht handelte es sich um einen Repetierer. Und vielleicht konnte irgendjemand gerade noch davon abgehalten werden, einen besseren Treffer zu platzieren, weil ihm sein eigenes Waidmesser in den Rücken gerammelt wurde. Es handelt sich hierbei, wohl gemerkt, nur um die blühende Fantasie eines Fantasy-Autors. Und nun gib endlich Ruhe. Ich will ins Bett! Wollen wir hier alle Türen und Tore abschließen und in unseren Wald abtauchen?"

Als sie alles ordnungsgemäß verriegelt und verrammelt hatten und in Karls Subaru saßen, nahm dieser plötzlich die Hand wieder vom Zündschlüssel. Er fasste hinter den Sitz und zog einen weißen Leinenbeutel hervor: „Das haben wir ja auch noch. Willst du es an dich nehmen?"

„Oh, gib sie mir!", grinste der Privatdetektiv. „Die Hefte hatte ich ja vollständig verdrängt!" Er legte den voluminösen Packen in seinen Schoß und meinte: „Ich habe sowieso gerade nichts zu lesen …"

„Falls du zum Lesen kommst", orakelte der Förster und griff in den Riss der Innenverkleidung des Jeeps. Er zog einen der großen braunen Umschläge hervor, die er in der vorigen Nacht auf dem Regenstein dort versteckt hatte. „Das ist auch noch für dich! Vielleicht benötigst du es ja bei der Vorbereitung der nachträglichen Osterfeier!"

EPILOG

Irenäus kam in der kurzen Woche nach Ostermontag kaum zum Lesen, denn er hatte alle Hände voll mit den unterschiedlichsten Erledigungen zu tun. Als er am frühen Dienstag in den Schein der aufgehenden Morgensonne trat, war die Welt noch in Ordnung. Titus und er traten gähnend aus der Haustür und begutachteten die letzten Schneereste. Beide hielten sie nicht viel von den Theorien von einer globalen Klimakatastrophe. Das langsame Ansteigen der Erdtemperatur seit dem Maunder-Minimum der beginnenden Neuzeit schien im Laufe der Erdgeschichte nichts Besonderes zu sein, wohl aber die damit weltweit inszenierte Energiesparkampagne derjenigen, die alles herstellten, von der Kilowattstunde über den Spargrill bis zum Fusionskraftwerk.

Der Gartentisch stand noch in der Sonne, und Irenäus musste nur das Frühstück zubereiten. Er fühlte sich ein wenig unter-

hopft und öffnete eine Flasche Auerhahn. Bald darauf setzte er sich an den Tisch mit allen Zutaten eines ländlichen Frühstücks, einschließlich einiger junger Radieschen, die während der vergangenen Wahnsinns-Tage ungeachtet des Kälteeinbruchs dramatisch an Umfang zugenommen hatten.

Den Leinenbeutel mit den berüchtigten Heften des Wilddiebes nahm er mit nach draußen und öffnete ihn nach dem Verzehr des Frühstückseis. Er legte den hohen Stapel zum Teil abgegriffener Quarthefte auf die Tischplatte, wobei ihm ein größerer Briefumschlag praktisch entgegenfiel. Darauf stand „Für Irenäus!". Ihn durchfuhr ein angenehm prickelnder Schauder. Zweifellos hatte ihn das geheimnisvolle Charisma der schönen Brockenwirtin keineswegs kalt gelassen. Überhaupt hatte er bis jetzt „das Weiberproblem" noch in eine entferntere Ecke seines Denkapparates verdrängt. Alle drei, die rote Rita, die blonde Lilly und die schwarze Ingrid, hatten sich in seinem Herzen ausgesprochen hartnäckig festgesetzt, und ein alternder Herr wie er war fast überfordert, damit in integrer Art fertig zu werden.

Ingrid holte ihn also als erste in diese süße Misere zurück. Mit dem Brotmesser öffnete er bedächtig den braunen DIN A4 -Umschlag. Ein Liebesbrief kam nicht zum Vorschein, aber ein auf Glanzpapier ausgedrucktes Foto ebendieses Formates. Mit zitternder Hand setzte Irenäus die Lesebrille auf. Es handelte sich um eine hochauflösende Fotografie des Relikts, die seine jetzige Besitzerin zum Abschied mit in den Beutel getan haben musste. Erst zu diesem Zeitpunkt, in Ruhe und im Licht der strahlenden Morgensonne konnte er die Feinheiten des Artefaktes wirklich erkennen und genießen. Es war ein verrücktes Objekt, das der Wissenschaft vermutlich viele Rätsel aufgeben würde. Wenn sie denn darüber verfügen könnte!

Ihm war klar, dass dies genau das nächstfolgende Problem war. Dieser Fund wäre extrem wichtig gewesen für die Verfolgung gewisser zivilisatorischer Entwicklungslinien des Homo sapiens. Wahrscheinlich hatte er mit seiner Fantasy-Geschichte der Wanderung von nordafrikanischen Wissenschaftlern bis ins tiefe neolithische Europa gar nicht falsch gelegen. Nur, wie weit war die Entwicklung der Zivilisation zu dieser Zeit rings um den Atlantik und das Mittelmeer tatsächlich fortgeschritten gewesen. Die Antwort darauf berührte nicht nur weltgeschichtliche, sondern auch erkenntnistheoretisch-ideologische Fragen bis hin zur Neubewertung der Weltreligionen …

Dies konnte er nicht einfach so auf sich beruhen lassen, auch
nicht als überzeugter Anarchist. Mehrere Anrufe bei den richtigen Dienststellen hätten möglicherweise ausgereicht, wieder einen Hubschrauber auf dem Brocken landen zu lassen, um das Relikt sicher ins Flachland zu entführen. Aber das wollte er Ingrid auf gar keinen Fall antun. Also griff er trotzdem zum Telefon und rief einen alten Freund in Gernrode an, von dem er dachte, dass er ihm sehr zugetan wäre. Sie beide, Irenäus und Michael, gehörten zu jener Sorte Menschen, die zwar echte Talente besaßen, aber gerade nicht jenes, sich wirkungsvoll zu vermarkten. Also dümpelten sie durch ein erlebnisreiches, aber unkommerzielles Leben.

Nicht allzu lange danach hielt Irenäus' Daimler vor einem Fachwerkhaus mit unscheinbarem Ladengeschäft unterhalb der berühmten romanischen Stiftskirche von Gernrode. Zu kaufen im herkömmlichen Sinne gab es in diesem Geschäft eigentlich nichts. Sein Freund Michael erwartete ihn bereits an der Tür, hinter ihm stand seine zahme Wölfin oder zumindest ein Tier, das einem Wolf täuschend ähnlich sah. Sie begrüßten sich herzlich.

In den folgenden Räumen stapelten sich Gemälde, Figuren, Waffen, Artefakte und Zeichnungen bis zur Decke. Es handelte sich ausschließlich um eigene Werke und Repliken verschiedenster Gegenstände und Kunstwerke. Man befand sich dabei keineswegs in einer Fälscherwerkstatt, darauf legte sein Freund sehr viel Wert, sondern man erblickte Nachbauten mehr oder weniger skurriler Dinge von der Büste Ceauşescus bis zur Silberbüchse Winnetous! Bekannt war er nur in Insider-Kreisen.

Michael schüttelte, immer noch ungläubig über diesen spontanen Besuch, das üppig naturgelockte Haupthaar und sagte: „Hallo, Irenäus, was hast du denn auf dem Herzen?"

Er führte ihn in ein hinteres Zimmer mit Regalen voller Bücher. Die Wölfin legte sich auf ein Lager und linste von unten auf den Ankömmling. Irenäus zog sein Foto hervor und stellte sofort die direkte Frage: „Könntest du das in drei bis vier Tagen nachbauen?"

Der Künstler richtete die großen Augen neugierig auf das Bild: „Was ist das denn? Das sieht ja uralt aus! Ist das etwa echt?"

„Es ist fünftausend Jahre alt, ein magisches Relikt", antwortete Irenäus. Und dann erzählte er dem Mann soviel, wie er für wichtig und nötig hielt, das meiste behielt er allerdings für sich.

Michael hatte sich im Sessel zurückgelehnt und hörte fasziniert zu. Er hatte zwar schon unglaublich verrückte Dinge nachgebaut, aber dieses Artefakt überschritt auch bei ihm eindeutig eine Grenze. Als Irenäus ihm klargemacht hatte, dass es sich hier um keinerlei Geldschneiderei in irgendeiner Beziehung handele, nickte er verhalten und meinte: „Ja, es ginge, wenn ich Überstunden mache, aber eigentlich benötigte ich das Original. Nur dann wird das Relikt lebensecht!"

Irenäus überlegte. Dann fragte er: „Für wie lange?"

Michael lachte und der Wolf schüttelte die Ohren. Dann sagte er: „Kurzzeitig!"

Dreißig Minuten später rief Irenäus auf dem Brocken an und verlangte die Frau des Brockenwirts. Er hatte Glück. Ingrid war gleich darauf am Telefon: „Irenäus, wir haben uns doch gerade erst gesehen. Was gibt es denn so Wichtiges?"

Der Privatdetektiv erläuterte ihr kurz seinen Plan und meinte: „Hättest du Lust, sofort zu mir zu kommen? Geht es? Sag ja!"

Sie lachte tief: „Na, gut! Ich muss sowieso mal wieder nach Clausthal-Zellerfeld zum Zahnarzt. Ich bin um 14 Uhr bei dir."

Ein Kleinbus hielt vor seinem Grundstück, auf dessen Front in Spiegelschrift zu lesen war: „Brockenwirt". Ingrid trug heute weder Blaumann noch römische Toga, sondern eine schwarze Jeans und eine helle Bluse, an den Füßen halbhackige, stilechte Damenschuhe. Sie kam, als wäre sie schon oft hier gewesen durch die Einfahrt spaziert und blickte ihm mit einem prüfenden Blick entgegen. „Guten Tag, Irenäus!", begrüßte sie ihn. „Passiert das jetzt öfter?" Sie fiel ihm um den Hals und gab ihm einen Kuss auf den Mund. Dann schob sie ihn zurück und schaute ihn lachend an.

„Das hängt von dir ab!", schmunzelte der Privatdetektiv und nahm ihre Hand „Schau, das ist meine bescheidene Hütte!"

Sie lachte wieder und machte keine Anstalten, ihm hinein zu folgen: „Wie vielen Frauen hast du das schon erzählt? Komm, bring uns ein Glas zu trinken!"

Irenäus war auf alles vorbereitet und stellte zwei Gläser Rotkäppchen Brut auf den Gartentisch, den er inzwischen der Sonne folgend herumgerückt hatte. Er hob das Glas: „Prost, meine Liebe!"

„Prost, mein Lieber!", antwortete die Frau. Sie schaute ihn beim Trinken über das Glas an. Dann begann sie: „Ehe du mit irgendeiner Rede anfängst, möchte ich dir folgendes sagen. Du hast einen guten Plan, und ich werde auch bis zu einem bestimmten Punkt folgen. Ich bin hierher gekommen, weil ich dich gern wiedersehen wollte, obwohl wir uns ja erst gestern getrennt haben. Aber du hast mich beeindruckt. Wir fahren auch nach Gernrode und lassen deinen Freund das Teil begutachten, aber bekommen wird man das Relikt nur aus meiner erstarrten Hand, wenn du verstehst, was ich meine."

Irenäus sah sie prüfend an. Er nahm ihre schmale Hand. „Das Relikt ist ein wichtiges Artefakt, aber es hat sich dich als seine Trägerin ausgesucht im Sinne einer magischen Transformation. Auch wenn das möglicherweise nur ein Hirngespinst ist, akzeptiere ich das. Die Menschheit hat genug Zeit, auf die Wahrheit zu warten, die meisten Ohren sind sowieso noch verschlossen. Höchstwahrscheinlich würde diese Fibel in irgendeinem Safe alter Männer, die wollen, dass alles so bleibt wie es ist, verschwinden. Also, hab keine Bedenken! Ich bin sehr froh, dass du da bist."

Sie erhob sich mit ernstem Ausdruck und kam um den Tisch auf ihn zu. Sie nahm sein Gesicht in beide Hände und blickte ihn aus schwarzen Bermuda-Augen an: „Das hatte ich gehofft, von dir zu hören." Dann küsste sie ihn.

Anschließend fuhr der armygrüne Daimler mit ihnen nach Gernrode.

Als sie in Michaels Atelier waren, hatte dieser bereits einige Vorbereitungen getroffen. Er schien den Auftrag sehr ernst zu nehmen. Ingrid legte ihm das Relikt auf die flache Innenfläche der Hand. Der Künstler schaute eine Weile schweigend darauf, dann schüttelte er sich wie unter einem Schauder: „Huuuh! Das strahlt ja dermaßen intensiv Energie ab! Und das kannst du den ganzen Tag tragen?"

Ingrid lächelte: „Man gewöhnt sich dran. Außerdem ist nicht jeder so sensibel wie du."

„Okay! Die Zeit drängt, wenn ich das gute Stück bis Freitag nachgebaut haben soll", lächelte der Gernröder. „Aber ich werde es schaffen. Vorausgesetzt, du vertraust mir das Objekt für diese Zeit an. Ich bin zuverlässig! Ihr braucht mir weder ein Verschwiegenheits- noch ein Ehrlichkeitsgelübde abzunehmen." Fragend blickte er auf die Besitzerin.

„Es fällt mir extrem schwer! Ich meine nicht, dir zu vertrauen, sondern das Relikt einfach so aus der Hand zu geben", bekannte Ingrid mit gerunzelter Stirn. „Aber ich glaube, dass es sowieso das durchsetzt, was man in irgendeiner Wirklichkeit von ihm verlangt. Bei euch beiden kann ich solch eine Bemerkung ja vielleicht einmal fallenlassen …"

„Eins ist noch sehr wichtig", erklärte Michael. „Wenn wir Glück haben, wird meine Replik sehr echt aussehen, aber sie ist kein Ersatz für das Original, denn erstens besitzt es nicht seine Ausstrahlung, und zweitens hielte es nicht einer wissenschaftlichen Datierungsmethode, zum Beispiel durch Thermoluminiszenz stand. Das ist euch klar?"

Irenäus nickte schweigend. Sie bedankten sich herzlich bei dem Freund und fuhren zurück in den Wald am Eselstall.

Auf der kurzen Fahrstrecke wechselten sie kaum ein Wort. Nun holte Irenäus die angebrochene Sektflasche aus dem Kühlschrank, ihre Gläser standen noch auf dem Tisch, er goss neu ein und blickte die Frau lächelnd an: „Na, was denkst du?"

Sie blickte versonnen durch das Glas in die helle Frühlingssonne: „Ich finde, dass du ein herrlich freies und ausgefülltes Leben führst, Irenäus. Du erlebst Abenteuer und schreibst Bücher, während ich auf meinem Zauberberg im Käfig sitze. Ich treffe zwar Unmengen von Menschen, aber ich gewinne zu fast niemandem einen wahren Zugang, schon gar nicht wie den gerade zu dir. Ob mir das Relikt das zeigen wollte?"

„Möglicherweise! Du solltest in den Tagen ohne das Relikt in dein Inneres hören, ob sich irgendetwas darin verändert", antwortete er und nahm wieder ihre Hand. 'Vielleicht ist das Relikt ja die Ursache', dachte er, ohne es laut zu sagen. Darüber würde er noch nachdenken müssen. Vielmehr offerierte er ihr die Idee von einer kleinen Osternachfeier, verhehlte aber auch nicht, wer dort zu Gast sein würde.

Ingrid presste seine Hand und meinte: „Ich komme auf keinen Fall. Am besten, mein Lieber, behalten wir den Rest der Geschichte völlig für uns. Ich möchte für diese Leute in Zukunft unsichtbar bleiben. Versprichst du mir das?"

„Ich werde dich schützen", sagte er. „Völlig versprechen kann ich dir aber nichts, denn auch meine Auftraggeberinnen werden unter Umständen mit dir in Kontakt treten wollen. Höre auf einen weisen alten Mann: Das Relikt treibt dich damit nicht in die Enge, sondern es bietet dir eine Chance, aus deinem Zauberberg-Einerlei zu entfliehen. Du bist eine sehr starke Frau, es gibt also keinen Entschuldigungsgrund für einen Rückzug! Vielleicht bist du gar die Reinkarnation der Krrrsania ..."

„Du bist ein verfluchter Schmeichler!", lachte sie laut auf. Dann stellte sie sich vor ihn und fragte etwas schüchtern: „Bevor ich fahre, möchte ich noch einmal geküsst werden. Das tut sonst nie jemand."

'Die Männer müssten doch bei dir Schlange stehen', hätte er beinahe gesagt, doch auch diese Bemerkung verkniff er sich noch rechtzeitig. Vielmehr zog er sie sanft an sich und suchte ihre Lippen. Es war ganz anders als der stürmische Aufeinanderprall zwischen ihm und Lilly. Hier waren weniger Liebe oder Sex im Spiel, sondern eher der Durst nach Zärtlichkeit, die kurze Durchdringung zweier einsamer Seelen. Lange standen sie so in der Nachmittagssonne, eng umschlungen, angeschmiegt in einem tastenden Kuss. Zwar fühlte er durch den Stoff der Bluse ihren straffen Körper, aber er tat nichts, um sie aufzureizen.

Dann trennten sie sich: „Auf Wiedersehen, meine Liebe!"

„Auf Wiedersehen, Irenäus!", flüsterte sie und strebte zum Bus des Brockenwirts. „Bis zum Freitag!"

„Musst du da wieder zum Zahnarzt?", rief er ihr nach.

„Woher weißt du das?", fragte sie lachend und fuhr davon.

Es war April und würde bald dunkel werden. Was könnte er an diesem Tag noch erledigen? Auf weitere Kontakte, zu wem auch immer, verspürte er nicht die geringste Lust. Endlich nahm er sich die Quarthefte von Lothar Bartel vor. Er blätterte darin und las mehrere Passagen. Minutiös waren darin viele Dinge aus dem Leben dieses Mannes beschrieben, insbesondere auch seine Hehlereipraktiken. Die Hefte könnten das Mittelalter-Pärchen gewiss in den Knast bringen. Bald legte er sie angewidert zur Seite. Ingrids Ahnung war richtig gewesen, die Texte hätten sie nur beschädigt.

Ureigentlich ging ihm jedoch das Relikt nicht aus dem Kopf. Es war schon längst dunkel im Freien, da raffte er sich endlich dazu auf, eine Hamburger Telefonnummer anzuwählen.

Irgendwann klingelte es nachhaltig. Irenäus klappte die verquollenen Augen auf und stierte in die totale Dunkelheit. Eine unangenehme Erinnerung an seinen fürchterlichen Aufenthalt in einem verschlossenen Sarg vor einigen Jahren, durchzuckte siedend heiß sein Gehirn. Doch dann entdeckte er den Schalter einer Schreibtischlampe und stieg aus dem Bett. Er erreichte das Telefon im allerletzten Moment. „Moll!"

„Oh, Irenäus! Habe ich dich aufgeweckt?", fragte leise eine wohlbekannte Stimme. Es durchzuckte ihn siedendheiß und er stammelte: „Ist nicht schlimm! Woher rufst du an?"

„Stell doch nicht immer solche Fragen!", befahl ihm die Stimme belustigt. „Es ist schön, dich mal wieder zu hören! Es ist allerdings auch nicht leicht, einigermaßen sicher zu sein, nicht abgehört zu werden. Na, egal!"

„Ich finde es wunderbar!", unterbrach er sie. „Ach, wärst du doch hier!"

„Ja, das wäre schön! Dann könnte ich meine Androhung wahr machen!" Sie kicherte kurz. „Aber darum geht es jetzt nicht! Wir müssen einen abhörsicheren Kanal finden, uns miteinander auszutauschen, solange noch manches im Ungewissen schwebt. Vielleicht normalisiert sich auch alles bald wieder. Wir haben es ja nicht geschafft, uns noch einmal miteinander auszutauschen. Tam würde gern wissen, wie alles verlaufen ist. Habt ihr Ingrid und die Hefte gefunden. Was ist mit dem Relikt? Übernehmt ihr die Verwaltung der Motorsportschule? So viele Fragen … Bitte keine Antworten! Ich weiß nicht, ob wir abhörsicher sind!"

„Okay, meine Süße! Ich schreibe einen Bericht", erwiderte er. „Übrigens, wenn wir tatsächlich von solcher Wichtigkeit sein sollten, dass sie uns abhören, dann wissen die Lauscher jetzt sowieso schon alles. Also, wie gesagt, der Kanal ... Oder du kommst persönlich und holst dir den Bericht ab. Wäre das nicht eine wundervolle Idee?"

„Ausgesprochen wundervoll!", lachte sie verhalten. „Nur sind wir viel zu weit weg von dir. Leb wohl, lieber Irenäus, und schreib bitte den Bericht. Ich rufe bald wieder an."

„Mach's gut, meine liebe Lilly!", sagte er und dann knackte es in der Leitung. 'Früher, in der DDR', dachte er, 'hatte es auch immer in der Leitung geknackt.' Er konnte es sich allerdings kaum vorstellen, dass es heutzutage immer noch so plump ablief ...

Also setzte er sich nach dem Frühstück mit Titus an den wieder sonnigen Gartentisch und begann, den Bericht zu schreiben. Er benutzte dazu Papier und Kugelschreiber und war sich unschlüssig, ob er ihn später in den Computer tippen sollte, weil er nicht wusste, wem dieses Dokument eines Tages in die Hände fallen könnte.

Er beschrieb darin die durchlebten Situationen so detailgetreu wie möglich und ließ nur sehr wenige Tatsachen unter den Tisch fallen. Die eigentliche Aufgabe, die Zurückeroberung der Quarthefte und das Auffinden der mystischen Stiefschwester hatten sie erfolgreich gelöst. Die Hefte konnten jederzeit an Lilly übergeben werden, waren aber in Bezug auf das Relikt nicht
mehr relevant, sondern nur noch als Beweismittel für das Zusammenspiel der Mittelalter-Mafia. Ihr Besitz wäre für Tam und Lilly eher belastend gewesen.

Er riet weiterhin Lilly, ihre Schusswunde von einem guten Arzt genau untersuchen zu lassen, einschließlich der Erstellung eines ärztlichen Gutachtens, denn das konnte bei einem möglichen Prozess hinsichtlich der Notwehr-Frage wesentliche Pluspunkte bringen, insbesondere, wenn man irgendwann einmal das Repetiergewehr fand.

Ein sehr schwieriger Punkt war noch die Beschreibung des Relikts. Den Zahn vom Stirnreif des Recken Krrrsan musste er Tam nun endgültig ziehen, doch es wäre einfacher gewesen, wenn nun gar nichts vorhanden gewesen wäre, als ausgerechnet das Relikt! Über dieses Artefakt äußerte er sich noch verhalten, ließ aber durchblicken, dass er gerade eine Replik davon anfertigen ließ. Die möglicherweise ebenso magischen Eigenschaften der Fibel ließ er vorerst unter den Tisch fallen. Vielmehr empfahl er

Tam, sich mit Ingrid, der gegenwärtigen Besitzerin, direkt ins Benehmen zu setzen und bot an, ein Treffen zwischen den beiden Frauen zu arrangieren.

Nach längerer Überlegung entschloss sich Irenäus, die erkenntnistheoretische Brisanz des Artefaktes noch nicht zu erwähnen. Er erörterte auch nicht seine Überlegung hinsichtlich der Reinkarnation der Person im Steinkistengrab bezüglich der jetzigen Besitzerin. Inzwischen war ihm nämlich in den Sinn gekommen, dass dieses Grab der archäologischen Analyse nach, der Zeit der Kugelamphorenkultur entstammte. Pikanterweise kamen die Angehörigen dieser Kultur seinerzeit aus den weiten Steppengebieten Eurasiens nach Zentraleuropa eingewandert. Die weiblichen Vertreter dieser Bevölkerung mochten durchaus dem Typus der Ingrid sehr ähnlich gewesen sein, aber damit genauso vehement einer Frau wie Tamara Sukova! Vielleicht war letztere ja die Reinkarnation? Dieses Problem wollte Irenäus keiner der beiden Frauen weiterhin ins Ohr setzen und schon gar kein Urteil darüber abgeben müssen. Letztendlich musste das Relikt darüber entscheiden! Erleichtert trank der Privatdetektiv einen Scotch.

Inzwischen war es Nachmittag. Die Sonne schien immer noch warm vom blauen Himmel, und alle Schneereste waren längst verschwunden. Unterschwellig beschäftigte sich Irenäus in den

letzten Tagen natürlich auch ständig mit Rita. Die Hauptkommissarin war ihm sehr ans Herz gewachsen und nicht zuletzt in den letzten Jahren so etwas wie seine Lebenspartnerin geworden. Allerdings lag stets und ständig eine gewisse Barriere unsichtbar zwischen ihnen, und das war der unübersehbare Tatbestand, dass sie Polizistin war. So wirklich unbeschadet konnte Irenäus damit nicht umgehen, auch wenn er durchschnittlich einmal im Jahr als Privatdetektiv posierte.

Wie auch immer, es war an der Zeit, sich wieder mit ihr in Verbindung zu setzen. Er hatte sie bereits des öfteren mit seinen Eigenmächtigkeiten verärgert, aber diesmal war er wohl doch in einiger Beziehung sehr weit gegangen, zu weit vielleicht. Trotzdem ging er zum Telefon und wählte, wenn auch zögerlich, ihre Nummer.

Unverhofft wurde sofort abgenommen: „Irenäus, was willst du?" Das war auch so eine Marotte der Neuzeit, dass die Leute immer bereits wussten, wer sie anrief. Er fand es als altmodischer Mensch viel schöner, wenn man den anderen noch damit überraschen konnte, sich zu erkennen zu geben. Das war die Entromantisierung der Welt, über die sich die meisten Menschen noch freuten, ohne zu wissen, was sie eigentlich verloren hatten.

„Guten Tag, Rita!", begrüßte er sie und nahm sich vor, nicht auf ihren aggressiven Ton einzugehen. „Nun, wir haben uns einige Tage nicht gesehen ..."

„Ich habe auch kein Bedürfnis danach!", fuhr sie ihm ins Wort.

„Kann ich verstehen", sagte er schnell, als sie nachdenklich Luft holte. „Ich wollte auch jetzt am Telefon kein Gespräch über Schuld und Sühne führen. Ich wollte dich nur noch einmal daran erinnern, dass ich am Sonnabend und Sonntag eine kleine Osternachfeier veranstalten will. Natürlich gilt sie hauptsächlich dir, oder sagen, wir, uns beiden ..."

„Sülze nicht herum!", unterbrach sie ihn wieder, allerdings in ruhigem Tonfall. „Bestimmt kommen all deine allerneuesten weiblichen Errungenschaften. Darauf habe ich überhaupt nicht den allergeringsten Bock. Ich könnte höchstens einen Streifenwagen mitbringen und sie alle gleich vom Tisch weg verhaften!"

Geduldig wartete er ab, bis sie ausgeredet hatte. Dann sagte er: „Ach, was! Es kommen nur ganz wenige. Ich hatte an Karl, Heinz und dich gedacht. Dann können wir uns mal in Ruhe austauschen. Der Fall besaß nämlich auch eine Dimension, die ihr mit Sicherheit gar nicht kennt. Scheiß auf diesen asozialen Bartel und die zusammengekrachte Ruine! Ich habe auch höchstwahrscheinlich einen Special Guest bei der Feier und eine besondere Überraschung."

„Was für eine Dimension?" Irenäus hörte verhaltene Neugier aus ihrer Stimme.

„Komm einfach!", sagte er. „Dann wirst du es sehen. Ich habe Sehnsucht nach dir!"

„Das glaube ich nicht! Außerdem halte ich es im Moment noch für unmöglich, dich überhaupt noch einmal zu besuchen", erwiderte Rita. Die winzige Einschränkung registrierte der Poet jedoch sofort. „Kümmere dich lieber mal um deinen Freund Karl! Ich muss jetzt hier weitermachen!"

„Warte, warte!", schrie Irenäus nun doch. „Was ist mit Karl?"

„Frag ihn selber!", wies ihn Rita ab.

„Noch eine ganz schnelle Frage", drängelte Irenäus. „Habt ihr das Jagdgewehr gefunden?"

„Ja! Aber das war schon wieder zu viel gesagt!", schimpfte die Hauptkommissarin. „Lass mich jetzt endlich in Ruhe mit deinem Osterscheiß!"

„Danke!“, rief Irenäus beglückt. „Ich warte auf Otto und dich!“

Es knackte schon wieder in der Leitung.

‘Die Liebe und der Suff, die reiben den Menschen uff’, dachte Irenäus halb konsterniert, ‘und ohne Liebe und ohne Suff, da geht er von alleene druff!’ Andererseits waren die erhaltenen Informationen gar nicht übel. Rita sprach auf jeden Fall immer noch länger als eine Mikrosekunde mit ihm und würde sogar, wie er es einschätzte, mit über fünfzigprozentiger Wahrscheinlichkeit zum Osterfrühstück kommen. Sie hatten den Repetierer gefunden, und das war wirklich eine sehr gute Nachricht, denn dieser Fund konnte für ihre Auftraggeberinnen noch eine wesentliche Hilfe und für die Mittelalter-Chaoten eine schwere Belastung werden. Er musste diese Information unbedingt dem Bericht beifügen. Was aber meinte Rita mit der Sorge um Karl? Was war mit dem?

Hastig wählte er die Nummer des Försters. Normalerweise arbeitete der gerade noch, wäre also gar nicht zu Hause. Es klingelte am anderen Ende.

„Wabenmond!“, kam es wider Erwarten schnell.

„Hallo, Karl!“, rief Irenäus verwundert. „Arbeitest du gar nicht?“

„Nö! Ich ruhe mich noch etwas von den Strapazen aus“, antwortete der Mann mit leicht strapazierter Stimme. „Habe zwei bis drei Tage Urlaub genommen …“

„Zwei bis drei!“, echote Irenäus ungläubig. „Gehts dir gut, Karl?“

„Bestens!“, antwortete der Förster. „Mir geht’s bestens. Und ich komme am Sonnabend zur Party!“

„Sehr schön! Bringst du noch jemanden mit, außer Birka?“, meinte Irenäus verdattert, obwohl er das gar nicht fragen wollte. Nun hörte er im Hintergrund eine kratzige Stimme leise lachen.

„Ja! Das wird wohl so sein! Also, bis dann!“, sagte Karl Wabenmond, ehe Irenäus reagieren konnte

Er hörte noch einmal die Stimme im Hintergrund. Sie gehörte einer Frau und kam ihm irgendwie bekannt vor. Dann knackte es wieder in der Leitung.

Am Donnerstag tätigte Irenäus in aller Ruhe seinen Ostereinkauf von Tams Ermittlungsspesen im Fall „Steinkistengrab“. Er neigte ganz und gar nicht zum überhasteten Geldausgeben, aber in diesem Falle musste man ja nicht knausrig sein.

Außerdem freute er sich des Lebens und dachte nicht mehr wirklich an die beiden einseitig abgebrochenen Telefongespräche.

Die Erlebnisse der letzten Tage erzeugten in ihm einen immerwährenden Widerhall abenteuerlicher und amouröser, ja romantischer Melancholie, mit anderen Worten, er berauschte sich im Nachhinein an der turbulenten Vergangenheit.

Vom Einkauf heimgekehrt, dämpfte eine Nachricht seines Anrufbeantworters diese Stimmung vorübergehend. Er hörte die geliebte Stimme der geheimen Pilotin des Weißen Jets: „Hallo, mein Lieber! Wir werden uns in nächster Zeit noch etwas bedeckt halten. Bitte übergib deinen Bericht unserer Anwältin und lass ihn versiegeln. Sie weiß, was damit zu tun ist. Wie schade, dass ich deine Stimme nicht hören konnte. Aber wir werden uns wiedersehen. Ich vermisse dich!"

Am Freitag fuhr nachmittags der Kleinbus mit der bekannten spiegelbildlichen Aufschrift bei ihm vor. Erwartungsvoll standen Irenäus und Titus in der strahlenden Sonne vor dem Haus. Mit einem Lächeln im Gesicht ging Ingrid durch die zur Blüte ansetzenden Büsche neben der Einfahrt. Die schwarzen Haare waren aufgesteckt, und sie trug ein kurzes schwarzes Sommerkleidchen, aus dem ihre schlanken Beine in voller Länge hervorschauten. Irenäus war sofort hingerissen und breitete die Arme aus.

Die Frau schmiegte sich an ihn und sagte mit warmer Stimme ihr Hallo. Natürlich trafen sich ihre Lippen ohne den geringsten Zeitverzug, und bei der heutigen Begrüßung kamen auch Zun-
gen und Hände ins Spiel. Wider vernünftige Vorsätze strich eine seiner Hände über ihre Hinterbacken und weil das Kleidchen so kurz war, spürte er die samtige nackte Haut. O Gaia, sie hatte einen Arsch, fast wie die Göttin selber.

Wenig später fuhren sie nach Gernrode und hielten vor dem kleinen Lädchen, das übrigens einst ein Fotografengeschäft gewesen war. Als sie Michael mit strahlendem Gesicht in der Tür stehen sahen, wussten sie bereits, dass es gute Nachrichten gab.

Nach der Begrüßung holte der Künstler ein Kästchen aus einem Regal, das er mit feierlichem Grinsen öffnete. Man sah ihm an, dass er sehr stolz und zufrieden war. Neugierig schauten Ingrid und Irenäus auf seine Hände. Er öffnete den hölzernen Deckel der kleinen Schatulle, die mit einem dunkelblauen, samtähnlichen Stoff ausgeschlagen war. Die beiden Besucher brachten unterschiedliche Entäußerungen des Staunens und der Bewunderung hervor.

Sie sahen im kühlen blauen Stoff zwei metallische Scheibenfibeln liegen, die das Licht der Werkstatt mit leichten Farbschlieren reflektierten. Ohne sie zu berühren, schauten Irenäus und Ingrid die beiden Artefakte ziemlich lange an. Michael sagte kein Wort. Die beiden Fibeln waren ununterscheidbar.

„Wahnsinn!", hauchte die Frau und fiel dem Mann um den Hals, um ihn zum Dank temperamentvoll zu drücken. „Das hast du unglaublich gut gemacht! Welches ist welches?"

„Hab's vergessen!", lachte er. „Das musst du schon selber herausfinden."

„Ich getraue mich gar nicht, sie anzufassen", wunderte Ingrid und griff mit spitzen Fingern in das Kästchen. Sie schaute die Relikt-Zwillinge an. Ihre Augen waren groß und schwarz. Sie wendete sie und besah sich das Metall von hinten an. Leise lächelte sie.

„Und?", fragte Michael nach einiger Zeit.

„Die Wahrscheinlichkeit für einen richtigen Treffer betrifft immerhin nur fünfzig Prozent", scherzte Ingrid und legte eins der Relikte zurück in das Kästchen. Sie schloss den Deckel und übergab es Irenäus: „Das gehört dir!" Das andere wog sie auf der flachen Unterseite ihrer schmalen Hand: „Und das ist meiner!"

„Richtig!", sagte Michael. „Spürst du es?"

„Natürlich spüre ich es! Wir hatten uns schon vermisst", sagte die schöne Frau. Dann lachte sie wieder: „Aber es gab auch ein Zeichen, dass du nicht entdecken konntest. Falls du mir zwei Repliken zurückgegeben hättest …"

Der Mann rollte die Augen: „Du bist ja ganz verschärft! Aber natürlich hast du Recht. Übrigens, wenn ich euch noch einen besonderen Hinweis geben darf: Dieses Teil ist besonders magisch. Falls irgendjemand Zweifel am Übernatürlichen hegt, dieses Relikt würde ihn eines Besseren belehren!"

Sie plauderten noch einige Zeit, und Irenäus belohnte seinen Freund mit einer fürstlichen Summe aus Tams Spesenkasse.

Auf der Heimfahrt fragte ihn die Frau: „Was willst du mit der Replik anfangen? Ein bisschen Sorgen mache ich mir, ehrlich gesagt."

„Musst du nicht!", erwiderte er. „Ich weiß es noch nicht. Möglicherweise liegt es nur bei mir und bereitet mir Freude, es kommt auf die Osterfeier an und auf die Gäste. Ich bin endgültig zu der Ansicht gelangt, dass du dort nicht erscheinen solltest, sondern tatsächlich völlig bedeckt bleibst, selbst wenn du dich eines anderen besonnen hättest. Die Ereignisse sind auch noch viel zu jung, um eine vernünftige Entscheidung zu fällen. Es hört sich zwar jetzt ein wenig theatralisch an, aber es kann auch sein, dass das Relikt ein Duplikat wollte, damit sich zwei Menschen mit ihm und seiner Geschichte beschäftigen."

„Ach, Irenäus, du bist ein unverbesserlicher Romantiker!" Die Frau lachte und drückte ihm beim Fahren einen Kuss auf die Wange. Als sie wieder bei seiner bescheidenen Hütte angelangt waren und davor auf der freien Fläche standen, bekam Ingrid einen wehmütigen Ausdruck in die dunklen Zauberaugen. Sie zog seinen Kopf an sich und liebkoste ihn innig. Er ließ es sich in verklärtem Zustand gefallen, aber als seine Hände wieder begannen, aktiv zu werden, schob sie ihn sanft zurück.

„Irenäus, du bist ein ziemlich weiser Mann, und wir haben Dinge erlebt, die manch anderer fast niemals erfährt", begann sie und blickte sich suchend nach einem Getränk um. „Deshalb wirst du mir auch nicht böse sein, wenn ich dir jetzt meine Entscheidung mitteile. Es ist schön bei dir, und ich würde gern noch viele andere Dinge mit dir anstellen. Doch der Zauberberg und das Relikt haben mich in ihren Bann gezogen. Aus diesem Grunde werde ich mich freiwillig in mein Gefängnis zurückbegeben. Weitere Erklärungen gebe ich dazu nicht, und ich werde jetzt auch nicht mit dir dein Haus besichtigen, denn ich weiß nicht, wo wir dann landen würden. Ich werde dich aber wiedersehen. Der Sommer kommt gerade, und eine Brockenwanderung ist immer gesund, außerdem muss ich auch manchmal zum Zahnarzt nach Clausthal-Zellerfeld, allerdings nicht in den nächsten paar Wochen, da muss es erst mal heilen." Sie lachte und streichelte ihn. „Ich befürchte, ich habe mich in dich verliebt. Und nun gehe ich. Auf Wiedersehen!"

Die Götter ließen ihn nicht im Stich. Der Sonnabend nach Ostern begann mit wunderbarem Sonnenschein und milden Temperaturen. Irenäus nahm nur ein hastiges Radieschen-Frühstück zu sich, dann begann er mit den Vorbereitungen seiner geplanten Feier. Zwar wusste er nicht genau, wer nun eigentlich im Laufe des Tages bis zu ihm vordringen würde, aber irgendwie verspürte er im warmen Tagesanbruch ein gutes Omen. Die Vögel bezwitscherten lautstark ihre Revierstreitigkeiten, und die Blüten aller Pflanzen entfalteten sich in voller Pracht. Die Schneeriesen schienen für die nächsten Monate endlich zurück in die Polarregionen vertrieben zu sein.

Im Autoschuppen stand eine große Tischplatte, die Irenäus nun unter Einsatz seiner gesamten Muskelkraft auf einen hübschen Sonnenfleck wuchtete. Im weiteren Verlauf des Vormittags und bei angenehm steigenden Temperaturen nahm die Vorbereitung des materiellen Drumherums seiner nachösterlichen Feier zunehmend Formen an. Getränke und Geschirr wurden kühl oder auf einem Beistelltischchen positioniert und die Kochmaschine bei guter Laune gehalten, um darauf kochen und wärmen zu können.

Gegen Mittag war er mit seinem Werk relativ zufrieden und setzte sich an die Stirnseite der in Weiß eingedeckten Tafel. Um ihn herum standen noch sieben unbesetzte Gartenstühle, denn die Tischfläche ließ acht Gäste zu. Acht war eine gute Zahl, dachte sich der Poet, eine aufgerichtete „Unendlich", ein positives Symbol.

Aus sentimentalen Gründen (und weil es Tams Spesenkasse ohne weiteres zuließ), war das Getränk des Tages roter Champagner von der Krim. Im Augenblick handelte es sich bei dieser Weltgegend zwar gerade um ein Reizthema, was nebenbei gesagt selbst unbedarfte Zeitgenossen einmal zum Nachdenken über die Lust am Krieg anregen sollte, aber darum ging es ihm weniger. Ihm kam es auf das Getränk an, und danach stand ihm im Zusammenhang mit dem Relikt spontan der Sinn.

Irenäus schlürfte von dem exotischen Alkoholika und verspürte Lust, sich das Relikt oder zumindest die Replik auf die Tischdecke, genau neben das Champagner-Glas zu legen. Aber er unterdrückte diese Regung. Niemand kam.

Er saß da, die Sonne schien sehr warm auf sein Gesicht. Eine Zeit hatte er nicht genannt, und ob überhaupt jemand kam, wusste er nicht. Er war mit dem Verlauf der Dinge zufrieden und hoffte darauf, dass das Relikt den weiteren Verlauf in die Hand nahm. Wozu war es sonst magisch? Er verfiel in einen leichten Dämmerzustand, der ihn zwar noch nicht vom Stuhl fallen ließ, aber doch in eine verhaltene Ruhestellung.

Plötzlich berührte jemand sein Knie. Langsam schaltete sein Gehirn einige Ebenen aufwärts. Ein Paar glühende, schwarze Augen schauten ihn von unten her an. Er wischte sich über die Stirn und fragte: „Otto?"

Der kleine Hund wedelte und stieß einen Miekser aus. Erst jetzt ertönte aus dem Haus freudiges Geheul. Titus ging es wie seinem Herrchen, er hatte die Ankunft seines Sohnes verschlafen.

Irenäus sprang von seinem Gartenstuhl auf und schickte einen prüfenden Blick in sein Umfeld. Zuerst sah er nichts. Dann trat eine Person aus dem Schatten der blühenden Büsche. Sie schritt langsam und ein wenig unschlüssig auf ihn zu, so als folge sie eigentlich nur ihrem Hund. Ihre langen Haare glühten dunkelrot in der blitzenden Sonne. Grüne Augen musterten ihn aus einem schönen Pferdegesicht. So nannte Irenäus eine schlanke Gesichtsform mit markant hervortretenden Wangenknochen und einem gut ausgeprägten Kinn, nicht zu verwechseln mit einem Pferdegebiss, was etwas ganz anderes ist. Sie trug ein kurzes Kleidchen, das auf frappierende Weise dem von Ingrid am gestrigen Tage ähnelte, allerdings war es in einem angenehmen Grün gehalten, so dass Irenäus ersteren Gedanken unverzüglich aus seinem Gehirn schieben konnte. In der rechten Hand trug sie ein längliches, weißes Papier.

Rita kam bis dicht vor ihn und schaute ihn mit einem sehr leichten Lächeln an: „Ich wollte dir eigentlich nur die Tageszeitung bringen. Außerdem, nun ja, dachte ich, dass hier gerade ein Osterfrühstück stattfindet."

„Ich freue mich!", erwiderte er schlicht und machte keine Anstalten, sie zu umarmen, obwohl er es gern getan hätte. „Du bist der erste Gast! Möchtest du einen Begrüßungs-Champagner von der Krim?"

„Von der Krim?", wiederholte sie mit leicht sarkastischem Unterton. „Na gut! Weil so schönes Wetter ist ..." Er füllte ein Glas, und sie stießen an. Dann sagte sie: „Lies mal die Zeitung oder weißt du es schon?"

Irenäus holte die Lesebrille und setzte sich an den Tisch. Ein groß aufgemachter Artikel in der „Mitteldeutschen Zeitung" berichtete: „Geldregen über Quedlinburg – Superspende einer anonymen Multimillionärin". Eine völlig unbekannte Frau, von der nur bekannt war, dass sie ausgesprochen reich sei, schenkte der Stadt zwei Millionen Euro, allerdings unter zwei Bedingungen. Zwei Prozent der Spendensumme mussten an die städtische Feuerwehr und das THW fließen, von dem Rest sollte zweckgebunden ein naturnahes Freibad in der Lindenstraße gebaut und das gesamte Umfeld wieder entsprechend hergerichtet werden, einschließlich Gaststätte, Wasseraufbereitung, Liegewiesen und Sanitärtrakt. Der Oberbürgermeister erklärte in einer ersten Stellungsnahme, dass er zwar noch den Rat einberufen müsse, aber, wenn es nach ihm ginge, diese Zuwendung nicht annehmen könnte, weil die Folgekosten von der notleidenden Stadt nicht aufzubringen wären.

„Etwas anderes hatte ich von diesen Leuten noch nie erwartet", kommentierte er. Dann heiterte sich sein Gesicht wieder auf, und er sagte: „Komm, setz dich! Wir beginnen mit dem Osterfrühstück! Jetzt sind wir schon zu viert. Oder hast du keinen Hunger?"

„Etwas schon", zierte sie sich noch. „Was gibt's denn?"

„Parmaschinken, russische Eier, vergorene Brustdrüsensekrete von französischen Wiederkäuern, frische Radieschen und diverse Sößchen", erklärte er und ging zur Küche. „Wollen wir mal schauen?"

„Eigentlich nicht! Wer weiß, wer hier in letzter Zeit alles seine Fußabdrücke hinterlassen hat", sagte sie mit gefurchter Stirn und erhob sich zögerlich vom Gartentisch.

„Im Haus nach dir niemand", meinte er und streckte einen Arm nach ihr aus.

„Nein, nein, lass das mal! Was soll ich hinaustragen?" Skeptisch schaute sie in die Küche.

Gleich darauf saßen sie an der Tafel und machten sich über die Delikatessen her. Selbst frischer Kaffee zog in einer edlen Porzellankanne aus den Erbbeständen des Privatdetektivs.

Gerade hatten sie die ersten Häppchen zu sich genommen, als die Hunde neben ihnen die Köpfe hoben und die Ohren spitzten. Geräusche näherten sich aus dem Dickicht der Büsche. Zwei Men-

schen traten auf die Hoffläche. Der eine davon war Heinz Schropel, gekleidet im gleichen Osterhemd wie zu Ostern und einer Bluejeans. In seiner Begleitung kam eine hochgewachsene Dame, die Irenäus ebenfalls bereits kannte. Sie hatte große Ähnlichkeit mit der Wetterfee der ARD – Irenäus wusste allerdings nicht, ob es die überhaupt noch gab –, war üppig und schlank zugleich gewachsen, besaß lange hellblonde Haare, strahlende blaue Augen in einem schmalen Gesicht und trug heute ein blaues Kleid über gebärfreudigem Becken und ewig langen Beinen. Das war Helena. Sie umarmten sich zur Begrüßung, außer natürlich Heinz und Irenäus.

„Sind wir zu spät?", erkundigte sich der Hauptkommissar linkisch und setzte sich an den Tisch.

„Ach wo!", sagte der Hausherr. „Eher zu früh. Rita ist auch gerade eingetroffen."

Die beiden schlossen sich dem Frühstück an und vermieden jede Anspielung auf die vergangenen Tage. Rita und Helena unterhielten sich prächtig über unverfänglich Allgemeines, und Heinz sprach kräftig dem Parmaschinken zu.

Irgendwann kam wieder Bewegung in die Büsche. Noch ein kleiner Hund kam daraus hervorgesprungen, der eindeutig einer Alpenländischen Dachsbracke ähnelte. Titus und sein Sohn erhoben sich unter dem Tisch und bewegten sich mit erhobenen Ruten auf das Fräulein zu, das selbstbewusst vor ihnen abstoppte.

Gleich danach erschien Karl mit einem vielversprechenden Lächeln im Gesicht und näherte sich dem Frühstückstisch. Hinter ihm bewegten sich die blühenden Zweige immer noch, und ein etwas zerzauster Lockenkopf erschien, der unverkennbar der Staatsanwältin gehörte. Sie trat hinter dem Förster an den Tisch und grüßte mit tiefer Stimme: „Hallo, allerseits! Ich bin hierher gewandert und traf doch zufällig diesen netten Herren im Walde."

'Wo sonst', dachte Irenäus und gab den beiden lachend einen Sitzplatz. Das Wetter war wirklich fantastisch, und alle griffen zu den Leckereien und vermieden penibel das Thema Nummer Eins. Vielmehr brachte Irenäus die Sprache auf eine mögliche Wanderung zum Brocken. Niemand der Anwesenden, außer Karl, konnte sich das wirklich vorstellen. Der Hausherr entwarf spielerisch einen Plan der Wanderroute. Zustimmung erwartete er noch nicht – aber Einstimmung.

Als die Sonne schon ein ganzes Stück am Firmament entlang gekrochen war und eine weitere Flasche Krim-Champagner zur Neige ging, fühlte Irenäus, dass es nun an der Zeit wäre, das Thema zu wechseln. „Meine lieben Freunde", begann er etwas unbeholfen mit einer nicht vorbereiteten Rede. „Diese spontan entstandene Idee eines nachträglichen Osterfrühstücks entsprang eigentlich einer ziemlich unbefriedigenden mentalen Grundstimmung, die sich in letzter Zeit zwischen uns breitgemacht hatte. Ich gebe gern zu, dass mein Freund Karl und ich an dieser Eskalation nicht ganz unschuldig waren. Aber ihr müsst es uns einfach glauben, wir geraten stets ohne wesentliches Zutun in zwiespältige Situationen, die hin und wieder im weiteren Verlauf ein wenig ausarten."

„Ein wenig ist gut!", murmelte irgendwer in der Runde.

„Im letzten Fall gab es eine merkwürdige Verquickung zwischen der Wilddieberei des Lothar Bartel, zwei weiblichen Fans meines Romans 'Das Steinkistengrab' und einem merkwürdigen Pärchen von der Mittelalter-Mafia", setzte Irenäus seine Rede fort, während Helena eine neue Flasche Krim-Champagner öffnete.

In diesem Moment ertönte im Hause das altertümliche Klingeln eines Telefons. Irenäus erhob sich und warf einen Entschuldigung heischenden Blick in die Runde. 'Wer mag das sein', überlegte er und trat an seinen Schreibtisch im Studierzimmer.

„Irenäus Moll!"

„Hallo, Irenäus! Ist das Osterfrühstück bereits zu Ende?"

„Oh, wie schön, dich zu hören! Nein, es hat gerade erst begonnen! Willst du mir sagen, dass du gleich um die Ecke kommst und mit am Tisch sitzt?"

„Leider nicht, obwohl ich es sehr gern würde, allerdings eher, um dich wiederzusehen, als all die anderen. Nein, ich bin viele Stunden von deiner Osterrunde entfernt.

Ich rufe an, um dir in unserem Namen sehr für deinen schönen Bericht zu danken. Wir haben ihn tiefgreifend studiert und finden ihn wundervoll, romantisch und illustrativ.

Sitzen die Menschen auf deinem Hof, die du erwartet hattest?"

„Ja, bis auf einen. Wir haben aber das Reizthema bis jetzt noch nicht angerissen."

„Na wunderbar, dann kommt mein Anruf ja gerade noch zur rechten Zeit! Tam lässt euch, Karl und dir, mitteilen, dass das Thema des Stirnreifs für sie abgeschlossen ist. Auch das Relikt interessiert sie nicht. Die Hefte kannst du behalten …"

„Wie kommt denn das? Ich bin perplex!"

„Ich hoffe, du erinnerst dich an unseren ersten Abend im Schneegestöber, mein Lieber! Damals habe ich dir erzählt, dass sich sehr reiche Menschen ihre Wirklichkeit kaufen. Tam hat der Stadt Quedlinburg eine kleine Spende zukommen lassen. Damit ist der Fall für sie erledigt. Sie lässt dir bestellen, dass sie deinen Roman wunderbar findet und ihr die Beschäftigung mit seinem Inhalt große Freude bereitet hat. Ansonsten lässt sie euch alle herzlichst grüßen, insbesondere auch Karl, an den sie gerne zurückdenkt. Ihr beide ward für sie eine echte Bereicherung, aber nun muss sie sich wieder gewissen Alltagsgeschäften zuwenden."

„Und das war alles …?"

„Ja, mein Lieber, das war alles! Deshalb solltest du die Manipulationstheorie in deinem Essay noch einmal genau überdenken! Reiche ticken völlig anders als Arme! Das scheint etwas mit Evolution zu tun zu haben."

„Und du …?"

„Ich bin nur eine Dienerin, vergiss das nicht! Und habe mich in eine warme Ecke zurückgezogen."

„Hm, hm! Und was wird mit der Motorsportschule?"

„Das wiederum ist ein erfreulicheres Thema! Wenn die Blumen blühen und kein Schnee mehr liegt, werde ich dort für einige Tage nach dem Rechten sehen. Allein, versteht sich! Bis dahin bleibt alles wie abgemacht."

„Oh, wie fein! Willst du etwa deine Androhung wahr machen?"

„Das kommt ganz auf dich an, mein Lieber! Und nun musst du zu deiner Osterrunde zurück. Auf Wiedersehen!"

Es knackte in der Leitung.

Versonnen starrte Irenäus eine Minute lang auf sein Telefon. Dann schlich sich ein befreites Lächeln auf sein Gesicht, und er griff nach dem Stapel Quarthefte. Seine Recherche war zwar nicht vollständig, aber nach seiner Intuition gab es nur eine Stelle darin, wo das Relikt explizite erwähnt wurde. Sie war mit einem gelben Zettelchen gekennzeichnet. Er griff nach diesem Heft, öffnete die Seite mit dem Zettelchen und trennte sie säuberlich heraus. Dann nahm er den Stapel unter den linken Arm und die herausgerissene Seite in die rechte Hand. Lilly hatte Recht, er musste tatsächlich wieder zu den anderen. Als er an der Kochmaschine vorbeikam, öffnete er die Tür der Feuerung und warf die Seite mit dem gelben Zettelchen auf die lodernde Glut. Wie wahr, wirklich Reiche konnten sich Wirklichkeit erkaufen …

Gleich darauf trat er wieder ins helle Sonnenlicht. Doch die Augen der Ostergäste richteten sich weder auf ihn, noch auf seine Hefte. Vielmehr schauten alle einem hochgewachsenen, blonden Herren entgegen, der gerade durch die blühenden Büsche auf die Hoffläche trat. Er blieb linkisch vor der Tafel stehen und schaute ein bisschen irritiert um sich. Dann fiel sein Blick auf Irenäus, und ein erkennendes Leuchten trat in seine Augen.

Der Hausherr legte schnell den Stapel Quarthefte vor der Staatsanwältin auf dem Tisch ab und eilte auf den Neuankömmling zu. Beide umarmten sich andeutungsweise und Irenäus rief: „Jens! Sei mir willkommen in dieser Runde!" Dann drehte er sich zu den anderen um und erklärte: „Das ist ein alter Bekannter und Freund von mir, der Archäologe Jens Brauer. Ich habe ihn aus gutem Grund zu unserer heutigen Osterfeier eingeladen und danke dir, Jens, dass du gekommen bist. Ich habe auch eine hochinteressante Information für dich. Setz' dich doch! Möchtest du ein Glas Krim-Champagner? Bleibst du heute hier?"

„Das hängt ganz von dir ab!", antwortete der Mann lächelnd und setzte sich auf einen der beiden noch freien Gartenstühle.

Irenäus merkte in diesem Moment, dass er zu überdreht war und befahl sich mentale Mäßigung. Er bewirtete den Gast und stellte ihm die anderen Personen mit Vornamen vor. Die Staatsanwältin flüsterte: „Rosemarie!“ Irenäus musste kurz grinsen und blickte auf den Förster, dessen Augen lustig blinkerten. Sie unterhielten sich zuerst über belanglose Dinge.

Dann erkundigte sich Irenäus: „Wie war es in Namibia!“

„Außerordentlich – im wahrsten Sinne des Wortes. Dort wurde von der Deutschen Archäologischen Gesellschaft eine wahrscheinlich vollkommen unbekannte Zivilisation entdeckt. Ich werde in den nächsten Tagen für längere Zeit dorthin zurückkehren. Die dort unter dem Wüstensand gefundenen Ruinen sind durchaus mit anderen Kulturzentren in Ägypten und Amerika zu vergleichen. Allmählich entfaltet sich vor uns das Bild einer Kultur rings um den Atlantik. Natürlich waren sofort auch Leute wie Graham Hancock, Santha Faiia und Martin Freksa da. Es war ein sehr spannendes Zusammentreffen. Ich habe euch ein höchst interessantes Artefakt mitgebracht, das uns Rätsel aufgibt. Ich dachte, in dieser Runde könne ich es einmal zeigen. Es beschäftigt mich sehr intensiv!“

Jens Brauer zog ein Schächtelchen aus der Jackentasche, legte es auf den Tisch und öffnete es. Er zog etwas daraus hervor, das in ein Stück Küchenkrepp eingewickelt war. Sorgsam wickelte er den Gegenstand aus und legte ihn in die Mitte der Tafel.

Aller Augen richteten sich auf das Objekt. Es handelte sich um ein etwa streichholzschachtelgroßes, ovales Stück Metall aus einer dunkelgelb glänzenden Metalllegierung, auf dessen Oberfläche einige unbekannte Schriftzeichen eingearbeitet waren. Die eigentliche Zierde jedoch waren die aufgeschmolzenen rubinroten Glasurpunkte, die in der Mittagssonne funkelten. Sie erinnerten selbst Unbedarfte, wie sie es waren, an irgendein Sternbild. Am oberen Rand des Artefaktes befand sich eine Öse, das es als Schmuckstück auswies.

Verzückt starrten die meisten der Ostergäste auf diesen außergewöhnlichen Gegenstand. Jens Brauer sah lächelnd in die Runde. Nur Karl und Irenäus blickten sich mit kritisch gerunzelten Stirnen an, ohne dass dies jemand der Anwesenden bemerkte. Dann nickten sie sich einverständlich zu, und Irenäus erhob sich vom Tisch. Während die anderen noch verwunderte Rufe ausstießen und das Artefakt von Hand zu Hand gehen ließen, schlich er sich unbemerkt in sein Haus zurück. Wenig später legte er ein kleines hölzernes Kästchen auf den Tisch. Der Archäologe erklärte gerade, dass sie von diesen Stücken in den Ruinen von Namibia mehrere gefunden hatten und er dieses Teil deshalb überhaupt mitbringen durfte.

„Was meinst du, um was es sich dabei handelt?“, fragte ihn Irenäus und trank einen Schluck Krim-Champagner.

„Es sieht fast aus, als wäre es damals ein Modeschmuck für Frauen gewesen“, erwiderte Jens. „Allerdings erinnert die Ornamentik stark an ein Sternbild. Intuitiv wurden die meisten Spezialisten sofort an die Himmelsscheibe von Nebra erinnert. Und darüber machen wir uns natürlich Gedanken, aber das ist noch nicht öffentlich ...“

Der Privatdetektiv richtete sich nun an die übrige Runde: „Damit schließt sich der Kreis auch für mich auf unverhoffte Art und Weise. Für die, die es noch nicht wissen: Jens Brauer war vor über zehn Jahren der PR-Koordinator der B6n-Grabung. Er war bei der Öffnung des Steinkistengrabes zugegen, über das ich dann meinen ersten Roman geschrieben habe. Es war aber noch jemand anderes zugegen – und das war Lothar Bartel. Er war damals Grabungshelfer. Seit Jahren besteht der Verdacht, dass er dieses Grab illegal geöffnet hat, aber nur wenige wissen das. Es ging im Fluss der Ereignisse einfach unter.“ Die Mitglieder der Osterrunde starrten ihn fragend und verwundert an. Irenäus fuhr, nun etwas erregter fort: „Der Wilddieb fand tatsächlich etwas. Und zwar dieses Schmuckstück, von dem ich hier eine Replik habe.“

Er öffnete das Holzkästchen und legte die Replik neben das Artefakt von Jens Brauer. Überraschte Rufe wurden ausgestoßen, alle erhoben sich, bis auf Karl und Irenäus. Man nahm die Stücke in die Hände, sie ähnelten sich auf unwahrscheinliche Weise, nur die Farbtupfer unterschieden sich.

„Du hattest mir ja eine wesentliche Überraschung versprochen, Irenäus“, sagte dann Jens Brauer. „Aber wie kann das sein?“

Irenäus saß immer noch auf seinem Gartenstuhl und philosophierte: „Eigentlich kann es nur so sein, dass Krrrsania, die Tote im Steinkistengrab, einen Schmuck trug, der nicht unbedingt wie in meinem Roman aus Ägypten kam, sondern einer viel größeren Kultur entstammte, unter Umständen wirklich der mythischen Urzivilisation. Dass man eine Frau für wert hielt, so pompös begraben zu werden, würde weiterhin darauf hinweisen, dass sie möglicherweise von sehr weit herkam und viel Wissen für den Stamm mitbrachte ...“

„Oder dass diese Urzivilisation sich bereits über weite Teile der Erde erstreckte und später wieder zum Erliegen kam", unterbrach ihn Jens Brauer aufgeregt. „Das wäre eine völlig neue Lehrmeinung! Die ganze jüngere Geschichte der Menschheit müsste neu geschrieben werden!"

„Meinst du, dass die das wollen?", fragte Irenäus und prostete ihm mit rotem Krim-Champagner zu.

„Wer sind DIE ...?", fragte der Archäologe irritiert.

ENDE

Kriminalromane von Christian Amling im dr. ziethen verlag

Odins Fluch

Ein neuer Fall für Irenäus Moll

ISBN: 978-3-938380-46-8, 10,00 Euro

Eine kleine Gruppe Odinisten versucht, in Quedlinburg die germanischen Götterkulte neu zu beleben. Loki, Freya, Hel, Ragnar und ihre Gefährten streifen durch die Straßen dieser Stadt. Ein spektakulärer Einbruch im Domschatz und der Diebstahl einer Bergkristallflasche mit einem Tropfen Milch der Jungfrau Maria sorgen für Aufregung. Auch Irenäus Moll kann sich dem nicht entziehen, denn er wird zum Thor erwählt, und in seinem Haus befindet sich das Diebesgut. Der Privatdetektiv erwacht.

Die Superfrucht

ISBN: 978-3-938380-62-8, 9,90 Euro

Dem etwas weltfremden Professor Jan Tackert und seiner ehrgeizigen Assistentin Olivia Braun gelingt in einem Quedlinburger Forschungsinstitut die Züchtung einer Pflanze mit außergewöhnlichen Eigenschaften. Diese „Superfrucht" erregt Aufsehen und stört die Interessen mächtiger Feinde. Die Professorengattin Annette beginnt derweil eine Romanze mit dem Hüter der Wälder. Doch rätselhafte Verbrechen setzen der angenehmen Alltäglichkeit ein jähes Ende. Privatdetektiv Irenäus Moll muss wider Willen diesen gefährlichen und undurchsichtigen Fall lösen.

Der Koffer der Pandora

ISBN: 978-3-938380-81-9, 9,90 Euro

Geheimnisvolle Umweltdaten, ein unbekannter Toter in den Felswänden des Harzes, eine sterbenskranke junge Adlige, ein skrupelloser Waldbesitzer. Gnadenlose Killer, die den Koffer der Pandora in ihren Besitz bringen wollen. Der Quedlinburger Privatdetektiv Irenäus Moll gerät an seine Grenzen, aber es führt kein Weg zurück.

Das Geheimnis der minoischen Dame

ISBN: 978-3-938380-96-3, 9,90 Euro

Raubgräber öffnen ein Hünengrab. Dabei machen sie eine geheimnisvolle Entdeckung und bringen eine Lawine mysteriöser und bedrohlicher Ereignisse ins Rollen. Eine wunderschöne minoische Statuette, ein Familiengeheimnis, das mit allen Mitteln gewahrt werden soll, Scheintote in einer Gruft auf einem uralten Friedhof bei Quedlinburg …

BergERZ. Die Rache der Ariadne

ISBN: 978-3-86289-005-7, 9,90 Euro

Die Metall-Expertin Wanda Uhland erfährt von einer antiken Statuette aus BergERZ Eine Revolution der modernen Werkstoffkunde könnte den Besitzer dieser Legierung reich und berühmt machen. Auch Philip Westermann von der TU Magdeburg begehrt das Relikt. Ariadne – so heißt das Objekt der Begierde, befindet sich im Besitz von Irenäus Moll …

Der hunnische Tyrann

ISBN: 978-3-86289-031-6, 9,90 Euro

Laurin war in der DDR politischer Häftling. Jetzt bewohnt er als Aussteiger die Bergbaubrache „Frohe Zukunft" mitten im Harz. Eines Tages lernt er, gemeinsam mit seinem ehemaligen Knastgefährten Siggi, die Straßenmusikantinnen Swenja und Nanzi kennen, die aus einer kleinen ehemaligen Sowjetrepublik zwischen Europa und Asien kommen. Die Frauen wollen Laurin und Siggi zu einem Attentat verleiten. Das Ziel: Ihr Staatschef – der hunnische Tyrann!

Der Quedlinburger Privatdetektiv Irenäus Moll kommt ihnen durch Zufall auf die Spur und wird Zeuge höchst komplizierter Verwicklungen. Seine Geliebte, die attraktive rothaarige Hauptkommissarin Rita, jagt währenddessen den Mühlgraben-Ripper, der nachts in Quedlinburg sein Unwesen treibt. In der Verräter-Schänke lernt sie den Naturburschen Ewald kennen.

Der Hexentrunk

ISBN: 978-3-86289-047-7, 10,00 Euro

Vicky und Adelheid bereiten im Quedlinburger Schloss den Umzug der Historischen Bibliothek vor. Dabei finden sie einen Briefwechsel der Äbtissinnen Hildegard von Bingen und Adelheid III., in dem es um halluzinogene Hexentrünke geht. Sie brauen eins dieser Elixiere und wollen es vermarkten, bevor die Welt kurz vor Weihnachten 2012 in ein neues Zeitalter geht. Privatdetektiv Irenäus Moll zeigt den Frauen mysteriöse Kultstätten. Bald gibt es einen Toten, weitere folgen. Hasso Germeyer, der Vater des ersten Toten, und Franz, der den Göttern Opfer bringt, um seinen kranken Körper zu retten, lassen den Fall eskalieren.

Als Irenäus und sein Freund Karl Wabenmond endlich aufwachen, ist schon fast alles zu spät …

Die Höhlenfrau

ISBN: 978-3-86289-069-9, 10,00 Euro

Die Anthropologin Ginger bezeichnet sich als „Höhlenfrau“. Während sie in der Fachwerkstadt Quedlinburg auf ihren Freund Kurt, den Bodyguard der Kanzlerin, wartet, lernt sie in einem Irish Pub nacheinander zwei Männer kennen: Den Privatdetektiv Irenäus Moll und den etwas verrückten Ingenieur Anton, der im Münzenberg ein sagenumwobenes Höhlensystem entdeckt haben will. Kurz darauf ist Ginger spurlos verschwunden. Der Bodyguard startet eine hartnäckige Suche und kennt nur einen Verdächtigen, Irenäus Moll!

Die schöne Hauptkommissarin Rita jagt eine Familie, die einsame Gehöfte überfällt und plündert. Eines Tages geraten sie jedoch an das falsche Haus, in dem alle Fäden zusammenlaufen. Das nimmt ein böses Ende!

Rita und Irenäus ermitteln auf getrennten Wegen, kommen sich aber bald näher …

Bibliografische Information der Deutschen Nationalbibliothek:
Die Deutsche Nationalbibliothek verzeichnet diese Publikation
in der Deutschen Nationalbibliografie; detaillierte bibliografische
Daten sind im Internet über http://dnb.d-nb.de abrufbar.

Friedrichstraße 15a, 39387 Oschersleben
Telefon 03949 4396, Fax 03949 500 100
www.dr-ziethen-verlag.de
email: info@dr-ziethen-verlag.de
2014

Satz & Layout dr. ziethen verlag
Umschlaggestaltung: Karen Teßmer
Autorenfoto auf dem Umschlag: Magdalena Dreysse
Satz mit QuarkXPress auf Macintosh
Schrift: GillSans, Frutiger
Druck: Halberstädter Druckhaus GmbH
ISBN: 978-3-86289-073-6